My Seduction
by Connie Brockway

薔薇色の恋が私を

コニー・ブロックウェイ
数佐尚美［訳］

ライムブックス

My Seduction
by Connie Brockway

薔薇色の恋が私を

主要登場人物

キャサリン（ケイト）・ナッシュ・ブラックバーン……マイケル・ブラックバーン中尉の未亡人で故ロデリック・ナッシュ大佐の次女
シャーロット・ナッシュ……ナッシュ家の三女
ヘレナ・ナッシュ……ナッシュ家の長女
エリザベス・ナッシュ……ロデリック・ナッシュ大佐夫人
クリスチャン（キット）・マクニール……セントブライド大修道院育ちの孤児
ラムゼー・マンロー……マクニールのセントブライド時代の仲間
アンドルー・ロス……マクニールのセントブライド時代の仲間
ダグラス・スチュアート……マクニールのセントブライド時代の仲間
グレース・マードック……ケイトのいとこでチャールズ・マードックの妻
ジェームズ・マードック・パーネル……チャールズ・マードックの兄で第八代パーネル侯
マーティス（メリー）・ベニー……パーネル侯爵の被後見人
カラム・ラモント……密輸人
ワッターズ大尉……民兵組織の新隊長
ターキン神父……セントブライド大修道院の修道院長

プロローグ

一八〇一年、英国ヨーク

シャーロット・エリザベス・ナッシュは窓際で本を読んでいた。窓は客間の壁面の一部が引っこんだ部分に作られている。一人になれるその空間で壁に身を寄せて座っていると、人の声が聞こえてきた。わずかな家具しか残っていないがらんとした客間のほうだ。来客らしい。誰にも会いたくないと思った。ひそひそとささやき交わすように話をする人たち、同情心をあらわにする人たち、かつて壁を飾っていた何枚もの絵が取りはずされた跡をじろじろと見ずにはいられない人たちには、もううんざりだった。

シャーロットは読んでいた本を膝の上に置き、客間との間を半ば仕切っていたカーテンをきっちりと閉めた。だが聞こえてくる男性の声に興味をそそられた。姉のケイトが執事を「解雇」してから女性だけになっていたこの家に、こうして男性が姿を見せるのは珍しい。

一六歳のシャーロットは、まだ社交界デビューもしていない。ここにいることを知られたが最後、どこかへ行っていなさいと言われるのがおちだろう。そんなふうに追いやられるのはいやだった。父親の死によって、彼女も周囲の人たちと同様、悲しみに打ちひしがれていたし、後ろ盾を失ったことの影響を深刻に受けとめてもいた。ただ年若いために、柔軟な回復力――そして若さにつきものの無神経さ――をそなえていた。何カ月ものあいだ、喪に服してきたことで少し……そう、言ってみれば少し退屈になっていたのも事実だった。それに来客をもてなしていれば、家計の悩みをかかえて愚痴が多くなりがちな下の姉のケイトにとっては良い気晴らしになるだろう。明るく楽観的にふるまっている上の姉のヘレナも、無理して演技しなくてもすむ。男性に注意を向けられれば母親の気持ちも華やいで、青白い頬にばら色の輝きが戻ってくるかもしれない。

シャーロットは、カーテンと壁のあいだに指をそっと差しいれて客間のようすをうかがった。母親は、部屋にただひとつ残った長いすに腰かけて手紙のようなものを読んでいる。二人の姉がその横に座っていた。冬の日ざしのごとく白くはかない顔色のヘレナと、真夏の濃密な闇夜を思わせるケイトことキャサリンはそれぞれ、軽く組んだ手を膝の上に置いている。背筋をまっすぐに伸ばし、目の前に立つ三人の青年に礼儀正しく視線を向けながらも、その存在にいささかも心を動かされていないといった態度だ。

シャーロットのいる場所からは青年たちの姿はよく見えなかった。だがカーテンをそれ以上開けてのぞいたりする危険をおかしたくない。そこで彼女は音を立てないようにしながら体を低くし、清潔な床板に座りこんで、カーテンの下端を持ちあげてみた。よし。これならよく見えるわ。

誰にも見られないその位置から、客たちがそれぞれ自己紹介するようすを観察してみると、三人とも明らかにナッシュ家と同じ階級に属する人たちではなかった。どういう身分なのかはまだ見きわめがつかない。

青年たちについてなぜそんな結論を下したのか、シャーロットは自分でもよくわからなかった。衣服はしみひとつなく清潔ではあるが着古されたものだった——袖口はほつれ、肩や背のあたりの布地は引きつれている——だがイギリスがフランスと戦争を始めて以来、多くの人々が倹約を強いられて着飾るのをやめているのだからそれも不思議ではない。では物腰から、青年たちが落ちぶれた紳士とは違う種類の人間であると判断したのだろうか。ところが実際には、彼らはその場にふさわしく慎重なふるまいをしていた。

いや、うまく言い表せない違和感が紳士ではないと告げていた。もっと根元的なものだ。彼らの訪れとともに野生を思わせる危険な何かが玄関から入りこんで、ヨークにあるこの平穏な屋敷(タウンハウス)の空気を乱しているように感じられた。

シャーロットはよく見ようと急いでにじり出た。一番前に立っている男性が太く低い声で、アンドルー・ロスであると名乗っている。Rの音を強く響かせるスコットランド高地のなまりだ。中背で褐色の髪をもち、日焼けした顔にゆったりとした感じの体型。にこやかにほほえんでいて穏やかそうな人柄に見える。ただ……じっくり観察した人は、無駄な肉のついていない頬を横切る醜い傷あとに目をとめるだろう。また暖かみのある褐色の瞳とはうらはらに、どこか冷酷さを秘めたところがあるのに気づくだろう。

アンドルー・ロスの隣にくつろいだ雰囲気で立っているのは、シャーロットがそれまで見た中で間違いなく一番端正な顔立ちの男性だった。ラムゼー・マンローと名乗っていた。すらりとして背が高く、顔色は青白い。つやつやした黒髪の巻き毛が色白の額にかかり、深みのある青い目が濃いまつげにふちどられて輝いている。冷笑的であると同時に貴族的な容貌でもあった。彼なら上流社会の人々に立ちまじっても何の問題もなさそうだ。それでもシャーロットは、彼の優雅さの下に隠れたまぎれもない肉食獣のような一面を見てとった。この間の夏、動物の見世物小屋で見たヒョウに似ている。

三人目の青年――名前はクリスチャン・マクニール――は後ろにひかえている。肩幅の広い体が緊張しているようだ。赤みがかった金髪で、長くのばした毛先はふぞろいに切られており、その間から痩せて飢えた感じのする顔がのぞいている。すきのない淡い緑の瞳が目立つ。深くくぼんだ目、官能的な大きめの口、角ばって頑丈そうなあご。三人の中でもっとも粗削りな印象の男性だった。

シャーロットは首をかしげた。この青年を見ていると誰かを思い出すような……ああ、そうだわ。思い出した。

数年前のある日の晩のこと、シャーロットが台所で、調子の悪い胃をなだめようとブランディを落とした牛乳を飲んでいると、家の外から口笛が聞こえた。二階を仕切っている小間使いのアニーが走っていって裏口の戸を大きく開けた。すると暗闇の中から男が一人現れた。

厄介ごとを持ちこんできそうな、それでいて生き生きと刺激的な感じのするこの男は、アニーを腕に抱きかかえ、その場でぐるぐる回しはじめた。シャーロットがいるのに気づいて動きを止めても、かかえたアニーの体を下ろそうとはしなかった。不安と喜びで目をきらきらさせたアニーはその晩、男と一緒に屋敷を出て二度と戻ってこなかった。

このクリスチャン・マクニールという人は、あの晩アニーをこっそり連れさった「絞首台送りまちがいなしの悪党」を思わせる。

けれど、たとえアニーがあのとき駆け落ちしなかったとしても、今に至るまでここで働いてはいないだろう。料理人一人と、働きすぎで疲れきった小間使い二人を除いて、使用人はすべて解雇してしまったのだから。

「この方たちが何を求めておられるのか、私にはわからないわ」母親が不意にそうつぶやいた。夫を亡くした日以来、途方にくれたような声がすっかり身についている。母親はヘレナを横目で見た。長女の手は慰めるように母親の肩に置かれている。ケイトが黙って母親が読んでいた手紙を手にとり、目を通しはじめた。

「私たちは何も求めてはおりませんよ、ナッシュ夫人」ロスが言った。「私たちがまいりましたのは、ナッシュ家の皆さまに誓約書をお見せするためです。それを利用されるかどうかは奥さまの判断によります。ただしどちらにしましても、この誓約は私たちが生きているかぎり続くことになりますが」

シャーロットの目は好奇心で大きく見ひらかれた。誓約ですって？　この青年たちは何らかの形で父親に関係があるにちがいない。父親の下で働いていたか何かで、弔問に訪れたのだろう。

「どういった誓約ですの？」ヘレナが訊いた。

「奉仕のお約束ですわ」ケイトが手紙を読みながら言った。

シャーロットはふしょうぶしょうながら、ケイトを賛嘆せずにはいられなかった。この一年、家族の強い支えとしてがんばってきたのは三人姉妹の一番上のヘレナでなく真ん中のケイトだった。ほかの誰よりも意気消沈していておかしくない状況にあったにもかかわらずである。

ケイトは一九歳のとき、マイケル・ブラックバーンというさっそうとした陸軍中尉と結婚した。しかしケイトがプリマスの新居に落ちついてすぐ、任務でインドへ赴く途中だった夫が死に、彼女は花嫁となって一年もしないうちにヨークへ戻ってきた。六カ月後、父親のナッシュ卿がフランスで死んだとの知らせが届いた。父親はそのとき、斬首されたルイ一六世の政権運営に関わった元閣僚(ヘッド)たちと——まだ頭(ヘッド)が胴体にくっついている数人と——秘密裏に会っていたという。

ナッシュ家の女たちが、一家の主の死に衝撃を受けて右往左往するばかりだったときに、弁護士たちは早くも訪れて「ナッシュ卿が受けとっていた年金の受給権は卿の死とともに消滅した」と告げていった。たちまち商人が貸し金を返してもらおうと裏口に群がりはじめ、使用人は安定した働き口を求めてよそへ移っていった。そしてこの屋敷の新たな所有者から次々と書簡が送りつけられてきたが、母親は開封しようともしなかった。実際、誰も開けてみようとしなかった。

　ただしケイトは別だった。ケイトは家族の所有物を売りはらい、使用人のために紹介状を書き、未払いの請求書を処理するといった想像を絶するほどの仕事を引きうけていた。あのケイトが――読書よりもダンスを愛し、算数は大の苦手で噂話ばかり好み、周囲の既婚婦人のあいだでは「軽はずみ」で「気まぐれ」だという評判だったケイトがそこまで変わるとは。シャーロットは今でも驚嘆していた。母親から渡された手紙を静かに折りたたんでいる、このうら若い落ちついた女性が、あの気ままな、にぎやかなことが大好きな姉と同一人物であるとは信じがたかった。

「皆さまのお申し出、まことにありがとうございます」とケイトが言った。「でも私どもでは、皆さまがたのご援助は必要ないのです。またそれを期待しているわけでもございません」

　シャーロットは口をあんぐり開けた。私たちには援助が必要なのに。しかもどうしようもないほど差しせまっているのに！　といっても、ナッシュ家が必要としているのはけっきょくのところ、お金につきる。この三人の青年を見れば、暮らし向きは私たちといい勝負だ。ことによると私たちより貧しいのだろう。今以下の暮らしなど、いったいどんなものか想像もつかなかったが。

　ナッシュ家の窮状についてシャーロットは知らないことになっていた。姉たちは表面上、落ちつきはらった態度を保っていた。しかし足音を立てずに歩きまわるのが得意なシャーロットは、閉じられたドアの向こうで交わされている会話や、夜遅く行われる話し合いを立ち聞きして、この家の経済状態がいかに追いつめられているかをよく承知していた。

「そうですか」ロスは丁重な態度で目の前の三人の女性を見つめている。ラムゼー・マンローは平然とかまえている。一方クリスチャン・マクニールの冷たい視線は部屋の中をあちらこちらを調べるように止まっては動いていた。縦縞の絹の壁紙にはそこだけ白っぽく、何かが取りのぞかれたように長方形のあとがいくつか残っている。ペルシャ絨毯の表面にできたへこみは、かつてあった重い家具がなくなったことを示している。ひとつだけぽつんと置かれた食器棚には飾り皿のたぐいの装飾品がない。

この人は状況がわかっているのだ、とシャーロットは思った。だがこうしてケイトに申し出を拒否されてしまった以上、いったい何ができるというのか？

「ブラックバーン夫人、これ以上ご負担をおかけしようとは思いませんが、おいとまする前に」ロスは青年たちに身ぶりでそれとなく指示しながら言った。「私どもからのささやかな贈物を受けとっていただくわけにはまいりませんでしょうか？」

ロスは、それまでシャーロットが気づかなかった帆布の袋を持ちあげて見せた。より糸でくくられた袋の口から、木の枝が少し突きでている。

「それは何でしょうか？」ヘレナが尋ねた。

「ナッシュのお嬢さま、薔薇の苗木でございます」ロスが答えた。「万一、私どもの助力がド大修道院の修道院長あてお送りくださ必要とお感じになられた場合には、この薔薇の木に咲いた花をスコットランドのセントブライド大修道院の修道院長あてお送りくださ い。修道院長には連絡先をお教えしてありますから、私どもはその知らせを受けとりしだい、可能なかぎり早く駆けつけますので」

ヘレナの唇に戸惑ったようなほほえみがかすかに浮かんだ。「なぜ、この……」

「なぜ薔薇なんですの？」信じがたいといった口調の女性の声が戸口から聞こえた。冷え冷えとした客間にすっと入ってきたのはいとこのグレースだった。金髪の長い巻き毛、しっとりとなめらかな肌。彼女はベルベットの外套(ペリース)の結び目をほどいて肩からはずした。

「ごきげんよう、皆さま！」グレースは身をかがめて伯母の頰におざなりなキスをすると姿勢を正し、青年たちを見つめた。その目には驚きとともに優越感のようなものがわずかに宿っている。

「グレース、ここにおられる青年はあなたの伯父さまの……」母親が説明しようと四苦八苦しているので、ヘレナが助け舟を出した。

「父が亡くなる前に助け出した方々なの。ロスさま、マンローさま、マクニールさまとおっしゃいます。皆さま、私たちのいとこでグレース・ディールズ－コットンと申します」

助け出した？　ではこの青年たちを救ってお父さまは死んだというの？　シャーロットは興味をさらにかきたてられ、カーテンのすそを高く持ちあげた。

三人の青年はおじぎをし、しかるべき挨拶の言葉を述べた。グレースは口角を上げて猫を思わせる笑みを浮かべ、品定めでもするかのように大きな目を細めた。

「そうでしたの」グレースは言った。「それでお持ちになったの……薔薇を？　心にぐっときますわ」今度は伯母のほうを向いて言う。「ローデリック伯父さまは薔薇がお好きでしたかしら？　私、ちっとも知らなかったわ。でも私、伯母さまたちと一緒に住むようになってまだ一年しか経ってないんですものね」またほほえむ。「今回は、という意味ですけど」

「この薔薇、ナッシュ卿がもし生きていればきっと気に入ると思いますわ」母親は礼儀正しく感謝の決まり文句を口にした。「私たちも、この木に花が咲くころには楽しめるでしょうね……今年中には」

母親のためらいがちな口ぶりで、言葉に出さない本心が表れてしまった。薔薇の花が咲くころにはもうこの家にいないだろうとこの家の人々は思っている。もちろん来客にそんなことを明かしたりはしない。ナッシュ家の人間は誇り高い人たちだった。

「でもまさか伯母さま、そんなに長くここに……ああ。お引越しなさるときに挿し木にして持っていかれるってことね」グレースが言った。ソファの一番端に腰かけ、昨夜やりかけのまま置いていた刺繍枠を取りあげる。

「お引越しされるのですか？」ラムゼー・マンローが鋭い口調で訊いた。

「ええ」ヘレナが不安そうな目でケイトを見ながら答えた。「ようやくですわ。いろいろな思い出がありすぎて……」ヘレナの言葉尻があいまいになり、声がしだいに小さくなった。

片手を上げようとしてはまた力なく脇に落としている。

ケイトはグレースに敵意に満ちた視線を投げた。グレースは戸惑い、傷ついた表情でケイトを見かえした。シャーロットはカーテンのすそを少し下げた。ケイトの態度がちょっと気にさわる。グレースだって、ナッシュ家がこの瀟洒な屋敷(タウンハウス)から引っ越さなくてはならないことをわざと持ち出したわけではない。だがわざとではないと言われてもケイトは絶対に信じないだろう。二人の間の対立は今に始まったことではない――おそらく以前の二人にたくさんの共通点があったからだろう。少し前まで、ケイトにもグレースと同じぐらい軽薄で世間知らずなところがあった。この快活ないとこの言動のあらさがしをするより、ケイト自身もかつてはこんなふうだったことを思い出すべきなのに。

「グレース」ヘレナが皆の注意をそらそうとして言った。「あなたも家を移ることになるのでしょうに」

「ええ、そうなんですの！」グレースは可愛らしく目を伏せ、刺繍を始めた。「でも私、人里離れた荒野に追いやられるわけですから、さびしいわ。皆さま方は少なくとも世間とのおつきあいができますでしょう」グレースはロスにほほえみかけた。「五カ月後には、チャールズ・マードックのもとに嫁ぐことになっておりますの。彼のお兄さまがパーネル侯爵なのです。おそらく皆さまのことなど――」

そう言いかけて軽率な物言いをしてしまったと気づいたグレースは言いなおした。「皆さまは侯爵をご存知ないとは思いますけれど。侯爵のお城は」――「お城」という言葉を口にしたときのうれしそうなようすは隠しきれない。喜びを感じて当然だろう。何といっても城は城なのだ――「お城はスコットランドの北の沿岸にありますの。私たち、ロンドンにいないときはそこに住むことになります」

「エジンバラでなく、ロンドンですか？」ラムゼー・マンローはよどみなく訊いた。「実は私、驚いたものですから。スコットランド人はエジンバラを心底誇りに思っていますからね」

グレースに話しかけるときの態度からすると、ラムゼー・マンローは彼女の魅力に圧倒されていないようだ。シャーロットの数少ない経験に照らしても、若い男性はみな彼女にまいってしまうから、これは珍しい。

「エジンバラですか？」グレースはくり返した。その言葉を反芻するあいだも、絹糸を通した刺繍針はまるで別の生き物のようにきらめきながら動く。グレースの刺繍の腕は見事だった。これもケイトとの共通点の一つだ。「そうですね、私、それはあまり考えてみたことがありませんでしたわ。結婚のことばかりに気をとられていて、余裕がなくて」

「ご婚礼を挙げられるとのこと、おめでとうございます」ロスは祝いの言葉を述べてからほかの女性たちのほうを向いて訊いた。「さて、皆さまに最後のお願いをしてもよろしいでしょうか？」

「どうぞ、結構ですわ」ケイトが異議をとなえる前にヘレナが答えた。

「できれば薔薇の苗木が植えられるところを見せていただきたいのですが？」

「ああ」ヘレナは驚いてまばたきしながら言った。「ええ、もちろんですわ。ケイト、どこに植えたらいいかしら――」

「いえ、私の意見はいいの。お姉さまとお母さまがお決めになって。お二人とも園芸がお上手だから。私などだめよ」

母親がとりとめのない夢想からさめたといった感じで目を上げた。ほんの一瞬浮かべたほほえみがその顔に生き生きとした輝きを与え、以前の母親に戻ったように見えた。

「お庭に植えるのね？ ええ、もちろん結構よ」ふらふらと立ちあがろうとする母親をヘレナが腕で支えた。「すぐにでも植えましょう。グレース、いらっしゃい。あなたは美的感覚がありますものね」

「喜んでお供いたしますわ、エリザベス伯母さま」グレースは刺繡枠を下においた。

母親はヘレナに寄りかかりながら一同の先に立って庭に面したドアから、朝の穏やかな光の中へ出ていった。カーテンの陰から抜けでようとしていたシャーロットは、客間の光景を目にしてその場に釘づけになった。ケイトは皆と一緒に出ていかずに残っている。緑の目をしたクリスチャン・マクニールがドアの敷居のそばで足を止めた。

「お先にどうぞ、マダム」彼の低く太い声は穏やかで上品だった。

「いいえ、結構ですわ。私の意見など、どう見ても庭では役には立ちませんもの。どうぞ、お気になさらずいらしてください」

「同じく、どう見ても苗木を植えるのに三人もの男手はいりませんよ」彼は皮肉たっぷりに答えた。「皆さんが戻ってこられるまでここでご一緒にお待ちしてもかまいませんか？」

「ええ、もちろんかまいませんわ」あいまいな承諾の声。「何か……パンチでもお飲みになります？」

シャーロットは、きゃしゃなカップでパンチを飲んでいるクリスチャン・マクニールの姿を想像してもう少しで笑いそうになった。繊細なクリスタルガラスのカップなど、彼の大きな手にすっぽり包みこまれて見えなくなってしまうだろう。だがそこでシャーロットは眉をしかめた。家にもうパンチボウルがないのに気づいたのだ。パンチボウルは先週売ってしまった。そのことをケイトは忘れているにちがいない。なんてことかしら。専用のカップの代わりに紅茶茶碗を使ってパンチを出すはめになったら、ケイトがどんなに恥ずかしく思うだろう――。

「いえ、結構です」

シャーロットは安堵のため息をもらした。ともかくこれで、ケイトはパンチボウルの屈辱からは逃れられる。

クリスチャン・マクニールは、ケイトがソファの一番端に、いつ逃げ出してしまうかわからないような姿勢で腰かけるまでじっと待っていた。冷静沈着なはずのケイトにいったい何が起こったのだろう？　そわそわとして不安そうな姉のようすにシャーロットは驚いた。この姉は人前でどぎまぎしたりするところなど一度だって見せたことがないのに！　マイケル・ブラックバーン中尉が求愛しはじめるまで、ケイトは一〇数人の青年を従えて、楽しい恋愛ゲームをくり広げていた。どんなに教養があって洗練された男性でも、彼女の楽しそうな、それでいて冷静な態度をくずすことはできなかった。

シャーロットは姿勢を低くしたままで身を乗りだし、荒々しさを感じさせる金髪のスコットランド高地人をいっしんに見つめた。クリスチャン・マクニールは部屋の中に戻り、ケイトのそばに立って彼女を見おろしている。ケイトは顔をそむけて窓の外に目をやったが、彼はそれを楽しんでいるかに見えた。しかし楽しそうでいながら……飢えたような印象は変わらない。

「私のせいで不快な思いをしていらっしゃらないとよいのですが、ブラックバーン夫人」とマクニールが言った。彼の声には荒っぽさとなめらかさが入りまじっている。まるで川床の岩にぶつかりながら流れる水のようだ。

「いいえ、不快だなんてとんでもありませんわ」

嘘つき――シャーロットは思った。

「私ったら、少しぼうっとしていました。申し訳ございません」ケイトは女性家庭教師を相手にかつて会話術を練習していたときと同じように、膝の上にきちんと手をおいている。彼女は咳払いをした。沈黙のうちに数分間が流れた。背の高いマクニールは驚くほど冷静にかまえている。表情にはいささかの不安も表れていないし、動揺したようすも見られない。一方ケイトは、自制心を堅固に保って彫像のように体を動かさずにいるにもかかわらず、その実びくびくして今にも飛びあがらんばかりだ。ケイトはついに耐えきれなくなって口を切った。

「聞きおよぶところによりますと、あなたさまは牢に入れられておいでだったとか。さぞかしご苦労なさったことでしょう。お気の毒でしたわ」

　そのいたわりの言葉は礼儀正しく、おざなりでなかった。それに応えて、クリスチャン・マクニールも同じように折り目正しくうなずいた。

「もしさしつかえないようでしたら、どの戦いのおりに捕らえられたのかお聞かせいただけますか？」ケイトは堅苦しい話し方で続けた。

「私は戦いに加わっていたわけではありません」彼は静かに答えた。

「あら」ケイトは眉を寄せた。「でも——それでは、皆さまがたはどういったいきさつでこの戦争のさなかにフランスへいらしたのですか、マクニールさま？」ケイトは本当に興味をそそられたらしく、口調が変わっている。

「私自身、いったいどうしてフランスへ行ったものか、それこそ何度も自分に問いかけました」と彼は言った。「そうですね、薔薇のためと言ってもいいかもしれません」

　ケイトはすんなりとした眉にかすかなしわを寄せ、指をしきりに引っぱった。そうしている姿はとても若々しい、とシャーロットは思う。黒髪に映えて肌がぬけるように白く感じられる。うつむいた首の線はほっそりとはかなげだ。ナッシュ家の強さの象徴であり、ときには手ごわい相手となって世間に立ち向かうケイトだが、シャーロットの目にはとても……かぼそく、きゃしゃに見えた。

　扉の向こうに広がる暗い部屋を前にして、息をのみながらおそるおそる足を踏みいれるような感覚にとらわれながら、シャーロットは考えた。ケイトの身に起きたことすべてが……

何と言ったらいいか過酷で……なのにシャーロットやヘレナ、そして母親までもがそれほどひどいと感じなかったのは、思いやりが足りなかったのだろうかと。

「薔薇がどうして投獄に結びついたのですか?」ケイトはその黒々とした瞳をさっと上げて、クリスチャン・マクニールの目を見つめた。

マクニールは背中の後ろで手を組み、ケイトを見おろした。謎めいた表情をしている。シャーロットの体に震えが走った。彼は最初思ったよりはるかに大柄だった。痩せているために実際より細身の印象を与えていたのだ。今、ケイトのそばに立っている彼を見ると実はそうではないことがわかる。驚くほど硬質な感じのする厳しい顔の男性だった。

「ブラックバーン夫人、お聞きになっても不快になるばかりですよ」

「教えてください」

はっきりと言い放ったケイトの言葉にシャーロットは驚いた。姉妹についている家庭教師なら、こんなものの言い方は絶対許さないだろう。知人に対してあのように立ち入った要求をするなど普通なら考えられない。ましてや相手は会ったばかりでほとんど知らない人だ。しかしマクニールは気分を害したようには見えなかった。張りつめていた表情の中の何かがやわらいだ。

「私たち三人とも、庭園についてはちょっとした知識がありまして」と彼は言った。「私たちが育った場所では、薔薇の手入れが仕事のひとつでした」

「お気の毒に」ケイトの声には同情心がこもっていた。

マクニールは短く笑った。「そんなに簡単に憐れんだりなさいませんように。感化院ではありませんでした。たしか、感化院には薔薇園はないはずです。そこは一種の孤児院のようなところとでも言いましょうか。どちらでもかまわないんですがね」

ケイトは話の続きを待った。

「しかしそこで身につけた薔薇づくりの知識やその他の技能のおかげで、仲間と私はある紳士にお声をかけられました。この方からフランスへ向かってくれと頼まれたのです。中でも、きわめて希少な黄色い薔薇を、あるご婦人にお届けするようにというのが主な使命でした。薔薇を捧げることによりそのご婦人のまわりの重要な人々に近づくきっかけを作り、それによって」彼は肩をすくめた。「世界を変えるためです」

「世界を変えられる婦人ですって？」ケイトは信じられないといったようすで言い、それを聞いたシャーロットは再び恥ずかしさを感じた。来客が何を言おうと、その方の言葉が本当かどうかを疑ったりはしないのが常識なのに。

「この方のお名前はマリー・ローズとおっしゃいました。ただしご主人さまはジョセフィーヌとお呼びになっておられましたが」

シャーロットの唇は驚きのあまり丸く開かれた。握りしめた手の指の関節を強く口に押しあてて、あえぐ音をようやくおさえる。この青年はフランスの第一統領、ナポレオン・ボナパルトの夫人ジョセフィーヌを知っているのか？

ケイトも驚きを隠しきれなかった。「ジョセフィーヌさまに会われたのですか？」

クリスチャン・マクニールのほほえみには喜びの色はまったくない。「一度きり、しかもほんのいっときだけです、マダム。到着してまもなく、私たちの計画が発覚して――いえ」彼の表情がこわばり、シャーロットはひるんだ。「向こうが先に気づいたのではなくて、こちらの情報が事前に漏れてしまったのです。裏切り者によってです。任務のことを知っていた誰かが密告したにちがいありません。私たちは捕らえられ、お父上の介入がなければ、みな死刑になっていたでしょう。仲間の一人は処刑されましたがね」

「それはお気の毒でした」ケイトが言った。「父が身代わりとなったのに、お仲間の命を救うのに間に合わなかったこと、申し訳ありませんでした」そして顔を上げる。「と言いますのは、人が犠牲となって身を捧げるといったん主張するなら、それなりの良い成果をあげるべきだと思うからです――ああ、神さま！ 本当にお気の毒で、何と申しあげてよいか。なぜこんなことを言ったのか、自分でもわからないわ。私、あの……申し訳ありません。あなたのご気分を害するつもりはなかったのです。ただ……何度も」ケイトの声は低くかすれたささやきになった。「父の死が、私たちへの裏切りのように感じられて」

姉の告白に驚いたシャーロットは奥の窓のほうに後ずさりした。ケイトがそんなふうに感じていたとは思いもよらなかった。しかしもう一度客間をのぞいてみる。頭を低く垂れて座っているケイトをマクニールが見おろしたときには、彼の顔を暗く染めていた激情は消えてなくなっていた。

マクニールは突然ひざまずき、ケイトの目線と同じ高さから語りかけた。「マダム、誓って申しあげます。お父上の犠牲的行為をくいとめる力があったとしたら、私たちはきっとそうしていたでしょう」穏やかに言う。「私たちは自分たちがやろうとしていたことの危険を承知していました。自分たちの行動のつけをよもや他人に支払わせるなど、状況を知っていればけっしてしなかったろうと思います。ただ、私たちに選択の余地はありませんでした。事は私たちの頭ごしに進んでいたのです」

シャーロットは顔をしかめてさらに後ずさりした。初対面の間柄で交わす会話とは思えない！　人は普通、辛辣な質問を投げかけあったりはしないものだ。会ってわずか三〇分ほどで、お互いの生活の事細かな部分まで明かしてしまうことはない。見知らぬ人に情熱をこめて語りかけることなど絶対にない！　なぜなら、よく知っている人にも情熱をこめて語りかけることなどないからだ！　それは……はしたなく無作法なことだ。

シャーロットは衝撃を受け、少し腹が立っていた。そして心が乱れていた。三人の青年をどこか野生児のようだと判断したのは正しかった。三人は家にやってきて、ナッシュ家の人々が今まで守って生きてきた規則を破ったのだ。

ケイトが発した次の言葉はシャーロットが予想したとおりだった。

「父が亡くなった経緯をお聞かせいただけますか、マクニールさま？　何が起こったのですか？　どなたも私たちに教えてくださらないのです」そのささやき声はケイトの心の奥底から沸きあがってきたもののようで、知りたくてたまらないという切ない気持ちが表れていた。

クリスチャン・マクニールの口の端の筋肉が持ちあがった。きれいにひげを剃ったばかりのあごは瘦せて角ばっている。彼の肌は浅黒く日焼けしており、紳士によく見られるような青白い肌のふくよかな顔ではない。緑色の瞳の目尻には小さなしわが扇状に広がっていて、そのせいで何をしでかすかわからない怪しさを感じさせる。シャーロットが出ていって何かすべきなのだろうか？

マクニールは猫のような優雅な身のこなしで体を伸ばして立ちあがり、背中の後ろで手を組んだ。彼はそわそわしたようすで部屋の中を歩きまわっていたが、ようやく立ちどまるとケイトのほうに半分だけ体を向けながら、何も掛かっていない前方の壁をじっと見つめた。

「ナッシュ卿はあんなところに行かれてはいけなかったのです。行かれたのは間違いでした。私たちの存在など知ることさえ許されなかったはずの役人が酔っぱらってたまたま口にしたらしく、お父上は私たちが捕らわれたことと、投獄の期間について聞かれました。そして、私たちを自由の身にするのと引きかえにご自分が身代わりになると言い出されたのです」

「父は人を救出しようとして亡くなったと聞かされていました」ケイトは言った。

「フランスの地下牢から囚人を救出するなどありえませんよ、ブラックバーン夫人。取引をするのです。身代金の支払いを約束するか、現金が用意できないときは人質の交換をします。お父上は私たちの身代わりにご自身を差しだされました。三人のうすぎたない若者よりもはるかに価値のあるお父上でしたから、私たちを投獄したフランス軍の大佐は絶好の機会とばかりに飛びついたわけです。自分の名を上げたかったからにちがいありません。取引の際に大佐が提示してきた条件は、お父上が、私たちが囚われていた城に入ることでした。

ナッシュ卿はその提案をのまれました。ただし、私たちを先に解放することを条件とした同意でした」マクニールは続けた。「フランス軍の大佐は烈火のごとく怒りましたが、お父上は屈することはありませんでした。お父上は城へ渡る橋のところでお待ちになっておられました。私たちが……釈放されて城の外へ出るまでです。それを見とどけてから橋を渡られました」

マクニールが言いよどんだ瞬間、彼の本心があふれ出たかのようだった。囚人がどんな形で戻ってくるにせよ、あっさり許されて「釈放される」ことなど考えられない。ケイトの上向いた顔を見おろしてマクニールは言った。「ナッシュ卿は数日で戻ってこられるはずでした。身代金の手配が済みしだい、長くても一週間で解放されるだろうと思われていました。お父上にはそのお立場から、外交特権が与えられているはずだったのです。

二、三時間後、再び城門が開き、乗り手のいない馬が城の中から現れました。鞍には箱がくくりつけられていました」マクニールは一瞬、目を閉じた。目に映る情景を消そうとするかのようだ。「箱の中には書付けが一枚。そこにはお父上が亡くなったこと、今後英国の密偵に対してはすべて同様の措置を取ると記されていました。お父上は私たちの身代わりとして命を奪われたのです。しかしブラックバーン夫人、お父上は密偵ではありませんでした」

ケイトは顔を上げた。「でも皆さまがたは密偵だったのですね。あなたと、残りのお仲間は」

「私たちは任務に伴う危険について承知していました」彼は遠回しに答えた。「捕まれば処罰される覚悟はいつでもできていました。ただ自分の身代わりになってくださるお方がいようとは、思いもよりませんでした。私はその事実をかかえて生きていかなくてはなりません。だからこそここへまいったのです」

「わかりました」ケイトの悲しげな視線はあらぬほうに向けられて動かない。「で、あなたさまはいまだに……密偵をしておられるのですか？」

「ええ、そうです。見ればおわかりのように。職業もなく、家庭も家族もない男です」

「他人に援助を申し出るような立場ではないでしょうに」ケイトは言った。しかしその声は穏やかで優しかった。

マクニールのきつく閉じた口もとにかすかな笑みが浮かんだ。「持てるものはわずかしかありません。しかしそれでもある種の才能は持っています。そして決意も」笑みが消えた。

「それならありあまるほど持っていますよ、マダム」

「わかりますわ」

「本当ですか？」急に激しい口調になって彼は訊いた。「あなたにおわかりになるというのですか？」

「ええ。もちろんですわ」ケイトは答えたが、何かほかのことに気をとられているようだった。「あなたは英雄になろうとしていらしたでしょう。若い男性は英雄になろうとするものじゃありませんこと？　それはよく理解できますわ。ただ父に先を越されてしまったのではありませんか？

父にはそんな権利はなかったはずですのに」ケイトの声は低くなり、あふれる感情でかすれていた。「自分の身をそんな危険にさらすような権利は、父には少しもありませんでしたわ。いつだってわかっていたはずです、自分がこの世を去れば、私たちが――」

貧窮してしまうことを。シャーロットはケイトの喉につかえて出てこなくなった言葉を無言のうちに補っていた。しかし語られなかったその言葉は、まるでケイトが大声で叫んだかのように客間を満たした。ケイトは大人になってからは叫び声をあげることはなくなっていた。無作法なことや見苦しいこと、軽はずみや短気と見られるようなことはけっしてしないケイトなのに、この青年は彼女の社会的なよろいをすべて引きはがしてしまった。ケイトの心をまるはだかにして、傷ついた思いや疑い、怒りといったものをすべてシャーロットの目の前にさらけ出させているのだ。

シャーロットはそれがたまらなくいやだった。恐ろしくなった。世の中はそうでなくても恐ろしい場所なのに。人生があまりに大きく変わってしまった。それだけでも多すぎるほどの変化なのに、長いあいだ、これこそケイトだと信じて疑わなかった彼女の姿までが自分の中で変わってしまう。許せなかった。

「マクニールさま、どれほど崇高な奉仕のお気持ちであっても、お申し出を受けるというお約束はできませんの」ケイトは息を深く吸いこんだ。「私、今までの人生でも英雄には事欠かなかったのです」つぶやくような小さな声で言う。「英雄に出会うのはもう終わりです。あなたのお申し出から恩恵を得られるほかの方をお探しになったほうがよろしいと思いますわ」

「私たちの申し出が気高いものだとか、勇敢だなどと思っておられるのでしたらそれは誤解です」

「ちゃんと理解しておりますわ。私どもに恩返しをする必要を感じておられることはよくわかります。でもそんな必要はございません。皆さまがたが恩を返す相手は父なのですから」

マクニールは頭を振った。日の光が差しこんで彼の金髪を輝かせ、余分な肉はすべてそぎ落とされた、厳しい顔の側面に影をつくった。「ブラックバーン夫人、あなたは私たちに、肩に支えきれないほどの重荷を負えとおっしゃっているのですね。私たちが何かを、私が何かをしてさしあげないかぎり、けっして解き放たれることのない重荷を。

いつか、ナッシュ家の皆さまに対し、少しでも恩に報いることのできる日が来るだろうと、せめてそう信じることにします。いつの日か、私たちを裏切った者をつきとめることができると信じているのと同じように。ブラックバーン夫人、おわかりのように、私はこの世ではほとんど何も持っておりません……ただし名誉を除いては。私は受けた恩はかならずお返しし、裏切り者には復讐を果たすつもりです。ですから待ちます。どれほど長くかかろうとも、待っております」

それだけ言うと、マクニールは客間から出ていった。

1　召使に捨てられる

一八〇三年、スコットランド高地の南端

ブラックバーン夫人
今回のたびはひどすぎます。このままいって、けがらわしい追いはぎに殺されるのはまっぴらごめんです。たとえ奥さまが二倍のお給金をくださるといってもです。それにどうせそんなにくださらないでしょうし。次の奉公先に出すしょうかい状も書いていただけないのはわかっています。でもそんなことどうでもいい。だって殺されてしまったら、しょうかい状だってやくにたたないでしょう？　さようなら、おしあわせに。奥さまは公平なご主人でした。奥さまのたましいのためにおいのりいたします。

スー・マクレイ

あらまあ、とケイトは心の中でつぶやいた。人生で驚くことなどもう何もないと思っていたら、まだあったのね。スー・マクレイに字が書けるなどとは考えもしなかった。ただし曲りなりにという意味だけれど、と「たビ」と書かれた文字を見ながら思う。

思わず笑い声がもれたが、それもすぐに消えてしまった。笑い声に反応してか、それまで聞こえていた騒がしい声がやみ、大部屋を部分的に仕切っている壁ごしにドラ声の張本人たちがこちらを見つめているのに気づいたからだ。宿屋「ホワイト・ローズ」ではこの半壁が、共有の場所とケイトが今座っている「個室」とを分ける役割を果たしている。ケイトは、宿屋の主人を脅すようにしてやっと入れてもらった貧弱な火鉢のそばに体を寄せた。

手紙をびりびりと細かく引きさいて残り火の中に投げいれながら、ケイトは小間使いに見切りをつけられたことに仰天した自分が信じられなかった。彼女の人生が滑稽なまでに悲惨な状況に陥ってずいぶんになるから、こんなことには慣れっこになっていてもおかしくないのだが。

つまずきの始まりはエジンバラで財布をすられたことだった。それからエジンバラを出て五〇キロも行かないうちに乗っていた馬車が壊れた。御者のドゥーガルが馬車を修理しているあいだ、ケイトとスー・マクレイはわずかな毛布にくるまって寒い夜を過ごした。修理が終わるとドゥーガルは、遠方にいながら彼を雇ったパーネル侯爵が請負業者に約束した分とは別に、追加料金を請求した。そのうえ一行は突如として激しい吹雪にみまわれた。悪党と悪天候という二重の災難が、しめしあわせたかのごとくふりかかってきていた。

これでもかといわんばかりに運命に翻弄されて、ケイトはとうとうこんな場所にいるはめになった。「ホワイト・ローズ」という美しい名前とはうらはらに、この宿屋兼居酒屋には、たちの悪そうな——それにひどい悪臭を放つ——人々が大勢、外の吹雪をさけて避難してきており、狭い場所にいっしょくたに詰めこまれていた。さらに追いうちをかけるように、ケイトの小間使いが——わずかな給金で、ほとんどいつも半分酔っぱらった状態にもかかわらずそれなりに働いてくれていた小間使いのスー・マクレイが——姿をくらましてしまった。これ以上ひどいめにあうことなどありえるかしら？

物思いにふけるケイトは視線をさまよわせ、半壁の向こう側にいる男たちを見た。酒のせいで焦点が定まらないいくつかの目が彼女のほうにこっそりと向けられた。

そうだ、ああいう視線があるから。

ケイトは肩をおおっているマントの前をかき合わせ、自分に残された選択肢を考えてみた。宿屋のおしゃべりな主人はもう、小間使いが逃げたこと、彼女が頼れるものはいまやドゥーガルの怪しげな保護だけであることを言いふらしているだろう。だとするとここに座っているのは得策ではないかもしれない。ただケイトが自分の個室に引きさがれば、隣にいる「紳士たち」の中には、どうぞおいでくださいと招かれていると思いこむふらちな者がいるかもしれない。この頃はいくらか経験も積んでわかるようになったのだが、男というものは女に誘われてもいないのに誘われたと勘違いする傾向がある。特に金に困った未亡人が相手となればなおさらだ。一方、この場所でまるで「陳列」されるように人目にさらされていること自体、単なる誘いを超えた誘惑と受けとめられないだろうか。それに、考えてみれば最後に食べ物を口にしたのはいつだったか……早朝以来何も食べていない。

ケイトは頭の中で決断のための硬貨を投げてみた。重苦しい不安を感じながらも、けっきょくこの場にとどまることに決めた。少なくともここなら男たちもお互い人目があるので、変な行動に出たりはしないだろう。男どうしの気さくな会話が騒々しさの中で聞こえてくるが、彼らは友人ではない。悪天候のために閉じこめられただけで、好きこのんで一緒にいるわけではない。

男たちの中で仲間とみられるのは低いテーブルのまわりに集まった四人だけだった。暖炉の薪から上がる薄い煙のせいで顔はよくわからないが、四人とも体格がよく、広い肩とたくましい首をもった荒々しい感じの男たちだ。大きな肉厚の手に握られたスズ製のマグには、宿屋の主人が絶えず強いエールをついでいる。ほかの旅行者たちは一人か二人ずつ、ばらばらに座っている。氷のように冷たく激しい吹雪が窓をがたつかせ、扉のすきまから風がひゅうひゅう吹きこんでくるなか、日が落ちて状況がさらに悪化しないうちにと避難場所を見つけて逃げこんだ人たちだった。

ケイトは一番遅く到着した男が座っている場所を横目でちらっと見た。この部屋にいる者の大半がスコットランド低地地方の出身のようだが、この男はスコットランド高地人らしかった。

男は高地人独特の長い格子縞（プレード）の肩掛けの着古したのを風で巨大な猛禽の翼のようにはため

かせて入ってきた。顔はよれよれの帽子の広いつばの陰に隠れてよく見えなかった。彼はうす暗い隅に空いたいすを見つけ、無言でそちらに向かった。ぼろぼろの格子縞（プレード）の肩掛けを後ろにやると、座ったいすを壁のほうに傾けて、傷だらけの革のブーツにふくらはぎまで包まれた長い脚を前に伸ばした。肩掛けの下には黒い組紐（ブレイド）と銀色のボタンで飾られた深緑色の上着を着ている。

男はすりきれた革手袋をはずした手をポケットに突っこむと、陶製パイプと刻みタバコ入れを取りだした。パイプを口にくわえ、服の襟にあごを埋めたままずっとそこに座っている。あごに生えた濃い金色の無精ひげがちらりと見えるだけで、顔つきはわからない。そばにおかれた火入れには暖炉から移したタバコ用の火種がちろちろと燃えており、その火に照らされて淡い色の目が揺らめく光を放っている。ほかの男たちがだんだん打ちとけて盛りあがっていく中には加わろうともしない。そして視線をどこに向けているかを隠そうともしない。

彼はケイトをじっと見つめていた。

ケイトはいやでたまらなかった。だいたい、この男にじろじろ見られているから部屋のこちら側に引きこもっていなくてはならないのだ。でこぼこの道を、乗り心地が最悪の馬車で揺られつづける長い一日を過ごした彼女は疲れきって、体のあちこちが痛んだ。男が怖かった。

ケイトは再びちらっと目を横に走らせて男を見た。パイプから煙が立ちのぼり、帽子のつばの陰へと消えていく。器の火種の赤みが薄れるとまわりが暗くなり、彼の目もとも見えなくなった。

あわてて視線をそらしながら、ケイトはあらためて自分の変わりように驚いていた。かつては大事に保護されて育ったお嬢さまだった自分。以前なら、こんな男との接点があると考えること自体、こっけいだったろう。しかしこの三年間でケイトは、家柄がよくても貧しい自分のような人間はつねに、好ましくない人物と「交わる」機会があるという現実を思い知らされていた。

そういった経験は、彼女にとってかならずしも悪いことばかりではなかった。たとえば、紹介状も持たない酒好きの小間使いがかなり上手に髪を結えることを発見したし、仕事時間の面で融通がきくようにしてやれば、小間使いのほうでも給金がきちんきちんと支払われなくても目をつぶってくれることも学んでいた。ただし、とケイトは小さく笑いながら思った。「未開の地域」にまでお供として旅させたのはまずかった。雇い主と召使の関係に取りかえしのつかない亀裂が生じたことは確かだわ。

ケイトが記憶に刻みつけておくべき教訓はこれだ――給金が未払いの小間使いにはけっして危険な旅を強いてはならない。

この経験をもとに、指南書でも書くべきだろうか？　小冊子のような読み物で、テーマは「育ちの良い貴婦人のための手引――落ちぶれた生活に対する備え」といったところか。商人階級の人々は、貴族の生活を見習うための指南書ならこぞって読みたがるにちがいない。貧窮した暮らしの中で品位を保つ方法に重きをおいた本はどうだろう？　もし「貧窮」と

「品位」という二つの言葉が矛盾しないならばの話だが。

ケイトの唇はおかしさで引きつった。もう二度と笑うことはないだろうと思っていた時期もあったが、ありがたいことにそれは間違っていた。それでも今は軽薄なことを考えているときではない、と心を引きしめる。確かにケイトはユーモアを解する心があったために絶望感から救われた——母はその絶望感にさいなまれてあっけなくこの世を去ったのだが。一方、ユーモアの感覚は時として厄介な問題を引きおこすこともある。たとえばジャスパー家が来客を迎える準備をしているとき、こんなことがあった。ケイトは、その客は頑固な菜食主義者だから、日曜日の晩餐用に頼まれて切ってあったロース肉は必要ないはずだと肉屋を説得し、その肉を譲ってもらった。値段を割り引いてもらったのは言うまでもない。その事件以来、ジャスパー夫人は二度とケイトに口をきいてくれなくなった。

入口のほうで大きな音がして、吹雪から逃れてきた客がまた一人到着したことを告げた。冷たいみぞれに追われるようにして、赤い顔の少年が戸口から転がりこんできた。両手をわきの下につけてちぢこまった格好で、凍えてひび割れた顔には霜がこびりついている。

「扉ぐらい閉めろよ、このばかやろう!」テーブルのそばの客が一人、どなり声をあげて立ちあがった。

少年にはそれが聞こえなかったらしい。敷居を越えたとたん体を二つに折りまげ、苦痛に顔をしかめながらかじかんだ両手に必死で息を吹きかけはじめた。指先には血の気がまったくない。かわいそうに、凍傷で指を失うかもしれない——。

「言ったろう、閉めろって！」凶暴そうな大男は少年の肩をつかんで壁のほうに乱暴に突いた。少年の広げた両手が木の壁に勢いよく当たり、彼は叫び声をあげた。あまりの仕打ちにケイトの胸がドクンと鳴った。

「出ていけよ、小僧！　おめえの泣きわめく声なんか誰も聞きたくねえんだよ！」大男は少年の襟首をつかみ、開きっぱなしの扉から外へ投げだそうとしている。そのときケイトは男が誰か気づいた。御者のドゥーガルではないか。ケイトの御者だ。

部屋の中は静まりかえっていた。二、三人が軽蔑したように顔をゆがめ、ドゥーガルの仲間らしい男が一人、そら始まったとばかりにあざ笑った。しかしほとんどの客は事態を把握しかねているといったようすでただ見守っている。

ケイトはどうしようもない衝動にかられていつのまにか立ちあがっていた。少年と同じように全身を震わせながらも、引きさがることができなかった。自分を過大に評価する昔のくせはもうなくなっていたが、あふれんばかりの責任感はいまだ健在だったからだ。困った性格だと自分でわかっていても、どうしようもないのだった。本当は声を出すようなことはしたくなかった。ほかの人たちと同じように見て見ぬふりをしたかった。しかし……ドゥーガルは彼女の御者だ。だから自分は彼の行動に責任がある。

心臓の鼓動が激しくなっていた。怖くてたまらなかった。ここで自分が割って入ったらどうなるかを考えると恐怖で体がしびれそうだ。実際、ほとんど麻痺状態だった。

しかし足は動いていた。ケイトは仕切りを越えて、皆が集まっている場所に入っていった。

ドゥーガルはうめき声をあげつづける少年をまた激しく揺さぶっている。「おめえを入れてやってもいいんだぞ、思い知ったらな、扉は閉めとくもんだってことを――」

「その子を放してやれ」という冷静な声が響いた。ありがたいことに、ケイトが発した声ではなかった。

ドゥーガルは邪魔をする奴は誰だといわんばかりにあたりを見まわした。あの年代物の格子縞の肩掛けを着た背の高い男だった。

「そして」スコットランド高地人は穏やかに続けた。「あのいまいましい扉を閉めてくれるかな?」

「俺に命令しやがったな。お前、いったいどこのどいつだよ?」ドゥーガルは挑戦的に言った。ばかでかい手はすくみあがった少年を吊るしあげている。

いすの前脚が静かに床についたかと思うと、男は得体の知れないしなやかな身のこなしで優雅に立ちあがっていた。顔は古びたつば広の帽子に隠れたままでよく見えない。「俺かい、寒さに難儀してる男だよ。それから」彼はドゥーガルに思い出させるように言った。「お前はまだその子を放してもいないし、扉も閉めてないんだな」落ちついた口調からは危険な雰囲気が漂いはじめている。

「くたばりやがれ!」ドゥーガルがわめいた。「そこを閉めるのはこいつを追いだしてからだぜ、この――」

ドゥーガルの手にがっちり握られてすくんでいた少年の体は、低く垂れた梨の木の枝から熟れた実をもぎとるようにすんなりとかすめとられた。少年の体は次の瞬間にはもう、かたわらの二人の若者のほうに押しやられていた。それまで心配しながらも黙って騒ぎを見守っていた二人組は、格好からすると小作人らしい。身をひるがえしたスコットランド高地人は少年を奪ったのと同じすばやさでドゥーガルの前を通りすぎ、大きな音を立てて扉を閉めた。「ほら。早く始めれば始めるほど早くすむんだ。年とったおふくろだったらこう言うだろうな」男は首をかしげ、悲しそうに続けた。「まあ、もし俺におふくろがいたら、そんなふうに言っただろうってことさ」

まわりの男たちが数人、低い声をあげたが、ドゥーガルはそんな言葉で丸めこめられたりはしなかった。顔が赤大根(ビーツ)のように真っ赤になった。

「おい、俺はおせっかいな奴が嫌いなんだよ。旦那はまさにそのおせっかい焼きだ。な、そうだろ?」ドゥーガルは仲間のほうをふりかえって訊いた。仲間は皆うなずき、スコットランド高地人をにらみつけた。ドゥーガルの餌食になるはずの少年が奪われただけではない。腹の立つことに彼らも今夜のお楽しみを奪われたのだ。

スコットランド高地人はさほど警戒しているようには見えない。しかしケイトは心配でたまらなかった。胸をつかまれるような恐怖がじょじょに薄れてきていたのに、新たな恐怖の影が心をふたたび締めつけはじめていた。

「確かにあんたの言うとおり、おせっかい焼きかもしれないな」背の高い男は認めた。「この短所を叩きなおそうとした奴も過去には何人かいたがね」

「そうかい？　じゃあ今度こそよーく思い知らせてやろうじゃないか、なあお前ら？」ドゥーガルが言い放った。

　仲間たちはうなるような声で同意を示した。同時に、先ほどの二人の若者が、ドゥーガルの餌食となりかけた少年を後ろにかばいながら進みでた。

「おい」体格のがっちりしたほうがドゥーガルに向かって言った。「たった一人をあんたたち全員でやっつけようなんて、あんまりじゃ――」

「いいからあんたは下がってろ」スコットランド高地人が口をはさんだ。「加勢を申し出てくれたのはありがたいがね。だけどこの四人のご立派な勇士たちは俺をぶちのめしたがってるんでね、あんたらが無事かどうか、心配しているひまはなさそうだぜ」

　二人の若い小作人は驚いて視線を交わした。

「座ってな、若いの。そしたらビール一杯ぐらいおごってやるよ」スコットランド高地人は宿屋の主人のほうをふりむき、色あせた緑色の上着を脱いだ。ドゥーガルは肉の塊を目の前につきつけられたジャッカルにも似たすさまじい勢いで突進した。

「気をつけて！」ケイトが叫んだが、そのときには男はもうドゥーガルの力強い両方のこぶしの下をくぐって体を回し、相手の分厚い腹めがけて強烈な一発を叩きこんでいた。ぐうっといううめき声とともにドゥーガルは体を二つに折り、床に倒れた。

　ドゥーガルの仲間が前に出てくるのと同時に、居酒屋内にいたほかの男たちがいっせいに立ちあがり、すぐ目の前で始まった騒動の成り行きを見とどけようとした。ドゥーガルの仲間の一人が重い金属の大皿をつかみ、その端を手斧か何かのように振りはじめた。背の高いスコットランド高地人は後ろに飛びのいたが、そのとき帽子が脱げて赤みがかった金髪の長い毛が現れた。

とがったあごと厳しい旅のほこりの筋がついた痩せた顔がさらけだされたのがケイトにも見えた。後退した男を追って、ドゥーガルの仲間の中で一番の大男が前ににじり出た。横には二人を従えて、スコットランド高地人を壁際まで追いたてようとしている。そして……やじ馬がケイトの目の前に群がり、彼女はその輪から押しだされてしまった。ドゥーガルはまだ息をあえがせながら彼女の足もとに横たわっている。

見物している男たちは大声をあげ、帽子を振り、腕をぐるぐると振りまわしてはやしたてた。目の前の光景にたじろぐ者もいれば、さらに大声を張りあげてかなりたてる者もいる。乱闘のようすはケイトのいる場所からは切れ切れにしか見えなかった。たてつづけに飛びかうこぶし、赤みがかった濃い金髪。人込みのすきまからわずかにのぞく男たちの顔は、神経がピリピリと張りつめ、汗がしたたり落ちている。殴り合いで体に叩きこまれるこぶしの鈍い音に加えて、汚い罵声が入りまじる。

誰かが気をつけろと鋭く叫んだかと思うと、突然人の輪がくずれ、ケイトの目の前が開けた。ドゥーガルの飲み友だちが二人倒れている。一人は気を失ってぐったりと横たわったまま、もう一人は膝をついて起きあがろうともがいているところだった。そして出しぬけに、スコットランド高地人がケイトのまん前に現れた。

高地人の肩掛けは脱げていた。麻のシャツの裾はズボンのウエストから引っぱりだされ、片方の袖の肩のあたりは破れて、筋肉質の幅広い背中が少しのぞいている。彼は湿って黒っぽくなったいくすじもの髪の毛を首に張りつかせながら、ドゥーガルの仲間の中でもっとも凶暴そうな男と闘っていた。男の腕のひと振りひと振りを、取るに足りないとでもいうかのように払いのけ、優勢を保っている。

まるで魔物が宿った機械か何かのように秩序だった戦い方、高い集中力、どこまでもむだのない美しい動き。敵のくりだすパンチを一つ一つ正確にかわし、わずかでもすきがあればたちまち残酷なまでの攻撃を浴びせている。ついに、突きあげたこぶしの痛烈な打撃があごの下に入った相手は、体を宙に浮かせた。男は横ざまにふっとんで倒れるとそのまま床の上を勢いよくすべり、ケイトの足もとで止まった。

スコットランド高地人は男のあとを追ってきた。肩を怒らせたようすと、すさまじい形相にケイトは恐ろしくなった。足もとの男はうつぶせになり、這って逃げようとしている。スコットランド高地人は前にかがむと、倒れた男の襟首をつかんだ。浅黒い顔にハッとするほど白く輝く歯を見せて笑う。

彼はぶつぶつ言いながらお腹の出た大男を床から引っぱりあげて立たせた。「そんなに早くへばっちまうなんてあんまりだよ。もう少しつきあってくれてもよさそうなもんじゃないか？　そうだな、もう退散したいっていうんなら行ってもいいぞ。その前にまず、お前の持ってる短剣をこっちに寄こしてもらわなくちゃ。俺に切りつけてきたその短剣だ。そんなので背中を刺されちゃかなわないからな」

彼はドゥーガルのことを忘れていた。

それはケイトも同じだった。

ドゥーガルが挑戦的なうなり声をあげながらスコットランド高地人めざして突進してきた。二人の間に立っているケイトには目もくれない。スコットランド高地人は先ほど襟首をつかんだ男を放すと、そのかかとの下に足払いをかけて樫の丸太のように床に引きたおした。そして稲妻のような反射神経で膝をつくと手を伸ばしてケイトの手首をつかみ、ドゥーガルの進路の外に引きだし、見物している客たちのほうに彼女を押しやった。小作人の若者二人が倒れる寸前のケイトを抱きとめた。

ケイトがあわただしく体勢をととのえて目を向けると、ドゥーガルが隠しもっていた短剣を振りあげて勢いよく下ろそうとしているところだった。まだ片膝をついたままのスコットランド高地人はドゥーガルの手首を空中でがっちりととらえ、動きを阻んだ。彼の肩の筋肉が盛りあがり、ピンと張っている。喉には筋がくっきりと浮きでている。短剣が振りおろされてしまえば命が危ない。

ドゥーガルは歯ぎしりをした。口角につばが泡のようにたまっている。スコットランド高地人は少しずつ、ゆっくりと、一〇〇キロはあろうかと思われるドゥーガルの巨体の重みに耐えて体を起こしていき、ついに立ちあがった。

人々は静まりかえっている。

「ここらへんでやめておくほうが身のためだぞ、そうすりゃ痛いめにあわなくてすむ」スコットランド高地人は凄みをきかせて忠告した。

「くたばりやがれ、こんちきしょうめが！」

「おやおや、立派なもんだ！　まあ、ここでやめられたら俺としても相当がっかりだがね」

スコットランド高地人は不意に体をねじって旋回し、ドゥーガルの腕をぐいっと引っぱった。同時に自分の肩をドゥーガルのひじの下まで沈めながらひねりあげる。骨がボキッと折れるくぐもった音が室内に広がった。

その音を聞いたケイトは吐き気がした。ドゥーガルの顔からは血の気が失せている。力の入らなくなった指から短剣が離れ、音を立てて床に落ちた。開いた口からわめき声がほとばしる。

スコットランド高地人はうんざりしたようすで、訳のわからないことをわめきちらすドゥーガルを仲間のほうに押しやった。宿屋の主人を見つけだすと彼は言った。「腕に添え木を当ててやったほうがいい。でなけりゃ二度と手綱は握れなくなるぜ」

その言葉はケイトのおびえた頭のなかで大きく広がった。彼女はあらぬほうを見つめた。もうスコットランド高地人の姿は目に入らず、先を見越した彼の言葉の意味だけを考えている。ケイトは突如として現実を悟った。自分にはもう御者がいなくなったのだ。

ケイトは鉛のように重たい足をひきずって宿屋の主人のそばへ行った。感覚のなくなった指先をポケットに入れ、マントの裾に縫いこんでおいた貴重な硬貨を数枚取りだす。「誰かに頼んであの人の腕を手当てしてやってください」ぎこちなくそう言うと、ケイトは向きを変え、どこへ行けばいいのかも不確かなままに立ちさろうとした。

代わりの御者を雇うことができなければ、ケイトは郵便馬車に乗せてもらってヨークの実家まで戻るしかない。街道には追いはぎやこそ泥、盗賊のたぐいがますます増えている。これから格別に厳しくなりそうな冬の初め、スコットランド北部に馬や人を送りこむ危険をおかす業者はほとんどいない。パーネル侯爵がこの季節に馬車を出してくれる業者を見つけたこと自体、驚くべきことなのだ。もしケイトがヨークに戻ることになれば、この冬クライスにたどり着ける機会はもう二度とないだろう。

ケイトはどうしてもクライスへ行かなければならなかった。ナッシュ家が失ったものを取り返すことのできる最後の機会を与えられたと彼女は考えていた。しかし今、その望みも消えようとしている。

めまいがした。生まれて初めて卒倒しそうになった。食べ物も、希望も、あまりに少なすぎた。体がふらふらと揺れるのを感じ、ケイトは目を閉じた。何かにしがみつきたくて手を伸ばすが、つかめるものはない。

その一方で、あきらめれば楽になるかもしれないという思いがあった。努力するのをやめてしまえば……。

たくましい腕がケイトのひじをつかんで、しっかりと体を支えた。彼の体からは革と汗と、金臭い変わった匂いがする。ケイトは目を開けた。

彼は暖炉に背を向けて立っていた。背後の火からの照りかえしで、赤みのある金髪のまわりが後光のようにぼうっと明るく輝いている。鋭いあごの線にそって光っている無精ひげのほかは、顔立ちがはっきり見えない。

「あなたはどなたです?」ケイトは訊いた。

「私ですか?」男の喉から深みのある声が出た。「あなたの守護天使ですよ」

重大なことが起ころうとしている、という感覚が背筋をはいあがってくる。ケイトはよろよろと後ろに下がった。倒れないよう支えるため、スコットランド高地人は体をずらし、彼女を自分の横に軽く引きよせた。その動きで彼の体の向きが変わり、光が顔全体を照らした。彼の晩初めて、ケイトは彼の顔をはっきりと見ることができた。情け容赦ない、冷たい緑の目、放蕩者らしい唇、ケルト人の戦士を思わせるあご。

ケイトはクリスチャン・マクニールの腕の中によろめくように倒れこみ、気を失った。

2　居酒屋、宿屋、旅館――落ちぶれた人の泊まる場所で夜を過ごす

　ケイトは覚醒と夢うつつの間をさまよっていた。暗闇を支配しているのは暖かく男性的な匂いで、彼女が横たわるどっしりした何かの表面から立ちのぼっている。ここにいると安らかな気持ちになり、心からくつろげる……少しだけ……ふしだらな感じがするけれど。ふしだら？

　ケイトは完全に目覚めた。目の前にはがっちりしたあごと力強く男らしい首が見える。金髪のスコットランド高地人の瞳は玉髄（ぎょくずい）の結晶のようだ――銀のような輝きをもつ淡い緑色の、謎めいた瞳。

「私を憶えていらっしゃいますか、ブラックバーン夫人？」彼は訊いた。「キット・マクニールを？」

「クリスチャンでしょう」

　ゆったりと大きめの口の端がぴくっと上がり、一瞬だけほほえみに変わった。「あいにく、

クリスチャンよりもキットで通っているんですよ。とにかく憶えていてくださったんですね」

　ええ、もちろんですとも。ケイトは憶えていた。すべての装飾品が剝ぎとられた部屋の中で、震えながら座っていた自分のことを。灰色がかった緑色の目をして、傷ついた獣のような猛々しさで室内を歩きまわっていた青年のことを。キットことクリスチャン・マクニールが、それまでの自分の人生経験の枠からあまりにはずれた人物であるがゆえに、ケイトは家族にも言ったことのない話を――つらいこと、腹立たしいことを――打ちあけられる気がしたのだ。なぜなら、二人の住む世界はほんのひととき接点があっただけで、二度と重なることはないと確信していたから。しかし現実にはこうして再会している。見通しが甘かった。

「ええ、憶えていますわ」ケイトの喉から頰へと熱いものが駆けあがった。「どうやって――どうしてここにいらっしゃるの？」

　彼は濃い色の長い眉、深い傷あとがあるほうをつりあげて皮肉っぽく訊いた。「守護天使の存在を信じていらっしゃらないのですか？」

「信じてません」仮にそんなものがいたとしても、ケイトを担当する守護天使は職務怠慢によって何年も前に天使の地位を追われているはずだ。ケイトがもじもじと体を動かすと、マクニールは彼女を具合よく抱えられるように腕の位置を変えた。軽く上下に揺すられたケイトは、何も知らないも同然の男の腕に抱かれていることをいやでも意識させられる。「もう結構ですわ。立てますから」

マクニールは何も言わずに床に下ろしてくれたが、ケイトはめまいを感じてよろめいた。差しのべられた彼の手を、ケイトはさっと体を引いて拒んだ。「大丈夫です」

彼の形のよい唇が横に広がり、不思議な笑みになった。輝くばかりに美しい黄金色の薔薇をナッシュ家に持参したときのこの青年は、気性こそ激しそうだったが、ケイトはどこかしら自分と同類で、響きあうものがあると感じた。あのときはなぜか、クリスチャン・マクニールという人間をよく知っているような気さえした。しかし今ここにいる、ぜい肉ひとつない体を使って、けんか相手を容赦なく叩きのめしてみせた「キット」・マクニールに対しては同じように感じられないのだ。彼はここで何をしていたのか？

「あなたのお部屋はどちらです？」

ケイトがすぐそばの戸口を指さした。マクニールは扉を押し開けて手で押さえ、彼女が中に入れるように脇に寄った。ケイトがふりかえったとき、戸口からもれる光が彼に当たり、廊下の薄暗がりでは気づかなかったものが見えた。こめかみに垂れる金髪に血がこびりついて固まっている。さっきの乱闘で負った傷だ。視線を落として手を見ると、指の関節の皮がむけて血が出ている。普通の男だったら骨ぐらい折れているだろう。激しい暴力の証拠をつきつけられてケイトは身震いした。

「おけがをなさってるわ」

「実際は見かけほどひどくはないですよ。頭の傷というのはそんなものです」

ケイトはためらった。彼がけがに慣れていると判断したからか、いつもの責任感からつい声をかけてしまったのか。理由はともあれ、彼女は扉を開けたままで言った。「こちらの部屋の洗面器をお使いになってください。馬の飼い葉桶に入った水で洗うよりはましでしょうから」

「それしか選択肢がないんですか？」彼は皮肉たっぷりの笑みを浮かべて訊いた。

「私が最後に残っていた部屋をとったので、それから部屋に空きが出ていなければ、そういうことになりますね」ケイトは冷やかに答えて、からかわれるのを拒み、ふちの欠けた陶器製の洗面器を身ぶりで示した。「どうぞ」

マクニールは鼻を鳴らすと、この人の気まぐれはわけがわからないが、一応かなえてやるかとでもいうような態度で部屋に入り、後ろ手に扉を閉めた。洗面器のところへ行って前かがみになり、顔に水をばしゃばしゃとはねかけて洗っている。そのあいだケイトは彼のようすを観察していた。

最初、マクニールだとわからなかったのも無理はない。痩せこけていた顔の線も多少の肉がついたのか、今では骨ばかりが目立つことはなくなっている。硬質な面ざしが際だっている。また、さっき気づいた眉の傷のほかにも三年前より傷あとが増えている。以前でさえ、かなり多くの傷あとがあったのだが。

それからマクニールは、ケイトが記憶していたより大きく、肩幅が広かった。顔を洗う動作で麻のシャツが引っぱられ、その裂け目から背中の筋肉が収縮するのがわずかに見える。がっしりした筋肉が盛りあがり、動いている。彼のすべてが男っぽかった。男くさかった。

マクニールはなぜ扉を閉めたのだろう？　開けたままにしておくべきだったのに。紳士であれば、誰か女の人を頼んでお目付け役としてそばにつかせるだろうに——私ったら、いったい何を考えているのかしら？　居酒屋の女にそんな大役が務まるわけがない。それにマクニールは紳士とは言いがたい——話しぶりで教育を受けていることはわかるにしても。その話し方も、さっき下で聞いたかぎりではけっして洗練されてはいなかった。いったいどうなっているのかしら？

ケイトはマクニールを部屋に招き入れるべきではなかった。もしかすると彼は、ケイトが単なる親切心以外の理由でそうしたのだと思ったかもしれない。マクニールがどういう人間なのか、何をしているのか、何をしてきたのか、ケイトにはかいもく見当もつかないのだ。

階下の居酒屋からの怒声が薄い床板を揺るがし、自分が危険にさらされているかもしれないことをケイトに自覚させた。もしここで叫んでも、その声は誰にも聞こえないだろう。ケイトは閉まった扉にこっそり目をやり、そちらのほうに少しずつ進んでいった。

「タオルはありますか？」顔を洗いおえたマクニールの声にケイトはびくっとしたが、タオルを渡すとすぐにそわそわしたようすでもとの位置に戻った。マクニールは一瞬ケイトを見つめてから背中を向けた。

「おびえたウサギみたいになってますね、私が怖いからですか。ブラックバーン夫人、私はあなたを襲おうなどと考えてはいませんよ」彼はタオルで顔をふきながらそう言った。まるで、襲われたと告発されるのが日常茶飯の退屈なできごとでもあるかのように。

ケイトの頬は真っ赤に染まった。おどおどしている自分が情けない。

マクニールは洗面器のほうにまた体を向けた。その上の壁にかけてある鏡をのぞきこんで、こめかみの傷を調べている。彼はケイトを無視して、水に濡らしたタオルをしぼって手についた血をぬぐっている。ケイトの緊張が少しやわらいだ。

この人は目までが変わってしまった、と鏡の中の彼を見ながらケイトは気づいた。三年前の彼の目は、傷つきやすい本当の姿につながる入口を示してくれていた。だが今ではその入口も閉ざされて、以前の面影をちらりとも感じさせない。変わらないのはただひとつ、その美しさだけだ――金色の濃いまつ毛でふちどられた、切れ長で、銀色がかった緑の目。彼は血のしみのついたタオルを横のほうへ投げた。こめかみの傷からはまた新たに血がにじみでている。

「まだ血が出ていますわ」ケイトはつぶやいた。

マクニールは傷にさわって、血のついた指をとまどったように見た。どうしたものかと決めかねている。見まわしたところ、ほかに余分のタオルはない。ケイトは一瞬ためらってから、衝動的にベッドの下に手を伸ばし、今は亡きいとこの所有物だったトランクの中をさぐった。トランクは凝った装飾をほどこした革製で、真ちゅうの金具がついている。

この中には、いとこのグレース・マードックの持ち物とともにケイト自身の衣装のすべてが入っていた。母が持っていた中で一番いいドレスが三着。パーネル城に着いたときに物欲しげな貧乏人（実際はそうだったが）に見えないようにするためだ。ケイトは薄紙に包まれたドレスを取りだして用心深くベッドの上においた。トランクの底には下着がきちんとたたんで入れてある。

ごく薄手の平織り綿布(バチスト)で作られた何枚かの下着はかつて花嫁だった彼女の宝物で、絹の刺繡で飾られ、ベルギー製のブラッセルレースでふちどりがしてあった。もっとも美しかった一枚も、とっくの昔にすりきれてしまっている。レースは取りはずして妹シャーロットの通学用ドレスの飾りに使った。残ったのは洗濯を重ね、憶えていられないほど何度もくり返しつくろって薄くなったものばかりだ。病院で使われる包帯だってこれよりは糸が多く、目がつんでいるだろう。

「何をしてらっしゃるんです?」マクニールは訊いた。

「そんなに血を流したままで歩きまわるわけにはいかないでしょう」ケイトは古びたシュミーズの一枚を縫い目のところで裂いた。「その姿ではあんまりですから。座ってください」

マクニールは首をかしげ、驚いたようすでケイトを見つめた。しかしそれでも彼女のそばに来て、部屋で唯一のいすに座った。ケイトは彼の後ろに回り、シュミーズを切り裂いて何枚もの細長い布にした。それらを重ねて厚い当て布を作ると、彼のこめかみの傷に押しあてた。「ここを押さえていて」

当て布を押さえようと、マクニールの手がケイトの手の上に重なった。その手は体のほかの部分と同じように大きくごつごつとしていて傷あとの感触があったが、思いがけないほどの優雅さもそなえていた。指はすんなりと細長く、手首は幅は広いが無駄な肉がなく引きしまっている。ケイトはマクニールの手の下から自分の手をあわてて抜きとって、彼の頭に布を巻きはじめた。

ケイトに触れられてマクニールは息を止めた。

「痛かったかしら?」ケイトは訊いた。

「いいえ」このくしゃくしゃに乱れて量の多い赤っぽい金髪の下には隠れた傷があるのかもしれない。ケイトは指を使って少しずつ優しく彼の頭皮をさぐった。彼は体を動かさずにじっとしている。両手は膝の上におき、まっすぐ前を凝視している。

立っているケイトからは、濃い色の胸毛が光るマクニールの広い胸がシャツの裂け目を通して見えた。まさに男の体だった。ケイトは男性の体が放つ存在感がどんなものか、ずっと忘れていた——。

「三年前のことを思うと隔世の感がありますね。このみじめな宿でこんなことをなさっているとは」マクニールは言った。

ケイトは悪事を見つけられたときのようにびくっとしたが、彼はたんたんと続けた。「三年前のあなただったら私に包帯をしてくださったかどうか、怪しいものですよ」

「あら、そうかしら?」

「あのときのあなたは上流社会のお嬢さまそのものでした。非の打ちどころがなく、汚れのない」彼の声は物思いに沈んだようなささやきに変わった。「私がそれまで出会った中で一番汚れのない清らかな存在でした」

ケイトは背すじを伸ばした。彼の言葉に隠された含みに傷ついて、「私が汚れのない存在でなくなったとすれば、それは旅しているからですわ」と答えた。

マクニールは笑った。おかしそうな笑い声に彼女はどぎまぎした。彼の言葉の裏に隠された意味を考えてみる。落ちぶれた暮らしを強いられているために、私の道徳観まで堕落してしまったかどうか推しはかろうとしていたのかしら？　この手の勘違いをした男は今までにも何人かいて、みなケイトの強烈なお説教をくらって退散した。下劣で最低の男たちだったが、それでも彼らはある種の社会的常識に縛られていた。一方キット・マクニールは、何ものにも支配されていないように見える。厳しく叱りつけられたからといっておとなしく従うような人間とはとうてい思えなかった。

ケイトは咳払いをした。「あなたのおっしゃるとおりですわ。三年前の私だったら、あなたを台所へ行かせて女中頭か誰かに世話をさせたでしょうから。確かに今の私にはもう家事をしてくれる召使もいませんし、台所もありません。でも、義務と感謝の何たるかがわからないほどに落ちぶれているわけではありません。特に、私より幸運とは言えない人のためであればなおさらです。つねにそういうことがわかる自分でいたいと思っています」

面白がっているような表情がまた生まれ、彼の厳しい顔つきを一瞬やわらげた。「では、私の誤りを認めます。あのころでもあなたはもちろん適切にふるまわれたと思いますよ。こうしてずっと礼儀作法を保っていらっしゃるのは、私にとっても非常に幸運なことです」

「そのおっしゃりようだと、まるで適切なふるまい自体が根本的に怪しいと言ってらっしゃるように聞こえますわ、マクニールさん」ケイトは高飛車にそう言うと、平織り綿布をもう一片、歯で引き裂いた。「今までの私の人生経験から言いますと、上流社会で定められた礼儀にのっとった行動は、卑しい衝動や暴力的な性向の命ずるままに動く代わりにとるべき道だと思いますわ」

そう言いながらケイトは彼を見ていなかった。見る必要もなかった。その言葉の意図するところは明白だった。

向こうみずなことを言ったものだと自分でも驚く。先ほど感じていた恐れを忘れるべきではなかったのに。自分が何ものにも傷つけられないと信じて疑わない態度。これもまた、もうとっくに過去のものになった上流社会の生活の名残なのだ。これでケイトが著す本に書きこむ教訓がまた増えた。貧しい貴族の婦人はつねに意識しておかなくてはならない——自分がもう、淑女の身の安全（幸福とまではいかないまでも）が保証された社会の一員ではないということを。

「あなたがなさったことはありがたいと思っています。誤解なさらないで」ケイトはにわかに不安になってつけ加えた。

「いや、大丈夫です」彼は答えた。「あなたには、手当てしてくださったことに対する恩義を感じていますからね」

ケイトには彼の感謝の言葉など欲しくなかった。ここから出ていってほしかった。キット・マクニールは彼女を動揺させた。怖がらせた。でも昔、乗馬の稽古をしていたときに学んだことを思い出そう――危険な動物には、自分の恐怖心を感づかせてはならない。

「もう血も止まったでしょう」ケイトは言った。「あの男の子のためにしてくださったこと、感謝しますわ」横にどいて道を空け、退散時であることをそれとなく知らせた。しかし彼は行こうとしない。「そろそろ、失礼して、お別れの挨拶を述べさせていただこうかと」

それでもマクニールは腰を上げなかった。「あなたは私がしたことのせいで、ここを動けなくなってしまったのですよね」

「あなたは本当に勇敢でしたわ」ケイトは残った布の切れ端を丸めると、彼と向かいあってほほえんだ。この笑みが冷静でそっけない感じに見えますようにと願いながら。「ある行為で人が迷惑をこうむったとしても、それがより大きな善行のためであれば、そこを配慮して評価すべきだと思います」

「私は大した危険をおかしたわけでもないのに」彼は言った。

「そんなことはありませんわ。ドゥーガルは短剣を持っていたでしょう。私も見ましたから。あなたの行為はまさに英雄的でした」ケイトは今度はドアへ向かって一歩進み、かんぬきに手をかけて開けようとした。

「しかし、確か私の記憶では、あなたは、英雄など必要としていないのでしたね」キットがつぶやいた。

ケイトが黙ったままなのでマクニールは肩をすくめてみせ、ドゥーガルの短剣も、その結果生じた危険性も大した問題ではないということで決着をつけた。しかしどうして彼はまだそこに座っているのだろう？

「ご迷惑をおかけしたことを考えると少なくとも馬車賃ぐらいは私が出してもいいでしょう、行き先は――」問いかけるように彼の眉が上がった。「ヨークですか？」

「いいえ」

「いわゆる『適切なふるまい』をする必要があるからといって、私から金を受けとれないことにはならないでしょうに？」

「ヨークへ行くのではありません。行き先は反対方向です」

それは本当だった。確かにケイトは一文無しと言ってもよかったが、グレースの義兄にあたるパーネル侯爵が、御者がどれだけふっかけようと言い値の運賃を支払ってくれるだろう。すでにケイトのために馬車を一台手配してくれたのだし、彼女はいわば「侯爵の代理」としてこの旅に出ている。まあ、そういう面もあると言うべきか。いや、ともかく表向きは代理としての旅と言っていい――。

マクニールはケイトを頭のてっぺんからつま先までくまなく眺めた。三度は折り返したと明らかにわかるドレスの縫い目から、何度も靴底を張りかえたブーツのくたびれた革にいたるまで、ひとつも見逃さない。「で、御者がいなくなったわけですが、ほかの御者を手配できると思っていらっしゃるのですか？」

「ええ。きっとできるはずですわ」

「がっかりなさると思いますよ」彼は言った。「ここは馬車宿ではないんですよ、ブラックバーン夫人。こそ泥や追いはぎのたまり場です」

「この宿のことをよくご存知のように聞こえますけれど」ケイトは切りかえした。

「これと同じような宿屋は百軒ばかり知っていますよ」彼は愛想よく答える。

キット・マクニールが犯罪者の隠れ家のような宿のことにどんなに詳しかろうとどうでもいいわ。彼はケイトの事情を知らない。目的のためにどんな危険をおかさなくてはならないか、何を得なくてはならないかがわかっていない。ケイトが今回の旅をすべてうまくやってのければ、自分の、そして姉妹の人生を取りもどせる可能性があることを、彼は理解していない。

「あなたは危険な状況におかれています」と彼は言う。「道義上、放っておくわけにはいきません。特に私のせいでこうして一人取りのこされたのですから」

「あなたが心配なさることではありませんわ」ケイトはひと言ひと言に、できるかぎりの尊大さをこめて言った。

それでこそブラックバーン夫人とばかりに、マクニールの顔に笑みがゆっくりと広がった。

「しかしですね、ブラックバーン夫人、ついさっき『適切なふるまい』がいかに大切であるかについて講釈してくださったばかりじゃありませんか。文明人と、たとえば、野蛮なスコットランド人のたぐいとを区別するのはまさにその適切なふるまいだと。あなたご自身が適切なふるまいをしておいて、私にそれをすることを許さないというのは不公平ですよ」

ケイトは顔を赤らめた。マクニールに実に巧みにあやつられている。「引きかえしたほうがいいと説得なさろうとしても時間の無駄ですわ。私は北へ向かいます。クライスを経由してパーネル城へ行くのです。マクニールさん、あなたが私をここから力ずくで追いだすおつもりでなければ、の話ですけれど」ケイトは無謀にもこんな言葉を発した。

マクニールの口元がさらにほころんだ。ケイトの言うことがなかなか変わっていて面白いとでも言いたげだ。「さあ、ブラックバーン夫人、私をご覧なさい」

彼は心憎いまでの優雅さでいすから立ちあがると、長い両腕を横に広げた。日焼けした肌の下で筋肉が波打つのがわかる。湿ったシャツには血のしみがついている。喉もとにはまだ汗が光っている。すべてが野蛮で荒々しく、危険だった。「私が力ずくでそんなことができると、一瞬でも疑われたのですか?」

ケイトは小さな声で答えた。「以前、私の家族には恩義があると言いはっておられましたね。ですから、そんなあなたが私をひどいめにあわせるとは思えません」

マクニールはその言葉になぐられたかのように体をこわばらせた。顔にははっきりとした笑みが表れている。「マダム、ご明察です。大したものですね。しかしそうなると私は、難しい立場におかれてしまいます。あなたに旅をとりやめろとしつこく要求するか、あるいはあなたが危険にさらされるのをわかっていながら黙って見すごすかのどちらかを選ばなくてはならない」

「このことはあなたには関係ありませんわ。良心が許さないというなら、ここでお会いしたことはお忘れになってください」

「いまいましいことに、私は記憶力がずば抜けていいものですから。以前、申しあげましたね、恩を返さないでいることが重荷であると。私は受けた恩はかならず返すのです、誰にも恩義を感じずにすむように」彼は言った。「ですからおっしゃってください、黒髪の女教師よ。上流社会のしきたりでは、私は何をすべきでしょうか？」

ケイトは力をこめてドアを開けた。「婦人をしつこい要求で悩ませてはならない、という点ははっきりしています――あなたがどれほど良心の呵責に悩まされていようと。さて、私、もう休ませていただきたいのですが。あの少年を守ってくださったこと、重ねてお礼申しあげます。それでは今一度失礼いたします」

マクニールは一見素直に戸口に向かった。しかしケイトのすぐ横まで来ると、彼女の後ろに手を伸ばして扉を勢いよく押して閉めた。そのまま手のひらで扉をしっかり押さえて開かないようにしたマクニールのむき出しの腕の筋肉が、ケイトの顔の横で盛りあがっている。それでも彼女はがんとして後ずさりしなかった。「どこで新しい御者を見つけるおつもりなんです？」彼は尋ねた。

「宿屋の主人に訊いてみます」ケイトは憤慨して答えた。「きっと私を乗せていってくれる御者を見つけてくれるでしょう」

「金は十分にあることを納得させないと無理でしょうね、この時期にスコットランド北部へ馬車を出させるためには」彼は入念にケイトを観察しながら言った。「それだけの金はお持ちではないですよね？」

否定してもしかたがない。「ええ、持っていません」

「ということは、誰だか知らないがその御者は、スコットランド北部まであなたを連れていくとして、その見返りになるものは何です？　あなたのそのきれいな顔ですか？」

「せせら笑わなくたっていいでしょう」彼女は言った。「御者には、向こうに到着したときにパーネル侯爵が代金をお支払いすると確約すればいいことですから」

「その名無しの優しい御者を説得するのに、それだけで十分だとお思いですか？」

「十分だと思いますけれど」

「だめですよ、ブラックバーン夫人。御者をしている連中は、生涯ずっと口約束ばかり聞かされてきているんです。不在地主は地代を下げてやると約束する。政治家は彼らのわずかな権利を守る法律を制定すると約束する。不動産の管理人は日当の引き上げを、裁判所は正義を約束する。なのにどの約束も守られたためしがない。

我々スコットランド人は、約束といえばまず疑ってかかるのが普通なんですよ、ブラックバーン夫人。あなたのような美貌の娘さんの約束でもだめです。もしかするとそんな美貌の娘さんだからこそ、信じないのかもしれない」

「私は嘘などついていないのに！」

「そんなことをおっしゃっても。ここでは私をのぞいて誰も、あなたを知らないわけですから」

マクニールの自信たっぷりの主張を聞かされて、ケイトはなぜか息が苦しくなった。「あなたは私のことなどご存知ないでしょう。何もご存知ないくせに」ケイトは体をかがめて彼の腕の下をくぐった。しかしいきなり手首をつかまれ、体をぐるりと回転させられた。二人の顔と顔が向き合う。

ぐいと引きよせられたケイトは、必死で身を離そうとした。今までそんなふうに手をかけられたことは一度もなかった。手加減しながらも相手を荒っぽく扱い、自分は好きなように力をふるえることを苦もなく証明してみせるやり方だった。ケイトの心に無力感が生まれていた。身のすくむようなその感覚に圧倒されて喉がつまり、こめかみが脈打っていた。

「いいですか、お聞きなさい」窮地に追いこまれたケイトにかまわず、マクニールは言った。「あなたが提示する条件をのんで馬車を出してくれる御者が見つかったとしても、その御者がどんな奴か、想像がつきますか？　二日間、二人だけで街道を行ったらどうなります？　さっきのあの御者は、馬車の請負業者が身元を保証している人間ですよ。それがあのご立派な人柄ですから。御者を新たに雇うにしても、お薦めできる輩でないことは確かですね」

ケイトはようやくつかまれた手をふりほどいた、というよりマクニールがいきなり手を放したと言ったほうがいい。その勢いで彼女の体は後ろに倒れ、肩が壁にぶつかった。彼はすばやく近づき、のしかかるように見おろした。彼女の視界には、マクニールの姿だけしか入ってこない。

「かりにあなたが失踪したとしましょう」美しい目がケイトをじっと見すえる。まるで満腹でも気晴らしのためならいつでも狩りをはじめられる肉食動物のように。ケイトの心臓がびしょうか？」

くりと高鳴った。「誰があなたを見つけてくれますか？　探そうとする人が果たしているで

マクニールは上体を倒し、筋骨たくましい前腕をケイトの頭上の壁につき、彼女を囲いこむようにした。彼女は体をねじり、壁に頬をぴったりと押しつけた。彼の指先がこめかみのすぐそばにきている。少しでも動けば触れてしまう。ケイトは突然わけのわからない恐怖に襲われた。その恐怖は効き目の強い薬のように全身の血管を勢いよくめぐった。彼の視線はものうげにケイトの顔を上からたどっていき、何か考えがあるように唇のところで止まった。彼女は震えながら目を閉じた。「あなたを探すのにどこの誰に尋ねればいいのか、見当のつく人がいると思いますか？」

今ここでマクニールは、ケイトに対し何かしようと思えば何でもできた。誰も邪魔する者はいない。しかしそれこそまさに彼の言いたいことなのだった。ここでさえこれだけ弱い立場になるのだから、自分を街道で待ちかまえている危険がどれほど大きなものか？　ケイトは理解した。彼の言うことに納得させられた。しかし、それでもかまわずに旅を続けたいという思いがあった。

ケイトは長いあいだ、ナッシュ家が窮状から抜けだす道を探していた。今自分の目の前にあるのは、わずかではあるが脱出の糸口になるかもしれない機会なのだ。恐れと危険がどれほど大きくても、ケイトは引きかえすわけにはいかなかった。今はだめだ。

ケイトは目を開けた。「私、どうしても行かなければ」

「なぜです?」お説教はもう終わりだと思っていたのに、まだ続くらしかった。マクニールはケイトの唇を見つめつづけている。彼女の言葉のつむぎ方に魅了されたのだろうか。

「私のいとこのグレースを憶えていらっしゃいます?」

「はい?」

「グレースはパーネル侯爵の弟さんでチャールズという方と結婚して、クライスの町の近くにある侯爵一家のお城に住んでいました」言葉がつぎつぎとせいたように転がりでてくる。

「二、三カ月前、グレースから手紙が来て、チャールズとともにロンドンへ引っ越すことを知らされました」ケイトは思いきってマクニールの痩せた顔をちらっと見た。

「グレースは私物を入れたトランクを送ってきました。金銭的には大したものではありませんでしたが、二人が到着するまでそれらの品を預かっていてほしいと私に頼んだのです」ケイトは開いてあるトランクを身ぶりで示した。真ちゅう製の望遠鏡、何冊かの本、旅行用の平たい文房具入れがトランクの一番上に並べられている。「その後まもなく、グレースとチャールズがヨットの事故で亡くなったという知らせが来ました。

悲嘆にくれたパーネル侯爵は手紙を書いてこられて、思い出として二人の私物を持っていたいので、トランクを返してくれないかと頼まれました。そこで私がみずからお持ちしますと約束したのです」

「おやまあ、ブラックバーン夫人。あなたは優しい感情があふれでる泉のような方ですね」

マクニールは皮肉たっぷりに言った。彼はケイトの口の端にひっかかったひとすじの髪の毛を手で払った。「しかし侯爵は、弟君が持っておられたがらくたなどなくてもひと冬ぐらい越せると思いますよ」

この人は私がしたくない告白をさせようとしているんだわ。ケイトは目をそらした。「パーネル侯爵と私は……私たち、数年前にお会いしたことがありますの。お優しい侯爵は私のことを思い出してくださったのだと思います」やむにやまれず自尊心を捨てて、ケイトは続けた。「悲しみの中にある侯爵をお慰めして、そして以前に一度私に……好感をもっていただいたことを頼りに、私たち一家の援助に一肌脱いでやろうと思っていただけるように話をもっていけたらと願っているのです。グレースの親族で生きているのは私たちだけですから」

マクニールは声をあげて笑った。「最後に残された貧しい親族ですか？　ブラックバーン夫人、その役どころはあなたには似合いませんね」

「飢えることのほうがよっぽど似合わないわ！」ケイトはすばやく頭をめぐらせて言った。私をこんなふうに評価するとは何という厚かましさだろう？　多くの人々が、恵まれた家族や親戚の情けにすがって生計を立てている。ケイトたちが初めての例ではないだろうに。

マクニールはほんの一瞬、ケイトと目を合わせてから口をゆがめた。彼女の言うことにも一理あると認めたらしい。「春になるまで待っても、あなたの使命はちゃんと果たせると思いますが」

「春になるまで待ってまた旅に出る費用は工面できませんわ」

「金なら私が持っています」彼は急に壁から体を離し、片手を脇に垂らした。ケイトをいたぶることへの興味はもう失せたらしい。ケイトは解放されていた。彼の頭の中ではこの問題に関して結論が出ているにちがいない。ケイトにひとまずヨークまで帰らせて、春になったら馬車を雇ってふたたび旅に出られるだけの金を渡して、それから馬で走りさろうと思っているはずだ。そうすれば、彼がナッシュ家の人々に対して負うている恩を返すことができる。ただ、春では遅すぎる。ケイトが侯爵からの援助を必要としているのは今なのだ。

「では、私たちがこの冬を越せるだけのお金をお持ちですか？　シャーロットの学費や、彼女のドレスを買う費用を？」差しせまって必要なのはドレス代どころの話ではないのだが、そこまで告げることは、さすがにケイトの自尊心が許さなかった。ケイトの視線は意味ありげにマクニールの乱れた髪や破れたシャツ、すりへったブーツをたどって動いた。

その視線に対し、マクニールは険しく冷笑的な目で見かえした。「もし皆さんの状況がそこまでせっぱつまっていると私が知っていたら――」

「マクニールさん」彼女は言った。「もし状況が『せっぱつまっている』と思わなかったら、私は今夜、この場所にはいなかったでしょう。この三年、窮乏から抜けだす機会はほとんどありませんでした。ですからどんな機会でも見つかれば利用したい。それをこれ以上遅らせる余裕はないのです。

春になれば侯爵の悲しみも少しは癒えて、現実の生活に目を向けられるようになるでしょう。弟さんの私物をお返しするという私の果敢な努力もそんなに感動的な話にはならないかも。ご褒美をくださる価値もないと思われるかもしれません」

「あなたは実に打算的な方だ。教えてください、そういった打算的なところもいわゆる……上流の階層の人々がもつ特性なのですか？」

「必要に迫られれば、どんな特性だって発揮しますわ」ケイトは言った。この人にわかるはずがない。健康で、力も強く、社会的責任もない――返そうとやっきになっている私たちへの例の恩義をのぞいては。「今現在の状況を考えると行動を起こすしかありません。私はこの宿の主人の判断を信じて御者を探さなければなりません。ほかに道はないのです」

「いいえ、道はあります」彼は言った。「私があなたをお連れします」

「いやです！」その言葉はケイトの唇からほとばしった。

マクニールの唇がゆがんだ。「何がいけないのですか、ブラックバーン夫人？　私が信用できないとでも？」

「できません」

彼は皮肉も何もなくただ笑った。「賢明なご判断ですね、でも心配はご無用です。私はあなたに危害を加えたりはしません。貧しい私ですが、わずかながら持っているものはすべて大切に思っています。自分がした約束、自分の名誉、そして自立です。最初の『約束』、これはかならず守ります。なぜなら、約束を守るのに必要な技能と体力があるからです。二番目の『名誉』も重んじています。なぜならそうするだけの意志の力があるからです。三番目の『自立』、これも大丈夫です。なぜなら私には男女を問わず、いかなる人とのしがらみもないからです――自分が恩義を感じている人以外には、ですが。その数少ない例外の中で、あなたのご家族は特別な存在なのです」

ケイトはキット・マクニールの厳しい表情をじっくりと眺めた。さまざまな思いが渦巻いた。ケイトは愚か者ではない。パーネル城にたどり着きたければ、マクニールに頼る以外に機会は残されていないかもしれない。ケイトは見知らぬ人間を旅の道連れにするという危険をおかしたくなかった。特に先ほど彼が簡潔に説明してくれた状況ではなおさらだ。かといってマクニールも恐ろしかった。本能的に、この男が自分に害をおよぼすのではないかと感じていた。ケイトは自分の直感を信じた。「いいえ、結構です」

マクニールはこぶしを握った。ケイトは無意識に後ずさった。ドゥーガルとその仲間たちに対して爆発させた彼の怒りの激しさを思い出して自然にそうなったのだ。低い声で悪態をつくと、マクニールはケイトから離れた。

「たぶんあなたが正しいのかもしれない」彼は荒々しい口調で言った。「確かにそうだ。あなたの言うとおりかもしれない」

そして、驚きに打たれたケイトが見守るなか、マクニールは片膝をつき、頭を垂れた。前腕を胸に斜めにあて、こぶしを心臓の上におく。赤みがかった濃い金髪が、ちらちらと揺れるろうそくの炎できらめいた。

「キャサリーン・ブラックバーン、あなたにお仕えすることを誓約します。私の腕と剣、息と血にかけて、おそばでつくすことを誓います」彼の声は激しい感情に震えている。「あなたの望まれることなら何でもいたします。あなたが必要とされるものなら何でもご用意します。人間の意志ではなく、神のご意志によってのみ、私は固く誓います」

マクニールは顔を上げてケイトの顔を見た。「美しい言葉でしょう？　この誓いの言葉を破るぐらいなら、私は死を選びます」

彼の最後の言葉は低くなり、聞きまちがえたかと思うほどだった。だが彼はまた話しはじめた。淡い緑の瞳が輝いている。「ここスコットランドは私の故郷です。この土地の山も、川も、私は知りつくしている。宿が見つかりそうにないところか、夜露をしのぐ場所が見つかるところか、私にはすぐにわかります。吹きすさぶ風が自然の単なる気まぐれなのか、それとも大きな被害をもたらす暴風になるのかも区別がつきます。そして、危険なめにあうことなくあなたの目的地に着くことのできる道を知っています。

私は以前、あなたにこう申しあげましたね。恩をお返しするのにどれほど時間がかかろうとも、お待ちしますと。私は長いこと、ただひたすら待っていました。この恩義という重荷から私を解放してください。そうしてくだされればあなたもクライスまで安全に旅することができるのです。どうぞ、この役目を私におまかせください」

マクニールの声にこもった熱情に心を打たれて、ケイトの顔は赤らんだ。三年前、彼はケイトの不意をついて彼女から率直な話を引きだした。そしてケイトは今、彼の声に宿る、かつての自分と同じ率直さを感じていた。この男と旅をするなど、狂気の沙汰かもしれない。しかし残されたもうひとつの選択肢――まったく見知らぬ誰かに自分の身を託すこと――はそれよりさらにひどい地獄だった。

「わかりましたわ」

「自分の荷物をまとめてきます」しなやかな身のこなしで彼は立ちあがった。冷静さが戻っていた。先ほど情熱的な誓いの言葉を聞いたのは夢だったのだろうか。「夜明けとともに出発しましょう」

3　新たな環境を受けいれる

　ケイトは彼を恐れていた。口では強がりを言っているくせに、彼が体を動かすたびに不安を感じるらしくびくっとして、おびえを隠せないでいる。

　キット・マクニールは暗くなった庭をつっきっていった。肌に突きささる氷雨や髪を激しく巻きあげる風の冷たさを気にもしないで歩を進める。彼は頼まれたとおりに行動していた。インドに二年近く滞在したあと、つい三週間前にブリストル港に着いたばかりの彼は、上陸後すぐにロンドンの弁護士に連絡をとった。人から伝言があったときには大修道院の院長からこの弁護士に伝えられることになっているが、何か特別な知らせがあるとは期待していなかった。だから下宿屋に薔薇の花が届けられたときには、正直言って大いに驚いた。花はしおれて小さくなっていたが、それでも黄色に輝く薔薇であることには変わりなかった。

　薔薇とともにもたらされた伝言は、ケイト・ブラックバーンを守って無事に北スコットランドへ送りとどけてほしいとの依頼だった。手紙にはケイトの旅程のほかに、干渉されたとわかれば彼女はひどく腹を立てるだろうから気をつけるようにという注意が書かれてあった。その懸念から、差出人は——シャーロットなのか？　署名はぼやけていて読みとれなかった——ケイトに出会ったときにそれが偶然のできごとだと思わせるようマクニールに頼んでいた。当然のことながら彼は指示されたとおりにした。すでに誓いを立てた身としてはそうするしかない。

しかしそれでもマクニールは、この使命に不快感をおぼえずにはいられなかった。若く美しい婦人に従者としてつきそって、彼女の新しい夫となるらしい侯爵のもとへ送りとどけるという任務が自分の足かせとなり、そのために時間を無駄にさせられる。長い外国暮らしのあと英国へ戻ってくるにあたっては彼なりの目的があったのに、その目的も達成が遅れてしまう。

マクニールは三年かけて、自分にかつて「兄弟」がいたことを忘れようとした。「兄弟」とは家族代わりの存在であり、彼が愛し、信頼し、忠誠を尽くしてきた仲間だ。また彼はこの三年間で、過去を忘れようとも努めていた。もちろん忘れてはいなかったし、忘れられるはずもなかったが。マクニールは、前に進むためには道はひとつしかないと考えていた。自分を裏切り、フランスの地下牢で死ぬ一歩手前まで追いつめるような仕打ちをした男を——おそらくあいつは「兄弟」の一人だろう——見つけだすことによってのみ、自分は前進できる。しかし今は……マクニールの淡い緑の目は、明かりの消えた宿屋のほうに向けられた。今はまず、ケイト・ブラックバーンのことが先決だ。

なるほど、俺を怖がっているというわけか。結構じゃないか。おびえた女のほうが指示したとおりに動いてくれそうだ。そうすれば今回の仕事も手早くすませられる。マクニールはつねに、自分の目的に一番かなうのは何かを考えて行動するたちだった。

それではなぜ、酒場の乱闘を見ていたときのケイトの青ざめておびえた表情が幾度となく脳裏を横切るのか？　だからどうしたというのだ？　人が殴られ、血が流れる——ケイトはそんな世界を、彼が属する世界をかいま見ただけだ。ここ三年のあいだに彼が見てきたこと、してきたことがどんなものか、その一部でも知ったら、彼女は恐怖のどん底につき落とされるだろう。兵士の生活はきれいごとではすまされない。

とはいえ、ケイトは衝撃を受けて恐怖におののいてばかりいたわけでもない。勇気のある女性だ。マクニールは彼を必死で脅そうとしていたケイトのようすを思い出し、つい口元がゆるんでにこりとした。人の姿を借りることを余儀なくされた高慢な女神か何かのように、ケイトはそのまっすぐ筋の通った小さな鼻をつんと上に向けてこちらをにらみつけていた。まるでヨークのもっとも高級な、上流社会の人間だけが暮らす地域にいまだに住んでいるつもりでふるまっていた。あのひとにらみで下賤の者たちをひるませて、追いはらうことができるとでもいうように。

なるほど、ヨークでなら、マクニールは下等な身分かもしれない。だがここでは違う。かといってこの地でもケイトは優位を保っている。確かに彼女はそれなりに零落の道をたどってきた。しかしその経験も、彼女の自信を目に見えるほど失わせてはいない。まるで自分が誰よりも高貴な生まれだと信じ、その確信が決して揺るがないかのようだ。なんてことだ。だがケイトをひと目見れば、その身のこなし、いまだ瞳にきらめく尊大さ、あごの傾け方さえも、もって生まれたものだとわかる。ケイトの優越意識は彼女という人間の一部だ。悪魔がマクニールという人間の一部である（修道士たちはそう主張していた）のと同じように。つまり、ケイト・ブラックバーンほどキット・マクニールからかけ離れた存在はないということだ。

頭ではよくわかっていた。しかし情けないことにマクニールは、激しくつのる欲望で体がこわばるのを止めることはできなかった。

彼は真っ暗な馬小屋に入り、自分の馬ドランが入れられている仕切りを見つけた。ずたずたに破れたシャツを頭から引っぱって脱ぐと、ドゥーガルの仲間の短剣でやられたわき腹の傷口に当てた羊毛の塊をはがし、離れたところに放り投げた。ケイトは幸い、この傷を見ていない。もし見られていたら彼はまだあの部屋にいて、体の微妙な部分にまで触られるのに耐えているところかもしれない。

マクニールは革のかばんを開け、二枚だけ残ったシャツの一枚を取りだして着ると、馬房の仕切り扉に背中をもたせかけて座った。この場所から明かりがついたケイトの部屋の窓が見える。今夜は寝ずの番をすることになる。なぜなら彼女を守ると誓ったからだ。その約束はどんなことがあっても果たさねばならない。

ぼうっと明るく照らされた窓を横切る影が見えた。ケイトだ。

マクニールは動悸が激しくなるのを感じた。その反応は恥ずべきものだったが、否定はしない。大丈夫、肉の誘惑を断ちきる苦行用の毛衣(シリス)なら一生分持っている。さしあたって彼は、想像の翼を自由に広げ、心の目に映るケイトを見た。現実の世界では厳しく自制してじっと見つめることすらできない女性の姿を空想の中で眺めた。

歳月はケイトのみずみずしい若さをそぎとっており、力強さの中に優美さを秘めた骨が細面の顔を形づくっているのが見てとれた。昔はふっくらと柔らかかった頬の線が鋭い角度を描いている。オニキスのような漆黒で繊細な目の下には淡い紫の影が浮かんでいる。しかし、ふっくらと豊かでありながら心のもろさが表れた、熟れた唇だけは以前とまったく変わらない。それはもちろんわかる。マクニールはあまたの恐ろしい場所で、数えきれないほどの夜を彼女の柔らかく甘やかな唇に思いをめぐらせて過ごしたのだから。

マクニールは静かに馬小屋の出口へ向かい、顔を冷たい雨にさらし、ますます熱くなってくる思いを冷やした。

「あんなに立派な男っぷりは見たことなかった」甘えたような女性の声がした。

肩ごしに見てみると、向こうの戸口に娘が一人立っている。マクニールは娘を見る前に匂いで気づいていた。大地とじゃこうと欲望の入りまじった匂いだ。

「みんな噂してるよ。あんたが黒髪の女の人をつかまえて二階の部屋まで連れていったって。みんなが言うには、あんたと彼女が」娘は挑発するような笑みを浮かべて間をおいた。「今晩よろしくやるだろうってさ」

「それは違う」

「知ってる」娘はじわじわと近づいてくると、舌で唇をなめた。「あんたの格子縞（プレード）の肩掛け、見たことない。どこの土地のもの？」

「どこのでもない」

娘は小生意気にほほえんだ。「じゃあ、どこから来たの？　どっか遠いところでしょ、絶対そうね」

「何の用だい、娘さん？」そう言いながらマクニールは答を知っていた。何もかも忘れられる二、三時間が欲しいか、酒を買う金が欲しいか、でなければ退屈をまぎらすために、荒っぽいスコットランド人との興奮の一夜を求めているかだ。軍の行く先々についてまわる売春婦たちだけでなく、士官の妻の中にさえもそういうものを求める人がいる。夜の暗がりの中では、紳士と庶民、貴族と貧民を隔てる境界線はあいまいになる。欲求はあらゆる人に公平に訪れる。

娘はマクニールの質問には笑って答えなかった。「ときどきあんたの仲間みたいな男、山から降りてくるのを見かけるよ。どうやってもおとなしくなれない野性的な男。あんたみたいなね」娘はマクニールの体にほれぼれと見入った。「そういう人はたいてい南へ行って、それっきり戻ってこない。でもときどき、こっち側で傷ついたり楽しんだりしたあげくに山のほうへ戻っていく人も見かける。あの人たち、それからどうなっちゃうんだろう、知りたいよね。こっちの世界には合わないし、かといって逃げてきた故郷の暮らしにも合わないだろうし」

「何が言いたいんだ？」マクニールはつぶやいた。

「あんたの話し方って、今まであたしが会った連中に比べて本当にちゃんとしてるね。そりゃそうなんだけどさ、教育を受けてるのを見せたところで、本性は隠せないよ」

「本性っていうのは？」

「スコットランド高地人」娘は言った。わざわざ訊く必要があるのか、と驚いているようだ。

「がさつで」娘はすり寄ってきた。「家を持たない」また唇をなめる。「豪快なならず者でしょ」

娘はつま先立って、マクニールの喉からあごの割れ目に舌をはわせた。「それこそあたしが欲しいと思う男なんだ」

マクニールが反応しないので、娘の笑みが弱々しくなった。「あんた、あの彼女が欲しくてここにいるんじゃないだろうね？」娘は頭をぐいっと酒場のほうにふり向けて、信じられないといったふうに声を上げた。「時間の無駄だよ。身分が上だもの。あんた、月に向かって吼えてるようなもんじゃないの。

あたしだったらあんたにぴったり。ああいう淑女（レディー）には思いもつかないようなやり方であんたを悦ばせられるもの」

「そうか」マクニールは娘の言うことをほとんど聞いていなかった。視線はケイトのいる窓のほうへ自然に流れていく。

娘はマクニールの首に腕を巻きつけて彼の肩をひと嚙みした。彼は目を閉じた。たちまちケイトの黒くつやのある髪と、真夜中の小さな湖のように真っ黒な瞳、柔らかくふっくらとした唇が脳裏に浮かんできた。彼は急に目を開いた。何をやってるんだ、くそ、俺は頭がおかしくなりかけている。

「酒場へ戻るんだ」マクニールの首に回した腕をはずされて、娘は彼を見あげてにらんだ。「あんたってばかね、ただでやらせてあげるって言ってるのに。なぜさ?」とがめるように訊いた。

マクニールはどこかひねくれたほほえみを返しながら答えた。「俺はどうやら、まだ吼え足りないらしい」

セントブライド大修道院
スコットランド高地、一七八九年

「奴は悪魔じゃないぜ」利口そうな顔をした青い目の少年が、キットを取りまく少年たちを小馬鹿にしたように笑った。キットのビスケットを奪おうとした少年は、キットの足元に丸くなって転がり、すすり泣いている。

「それじゃ悪魔の卵かなんかだろダグラス」もう一人の少年が断言した——新入りのキットはまだ誰の名前も知らない。「でなけりゃオオカミの子だ。修道士(ブラザー)たちが話してたのを聞いたもの。こいつ、性悪な奴なんだって」

思いがけなくキットを擁護してくれている——キットは予想外の救いの手に感謝するどころかとまどうばかりだったが——少年が鼻で笑った。「あの人たちは悪いものを見つけるのが得意なんだ。だって神さまに仕える人たちだからね」彼は聞く者を納得させずにおかない理屈で締めくくった。

「こいつの緑の目さ、これがいかにも根性悪そうなんだよ」キットを囲んでいる中のもう一人の少年が考えを述べた。「なんか不自然だもん」

一〇歳になるまでに、キットは何度そう言われただろう？　彼はこぶしを握りしめ、言葉のあとに繰りだされるはずの一撃を待った。

「お前、間抜け面してるぜ、アンガス」キットよりひとつふたつ年上らしい、背が高い黒髪の少年が人だかりをかきわけて一番前に出てきた。こんな美貌の少年は見たことがない。美しいが女々しいところは少しもない。「だけどお前のやることを見れば間抜けだってことはわかるから、間抜け面してても当然だけどな」

ダグラスは黒髪の少年にほっとした表情で笑いかけた。「お前って言葉の使い方がうまいな、ラムゼー・マンロー」

キットは立ったまま待っていた。今までいつもそうしてきたように。町から町へとわたり歩いていると、母が数日間どこかへ消えることがあった。そんなときもキットは待っていた。酒場の娘たちが彼を小型の愛玩犬か何かみたいにもてあそんだときもそうだった。母とどこかにしけこもうとする男たちはキットに平手打ちをくらわせ、路地や、馬小屋や、とにかく姿の見えない場所で待っているよう命令した。そんなときも彼はじっと立って待っていた。

「いったい何の騒ぎなんだ?」黒髪の少年が訊いた。スコットランド人であることは明らかだが、彼のしゃべり方には聞いたことのない耳に快いなまりがあった。

「夕食を十分食べたからビスケットはいらないだろうって、ジョンが新入りのを取ったんだ」ダグラスが説明した。「だけどこの新入りにはそれが我慢できなかったらしくて。体の大きさや体重がジョンの半分しかないくせに、あっさりジョンを叩きのめしちまった。それで、これは悪魔のしわざにちがいないって言いだす奴らが出てきたわけさ」

「おい、ジョン、ブタ野郎め」ラムゼー・マンローは冗談めかして声をかけ、ジョンをすりへった靴の先で軽くつついた。ジョンは垂れてくる鼻水を拭きながら上半身を起こした。

「大食らいだな。七つの大罪(*訳注　キリスト教の原罪といわれる七つの罪。高慢、貪欲、嫉妬、怒り、肉欲、大食、怠惰)について修道院長が話したのを覚えてないのか?

この子がジョンをぶちのめしたことについて言えば」ラムゼーは続けた。「ジョンがどれだけいばろうが、半分はこけおどしだってばれるのも時間の問題だったろうね」

「そいつ、すごく落ちついてるな。ただ目だけは違う。地獄の火みたいに熱くて、北海の流氷みたいに冷たい。人を見る目つきが不自然なんだ」別の少年の声が言った。

キットの母もふだんは彼をまともに見るのを避けていたが、たまにその長い指で彼のあごをはさんで顔をのぞきこむことがあった。そのうち母の目に涙があふれてくる。そうすると母は彼を押しやり、どこかへ消えてしまうのだった。最後にキットの顔をまぢかに見つめたときもそうだった。母はそれきり二度と帰ってこなかった。

ある日の朝、母の代わりにキットを迎えに来たのは大柄で腹のでっぷりしたフィデリスという名の修道士だった。母に寝る場所を提供してくれていたしわくちゃの老婆に硬貨を一枚手渡すと、フィデリスはキットを荷車に乗せて出発した。一週間後、キットはスコットランド高地の奥にあるセントブライド大修道院というこの場所に連れてこられ、一〇数人の少年たちと一緒に生活することになった。少年たちの大半は、キットと同じく神からほど遠い存在だった。もっとも彼らは、表向きは神の教えに従った生活をしていたのだが。

キットは逃げようと思ったが、修道院はそれこそまわりに何もない、人里遠く離れた山中に建っていて無理だった。それにキットは山が気に入った。松の木の香りや澄んだ空気、空の色が好きだった。毎朝もらえる焼きたてのパンと、午後に配られるビスケットやチーズもとにかく嬉しかった。

キットはジョンを見おろした。それほどひどくやっつけたわけではない。どうせ自分はジョンの仲間に総がかりでやられて、これよりひどい目にあわせられるにきまっている。世の中はそんなものだ。だけど今のようすだと、けんかにはならないですむかもしれない。このダグラスという少年――人の上に立てる者特有の、他人を従わせずにはおかない雰囲気をもうこの時期から漂わせている――と、黒髪のラムゼー・マンローのおかげで。

しかし……なぜ助けてくれるのか？

「立てよ、ジョン。何より自尊心が傷ついたよな」ダグラスがジョンに手を伸ばした。ジョンはキットにすねたような一瞥をくれると、その大きな体を起こして立ちあがった。

「この子をにらみつけるなよ」ダグラスはキットに視線を移した。「お前、なんて名前だい？」

「クリスチャン。マクニールだ」

「マクニールだって？　みんな、聞いたか？　おまけに格子縞（プレード）の肩掛けを着てるぜ」ダグラスはキットを見おろして言った。「それ、格子縞（プレード）の肩掛けだろ？　そんなに汚れてるとわかりにくいけど」

「そうだよ」キットはぶっきらぼうに答えた。これは二、三年前、母がグラスゴーの牧師から取りかえして渡してくれたものだ。母は特に何も説明せず、こう言っただけだった。これはあなたのものよ。あなただけのもの。寒さを防ぐのに、何もないよりましだわ。

「へえ！　この子は高地のそこらのガキってわけじゃないみたいだぜ、みんな」ダグラスは少年たちに向かって熱のこもった声で宣言した。「この格子縞（プレード）の肩掛け、どっかで見たことがある。古代から続く秘密の一族のあかしだ。クリスチャン・マクニールはその一族の王子かもしれないぞ！」

　ダグラスが仲間の険悪な雰囲気をやわらげているあいだ、ラムゼーはキットのほうに体を傾け、低い声でささやいた。「これからはジョンに気をつけろよ、クリスチャン――」そこでラムゼーは言葉を切った。「おい、クリスチャンなんて、お前にまったく似合わない名前だな。別の呼び名を考えろよ」

「僕、キットって呼ばれてた」

「悪魔の道具かい？」ラムゼーのすらりと長い眉が上がり、いかにも皮肉っぽい表情をしてみせたので、キットは遠慮なくにやりとした。

「ときどきそう呼ばれる」と言って認める。

「おーい！　新しく入った君！」回廊に通じるアーチ状の入り口から、深みのあるバリトンの声が叫んだ。九〇キロはゆうにある「情け深い誘拐者」、フィデリス修道士が玉砂利の小道を大急ぎで歩いてくる。茶色の修道士服ががっちりとした足首のまわりではためいている。修道士が近づくと、キットを取りまいていた少年たちは逃げだした。修道士はその騒ぎを無視して言った。

「私は一部始終を見てましたからね！　君があの子を殴ったのを。あれは本当に悪いことです！　ここではああいう悪さは許されませんよ。わかりましたか？」フィデリス修道士は泥のこびりついた指をキットの鼻先に突きつけた。

「この子のせいじゃねかったんです」ダグラスが言った。

「『ねかった』じゃなくて『なかった』でしょう」フィデリス修道士が間違いを直した。

「ジョンがこの子のビスケットを盗もうとしたんです」ラムゼーが声高に口をはさんだ。

修道士は疑わしそうに鼻を鳴らし、キットに鋭い一瞥をくれた。「兄弟を殴るのは罪ですよ」

「あいつ、僕の兄弟じゃねえもん」キットはきっぱりと言った。キットには家族がなかった。母親が姿をくらましてしまった今は一人ぼっちだ。それに一人が一番いい。

「『じゃない』と言いなさい。それにここではみんな兄弟なんですよ。私たち全員が兄弟です。そうやって生活していくのです。兄弟がいなければ、人は一人ぼっちになってしまう。君はこれから先もずっと一人でいたいというのですか？」

キットは肩をすくめ、ダグラスは首を強く横に振り、ラムゼーは切れ長の目をわずかに細めた。フィデリス修道士はため息をついた。「一人ぼっちはいやなはずです。まあ、君にもそのうちわかるでしょう。けんかについてですが、君が本当に心がねじまがっているのなら、私は何もしてあげられない。性悪な者の面倒をみるのは神さまのなさることです。しかしながら、時間をもてあましている子に対してなら、私にもしてあげられることがあります。ついていらっしゃい」修道士はすたすたと歩きだした。命令に素直に従うのが当然だとでも言わんばかりだ。

僕は性悪かもしれないが、意気地なしではない。そう思ったキットは修道士のあとに続いた。数秒後にはラムゼー・マンローもダグラス・スチュアートも、キットと足並みをそろえて歩きだしていた。

「何してるんだよ」キットは小さな声で言った。

「一緒に行くのさ」ダグラスは穏やかに答えた。

「フィデリス修道士がお仕置きをするのを見たことがないから、ちょっと興味あるんだ」ラムゼーがつけ加える。

修道士は少年たちの先頭に立って、老朽化した建造物の入り組んだ配置の中をくねくねと進んだ。古びた建物の中には年月の重みを受けて壁が崩れかけているものもある。修道士は付属の小修道院の角をひょいと曲がって、茂ったつる草に覆われた高い石塀に向かった。そしてアーチ状の木の扉の前で立ちどまると、服の内ポケットから重そうな鍵を取りだした。錠前に鍵を差しこみ、うっと唸りながら扉を押しあけると、修道士はふりむいて三人の少年たちの姿を認めた。キットのほかにラムゼーとダグラスが加わっていることに驚いていたとしてもそれは顔に出ていない。だが濃い紫色の小さな目を少年たちの頭上に向けたとたん、修道士は唇をすぼめた。

「また一人ここに堕落しそうな子がいる！」修道士はつぶやくと、すぐ近くの古いりんごの木を指さした。「君！　アンドルー・ロス。君も一緒に来なさい！」

「何だって？」どこか高いところで少年らしき声が響いた。

キットは上を向いて目をこらしたが、誰もいない。そのうち葉がかさこそいう音がする。キットは老木の一番高い枝にまで視線を上げた。生い茂った葉のあいだから、茶色い脚が二本ぶらさがっているのが見える。

「下りてきなさい、アンドルー」フィデリス修道士は憤激して叫んだ。まもなく、灰色がかった硬い髪の少年が地面に下りたった。暖かみのある褐色の瞳は無邪気に見ひらかれている。

「ここへ来なさい！」

少年は身を縮こまらせ、いやいやながら歩いてくる。

「アンドルー・ロスだ」ラムゼーがキットにささやいた。「そうだ、彼は君がここへ来たのを喜んでるはずだよ」

「なんで喜ぶの?」

「なぜって、みんなアンドルーのことを悪魔の道具（キット）って呼んでたからだよ」ラムゼーはわけ知り顔の笑みを浮かべた。「今まではね」

「僕は何もしてません！」日焼けした顔のアンドルー少年は無実を証明するように両手を横に大きく広げた。

「これからするでしょう」フィデリス修道士は鼻を鳴らした。「この子たちと一緒についてきなさい」修道士は扉を押して石塀の中へ入った。「さて、道以外のところを踏まないように。それから何もさわってはいけませんよ」修道士は手招きして少年たちを中に入れると、扉を後ろ手に閉めた。

圧倒的な匂いがいっきょにキットの鼻を襲った。濃密で何とも言えず魅惑的な香りに頭がクラクラする。キットは半ばぼうっとしながら左右を見回した。丁子（クローブ）の木と、甘みのある神々しい果物を思わせるかぐわしい香りは、とろりとした濃厚さとかすみのような軽さの両方をそなえている。キットはゆっくりと向きを変え、香りを発しているものを見つけた。

薔薇だった。どこもかしこも薔薇でおおわれていた。崩れかけた煉瓦や苔むした石の上につるが伸びて花を咲かせている。半分壊れかけたアーチからも花をつけたつるが垂れている。

崩れた塀の上から流れる滝のように咲いているのも、境界も定かでない小道の上に厚い敷物のように広がっているのもある。あふれんばかりに華麗に咲きみだれている薔薇も、小さくまとまってひっそりと咲いている薔薇もある。花々は燃えたち、揺らめいている。柔らかに、またはっきりとした色合いで。鮮やかに、そして繊細に咲いている。

緋色、深みのある紅色。濃い赤、桜色。純白、貝殻のピンク色。濃い象牙色、こっくりしたクリーム色。しかし、中でももっとも見事で際立っているのは、少年たちが立っているそばに生えている薔薇だった。ふちが細かなギザギザになったミントグリーン色の葉が豊かに茂る中、純然たる黄色の薔薇が咲いていた。明るい日の光を受けてきらめくその花は、太陽の発する強い輝きの一部を、その鮮烈な喜びに満ちた色にとりこんでいるように感じられた。

「すごい」キットはつぶやいてかがみこみ、濃い黄色の薔薇に顔を近づけた。「卵の黄身と同じくらい黄色いや。僕、こんな色の薔薇は見たことない」

「見たことがある人はいませんよ」

キットは顔を上げた。フィデリス修道士が感嘆の声にまんざらでもないふうに見おろしている。

「まあ、目にしたことがあるのは限られた人だけだという意味です」修道士は説明した。「イングランドとスコットランドを合わせても、ひと握りの人々しか見ていないと言っていいでしょうね。薔薇愛好家に聞いてごらんなさい。黄色い薔薇など絶対に存在しないと断言する人ばかりのはずです」

「この薔薇はどこから来たのですか？」ラムゼーが訊いた。あまりの美しさに花から目をそらすことができずにいる。

「その昔、十字軍で遠征した戦士の一人が聖地パレスチナから持ちかえったといわれています。この戦士が、黒死病が大流行したころ（＊訳注　一三四〇年代）に家族を世話してもらったお礼に、この大修道院に贈ったということです。返礼として、我々は――」修道士はそこで急に話をやめた。「それ以来、ここにあるというわけです」

「じゃあ、ほかの薔薇は？」ダグラスが訊いた。

「長年のあいだに集められたものです。世界のさまざまな国々から選りすぐりの薔薇が持ちこまれました。セントブライドはかつて、薔薇で有名だったのです」修道士は誇らしげに言った。「しかし、一七四五年のジャコバイト反乱の際に国王がローマカトリック教会をスコットランドから追放したあと、薔薇はもてはやされなくなりました。そしてカトリック追放の動きの中、セントブライド大修道院はそのままに残されました。ここはあまりに辺鄙ですから。スコットランド高地のこんなところにある修道院など、誰も気にかけなかったのでしょう。この場所は」修道士は手をすっと伸ばして言った。「完全に見捨てられたとは言いませんが、顧みる人もほとんどいないのです」

「きれいだ」アンドルー少年は前かがみになり、匂いをかいだ。「でもここにいると頭が痛くなりそうだな、匂いがあんまり強いから」

フィデリス修道士の態度からは少年たちの気分をほぐそうとする穏やかさが消えていた。

修道士はアンドルーに冷たい視線を向けた。「君が礼儀知らずの悪たれ小僧だということを忘れていましたよ、アンドルー・ロス。君らを連れてきたのは薔薇園の歴史を学ぶためではありません。それを思い出させてくれたからよかった。君らはここで働くのです」

「僕らもですか?」ラムゼーが驚いて訊いた。

「もちろんですよ。ラムゼー・マンロー、君の心にはこのクリスチャンと同じぐらい悪魔が巣くっています。君はクリスチャンに皆と同じ服を用意してやりなさい」

修道士の指摘がどういうことなのか、キットには見当もつかなかったが、自分以外の誰かが悪い子だと言われているのは気分がよかった。

「僕もですか?」ダグラスが不満を顔いっぱいに表して訊いた。

「スチュアート君、君はいつもリーダー役をやっていますね。今だけその役割から逃れる理由はないと思いますよ」修道士はアンドルー・ロスのほうに向きなおった。「そして君について言えば……」修道士は黙って頭を振り、それ以上わかりきったことを口にするのはやめたらしかった。

なぜこの程度のことにこんな大騒ぎをするのか、キットにはわからなかった。槙肌(まいはだ)(*訳注　古い麻のロープなどをほぐして繊維状にしたもの。タールを染みこませて、木造船の穴や合わせ目に詰めこみ、水漏れを防ぐ)を作るため、ロープの繊維をたっぷりほぐしたこともあるし、馬小屋の掃除もしたし、八時間ぶっつづけで水運びをしたことだってある。そんな労働のきつさに比べたら庭仕事なんて何ほどのものでもない。

「何時間ぐらいですか?」ラムゼーが訊いた。

「雑草がなくなるまでです」フィデリス修道士は答えた。「それから石塀を何カ所か直す作業が終わるまでです」

キットの口に浮かんだ笑みが大きく広がった。雑草取り? あの可愛らしいなよなよした緑の草を地面から引っこぬくだけ? 石をいくつか動かすだけなのか? キットは大声をあげて笑いだしそうになった。

六時間後、しゃがんで作業を続けたキットの背中は悲鳴をあげ、太ももはずきずき痛んでいた。腕は薔薇の茎をおおう細かい無数のとげに触れてみみずばれだらけになり、引きぬこうとしたイラクサのとげにも刺されて手がかゆくてたまらなかった。顔は日焼けで赤くはれあがり、つぎをあてた半ズボンの下でむき出しの膝は擦り傷でヒリヒリ痛んだ。しかしキットは文句を言わず働きつづけた。ほかのみんなも同じだった。

さらに二時間がたち、少年たちは仕事を終えた。うめき声をあげ、呪いの言葉を吐きながら、庭を飾る石造りのアーチの下の日陰へ向かう。少年たちはひとかたまりになって、地面にぐったりと座りこんだ。

「あいつらにお前のこと、こてんぱんにやっつけさせてやりゃよかったよ」ダグラスが少しも恨んでいるようすもなく言った。

「あのまま知らんぷりをして通りすぎればよかった」ラムゼーが同感を示した。

「だけどそうしなかったじゃないか」キットが言った。「みんな大ばか者だよ」

「僕はどうなんだよ⁉」アンドルー・ロスが憤慨して叫んだ。「僕は人のことなんかかまわないで、自分の用事に没頭してただけなんだぜ」

「たとえばりんごを盗むっていうような？」

アンドルーが肩をすくめた。「罪深いことだよ、確かに。でも、ほっておいてほしいよな」

彼は反省の色なく言った。

少年たちは突如として生じたばかげた共感に笑顔を見せあった。数分後、フィデリス修道士が戻ってきたときもまだにやにやしていた。

「ということで、すべて終わったんですね？」修道士は穏やかに訊いた。

「はい、フィデリス修道士。ここには一本の雑草もありません。薔薇だけです」ダグラスは急いで立ちあがった。

「今日のところはね」

「え？」

「今日のところはです、ダグラス。今日は雑草が一本もないかもしれません。しかし薔薇園は人の魂のように、つねに注意を怠らず、毎日、毎時間、世話をしてやる必要があります。雑草は罪と同じように、たったひと晩で生えてくるものです。明日またここへ来なさい。君たち全員です」

「でも、来てみてもし雑草がなかったら？」ラムゼーが大声を出した。無頓着さがこの少年の特徴らしいとキットにもわかりかけていたが、ラムゼーは今やそれを捨てて必死に叫んでいる。

「その場合は、小道をつけ直さなくてはならない箇所があります。塀も建て直さなくてはならない部分がありますし。泥さらいが必要な井戸や、修理が必要なアーチもあります。なにかならず何かしら作業があるものですよ」フィデリス修道士は少年たちにうけあった。「さて、皆さんを出してあげましょう」

修道士が薔薇園の扉を押さえているあいだに、しかたない、運命だなと言うように、アンドルーはキットに目配せをしてみせた。だがキットは運命を受けいれたくなかった。ここへ来てから――「ここ」がどこであるにせよ――自分の運命がいったいどうなるのか、あるいはどうなってしまったのか、わからなくなっていたからだ。

「僕らはどうしてここにいるのさ？　どうして、みんな？」キットは答を今すぐ知りたくてダグラスにささやいた。

「わからないのか？　僕らは、黄色い薔薇の騎士が薔薇の贈り物と引きかえに求めたもののためにここにいるんだ」ダグラスはささやき、先に立って小走りに進みはじめた。「僕らは騎士になるのさ」

4　衝動的な行動が招いた深刻な結果

階下の酒場の騒ぎと外で吹雪が吹きすさぶ音を聞きながら、ケイトは眠っては起き、起きては眠りをくり返していた。夫のマイケルが夢に出てきたが、彼の瞳はなぜか緑色に変わり、話し方はRの音を響かせるスコットランドなまりになっていた。ケイトは不安と自責の念にかられて夜明け前に目ざめた。

ケイトは二年という月日のうちに、父親の紹介でマイケル・ブラックバーン中尉と引き合わせられ、結婚し、未亡人になった。ふりかえってみると、父がマイケルの求婚の後押しをしたのもさほど不思議ではない。父と同じくマイケルは熱血漢で勇気があり、ひたむきだった。またこれも父と似ている点だが、貧乏貴族の一人息子だった。

ケイトは結婚したことを後悔していなかった。後悔していたのは、英雄志願の男と結婚してしまったことだ。自分が死んだあとに残された者がどうなるかをよく考えもせずに行動してしまう男なんて。

そんな英雄気取りをどれだけ恨んだか。

夢うつつの頭の中に亡き夫を裏切るようなイメージが現れたために、あわてて目覚めたケイトは、よろめくようにベッドから下り、綿のドレスを手にとった。もう同じ服を三日続けて着ている。着がえると、わずかな所持品をグレースのトランクに詰め、深呼吸をしてから階下へ下りていった。

一階の大部屋では男たちがそこかしこに転がって寝ていた。大きな戦いが終わったあとの戦場に残された死体のようだ。体を丸めて床に寝ている者もいれば、壁ぞいに並んで寝こんでいる者たちもいる。何人かは座ったままお互いにもたれかかって寝ている。中には運よく長いすを占領してベッドがわりにできた者もいる。気の抜けたビールと湿った木灰の匂いが入りまじった悪臭がケイトの鼻孔をついた。いびきの音のあいまあいまに、ほかの不快な音が聞こえる。給仕の娘が通用口から急いで入ってきた。ブラウスを斜めにずり下がらせて、焚きつけ用の枯柴を腕いっぱいに抱えている。

「ブラックバーン夫人」太く低い声が呼びかけた。

ケイトがあたりを見回すと、開けはなしたドアの空間にすっぽりはまるようにキット・マクニールが立っていた。後ろにはおぼろげな地平線の上に鉛色の雲があわだつように流れているのが見える。風が彼の格子縞(プレード)の肩掛けの端をはためかせ、深緑色の上着がちらちらと見えかくれする。外の薄明かりが、引きしまってつやのある顔に刻まれた傷あとを際立たせている。マクニールがつけた傷あとをもつ男はどれほどいるのだろう？　自分が相手にどんな傷を与えたかも見ずに死んでいった男は？　ケイトは身震いした。間違った選択をしてしまった。こんな男と一緒に行くことはできない。彼は――。

「支度はできましたか？」

ケイトはぎこちなくしゃべりはじめた。「あの、予定を、変えようと思いまして」

マクニールはその続きを待っている。

「私、ここにいることにしました」ケイトは宣言した。「馬車の持ち主の業者がドゥーガルの代わりの御者を寄こすか、少なくとも馬車を引きとりに来てくれるはずですわ。御者が来たら説得して、ヨークへ戻らずにクライスまで連れていってもらうことにします」

「ドゥーガルはもういませんよ、馬車もない」マクニールが言った。「ドゥーガルと仲間の一人が昨夜、あの馬車に乗っていきました」

「本当ですか？」安堵が体じゅうにあふれた。

運命が彼女をキット・マクニールから解放したのだ。

「では私は、次の馬車が来るまでここで待たなくてはいけませんね」

「馬車なら用意できます」マクニールが言う。「古い二人乗りの四輪馬車で、宿屋の主人が馬小屋の奥にしまっていたやつです」

運命はケイトをふたたびキット・マクニールのもとに引きもどした。

「ああ、そうなんですの」二人乗りの馬車？　それだと後部にまともな客室がついていない小型の馬車だから、御者と乗客がひとつの長いす席に並んで座ることになる。席の四方は囲いこまれておらず、折りたたみ式の幌が一部を覆うだけだ。そんなものでもこれを逃せば、ケイトがパーネル城へたどり着ける道はもうないかもしれない。「私……荷物の用意はできましたわ」

「取ってきます」マクニールが階段を上がりはじめた。広い肩から肩掛けがひるがえる。二、三分後に荷物を持って再び現れたが、重いトランクをいとも軽々とつかんでいる。階段の一番下で足を止めて彼は言った。「宿の支払いをすませてきます――気にしないでください！ 大したことはありませんから。あなたの侯爵のお城に着いたときにお返しくだされば結構です」

ケイトは赤くなった。「あの方は『私の侯爵』ではありませんわ」

マクニールはケイトの不正直さをなじるような表情を見せながらもこう言った。「馬はもうつないであって、馬車の準備がととのっています。いつでもご都合のよいときに出発できますから、マダム」マクニールはさっと手を広げ、ケイトをからかうように外へいざなった。彼女は先に立って馬小屋のほうへ歩いていった。

馬車を見てケイトの心は沈んだ。氷と泥が混じってぐちゃぐちゃになった地面におかれているその馬車は年代物で、相当がたがきていた。本来なら布張りの長いすがあるべき場所には表面がざらざらの木の板が二枚打ちつけられている。破れて色あせた幌は席の一部をかろうじて覆う程度で、ぼろぼろになった幌の端からは霧が結露してたまった水がしたたり落ちている。頼りになりそうなのは引き綱をつけられた若い葦毛の去勢馬だけだ。

「この馬はどこで見つけてこられたのですか?」ケイトは訊いた。

「インドです。二年前に。私の馬です」

「インドですって」ケイトは驚いてくり返した。

「そうです」マクニールはトランクを馬車の後部の荷物棚に持っていき、鞍の隣においた。そして馬車の横に回って手を差しだした。ケイトはたじろいだ。彼は手のひらを上に向けたままじっと待っている。広い肩の上には水滴がたまり、その後ろには冷たい霧がゆっくりと流れている。

　ケイトはためらいながら手袋をはめた手を彼の手にあずけた。体温が伝わってきて、彼の存在を急に強く意識したケイトは手を引っこめようとしたが、逆に軽く引っぱられた。

「私としてはびくびくされるよりはあざけられたほうがましなんですが、ブラックバーン夫人」

　その言葉でケイトの頬にたちまち赤みがさし、あごがつんと上を向いた。

「そうです。そんなふうに」

　ケイトは手をさっと離し、マクニールの助けを借りずにごつごつした板の上に座った。彼は歯を見せて笑うと酒場のほうへ戻っていった。

「マダム?」先ほど見かけた酒場の娘が馬車の横手に現れた。枝編み細工のずんぐりしたかご と陶器のつぼを掲げもっている。「食べ物を持ってこいって、あの人に言われたから」「あの人」が誰であるかは訊くまでもなかった。「ほんのちょっぴりだけどパンとチーズ。それからこのつぼにはエールが入ってます」娘はすまなそうに言った。「ゆうべ来たお客さんたちに、あったものを残らず食べられちゃって」

「ありがとう」そう言ってケイトは食べ物とエールを受けとり、座席の下にしまうと、ポケットの中から硬貨を一枚取りだして娘に渡した。娘は硬貨をすばやくつかんで戻ろうとしたが、ふと立ちどまった。

「あそこから向こうのことはほとんど知らないけど」娘は南側に見える丘陵地をあごでさし示した。「でも男っていうのはどこでもおんなじでしょう。マダム、あのスコットランド人を見るときの目つきでわかるけど、あの人が怖いんですね」

ケイトは答えなかった。確かに彼が怖かった。

娘は続けて言った。「ほかの人たちなら、怖がる理由も少しはあるかもしれないけど。あの人がめちゃくちゃなことをするんじゃないかって心配して。でも奥さまは違うのに」

ケイトが答える前に娘は急いで立ちさり、宿屋から出てきたマクニールとすれちがった。マクニールは無言でトランクの上に自分のかばんを置くと、ケイトの隣の席にかるがると飛びのり、彼女に分厚い毛布を投げてよこした。

「これを脚のまわりに巻いておくといいでしょう」と彼は言った。「これから荒野へ向かうので、風が激しく吹きつけてきます。寒くなりますよ。身を切るような厳しい寒さです」

「ではなぜわざわざ、そんなところへ？」

「あの酒場にいた男たちの中には、あなたのきれいな顔を見るだけでは満足しそうにない奴らがいましたから」手綱をほどきながらマクニールは言った。「ドゥーガルがあなたのトランクを二階の部屋に運んでいったのも見ていたと思いますよ、賭けてもいいぐらいだ」

ケイトにも納得がいった。「彼らをできるだけ引きはなしておきたいということでしょう。だとすると、旅人の多い本道を通っていったほうがいいんじゃないかしら？」

それを聞いたマクニールは短く笑った。「スコットランド北部には『旅人の多い本道』などありませんよ、ブラックバーン夫人」

「それでも、通る人が一番多い道を行くほうがいいような気がするのですけど」

「ここはイングランドではないんです。私の言うことを信じてください」マクニールは舌打ちをして馬に合図し、馬車は前に進みだした。「これから荒野をつっきって北へ向かうことにします、ブラックバーン夫人。高地はこのごろ、人殺しや泥棒、追いはぎでいっぱいですから。ただし愚か者はいない。一一月にスコットランド高地の荒野に足を踏みいれるのは愚か者だけです」


母親の死後、残されたナッシュ家の三人姉妹がこれほど長く持ちこたえるとは、ほとんどの知人が口には出さないにせよ、正直言って予想もしていなかった。あえて問われれば、それはケイトの倹約と慎重さのおかげだと彼らは答えただろう。しかし実際はそうではなかった。

ケイトはすぐに「用意周到な大胆さ」と自分がひそかに呼んでいる、生きていくのに必要な態度を身につけた。それを発揮するためには、好機があればかならず逃さずとらえようとする意志が必要だったが、さらに大切なのは好機を呼びこむ能力だった。ケイトはときおり、以前の暮らしで守っていたしきたりを知らんぷりで通したり、「上品な」ふるまいとはけっして言えない行動をとったりしたが、それでなんとかうまくやってきた。しかし、荒々しく無情そうで、底知れない危険を感じさせる男と一緒に旅をすることは、できるかどうか自分でも確信がもてない大変な試みだ。出発して時間がたつにつれ、ケイトの頭を何度もよぎるようになったのは、判断を誤ったために自分がうまく切りぬけられないのではないかという思いだった。マクニールは地平線に向かって目をこらし、押しだまったまま馬車を進めていく。あごには二日分の赤金茶色の無精ひげが濃くなっている。

ケイトはあたりを見まわしたが、荒涼とした景色は何の慰めにもならなかった。何と言えばいいか、これほど……殺風景な場所は見たことがない。昨日は箱型馬車の快適な客室に納まって旅しながら、たまに厚いカーテンを開けて外の風景をのぞき見るだけだった。だがこの小さな馬車では、乗客と周囲をはっきり隔てるものがない。ケイトはまぢかに迫る景色に息をのむほどの驚きを感じた。それに不安だった。寡黙なマクニールのすぐそばにいるこの状態とちょうど同じように。

昼近くになってマクニールは、道沿いのヤマナラシの小さな林に乗りいれると、地面に飛びおりた。ケイトもそれにならって降りたが、何時間も硬い座席に座りつづけた脚は麻痺したようになっていた。用をすませてから馬車に戻るとマクニールはもう御者席についていて、酒場の娘がくれたパンを黙々と食べていた。彼は無言のままケイトに手を差しのべた。馬車に乗りこむのに手を貸してくれているのだ。ケイトが受けいれると、マクニールはあっさりと彼女を引きあげ、パンを包んだナプキンを渡して食べるように言った。そしてすぐさま引き綱をビシッと鳴らし、馬車を出した。

馬車はマツの木がまばらに生える山々に囲まれた道を進んでいった。大地は、天空を背負う罪を負わされたアトラスの肩のごとく隆々とした起伏を見せている。道端に茂る濃い金色のハリエニシダと赤褐色のシダが冷たい風に揺れている。茫漠たる大地、人っ子ひとり見当たらない大自然の広がりはケイトの想像をはるかに超えるものだった。吹きすさぶ風は山々が呼吸しているかのようだ。道はどこから始まったともわからず、果てしなく続いている。二人でこのまま永遠にこの地に取りのこされてしまうのではないか。まるでシーシュポス王のように無駄なあがきをしている気分になる。

ケイトは、狭い世界の中だけでぬくぬくと暮していたそれまでの自分の生活を思った。耳に入ってくるのは馬のひづめの音や引き具が立てる音、くぐもった声の行商人の売り口上、人夫たちの大きなかけ声。鼻孔を満たしていたのは石炭を焚く煙や工場の煙突から立ちのぼる煙の匂い、作りたての洗濯用のりと蜜蠟の匂いだ。彼女の目は、丸石がきちんと敷きつめられた道路や鉄柵、都会風の建築や街路のようすなど、町の生活で見かけるものの質感と色合いに慣れきっていた。ところがここでは人工的に押しつけられた調和といったものがない。道は傾斜し、曲がりくねっている。山は盛りあがり、そびえたっている。空は雲がうずまき、急速にその様相を変えていく。

ケイトはマクニールのほうを見た。彼の横顔は、山々を形づくっているのと同じ岩から切りだされたように険しい。あごは大きく張りだし、鼻はしっかりと高くたくましい。いくらかでも暖かみが感じられるのは先端が金色に光るまつ毛と、肩掛けの襟元にかかる赤金茶色の髪だけだ。まさにこの過酷で冷徹な自然の一部をなしていると言っていい。この地と同じく強靭で妥協を許さず、超然と孤立している男だった。

マクニールは昼食のときからずっと黙ったままだ。こうして無関心でいてくれることをありがたいと思わなければ、とケイトは自分に言いきかせた。今となっては取り返しがつかないことをくよくよするのはやめて、「ホワイト・ローズ」を出たときに感じた満足感を思い出しては自らを励まさなければ。

ケイトはどんな困難があろうともパーネル城にたどり着き、侯爵に援助を願いでるつもりだった。三人姉妹が以前の生活に少しでも近い状態に戻れる機会が、長いこと待ちのぞんでいた機会が、ようやく手の届くところに来た。うまくゆけば、ケイト、ヘレナ、シャーロットの三人が単に生きていけるというだけでなく、貧困という恐怖に満ちた状態から解放されることになる。暖かく居心地のよい部屋で、費用のことを考えずに砂糖をたっぷり入れたコーヒーを味わう自分の姿を思いえがいたケイトの唇にほほえみが浮かんだ。

「クリームに夢中になった猫みたいな顔をしてらっしゃいますね、ブラックバーン夫人」

低音のスコットランドなまりにびくっとしてケイトは空想から覚めた。マクニールが自分に少しでも注意を向けていたとは思いもよらなかった――表情について意見を言われるなんて。彼はどうやらこちらのようすをうかがっていたらしい。ケイトは警戒した。この謎めいた容貌のかげで、マクニールはどんな思いや考えをめぐらせているのだろう？

「コーヒーのことを考えていたものですから」ケイトは取りつくろうように明るい口調で言った。

「よほどコーヒーがお好きなんですね」マクニールは言った。

どう反応してよいかわからなかったケイトはその言葉を無視した。彼が人をおびえさせてしまうのはしかたないことなのかもしれない。見かけがいかにも怖そうで、脅威が服を着て歩いているようだ。ケイトは経験から学んで知っていた――脅威から身を守る最良の方法は、脅威のもととなっている人を味方につけることだ。

マクニールを味方につける？　ケイトはごくりとつばをのんだ。ただし客観的に見てみれば、努力してみる価値はありそうだ。

それに、本を書くためのいい材料が見つかるかもしれない。無法者に話を聞く機会がこんなに簡単に訪れるだろうか？　裏社会に通じる本物の人脈をもっているかもしれない男なんてそうそう見つからない。マクニールはもしかすると、下層の人々の中で危険を避ける方法について、豊富な情報を持っているかもしれない。この絶好の機会を逃す手はないわ。

「エヘン」

マクニールの視線は相変わらず目の前の道に注がれたままだ。

「さて」ケイトは楽しい会話の冒険に乗り出すかのように両手をぱんと叩いた。「この三年間、何をしておられたんですか？」

マクニールはゆっくりと彼女のほうを向いた。「なんておっしゃいました？」

「今まで何をして暮らしていらしたのですか？」何か法を犯すようなことをしていた？「どこに住んでいらっしゃったの？」貧民窟に？

マクニールはためらった。まるで答えればどんな危険が生じるかをおしはかっているかのように。そのようすを見たケイトは妙に安心した。彼みたいな男に私がどんな危険をもたらすというの？「インドにいました」

「ああ、そうでした。あの馬を手に入れられたのはインドでしたね」

「はい」

「インドでも密偵をしてらしたのですか？」

彼ははっと驚いた目つきで彼女を見た。「いいえ！」

「そんなに困惑したお顔をなさることないのに。ヨークへ来られたおりに、フランスで密偵をしていたときに捕らえられて投獄されたとはっきりとおっしゃったじゃありませんか」

「捕らえられたのではありません」彼は断固として訂正した。「密告されたのです」

そのあとしばらく沈黙が続いた。

「三年間ずっとインドにいたのですか？」ケイトがついに口を開いて訊いた。インドで兵士たちが遭遇する暑さ、埃、病気といった窮乏と困難については父親から話を聞いて知っていたからだ。「本当に大変な生活だったのでしょうね。どうやって耐えたのですか？」

ケイトの同情はマクニールには通じなかった。逆に面白がっているように見える。「選べる道はあまりなかったんです、ブラックバーン夫人。ライフル銃を抱えた兵士は命じられたところに行くまでで」

ということは、新しく編制されたばかりのライフル連隊の兵士だったのか。この連隊に入隊した男たちはたしか「選ばれし者」と呼ばれていた。マクニールが士官だったとは考えられない。それはありえないだろう。名声も金もないスコットランド人の孤児が将校の地位を買うための手段を持っているはずがない。

でも一兵卒だとしたらここで何をしているのだろう？　兵士は一度軍にとられたら、負傷でもしないかぎり一生兵役を務めることになっている。マクニールは負傷しているようには見えない。健康そのものといった感じだ。

「ほかの方々はどうなさったの？　やはり軍隊に入られたのですか？」

「ほかの？」彼はいぶかしげな目をした。

「あなたと一緒にヨークへ来られた二人の青年ですわ。ロスさまとマンローさま。あの方たちも兵士ですか？」

彼の緑の瞳に冷酷さが戻った。「いいえ」

「どこにいらっしゃるのですか？」

「最後に聞いた消息ではマンローはロンドンで、いたずらっ子の少年たちを教えているということでした。アンドルーは……ロスがどこにいるかは知りません。捜しだすつもりですが」彼の声がかげった。

「ロスさまを見つけたら？」

「話をします」彼は言った。「昔話をね」

言葉自体は毒を含んでいなかったが、マクニールの言い方を聞いてケイトの体に震えがきた。安心したのもつかのまだった。マクニールについて多くを知りすぎるのは怖かった。ケイトは恐怖を感じるのがいやだった。恐怖にひどく反応してしまう彼女は、今も過剰に反応した。

「わざとなさってるのですか？」ケイトは思わず口走った。

マクニールは目の前の道を見つめたまま顔をしかめた。「何をですか？」

「人を脅すことですわ。もしあなたがわざと脅しているのだとしたら、大変、無作法なことだと思います」

マクニールの眉がつりあがった。「無作法？」

「ええ。とても無作法ですわ。よるべのない未亡人をどうしようもないほどの恐怖におとしいれるなどということをする方だとは思えませんが」

「どうしようもないほどの恐怖？」

「そうよ！　私など脅しても何の意味もないでしょうに。私のような取るに足りない者にそんな能力を発揮しても無駄ですもの。でも脅して優位に立った気になるというのでしたら、結構ですわ、認めます。私は間違いなくあなたに畏敬の念を抱いてますから」

「畏敬？」

「お願いですからおうむ返しに言うのはやめてくださらない？」ケイトは懇願した。ほとんど金切り声に近くなっていた。「落ちつかなくなりますから！」

「落ちつかなく――」彼の表情がやわらぎ、口の片端が上がって笑いになった。すると引きしまった頬に深いえくぼが現れた。「お許しください。淑女（レディー）に『畏敬の念』を抱いていると初めて告白されたものですから。そこまで言われるとは、なんとも過分なお世辞です」

そのときケイトははっと息をのんだ。車輪が道のわだちに引っかかって馬車が急に大きく揺れうごき、体がマクニールのほうに投げ出されそうになる。彼はさっと腕を差しだして支えた。大きくたくましい男らしさあふれる手がケイトの腰をとらえ、自分の体の横にしっかりと引きよせた。ペチコートとドレス、そしてその上のマントを通じてさえ彼の熱い体温が感じられる。「気をつけて、ブラックバーン夫人。『畏敬の念』もほどほどになさってもらわないと、男も我慢できなくなります」

「まあ！」ケイトはあわてて体を引き、マクニールからできるだけ離れたところまで避難した。この悪党ったら！

マクニールは笑った。「お嬢さん、申し訳ありませんでした。私は礼儀知らずのろくでなしで、美しい鳥の羽の誘惑に勝てなくなってしまうんですよ――特に目の前で羽が振られたときは」そう言う彼の表情には思いがけない魅力があった。

ケイトの気持ちをほぐしたのは言葉ではなく、マクニールのほほえみだった。彼の表情に初めて少年っぽさがほの見えている。ケイトは気づいた。いかに非情そうであろうと、どんな経験を積んでいようと、マクニールはまだ年若いのだ。実際、彼は有能そうで、とても……物慣れているように見えるのだが。

人の物腰だけを見て安易に判断してはならない――このことも覚えておかなくてはならないだろう。

ケイトはふと思いついて腰掛の板の下に手を伸ばし、小型のハンドバッグから短い鉛筆を一本と、折りたたんでおいた透かし入り画用紙を取りだした。頭に浮かんだ考えを急いで書きとめる。マクニールは彼女が書きおわり、紙をもとの場所にしまうまで何も言わずに見守っていた。

「馬車に乗りながら手紙を書くのは大変ですね」彼は淡々とした調子で言った。「お母上とごきょうだいがなつかしいでしょう」マクニールは言いよどんだ。会話を続けることがどこか不自然で気まずいとでもいうようだ。

「あなたがたがヨークにいらしてから二、三カ月して、母は熱病で亡くなりました」

マクニールはさっと眉根を寄せた。「知りませんでした。お気の毒に」

ケイトはうなずいたが、いきなり思わぬ喪失感を覚えてがくぜんとした。それと同時に、再びわけのわからない恐怖に襲われた。母亡きあと、残されたのは自分と姉妹だけだ。母は立派に病と闘ったが、けっきょく負けてしまった。母が最後にケイトに残した言葉は「ごめんなさいね」だった。

みなそう思っていたのではなかったか？　父も死刑執行人と相対したとき、家族にすまない気持ちを抱いただろうか？　マイケルはこの世を去るまぎわに、任務に志願したことを後悔しながら死んでいっただろうか？　ケイトは心のドアをぴしゃりと閉めて、胸の痛む思いを締めだした。

「ごきょうだいは？」

ケイトはここで嘘をついて少しでも威厳を保とうと考えたが、前の晩に自分の苦境について告白したことをありありと思い出した。もともと最初に出会ったときからマクニールには赤裸々な真実を話してしまったのだし、家族の財政状況がどこまで逼迫しているかを今さら隠したところでどうしようもない。

「ヘレナはお年を召した隣人の話し相手を務めていますわ」ケイトはその隣人がどれほど意地悪な老婆であるか、ヘレナをどんなふうにいじめるかなど、詳しいことには触れなかった。ケイトなら、あの鬼ばばあの暴虐ぶりには一時間だって耐えられないだろう。しかしヘレナは、氷の彫刻を思わせる冷静沈着ぶりを発揮し、冷めてはいるが穏やかなほほえみを見せながら耐えていた。

「妹さんもいらっしゃいましたよね」マクニールは促した。

「ええ。シャーロットです」ケイトは強情ではあるにせよ美しい末の妹のことを思ってほほえんだ。シャーロットだけはまずまず運に恵まれていた。「学校で勉強中ですわ。春になれば、お友だちのマーガレット・ウェルトンさん、ウェルトン男爵と男爵夫人の一人娘でいらっしゃるんですが、そちらのお屋敷に招かれて社交シーズンを過ごすことになっていますの」

「それであなたは感激なさったのですね」

「ほっとしたのです」マクニールの言葉にというより軽蔑的な口調に反発したケイトはかたくなに言いはった。「あの子にはこれからよい縁談があるかもしれませんから」

「妹さんにはよい縁談があるかもしれないのに、あなたはちゃんとした屋根もないこの馬車に、無作法このうえない連れと一緒に乗るはめにおちいっている。あまりに不公平ですよね？」マクニールの声は物思いにふけっているような響きになった。「きっと悔しく思っておいででしょう」

ケイトは答えなかった。マクニールの存在そのものに動揺していた。体の大きさ、なめし革を思わせる男っぽい体臭、肩の広さ、あごと頬に生えた無精ひげ、手綱さばきの巧みさ。ケイトは彼を完全に意識するようになっていた。

険しい山腹にいる羊の群れが頭を上げて、二人の乗る馬車が通りすぎるのを眺めている。羊たちが見えたのをいいことに、ケイトは話題を変えた。「あら、ここには生き物など何もいないのかと思いはじめてましたのに」

「あれはチェビオット種の羊です」マクニールが言った。「『四つ足のスコットランド高地人』と呼ぶ人もいますよ」

「なぜですの？」ケイトは驚いて訊いた。

マクニールは肩をすくめた。「あの羊たちはここの地主の一番新しい借地人のようなものです。もっとも、唯一の借地人ですがね。羊たちにすみかを提供するためにここにいた小作人たちが移動させせられましたから」

「全員がですか？」ケイトは信じられないといったようすで尋ねた。

「ほとんど全員です。『ホワイト・ローズ』のことですが、ご存知でしたか？」Rの音を響かせるスコットランドなまりが強くなった。「その昔、あの宿屋は小さな村の中心となっていました。ロス卿が村を移すまではね」

「村全体を動かしたのですか？　どこへ？」

マクニールの目は前方に広がる道路をじっと見つめている。「海岸へです。ロス卿の村の者たちは昆布をとったり、魚を釣ったりして生計を立てようとしたのですが、漁業には向いていなかったのでしょうね。それで皆、そこを捨てて海を渡って西のほうに向かいました。カナダへ行った者が多かったようです」

「でも……わざわざそんなことをなさる方がいるなんて？」

「それがですね、お嬢さん」マクニールの声には皮肉がこもっていた。「あなたをじっと見ているあの大きな、よく太った羊をごらんなさい。何エーカーにもわたって群れているあの羊は、わずかに残った羊飼いの老人たちよりもずっと手のかからない借地人なのです。それに利益も多くもたらしてくれます。けっきょく、そういうことなのですよ」彼は言った。

「スコットランド高地じゅうで起きている話なんです。スコットランドにはそのうちスコットランド人が一人もいなくなるでしょう」

「ひとつの民族から何もかも奪ってしまうなんて、良くないことですわ」

「何もかも奪ったわけではありません」マクニールはゆがんだ笑いとともに言った。「人間の土地や馬を奪うことはできます。格子縞の肩掛け(プレード)やバグパイプを禁止することも。だが、人間の本質を奪いとることはできません。誇り高く忠実なスコットランド人の気質を奪うことはできないのです。

だからこそ、スコットランド高地連隊は国王のために全力を尽くして戦うのです、ブラックバーン夫人。我々は誓いを立てました。その誓いに対して、死ぬまで忠誠を尽くすのです」暗くかげった瞳は何も見ていない。「それができない者は呪われてしかるべきです」

マクニールは押し黙り、それ以上口を開こうとしなかった。

5　宿屋、居酒屋、旅館よりさらに落ちぶれた場所で夜を過ごす

日が暮れると気温は急に下がりはじめた。ケイトは無蓋の馬車で旅するのにふさわしい服を持っていなかった。ブーツは上流社会の若妻が緑の庭の小道をのんびり散歩するためのものので、霜で覆われた岩の上を歩くようなときはまったく役に立たなかった。ケイトはたそがれどきの冷気から逃れたくて、無理に目を閉じて浅い眠りに入ろうとした。

「着きましたよ」

ケイトはすぐに目ざめ、顔を上げて幌の下からまわりを見まわした。「どこです？　何も見えないけれど」そう言いつつ村の家々の明かりを探す。

マクニールは馬を止め、すばやく地面に降りたった。夕暮れのほのかな光で顔はよく見えない。彼は座席の横に来ると、うむを言わせずケイトを抱きあげて地面に下ろし、馬車の前方に戻った。

暗がりに目が慣れてきたケイトは、石造りの粗末な小屋がいくつかある場所に立っている

ことに気づいた。どの小屋も小さな窓の中は真っ暗で、ドアは半分開いたままだ。どうやらここの住人たちはとうの昔にいなくなっているらしい。

「ここは何というところですか？」ケイトは訊いた。

マクニールは馬からてきぱきと馬具を取りはずしながら肩をすくめた。「さあ、名前などあるのかどうか」彼は一番近い建物を指さした。「とりあえずあの小屋でいいでしょう。入って」

「あそこへ？」ケイトは宿屋や馬小屋のようなところに泊まるのだと思っていた。最低限でも農家に宿代を払ってベッドを借りることが頭にあったので、どことも知れない場所でキット・マクニールと二人きりで夜を過ごすなどとは思いもよらなかった。「居酒屋か何か、泊まれるところは近くにないんでしょうか？」

「かなり遠くまで行かないとありません」

「それでも結構ですわ。もう少し先まで行ってもかまいませんから。気持ちのよい夜ですし……」

マクニールは馬具に手をおいたまま頭だけをケイトのほうに向けて見ている。ケイトはぎこちなくほほえんだ。

「月は出ていませんし、私がかなり遠くと言ったのは、本当に遠いですよ。一、二時間で着ける距離じゃない。道はでこぼこで、荒野に近づけばさらにひどくなります。あなたの繊細な神経をやわらげるためだけに、ドランの足元を危険にさらすわけにはいきません」マクニールの口調にはいやとは言わせないものがあった。「ということですから、ブラックバーン夫人。泊まる場所をご自分でお選びください」

「わかりました。あなたの馬の健康状態を守るためということでしたら、ここに泊まるのが筋でしょうね」ケイトは無理して明るく言うと、一番近いあばら家に向かった。

そこは正真正銘のあばら家だった。

ちょうつがいの片方がはずれて傾いたドアは枠からはずれかけていた。ぼろぼろになったカーテンが小さな窓を覆っており、土間は平たい石造りの小さな暖炉に向かって傾斜している。炉の上方には粗末な煙突がついている。見わたしても壊れた陶器類がいくつかあるばかり。

ここで何をせよというのだろう？　家具らしきものは何もない。ケイトはどうしてよいかわからずにドアのそばをうろうろしていた。みじめで、寒くて、恐ろしかった。

「ちょっとどいてください」マクニールの声がすぐ後ろで聞こえ、ケイトはびくっとして飛びあがった。しかし彼はケイトの反応にまったく気づかなかったように、腕いっぱいのたきぎを抱えてゆっくりと通りすぎた。炉の中にたきぎを投げだすと、自分の上着から火口箱(ほくちばこ)を取りだして火をおこした。火がつくと彼は立ちあがった。「トランクを取ってきてさしあげましょう」

「ありがとう」

外に出たマクニールはまもなくケイトのトランクと「ホワイト・ローズ」でもらったかご

を持って戻ってきた。彼は暖炉のそばに座って火にたきぎをくべると、かごの中を探ってエールの入ったつぼを取りだした。

お願いです神さま、あの人を酔っぱらわせないでください。彼が酔っぱらったら私はどうしていいかわかりません。ケイトはドアのほうにじわじわと進み、いつでも逃げられる態勢をとった。だが逃げるといっても、どこへ？

マクニールは歯でつぼの栓をこじあけると暖炉の中にぺっと飛ばし、前腕で支えながらつぼの口を持ちあげて自分の唇にもっていった。頭を後ろにそらし、喉にエールを注ぎこむように飲んでいる。それがケイトにはとてつもなく長い時間に感じられる。マクニールはようやくつぼを下ろして袖で口を拭うと、ケイトに差しだした。「飲んで。ブランディほどではないが、水よりは体を暖めてくれますから」

生のエールを飲むのは気が進まなかったが、残りを全部マクニールに飲ませてしまうのも賢明な考えではなさそうだ。ケイトはためらいながらつぼを受けとった。マクニールの目はぱちぱちとはぜる暖炉の火に照らされて輝いている。「飲むための器か何か持っていませんか？」

マクニールはケイトを見つめてきっぱりと言った「ええ。口というものがあるでしょう。それをお使いになればいい」

「わかりました」

マクニールはパンを大きくちぎると、彼のまねをしてエールを飲もうとするケイトをじっと見ている。ケイトは彼がやっていたように腕の内側につぼをのせてみたが、つぼは重い。抱えあげようとしたとたん、とり落としかけ、胴着にエールをこぼしてしまった。「くそいまいましい！」

乱暴な言葉遣いにマクニールが眉をつりあげたが、ケイトはどうでもよかった。それより問題は自分が寒くて、ぐっしょり濡れて不快なことだ。終わりがないかのように思えた今日の道のりだが、明日もこれが果てしなく続くことは目に見えている。まともなベッドもなく、背が高くいかにも粗野なスコットランド高地人と二人きりだ。この男が今まで女性にどんな乱暴を働いてきたか知れたものではない。さらに悔しいのは、ケイトがここまで来たのは自分の意志だということだ。心の底から怖くてたまらなかった。小さいころから恐怖に怒りで立ちむかうのが常だったケイト・ブラックバーンは、ついに怒りを爆発させた。どうなったってかまうものか。

「くそいまいましいったらないわ！　どうやったら飲めるっていうの、こんなもので？」ケイトは叫んだ。「いったいぜんたいあなたはどうして、コップぐらい持ってないのよ？　コップを持つのはスコットランド高地人の自己犠牲のおきてに反するとでも言うの？　試練ばかり求めなくたってよさそうなものでしょ。ちょっとした道具を使ったからといって男らしさを失うわけはないじゃない！　でなければスコットランド人らしさをね。この二つの区別がつかない人のために言っておくけど！」

マクニールは危険なまでに優雅なすばやさで動き、一歩踏みだしただけでケイトの目の前に立って、上向いた彼女の顔を見おろした。彼の瞳には熱さと冷たさの入りまじった光が輝いている。そのほほえみは不吉なものを感じさせた。それでもケイトはあごをつんと上げたまま、挑戦的な目で見つめかえした。

「さて、お嬢さん。さしあたって私は自分の男らしさについては請合います。それとも男らしさを証明せよとおっしゃいますか?」マクニールは喉の奥で声を響かせた。ケイトの顔は真っ赤になった。マクニールの視線が彼女の唇へと動いた。震えを止めるために唇を嚙みしめたいのを、彼女はやっとのことで抑えていた。「エールを飲むための道具ですが……お望みでしたら、私の口から飲んでもかまいませんよ。ここにある容器といえばそれだけですからね。でも私としては、そうなったところで試練とは思わないでしょうね、保証しますよ」

ケイトは恐怖であえぎ、うなだれた。焼けつくように熱いものが喉にこみあげ、顔がほてった。

「いやですか?」マクニールは訊いた。表情に漂っていた欲望のようなものがふっと消えた。「でしたらお休みなさい、ブラックバーン夫人」彼はそっけなく言った。「明日はかなり大変な道のりになりますし、天気もこのままもってくれそうにありませんから」彼は暖炉のほうに向きなおり、肩ごしにケイトを見た。「それから、男を勝手に誘惑しておいてそのつけを払うつもりがないのなら、そんなことをなさらないように」

わかりました。その教訓はかならず覚えておくわ。死ぬまで忘れない。

ケイトは震える指でトランクの掛け金をはずし、体を暖めてくれそうな衣類を探したが、何もなかった。かつて最新流行だった母の服を仕立てなおしたケイトのドレスはどれも絹や綿モスリンでできていて、蛾の羽のように薄手で繊細なものばかりだ。ケイトは大きく息を吸いこんだ。つまりは地面にじかに寝ろということなのね。

「ブラックバーン夫人」

ケイトがまわりを見ると、マクニールが格子縞の肩掛けをきちんと折ってベッドシーツのように敷き、その上に立っていた。

「この上でお休みなさい。私はドランの世話をして、もう少したきぎを集めてきます。悪いことは言わないから、とにかく食べて寝ることですよ」

マクニールはケイトの答を待たず、夜気の中へ足を踏みだそうとしたが、こうつけ加えた。「私のことを恐れる必要はありませんよ、お嬢さん」そして続けた言葉が非常に優しい口調だったのはケイトの気のせいだろうか。「月は狼の遠吠えを恐れないものです。そりゃそうだ。狼が吠えているかどうかなんて月にはわかりませんからね」

「起きる時間ですよ、ブラックバーン夫人」

ケイトは寝返りをうった。うめき声をあげないようにするのがやっとだった。片目を開けてみると、あたりはまだ暗い。「もう少し明るくなるまで待ったほうがいいんじゃないかしら」ケイトはつぶやいた。「馬のためにも……」

「外はもっと明るくなっていますよ。それに北のほうから嵐が迫ってきています。嵐に追いつかれたときに荒野にいるのはまずいですから。今出発しましょう」

ケイトは抗議しなかった。昨夜遅く、彼女はもうけっしてくだらない衝動にかられて行動するまいと自分に誓っていた。一瞬、教訓を忘れてしまうこともあったが、もう二度と忘れない。ケイトはぎくしゃくと体を起こし、暖炉の残り火にはすでに水がかけられ、トランクが運びだされていることに気づいた。

マクニールはケイトができるだけ長く眠れるようにしてくれたのだ。

「ほら、これを」手渡されたのは短い筒のようなものだった。「これは山岳地方のお茶と言えばいいですか。飲んでください。食事は出発してからです」

ケイトは驚きながら円筒を受けとった。冷たい手のひらに当たる金属製の筒の暖かみに感謝したい気持ちだ。「この容器、どこで見つけたのですか?」

「あなたのトランクに入っていた望遠鏡のふたです。トランクを閉めたときに見えたものですから」では、私のあのうるさい要求を聞きいれてくれたということか? 意外な親切にまごついたケイトは彼をじっと見つめた。

「言っておきますが、あなたの持ち物をいちいち調べてみたわけじゃありませんよ」マクニールは皮肉っぽく言った。「スコットランド人である私に言わせると、それこそ男らしくないですからね」

「もちろん、そんなことなさるとは思っていませんわ」ケイトは顔を赤らめ、マクニールの顔に広がったほほえみに驚いた。からかわれているのかどうかわからないままに、ケイトは熱くて苦いお茶を飲んだ。

ケイトは空になった真ちゅうのふたをポケットに押しこみ、マクニールのあとに続いて外に出ると、助けを借りずに馬車の座席に上った。なよなよした軽薄女ではないことを証明してみせるつもりだった。

ケイトの行動に感心したにしてもマクニールはそれを表わさなかった。彼はドランの引き具を少し調整してからケイトの隣の席にひらりと飛びのり、手綱を馬の尻にぴしりとあてて出発した。

二人はけっきょく食事を取れなかった。見捨てられた村をあとにして数キロも行かないうちに流れの早い小川に行きついたが、渡る途中で馬車の後輪が川底に隠れていた岩に引っかかった。立ち往生した馬車は流れの中で大きく傾き、二人はあやうく氷のように冷たい水の中に放りだされそうになった。マクニールはケイトの胴に手を回してしっかりとつかみ、彼女の体もろとも自分の体を水から遠ざけながら、愛馬ドランに向かって叫んだ。ドランは流れに邪魔されつつも前に進みつづけ、ついに馬車を川から脱出させた。

食べ物を入れたかごが水しぶきとともに川に落ち、ひっくり返りながら流れの中にくるくる引きこまれていったのはそのときだ。マクニールの鞍とケイトのトランクは馬車の後部にくくりつけてあったために川に落ちずにすんだ。かといってそれは大した慰めにはならない――数時間後、ケイトは硬い板の座席に体を丸めて座りながらそう感じていた。ひりひり痛むあごをマントのひだの間に埋め、マントの下の体に腕を巻きつけて震える彼女のお腹は絶えずぐうぐう鳴っていた。

昼近くなって二人は低い丘の頂上に達した。ここが荒れ果てた原野へと上っていく入口になる。風がうなりながら吹きつけてきた。獲物をじっと待ちぶせしてから襲いかかる獣のようだ。小さな馬車は突風を受けるたびにがたがたと左右に揺れ、ケイトの肺を締めあげて息を苦しくさせた。冷気がマントを通して氷の指のように突きささり、鼻の中で息が凍る。ケイトは口をぐっと閉じて歯ががちがち鳴るのを防ごうとした。

これほど寒い思いをしたことは一度もなかった。

ケイトは目を細め、荒れくるう風の中、あたりを見た。果てしなく広がる地平線にそって、からし色のハリエニシダと寒々とした緑色のワラビが風に吹かれてざわざわと大きく波うっている。牛の血を思わせる色の雲が筋になって、暗灰色の空と大地を分けている。二日前の夜に彼らを襲った嵐がふたたび力を結集して、攻撃をしかけようとしていた。

こんな荒野で嵐に襲われることを考えただけで、ケイトの心は重く沈んだ。しかしマクニールには何も言わずにいた。言ったところで何になるだろう？　この茫漠とした荒野の端へ行きつくまで、ただ馬車を進ませるしか助かる道はない。不平不満をもらしても無駄だし、悪くすれば軽蔑されるだろう。マクニールは少しも寒さを感じていないようだ。こんな悪天候になど、とっくの昔に影響されなくなったかのように見える。

とにかく耐えるしかなかった。耐えることについてなら、ケイトには三年近くの経験があった。

6 淑女（レディ）たるべきか、健康をとるべきか
——経済的に追いつめられた者の旅のいでたち

　ケイトが突然、キット・マクニールのほうに倒れこむようにもたれかかってきた。なのに急いで離れようともしない。それだけでどこかおかしいことがわかる。この娘は——未亡人となった今でもいじらしいほど若く見えるが——何といっても上品さが身上なのだから。

　マクニールはドランの歩みを止めさせた。ケイトの体はぐらっと前のめりになり、彼がつかまえなければあやうく馬車の床に投げだされるところだった。膝の上に引きあげると、彼女のまぶたは石膏のように白く青ざめ、唇には血の気がまったくない。気を失っているのだ。

「ブラックバーン夫人！」

　マクニールが優しく揺りうごかすと、ケイトのまぶたが細かく動いたかと思うと目が開いた。「もう荒野を渡りきったの？　これで終わり？」

「いや、まだです」。これはまずい。荒野から抜けでるまでにあと何時間も馬車を走らせなければならない。マクニールは地平線にじっと目をやって、役に立ちそうな目印を探した。

凍えるような細かい雨が降りはじめていた。雨は強風にあおられて横なぐりに吹きこみ、よけようにも、ぼろぼろに破けた幌では役に立たない。ケイトを守るには体を使うしかない。マクニールは彼女を引きよせ、あたりを見まわした。雨やどりできる場所を見つけなくてはならない。小さな農場か何か、でなければ岩の陰でもいい。どんなところでもいいから——。

そのときマクニールは見た。海図にのっていない霧の海に漂流する幽霊船のごとく、遠くにぼうっと浮かびあがるものを。それが何であるかがわかって彼の心臓は高鳴った。自分の知っているあの城にこれほど近いところまで来ていたとは。

マクニールはドランの背に手綱をぱちっと当てて馬車を反転させ、南に向かった。城までの距離は二キロほどだろう。

たった二キロ。それがどんなに長く感じられたことか。

「誰のものだと思う？」アンドルーが訊いた。濃い褐色の目を細めて巨大な廃墟を見つめながら考えこんでいる。

「誰のものだった、だろ」ラムゼーがばかにしたように肩をすくめて言った。「誰のものだったにせよ、今は荒野のものだ」

「修道院長がおっしゃってたのを聞いたよ。一七四五年のジャコバイト反乱で戦った地主が建てた城なんだって」ダグラスが言った。「偉大なスコットランド勇士の親玉だったらしい」

「カロデン荒野でイングランド軍に戦いを挑んだなんて、まったくの愚か者じゃないか」ラムゼーが言った。

「偉大な勇者はみんな愚か者さ」アンドルーが答えた。

城だ。あれが「城」以外の名前で呼ばれたのをマクニールは聞いたことがない。それはほかの少年たちも同じだった。不規則な形をした城は空に映えてくっきりとそびえ立ち、画家が描いた魔女の塔の絵を思わせる。城といえばうっそうとした森の中や川の分岐点に建てられるものもないわけではないが、たいていが岩山や断崖の上に築かれる。この城については傲慢さからかそれとも愚かさからか、理由はわからないが、造った者は荒野を城の守り神にしようと思いたったらしい。

かつてあった巨大な扉の名残である大きな溝の前でマクニールはドランを止めた。腕の中のケイトの冷えきった軽い体のことだけが気になっていた。一刻も早く暖めなければならない。そればかりが頭にあった。マクニールはケイトを慎重に抱えあげ、城の中へと続く階段を上っていった。むき出しになった屋根の垂木をがたがたいわせる風をものともせず、殺風景な長い廊下を運んでいく。人が住まなくなってここにはゆうに五〇回は秋がめぐってきたのではないか。ひび割れてでこぼこになった床には、毎年の落葉が順に積みかさなっていた。マクニールのブーツのかかとが朽ちた葉を踏むたびにくぐもった音がする。

「ここはどこです？」ケイトがつぶやいた。目はまだ閉じているが、顔をしかめて左右の眉の間に二本のしわを寄せる。

「休んでください」

マクニールは廊下のつきあたりにある短い階段を下りると、地下の台所に足を踏みいれた。隅の高い部分に作られた換気口から、午後の淡い光が差しこんでくるのが見える。ほかの部屋にある煙突はがれきなどの破片で埋まって久しいから、安全に火を焚ける場所といえばここしかない。

マクニールは膝をついてゆっくりとケイトを下ろした。格子縞(プレード)の肩掛けを床に広げると彼女の体をその上にのせ、毛布でくるむ。そして身を起こして言った。「今、火を燃やしますから」

ケイトが薄目をあけた。「ありがとう」

たとえ相手が地獄への門を開けた悪魔であっても彼女は礼を述べただろう。貴族の子女ときたらいつもこうだ。いやになるぐらい礼儀正しい。ただし昨夜、恐怖にかられて思わぬ派手なかたちでかんしゃくを爆発させたのは別として。

マクニールは部屋の中を探して、焚きつけになりそうなものをわずかながら集めた。

「ここはどういうところ?」ケイトの声が問いかける。

「古いがれきの山です。かつては城でしたが」

「城がここにあるってことを、どうして知っていたのですか?」

「子どものころに来ていたんです。寮をこっそり抜けだしてよくここで夜を過ごし、朝の祈りまでには帰っていました」

「大修道院です。セントブライドの」

「修道士になる修行をしてらしたの？」ケイトの声は弱々しかったが、それでも驚いていることは明らかだった。

「いいえ」

「ああ、そうでしたの」ケイトは急にひじで床を押すようにして体を起こした。「子どものころにここまで来られたのなら、その大修道院はすぐ近くにあるってことですね」

マクニールは火花を飛ばして木くずの山に火をつけた。「直線距離なら二時間ほどです。しかしドランは荒野を直線につっきっては進めませんからね。道づたいに馬車で行くなら五時間はかかるでしょう。それに嵐が激しくなってきましたから。天候が回復するまでは行けませんん」

「そうなんですか」

くすぶり始めた小さな火種に息を吹きかけていると、焚きつけの木が急に炎を上げて燃えだした。マクニールは次々と木をくべて火の勢いが十分になるまで待ってから、横たわっているケイトのほうをふりむいた。彼女は目を閉じている。眠っているものと思ったマクニールは、手を伸ばしてマントを脱がせようとした。

彼の手が触れたとたんケイトは目をぱっと開けて飛びおきた。おびえて後ずさりしながら両手でマントの前をかき合わせている。

「心配しないでください、襲おうなどとは思っていませんから」マクニールは当惑して身を引いた。「そんなことは男らしくない、すなわちスコットランド人らしくない行為だ。それにこんなに寒いのに、そんなことしますか」

それを聞いたケイトは思わず笑みをもらした。

もし今の言葉が嘘だと知ったら、こんなにほっとした顔にはならないだろう。ケイトはつらい旅の一日のあとでも自分がいかに魅力的か、まったくわかっていないのだ。床に敷いた格子縞(プレード)の肩掛けの上に横たわった彼女の髪は妖しく乱れて顔にかかっていた。不安に揺れる瞳のなんと黒々としていることか。マクニールは思った。自分は最低の男だ。頭を上げるのもやっとの女性に欲情して息をはずませるなんて。しかしそうせずにはいられなかった。

「マントが濡れているでしょう」彼はぶっきらぼうに言い、手を差しのべた。「脱いでください、火のそばにかけておきますから」

ケイトはマクニールの顔をじっと見つめたまま、喉元のレースのひもをほどいた。マントが肩からすべり落ちる。その下にまとっているものを見たとき、マクニールは小声で悪態をついた。ケイトが身につけていたのは前の日と同じ綿の薄いドレスだったのだ。凍えそうになったのも無理はない。

マクニールは上着を脱ぎ、許しも求めずにケイトの体をそれでくるんだ。彼女はされるがままになっている。それを見たマクニールの心にえたいの知れない危機感がさざ波のように押しよせた。彼女がこの時期にこの寒い土地を旅するのにふさわしくない服装でいたのに、自分はどうして見過ごしてしまったのだろう？

まったく想像もつかなかった。一一月にスコットランドを旅するからには、ちゃんと暖かい服を着こんでいるにちがいないと思いこんでいた。しまった、この季節にスコットランドを旅したことのない彼女は、どんな旅支度が必要かを知らなかったのか。淑女(レディ)であるケイトは、淑女(レディ)が旅行するのにふさわしい服装をしていたというわけだ。

「まったく、どこの世界に自分の健康を犠牲にしてまで淑女(レディ)ぶる人がありますか、よりによって――」

「お言葉を返すようですけど、マクニール！」ケイトがさえぎった。勝ちほこったような笑みをかすかに浮かべている。「私のドレスは体面を気にしての選択ではありませんの。着るものがこれしかないのです」

「そんなふうに笑わないでくれ」マクニールは乱暴な物言いをした。「わからないんですか？　私が気づかなかったために、あなたを死ぬめにあわせるところだったんですよ！」

ケイトは驚きで目を丸くしたが、まもなく表情をやわらげた。彼女の穏やかなようすはマクニールにとって、今までの軽蔑や非難よりはるかにずしりとこたえた。「そうね、もし私が死んで、ここがあの世だったら、ヨークの司祭がかなりくどくどと説明しなくてはならない状況でしょうね。あら、そんな目で見ないでくださいな。私は少し暖をとりたいだけだし、それに――」ケイトは言いかけてやめ、顔を赤らめた。何か食べるものを求めているのだ。何もなかった。今はまだ何も。

マクニールは姿勢を正した。「今からドランの世話をしたあと、この辺を探してきます。荒野にはウサギがたくさんいましたから」二本足で歩く人間という動物よりはるかに分別があるウサギたちは、嵐のあいだ巣穴の奥深くもぐっている。そのことはあえて言わなかった。それでもマクニールは、食べ物を見つけるために全力を尽すつもりでいた。

「そうですか」

「ここにいれば安心ですから」

「わかってます」

「この炉は奥行きが十分あるから火花が散ることもないし、私は火が消えるまでにはかならず戻ってきますから。休んでいてください」

「ええ、そうしますわ」

マクニールは思った。このままここにいれば出ていきたくなくなるだろう。でもケイトには食べ物が必要だ。最低でも飲み水だけは確保しなくてはならない。マクニールはケイトを見おろした。目をつぶってほとんど眠りかけている。彼女はここにいるかぎり大丈夫だ。この城には誰も来ない。誰も訪れることのない廃墟だから。

ドランはマクニールが馬車を放置しておいた場所にいた。強風にあおられて馬車が左右に揺れるのに不安を覚えたのか、引き綱をつけられたまま落ちつかなさそうにしている。マクニールはドランの引き具をはずして縄で足かせをかけ、城の建物がくずれてしまっている側へ引いていった。土手から溢れるほどの水が流れる小川のそばまで行って馬を放してやる。

それからライフル銃に火薬と弾をこめると嵐の中へ出ていった。

ケイトは浅い眠りの中をさまよっていた。ときどき目覚めるが手足はひどく震え、歯はがちがち鳴りつづける。炉のそばに体を寄せても少しも暖まらない。近くで燃える火が頰を突きさすほどに感じられても、あごのところまで引っぱりあげた毛布のふちを握りしめた手の指が焼けつくほどにあぶられても、いっこうに寒さは去らない。待っている時間が永遠にも感じられた。ようやくマクニールの声が聞こえた。

「ケイト。これを飲んで」マクニールはケイトの肩の下に腕をさし入れて体を起こし、水を口に少しずつ辛抱づよくしたたらせて飲ませた。マクニールの体は濡れていた。ただ湿っているというのでなく、体中がびっしょりと濡れていた。そして冷たかった。ひどく冷たかった。水がドレスに染みこみ、ケイトはがたがたと震えだした。

「すごく、寒い」悲しげな声でつぶやく。

地面にゆっくりと寝かされたケイトは、横向きに丸まって震えを止めようとしながら、薄目をあけてマクニールのようすを見守った。彼は立ちあがり、ずぶぬれのマントを肩からはずして地面に落とすと、手早く、いとも簡単にシャツを頭から脱いだ。細々と燃える火明かりを後ろから受けたぜい肉のない体はつやつやと力強く輝き、しなやかな筋肉に覆われている。肩幅は広く、腹部は平らだ。炉火の光はがっしりとした肩をちらちらと明るくし、喉のあたりまでを照らしているが顔までは届かない。表情は暗い影に隠れて見えない。

マクニールは膝をついてケイトを抱え、裸の胸に抱きよせた。彼のたぎるような血の熱さはすでに皮膚に達し、ケイトの体の中まで伝わろうとしていた。心地よく暖かく、生命の炎を注ぎこんでくれる。こんなことをされてケイトは恥ずかしく感じるべきだ。抱擁をふりほどいて逃れようとするべきなのだ。しかしそうせずに、マクニールの体にぴったりと寄りそった。腕を彼の脇腹に回し、分厚い胸の筋肉に頬を強く押しつけた。ケイトはくつろぎ、彼の熱を吸収し、その体をベッドとして受けいれていた。

そして眠った。

キット・マクニールは背中を壁にもたれかからせて座った。片足を前に投げだし、太ももの上にケイトをのせている。彼はためらいながらケイトの顔にかかった髪を後ろになでつけた。彼の指に巻きついた髪の毛の束は絹のようになめらかで、子猫の柔毛のように柔らかく、黒い繻子を思わせる光沢を帯びている。マクニールは頭を後ろにそらせ、ぼんやりと天井を見つめた。

ケイトは眠りつづけた。ゆったりと休んでいる。優美なまでにかよわく、崇高なまでに滅びの美を感じさせる生き物。マクニールの心の奥底が飢えはじめた。ケイトの体の柔らかな曲線が彼の体の鋭く切りたった線に出会って溶けだし、暖かい蠟のごとくゆっくりと彼の体をおおう。ケイトはすべてを投げ出すかのような切ないため息をつきながら、頭を彼のあごの下にもたせかけた。片手が彼の胸の上を頼りなげに動く。指からは完全に力が抜けている。ケイトの息が惜しみなく彼の皮膚にかかる。優しい息づかいだった。彼が見たことのない子ども時代の夢はこんなだったかもしれない。甘い息づかいだった。彼の記憶にない美しい夏はこんなだったかもしれない。

マクニールはケイトを見おろした。唇はわずかに開かれ、夢でも見ているのか、頬骨の高くなったところでまつ毛が細かく震えている。眠っていてさえ気品があって繊細だった。こんな優雅な生き物を目の前にして、俺のような者はどうしたらいいのか？　ペイズリーショールをまとう贅沢な生活に三姉妹をふたたび戻してくれる後ろ盾を懸命に見つけようとしているこの美しい生き物を、どう扱えばよいのだろう？

三年前ですらマクニールは、自分とケイトがほんのひとときでも会話を交わせたのは偶然のめぐり合わせだとわかっていた。彼は居間に残ったりせず、ほかの皆と一緒に庭に出るべきだった。それにケイトだって、彼と一緒に居間にいるべきではなかった。ケイトは彼を対等の人間として扱って話をしたが、彼は身分の違いを知っていた。ほかの時、ほかの場所でなら、あんな出会いは起こりえなかったはずだ。

ナッシュ家の屋敷を出たあとマクニールは波止場へ向かった。酒を浴びるほど飲んで酔っぱらいたかったのだ。そして望みどおり、ぐでんぐでんに酔っぱらった。目覚めてみると、いつのまにか陸軍に徴集されて一兵卒としてインド行きの輸送船に乗せられている自分がいた。そんな中、英国軍に所属する一人の歩兵が持てるものといえばただひとつ。考える時間だけはたっぷりあった。

マクニールは二つのことを考えた。まずケイトのこと。彼女について思いをめぐらせても何の害もなかった。害になるのは、幻想と現実の区別がつかないときだけだ。日焼けでひりひり痛む皮膚と、熱気を吸いこんで焼けつくような肺は現実だった。足に合わない長靴のせいであちこちにできたまめがつぶれて痛むのも現実だった。軍服を背中に張りつかせるほどだらだらと流れる汗も、死んだ兵士の血も現実だった。そう、マクニールは現実とは何かを十分に知っていた。ケイト・ブラックバーンを思うことは、現実から逃避するための罪のない気晴らしになった。

というわけでマクニールはケイトについて考えることを自分に許し、存分に楽しんだ。真夜中を思わせる深い色の瞳。日の光を受けてクロテンの毛皮のごとく黒く輝く髪。透きとおるような白い肌、細い手首、ふっくらと柔らかそうな唇。現実の厳しさに圧倒されそうになったときに逃げこむ場所としてケイトの姿を頭に浮かべればいいだけのことだった。それが、またふたたびめぐり合おうとは。三年前のあの日、居間で話しあった短いあいだに、マクニールはケイトがもつ自尊心の強さをはっきりと読みとっていた。彼女がセントブライド大修道院に黄色い薔薇を送る日はけっして来ないはずだった。

しかしときには、死の重さや傷ついた兵士のうめき声、戦いの記憶があまりに生々しく、ケイトの姿を思いえがくことができないこともあった。そんなとき思い出すのは裏切りだった。裏切り行為によりダグラス・スチュアートを殺したも同然の男のことだった。ギロチンの刃をダグラスの首に落としたのはそいつだと言ってもいい。

裏切り者は誰だったのかマクニールが推理をめぐらせているうちに進軍は続いた。フランスとのあいだに勃発した戦争は、インドの支配勢力やロシア人、スペイン人との戦いに発展していた。兵役に就いてから休暇をとるまでに、マクニールは何十回という小競り合いや本格的な戦闘を経験した。彼の「才能」が認められるのにそう時間はかからなかった。ほんの少しの運だけで頭角をあらわすことができた。草刈鎌で刈られる小麦のごとく将校たちがばたばたと戦死する中、彼は血まみれの戦場におけるその抜きんでた能力によって、野戦任官で階級が上がった。一度ならず三度までも。

自分自身新たに発見したことだったが、マクニールはすぐれた指揮官だった。部下は彼を信頼し、彼の判断に頼った。しかし昇進するたび、命を預かる部下の数が増えるたびに、過去のあの裏切り行為がますます不気味な影のようにのしかかってきた。俺の判断力は鈍っていて、実はどうしようもないぐらい不完全なものだ。それなのにどうして自分の判断を信ずることができるだろう？　ひとつの思いがマクニールの強迫観念となっていた――裏切り者の正体を暴き、その男と対決しなくてはならない。同時に自分自身の弱点を認め、それと向きあわなくてはならない。その思いがきっかけとなってマクニールは軍に休暇を願いでて、許可されたのだった。

それなのに運命の女神は、彼の意図をあざ笑った――。

突然、ケイトが目覚めた。頭を上げた彼女は眠たげにあたりを見回し、マクニールのあごにつややかな髪のてっぺんをこすりつけてくる。彼は体を硬直させた。ケイトはまだ覚醒しきっていないらしい。彼は息を止めた。ケイトの頭がふたたびがくりと垂れて彼の胸にもたれかかり、喉ぼとけの下に唇を押しあてて眠りに落ちるのを待つ。

そしてマクニールは神に感謝した。俺は何が現実で、何が現実でないかを知っている。何とありがたいことだろう。

7　見慣れない環境で目覚める

「なんてきれいなんだ、キット。お前のことを嫉妬したくなるほどだよ」その声はつぶやきにしか聞こえないほど低かった。冷たく乾いたものがケイトの首すじをなで、鎖骨のあたりをさまよい、さらに下へすべっていく……ケイトは体の向きを変えて転がり、なれなれしく触れられまいとした。まだ熱と極度の疲労でぐったりとしている。

「しかしどうして俺がお前をうらやむ必要があるんだろうね、お前の持っているものは何でも奪えるというのに？」彼の呼吸は浅く、興奮気味だ。「その命も含めて、何でも」

幻影のような指が胴部(ボディス)の端の部分を引っかけて下のほうに引っぱっている。ケイトは強引な親密さにギクリとし、目覚めようと必死になった。幻の手が乳房を物憂げに愛撫している。何かが彼女の顔に近づいてきた。

「キットに伝えてくれ。薔薇の美しさを楽しめとね」その唇はケイトの唇に触れた——彼女は恐ろしさにあえぎながら飛びおきた。

真っ暗な部屋の隅で何かが動いた。闇よりさらに暗い影のようなものが片隅に溶けこんでいく。ひそやかな笑い声に似た音――あるいは換気口を通る風の音か？――があたりの空気を震わせた。

ケイトはやっとのことで立ちあがった。頭がクラクラし、混乱している。あたりを見まわして身震いした。炉にはまだ少し残り火がある。さっきは真っ暗だったのに――まさか誰かが彼女と炉火の間に立ちはだかっていたのか？

恐怖に襲われて突如として完全に目が覚めた。ケイトは向きを変え、床にあったマクニールの連隊服の上着につまずいた。マクニールはどこへ行ったの？

短い階段を見つけたケイトはふらつく足でよじのぼった。「マクニール！」かすれた声で叫ぶ。

答がない。喉がいがらっぽく、大声を出そうとするとめまいがした。「マクニール！」

ケイトは長く薄暗い廊下を歩いていった。ひとすじの月光が廊下のずっと奥まで差しこんでいる。足を引きずりながら前に進み、空っぽの部屋を次々と探していったが、どこもかしこも真っ暗で静まりかえっている。まるで次に入る死者を待ちうけている墓のようだ。

ついに灰色にぼうっと薄明るい入口に達したケイトは上に目をやった。三階上の屋根に大きな傷口のごとくぽっかりとあいた穴から、暗くまだらな空が見える。おぼろ月の表面に雲が漂い、氷のように冷たい強風が上空から渦を巻きながら吹きつけている。風でケイトの足元の落ち葉がかき乱され、髪の毛が顔にかかった。

「マクニール！」風がケイトの弱々しい叫びをとらえ、運びさってしまった。

誰も答えない。

一番恐れていたことが起きたのかもしれない。ケイトはうろたえた。マクニールは彼女を置いていってしまった。見捨てたのだ。

見捨てられるのはもう二度といや。お願いです。ケイトはまばたきをして涙をこらえた。泣いてはいけない。風で霧があとかたもなく消えてしまうように思考する脳のかけらもなくなっても、力が抜けて足が言うことを聞かなくなっても、寒さが彼女の体に残った最後の熱を吸いとってしまっても……そのとき、かすかに揺らめく明かりが見えた。

置きざりにされたわけではなかったのだ。

ケイトはすすり泣きながら光のもれる部屋に向かってよろめく足で進んだ。めまいで方向感覚がなくなっている。わなにかかったウサギのように動悸が早まる。部屋の中でマクニールは彼女に背を向けて立っていた。燃えるたいまつをかかげ、真っ暗な四方の壁をやつぎばやに照らしている。

「マクニール――」何か言おうと思ったが喉のところで言葉が消えた。ただならぬ状況が目に入ったからだ。どっしりとしたオーク材のテーブルが横倒しになっていた。表面には斧か何かでえぐられたような深い傷がいくつもついている。長いすや小さないすと思われるものがバラバラに砕かれて散らばっている。ガラスの破片が宝石をまきちらしたじゅうたんのように床を一面に覆いつくしている。錫合金製（ピューター）のへこんだ盛り皿やカップが、あちこち傷や刻み目のつけられた塗壁のまわりに転がっている。

「いったい何があったの？」ケイトは訊いた。

「そうですね、どうやら」マクニールは冷静に言った。「やった奴は相当むしゃくしゃしていたみたいですね」彼はたいまつをさらに高くかかげ、壁の上部を照らした。

ケイトは後ずさりした。九〇センチばかり頭上の壁に、ネズミの死骸が短剣で打ちつけられていた。乾燥したネズミの首に巻きつけられているのは花輪だった。花は四つついている。乾ききってしなびてはいるが、それでも薔薇だとすぐにわかる。小さな黄色い薔薇だ。ケイトはじりじりと下がりながら片手を後ろに伸ばし、よりかかれる壁を探した。

マクニールがたいまつを下ろしたので、ネズミの陰惨な死骸が視界から消えた。彼は部屋中に視線をめぐらせた。ありとあらゆるものに目をとめ、余計なものは無視して、何も見のがさずに油断なく探している。

「誰がこんなことを？」ケイトは小声で訊いた。「あの人なのかしら？」

マクニールは顔だけを彼女のほうに向け、鋭い目で見つめた。「あの人とは誰のことです？」

「私が目覚めたとき、台所に男の人がいたんです。彼は……あなたの名前を呼んで、それから、欲しいものは何でもあなたから奪うことができる、あなたの命も含めて、と言っていました。それから――」

マクニールは恐ろしい勢いでケイトのほうに体を向けた。「それから何を？」

「私に触ったんです」

「何ですって！」彼はつかつかと歩みよった。突如として憤怒に燃える猛々しいケルト人戦士に変身したかのような形相で、ケイトの二の腕をつかみ、その顔をじっと見すえた。「おけがはありませんか？　ふらちなまねはされませんでしたか？」

一瞬、何のことを言われているのかケイトにはわからなかった。ふらちなまねをされたといえばもちろんそうだが……陵辱されたかどうかという意味だとようやくわかり、頬がほてった。「いいえ、いいえ。ただ触られただけで……」そう言いながらあの男に引っぱられてゆるんだ胴部（ボディス）に落ちつかないようすで手を伸ばす。

マクニールは獣のようなうめき声をあげ、ケイトを放してあたりを見まわした。

「それから、薔薇の美しさを楽しむようにあなたに伝えろ、と言ったわ」

「何ですって？」

「彼はこう言ったんです、『キットに伝えてくれ。薔薇の美しさを楽しめとね』って」

マクニールはまた罵りの言葉を口にした。手を伸ばしてケイトの肩をわしづかみにするとその体をぐるりと自分のほうに向けた。彼女の視界が斜めに傾いた。

「何てことするの！」ケイトは彼の腕を叩いて抗議したが、そんな弱々しい抵抗などはまるで無視された。鋼鉄のような力でがっちりとつかまれてしまっている。「こんなことする権利があなたに――」

「あるんです」

　ケイトは逃げようとしたが、消耗しきっているうえに恐怖で足がもつれ、膝を折って倒れそうになった。しかしマクニールはすばやく彼女を抱えあげて広い胸に抱きよせた。たいまつをかかげながらもかるがると彼女を運び、部屋を出て廊下を進んでいく。

「説明して」彼女は言った。「私の言うとおりにするって約束したでしょう。誓ったじゃないの！　いったいどうなってるのか、教えてくれてもいいでしょう？」

「もちろん、おおせのとおりに、マダム」マクニールは苦々しく短い笑いをもらした。「花の首飾りをつけさせられたネズミの死骸をごらんになりましたよね？」

「ええ」ケイトはぼんやりした頭で考えをまとめながら言った。「ヨークの家にあなたがたが持ってきてくださった薔薇と同じ種類でしたわ」

「そうです。ネズミを串刺しにした人物は、愛のしるしを残したわけじゃありません」マクニールは険しい顔で続けた。「その男が誰なのか、何を求めているのか私にはわかりません。だが私がそいつを見つけだして正体を確かめるとき、あなたは居合わせないほうがいい」

　マクニールは廊下の真ん中で立ちどまった。空を見つめる目に炎を思わせる激情が表れた。非常に厳しい顔つきが心の中の葛藤を物語っている。「そうか、ちくしょう」彼はつぶやいた。「くそっ、いまいましい」

「あいつは知ってるんだ」しばらくしてようやく彼は言った。「私には彼を探す時間がないことを知っているんです。私をあざけっているんだ。この城にはいくらでも隠れる場所があるのに、私には彼を見つけだすだけの時間がない。あなたと一緒にここにいるかぎりは。あなたがそんなに弱っている状態では……くそっ、なめやがって、ちきしょうめ！」

マクニールの言葉と表情の荒々しさに驚いて、ケイトは彼の腕の中で身をちぢこまらせた。するとすぐに彼の目の中の炎は消え、表情に冷静さが戻った。「もうそろそろ出発しなくては。でもまず先に――これを持っていてください」

ケイトはたいまつを手わたされた。ケイトは体をこわばらせたままだ。マクニールは彼女を抱えたまま狭い廊下の一番端まで大股で歩いていった。ケイトは体をこわばらせたままだ。オーク材の重い扉を肩で押しあけたマクニールは、戸口に続く急な階段の下の暗がりをのぞきこんだ。

「ちょっと失礼」きっとケイトが憤慨するだろうと予想したのか、マクニールは少し顔をしかめて彼女の手からたいまつを取るとその体を肩にかつぎ、自分の両手が自由に使えるようにした。彼女はその予想を裏切らなかった。

「何するの――あっ！」あかあかと燃えるたいまつを高くかかげて、マクニールは階下へ下りていった。ケイトは何度も抗議しようとするが、マクニールが一段下りるたびに体が大きくゆすられて、ちゃんとした声にならない。

地下の貯蔵室は昔とまったく変わっていなかった。低い天井に湿気を帯びた石造りのアーチ。幾重にも張られたクモの巣がたくさん垂れさがり、ネズミが走りまわっているらしい物音が暗闇の中で不気味にこだましている。かび臭さと湿っぽい匂いが冷え冷えとした空気に濃く漂っているのも昔のままだ。

マクニールはケイトを地面に下ろし、壁にもたれかからせると、たいまつをまた差しだした。「これを持って、動かずに待っていてください」

ケイトは黙ってたいまつを受けとったが、目の焦点を合わせようとでもしているのか、しきりにまばたきしている。いかにも具合が悪そうだった――空腹や寒さのせいか、それとも睡眠不足のせいか、マクニールにはわからない。彼にわかっているのは、ケイトを一刻も早くセントブライド大修道院に連れていかなくてはならないということだけだ。それ以外のことは重要ではない。あのえたいの知れない卑劣な男のことでさえもだ。ただ、なんとしても彼を見つけだし、ケイトに触れたことに対する罰を受けさせてやりたいという思いが、マクニールの心の中で生き物のように暴れまわっていた。

マクニールは崩れかかった貯蔵室の内部に足を踏みいれ、奥の壁の前で立ちどまった。壁面のへこんだところに手をすべらせ、積みあげられた石塊の端の一箇所だけ盛りあがっている部分を探りあてると、力をこめてうなりながらそこを引っぱった。石と石のあいだにできたすきまに手を突っこんで奥から革に包まれたものを取りだす。包みを開けると、刃渡りが長く重量感のある刃物が一本出てきた。

「キット、何してるんだい?」

「道具を隠してるのさ、アンドルー。いつ武器が必要になるかわからないからな」

アンドルーは笑った。「おいおい、ここでかい? なんでだよ? 牛が武器をとって向かってくるとでも思ってびくびくしてんのか?」

「それは何?」ケイトの弱々しい声でマクニールは現実に引きもどされた。

「両刃の剣です」とマクニールは答え、ずっしりとして扱いにくそうな剣をやすやすと、まるで軽い短剣のように持ちあげ、刃の切れ味が悪くなっていないかどうか調べた。刀の目利きらしい目つきになっている。

「どうしてそんな重い武器を使おうなんて言いはるんだよ、キット？　ほかにもっと優雅な武器だってあるだろうに？」ラムゼーが訊いた。

「重いやつのほうが相手を怖がらせられるからだよ。あれこれ言わなくてもこれを目の前につきつけてやれば十分さ」

次にマクニールは、先ほどの包みの中から革製の鞘を取りだして背中に回し、肩甲骨のあいだにくくりつけた。シャッという鋼の音を立てて重い剣を鞘におさめる。「さあ、ここを出ましょう」

その声にこめられた強さを感じ、ケイトも少しはしっかりしなければという気持ちになる。ケイトはうなずき、次の瞬間、彼に抱えあげられたときには素直に体をあずけてしがみついた。彼は台所に戻って荷物をまとめ、ケイトを外に運びだした。外壁の近くまで連れていくと、ドランをつかまえて引き具をつけてくるからそのまま待っているようにと言いおいた。

東の地平線にはかすかに光がさし、空の暗さが薄れはじめている。ケイトは頭がクラクラして気分が悪かったが、言われたとおり外壁のそばで待っていた。後ろにそびえている城をどうしても意識してしまう。重くのしかかるような存在感を保ち、気の遠くなるほど長いあいだ風雪に耐えて建っている城。にわかに不安を覚えて後ろをふりむいたケイトは空をあおぎ、初めて外側から城を見た。巨大な建物だった。屋根がなくなっている部分では内部がむき出しになり、そこから二階の部屋の黒焦げになった半壁が見える。城の正面にはくぼんだ箇所が点々と影をつけ、真っ暗な窓がぽっかりと口を開けている。建物の上部に目をやると、ギザギザになって崩れかけたてっぺんの部分から湿地に生えるカゼグサが顔をのぞかせている。薄明かりの中で青白く浮かびあがるカゼグサの頑丈な茎が、風に吹かれて大きく揺れている。まるで子どもたちの幽霊の腕がケイトに向かって、こちらへ上っておいでと招いているようだ。そしてその背後には暗い人影がひとつ――。

「ケイト！」

叫び声にはっとしてケイトは体の向きを変えたが一瞬遅かった。上から何かがガラガラと崩れおちる不気味な音がした。そこへマクニールが現れてすばやく彼女をさらって、城の外壁に押しつけた。石が次から次へと落ちてくる。マクニールは腕を上げて二人の頭をかばいつつ、ケイトを壁にぴたりとくっつけて降りそそぐ石の攻撃から守った。ケイトは顔をマクニールの喉ぼとけの下に埋めてしがみついた。石のかけらがマクニールに当たるらしく、その大きな体が何度か揺れる。しかし彼女は完全に守られていた。

突如として降りはじめた石の雨は同じように急にぴたりとやんだ。マクニールはケイトの体を少しだけ押しやったが、腕の届く範囲内で支えている。「どこか痛いところは？」

「いいえ、どこも」

マクニールは大きくため息をついた。目はそびえ立つ危険な塔を見つめている。

「何か見ましたか？　誰かあそこに？」

「わからないわ。ただ……」ケイトは首を振った。「わからない」

マクニールは腰をかがめ、ケイトの膝の下に腕を入れて体を抱えあげ、馬車まで運んで座席に乗せた。ドランは足踏みをしながら待っていた。マクニールも続いて御者席に上る。

「どこへ行くんですか？」ケイトが訊いた。

「すべてが始まったところへ」彼は言った。「セントブライド大修道院です」

8　忘れたほうがいいのになかなか忘れられない過去

マクニールがドランの横腹に軽くムチをあてると、速足だった馬の足はさらに大きく踏みだされた。後ろから敵意に満ちた視線に押いかけられているような不気味さを彼は感じていた。だが馬車の幌を広げていれば、二人の姿は誰にも見られない。というより敵の狙いは二人ではないのではないか。そんな当て推量ができるのは自分しかいないはずだ。これは思いあがりではない。

「もう安全かしら？」ケイトは息を殺して訊いた。

「ええ」

「でも、もしあの男が追ってきたら？　先まわりして私たちを待ちぶせしていたら？」

「まわりをごらんなさい、ブラックバーン夫人。見わたすかぎり隠れるところなどないでしょう。それにあいつが私たちを殺したいと思えば、寝ているあいだにやれたはずです」

「それもそうですね」ケイトはゆっくりとマクニールに体をもたせかけながら弱々しい声で

つぶやいた。マクニールは彼女を見おろし、その顔色の青さと、目と頬骨の下にできた暗い影にあらためて驚いた。

「あっ、こんなにひどいとは思わなかった」彼は言った。

ケイトはもがきながら体を起こした。唇がわなわなと震えている。彼にもおなじみになったあの高慢そうな角度にあごを持ちあげ、言い放った。「あなたって、ぶしつけな人」

「私が言いたかったのは――」

「何を言いたかったかぐらいわかるわ」彼女は言った。「前に、私のことを汚いって言ったでしょう」

「何ですって？」揺れる馬車の中でケイトにこの調子で前に身を乗りだしてもらいたくなくて、マクニールは彼女の腕をつかんだが、すぐにふりほどかれた。「そんなことひと言だって――」

「いいえ、言ったわ。口には出さなくてもそう匂わせたでしょ、あの宿屋で！　おまけに今度はこの格好を見てひどいですって。ぶしつけにもほどがあるわ。ほかに何か言いたいことがあるのならさっさとおっしゃったらどうなの？」

「とんでもない！　あまりに具合が悪そうだったから驚いただけなのに。汚いだのなんだのって、何の話かさっぱりわかりませんよ。ただ実際の話、あなたはだいぶ汚くなってますが」

おお神さま、まずいことを口走ってしまった。ケイトはすすり泣いている。

マクニールは恐れをなして見つめた。こんなふうにすぐ目の前で女性に泣かれたのは初めてだった。ケイトは大きくしゃくりあげはじめた。

「私だって汚いですよ！」彼はむきになって言った。「お互い、ずっと旅してきたんですから。あなただって床に寝たこともあるんだし。あなたは……つまり……」信じられなかった。身を切るような寒さと危険にさらされて荒野を走りながら、相手に対する褒め言葉を探しているなんて！　ケイトはマクニールに自分を賞賛させたいのだ。いったいどういう了見なのか？「信じられない」

「何が？」ケイトが鼻をぐすぐす言わせながら訊いた。

「あなたがそんなに傷ついたことが信じられないんです。自分が何の関心ももっていない男に魅力がないと思われるのがいやで泣くなんて。まったく、あなたのようなお育ちのいい淑女(レディ)ときたら、虚栄心のかたまりなんだから。ならあえて言いますが、私はあなたを魅力的だと思います。魅力的だが、疲れきっていて最悪の格好に見える。そういうことです」

ケイトの顔がくしゃくしゃになった。「最悪の気分だわ」いきなり両手で顔をおおう。

「ケイト」

「かまわないで！」彼女はぶるっと身震いすると手の甲で頬を流れる涙をぬぐった。「私、自分に誓ったんですの。淑女(レディ)のようにふるまおうと。旅に出たからにはどんなめにあっても冷静沈着に対処して耐えようって。どんな人に出会ってもです。ですからそのとおりにします。でも」ケイトは黒々とした瞳でマクニールを見つめた。「質問に答えていただきたいの。

あの男は誰？」

マクニールはこの話はしたくなかった。

「教えてくださらなければだめですわ。彼は……私になれなれしく手をかけたのです」

「私が気づいていないとでも思いますか？」マクニールはいらだちを隠せなくなった。「心の底から憤りを感じていないとでも？　だったらご心配なく、マダム。私は怒り心頭に発する思いですよ。あの男にはあなたを侮辱した報いを受けさせてやります、かならず」

「義憤を感じてくださったからといって私の気持ちがおさまるわけではないわ。真実が知りたいのです。教えてくださってもいいはずよ」

ケイトは答を求めて彼の顔をじっと見つめた。恐怖におびえた表情を見せながらも、彼女はくいさがった。「マクニール」

彼の視線はふたたび道に向けられ、手は手綱を強く握りしめた。くたびれた革の手袋が曲げた指の関節のところでぴんと張っている。

「私たちの仲間は四人いました」マクニールは話しはじめた。

「あなたと一緒にヨークへいらした方々と、地下牢で亡くなった方？」彼女は先をうながした。

「そうです」

「どういうきっかけで知り合ったのですか？」

「私たちは孤児でした。スコットランド高地に生えるとげのある低木の茂みにひっかかった羊毛を少しずつ集めるように、町や村からかり集められて、あの地に最後に残されたカトリックの本拠地、修道士らが暮らすセントブライドに連れていかれたのです」

「孤児を集めたのはどなたでしたの？」

マクニールは肩をすくめた。「修道院長です。それから修道士たち」

「その方たちがあなたに目をつけたきっかけは？　どうやって居場所を知ったのですか？　あなたを選んだのはどうしてですか？」

「やれやれ、何という質問攻めだ」それでもケイトがあきらめそうにないのでマクニールはため息をついた。「手紙や、町の噂や、家畜商人の爺さんのおしゃべり。あるいはひそかにカトリックを信仰している人づてに聞いた話。そういった情報があればいつでも、少年たちを手に入れるためにすっ飛んでいったんでしょう」

「何の目的で？」

「よくわかりません。推測するしかありませんね」彼は眉をしかめた。「少年のころ修道院で聞かされていたのは、私たちが由緒ある騎士団の騎士になるよう運命づけられているという話でした。皆その話を信じていました。仲間うちで忠誠の誓いの言葉さえ考えだしたくらいですから」彼は苦笑いをした。「時が経って、騎士にふさわしい聖なる銀の大皿も何ももらえないとわかったあとでも、私たちは誓いを守りつづけました。ただその忠誠の誓いはセントブライド大修道院に対するものではなく、仲間に対する誓いでしたが」

「それなんですね、私の前で誓ってくださった言葉は」ケイトにもおぼろげながら事情がわかりかけてきた。

「ええ、そうです」

「でもそれが、あの廃墟になった城や中に隠れていた男とどういう関係があるのですか？」

「誓いを破った者がいる。あなたが見た男はそいつではないかと私は考えています」

「わからないわ」

マクニールはいらだちと不快感で眉をしかめた。「私たちがあそこで育てられたのは騎士になるためではなく、おそらく……戦士になるためではないかと思うのです。カトリック教会の指図と許しのもとに行動する戦士に」

「テンプル騎士団のような？」

「それほど正式な組織ではなかったでしょう。私たちは大きな事変や危機のときに手先として使われることになっていた。革命の嵐が吹きあれる一七九二年のフランスはすさまじかった。あの年の九月、パリだけで、四〇〇〇人の聖職者と一〇〇〇人のカトリック信者の貴族が虐殺されました。

聖職者たちの中にはフランスを出て英国へ逃亡した者もいて、セントブライドにも一人逃げこんできました。トゥーサンという名の修道士です。神に仕える前は兵士として大活躍した人で、彼が私たちに戦闘のための技能を仕込んでくれたのです。

ある日、一人の男が修道院を訪れました。フランス人です。本名はわかりません——デュシェーヌと名乗っていて、トゥーサン修道士がパリにいたときからの知り合いだったことは確かです。今になって思えば、フランス王家の血筋を引いた人だったのではないかという気がします。あの当時、王党派とカトリック教会の利害はほぼ一致していました。フランスに王政が復活すれば、それによってフランスにおけるカトリック教会の地位ももとどおりになるわけですから。

デュシェーヌにはある計画がありました。それは私たちが未知の動植物を探して世界を旅する冒険者をよそおってフランスを訪れるというものでした。特に薔薇の新種を探すのに熱心な薔薇の狩人という触れこみで、私たちが新たに発見したものをジョセフィーヌ・ボナパルトに捧げるためにフランスへ行く、ということになっていました」

「発見したものって、薔薇のことですの？」信じがたいという気持ちがケイトの口調に表れたのだろう。マクニールの顔に皮肉めいた笑いがよぎった。

「ナポレオンのお妃ジョセフィーヌは、私宅であるマルメゾン宮に世界最大級の薔薇園を持っていて、薔薇に取りつかれていると言ってもいいほど、薔薇ざんまいの日々です。お妃を溺愛するナポレオンは彼女の気のむくままにさせているようです。

その薔薇園は多くの人の語り草になるほど見事なもので、ジョセフィーヌ妃は世界中に使者を送って新種を求めていますから、贈物を持ってマルメゾンを訪れる各国の外交官や大使、おべっか使いの人々が引きもきらないのです。そんな場所に集まる情報の豊富さがどれほどのものか、容易に想像がつくでしょう。当然のことながら、そういった機会を国王の助言者、つまりローマ法王庁が逃すはずはありませんでした」

ケイトはじっと聞きいっていた。マクニールは熱にうかされたようにしゃべりつづけている。単に彼女の知りたいことを教えるだけでなく、過去をふりかえって当時のことを自分の言葉で話すようになっていた。

「ジョセフィーヌ妃の召使の中に一人、ナポレオンについて、友人や行事日程、書簡にいたるまでの情報を喜んで流してくれる男がいると知りまして。私たちはその男に会うことになりました。ところが会う前に——実際、彼の名前さえ知らされないうちに——私たちは密偵を働いたかどで捕らえられ、投獄されたのです」

「それでお仲間の一人か、でなければフランス人の修道士が計画を漏らしたと考えていらっしゃるの？」

「ええ」

「なぜわかります？」

「ダグラスが断頭台へ送られた日、牢獄の番人が、お前たちのことはすべてお見通しだと言いだしたのです。私たちがとった連絡のことや、会って話をした修道士たちも。私たちを乗せてきたフランス船の船長、それにかくまってくれた宿屋の主人の名前まで、すべて知っていると。その人たちは全員死んだと聞かされました。みんな、裏切られたのだと。番人は面白くてたまらないといったようすでした。特に、お前たちは味方に裏切られたんだぞ、と告げたときは」

「でもその番人が本当のことを言っていたとどうしてわかります？」ケイトは訊いた。「あなたがたに猜疑心を植えつけて苦しめようとしたのかもしれないでしょう。そうやってだまして、もっと詳しい情報を引きだそうとしたのかも」

マクニールは首を振った。「もっと詳しい情報などありませんでした。番人は何もかも知っていました。誓いのことまでもです。あのことを知っているのはダグラス、ラムゼー、アンドルー、私、そして我々が誓いのことを打ちあけたトゥーサン修道士の五人だけなのに」

「それはおかしいわ。あなたがた五人は皆、地下牢にいたのでしょう、苦しいめにあわされて」

「果たしてそうだったでしょうか?」マクニールはケイトと目を合わせた。「尋問のときは別々の部屋に連れていかれました。情報を得たいときは一人ずつ、仲間と離れた場所で尋問するのが普通です。確かに私たちは皆、ひどいめにあいました。しかし五人とも同じだけ苦しんだでしょうか?」

「でも裏切って何になるのかしら?」ケイトは首を振りながら訊いた。「裏切ったからといって誰が釈放されたわけでもない。誰も得をしないのに」

「裏切った男に対する報酬は、我々の命と引きかえに自分だけ助かることだったからですよ。彼一人だけが生き残る手はずだったんです、わかりませんか? たった一人、運よく命拾いした男というわけですよ」マクニールの口に陰険な笑みが浮かんだ。「誰だったにせよ、そいつは裏切り行為が表に出ないよう画策したはずです。自分が裏切った仲間にもばれないように。彼のうぬぼれと罪は断じて許せない。裏切りの報酬はみんなが死ぬまでお預けというう約束だったのでしょう。

ダグラスは最初の犠牲者になったというだけです。まもなく我々も同じ運命をたどるところだった。しかしそこへお父上が到着して、裏切り者の計画がぶちこわしになったわけです」

「でも、どうしてダグラスを先に殺したのでしょう、全員いっぺんにでなく？」

「番人は、密告者に思い知らせようとしたのではないかと思います。仲間を裏切ったやつに、フランスをあなどったらどうなるか、見せつけたかったのでしょう」

「あなたがたはお仲間として我が家に来られたじゃありませんか。生き残った人たちの一人が裏切り者だと考えていたのなら、なぜ一緒にいらしたのですか？　どうして皆に直接疑問をぶつけてみなかったのですか？」

「ぶつけてみましたとも！」彼はいらだった。「誰が裏切ったのか知ろうとしました。うち二人には罪はないはず。もしかしたら三人とも潔白なのかもしれない。ことによると、トゥーサン修道士が牢獄で情報を漏らしたのかもしれない。もしそうだとしても、どうやって漏らしたかは想像もつきませんが……」彼は頭を振った。「私たちはお互いを糾弾しました。ラムゼーとアンドルーは私を責め、私も彼らを責めました」

だが問いつめても誰もが否定し、裏切ったのは自分ではないと言いはりました。ラムゼーと

「つらかったでしょうに」

マクニールはケイトの同情を無視した。「それまで真の兄弟よりも近しかった私たちなの

に、ナッシュ家の皆さまに対する誓いを述べたあとは、お互いの目を見ることができませんでした。そしてそれきりもう二度と会わないつもりで別れました。ただ……」

「ただ……？」

「ただ私だけは、恨みを忘れられなかった。その思いが三年間心につきまとって離れませんでした。自分の過去を信じることができないのに、どうやって自分自身を信じられますか？ 自分の判断が、感情が、人生をかけて誓った忠誠が、まやかしかもしれないのに、それらを信じて生きてゆくことができるでしょうか？ 私はその答を見つけださなくてはならない」

マクニールは目をそらした。「その思いは今、ますます強くなっています」

「それなら……どうしてあの城にとどまらなかったのですか？」ケイトは混乱して訊いた。マクニールの欲している答はもうちょっとで彼の手の届くところにあったはずだ。なのにそのまま放りだすほうを選ぶなんて。「城にいた男が誰なのか、なぜつきとめなかったのですか？」

「なぜなら、あなたを目的地まで無事に送りとどけるとお約束したからです。それにあなたの具合が思わしくない。必要以上に旅を遅らせて、病状を悪化させるような危険はおかしたくないのです」マクニールは急がなくてはならないことをあらためて思い出したかのように、ドランの尻に手綱をぴしりと当てた。

「ほら、もういいでしょう。あなたの質問には答えました。知りたいと思う気持ちもだいたい満たされたでしょう」マクニールの口調は無愛想で、ケイトと目を合わせようともしない。

「さあ、お休みなさい。日暮れまでにはセントブライドに着きますから」

9　新しい友人をつくる

「それは何？」ケイトはマクニールの肩に頭をもたせかけたまま訊いた。数分前から目覚めていたケイトは、黒っぽい小さな二つの目、ふくよかなピンクの頬、驚きで声も出ないままアルファベットのOの形に開かれた口を見あげていた。

マクニールはよどみなく答えた。「何？　ではなくて、誰？　でしょう。フィデリス修道士です」

茶色の修道士服姿の丸々と太った男は、近眼とおぼしき目でケイトを観察し、さらに一歩近づいて見た。「おやまあ、クリスチャン。いったいこれは何ですか？」

「何ですか？　ではなくて」マクニールはくり返した。どうも愉快がっているように聞こえる。「誰ですか、でしょう。こちらはブラックバーン夫人です」

「女だ！」数人の男のあえぐような声。考えることすら恐ろしい疑惑の正体が確かめられるのを固唾をのんで待っていたような感じだ。

マクニールの体の快適なぬくもりを感じながら寄りそって眠っていたケイトはようやく目を覚まし、フィデリス修道士の後ろを見た。同じような服装をした数人の男たちがあたりをうろうろしている。好奇心と心配の表情の度合いは一人ひとり違っていたが、皆同じように、ケイトの存在に衝撃を受けていた。

理由はわかる、とケイトは思う。彼女はマクニールのだぶだぶのシャツを着て格子縞の肩掛け(プレード)にくるまり、すべてをゆだねるように彼に体をあずけたひどい格好だ。ケイトはきちんと起きあがろうともがいたが、いきなりまわりの世界がぐるぐる回りだし、マクニールの腕の中に顔から倒れた。

めまいがひどかったのをすっかり忘れていた。症状はまだおさまっていなかった。頭ははっきりしてきて多少はまともに考えられたし、一時に比べると寒くはなかった。実際かなりくつろいだ気分になり、ヨークを発ってから初めて、恐怖心から解放されていた。マクニールに無理強いして語らせた話を聞いているうちに怖くなくなっていたのだ。ケイトは、自分を守ってくれると誓ったこの男の性格を理解しはじめていた。キット・マクニールは、冷酷で暴力的な人でなしなどではない。多くの点で彼は……自分とたいして違わない。

そう悟ったことは驚きだった。ケイトは当惑していた。心が乱れた。

ようやく心地よい気分になりかけていたのに。ケイトは大きくため息をついた。

「彼女はなんて言ってるんです?」

「君、何をしたんですか?」

「おおクリスチャン、君はまさか――」

「なんと哀れな――」

「私は何もしてませんよ！」マクニールは断固として言いはった。「私の道徳心に大変な信頼を寄せていただいているのですね。感激ですよ」マクニールはケイトを抱きかかえ、自分の太ももの上にていねいに横たえた。動かされてふたたびまわりの景色がゆっくり回りだしたケイトは固く目をつぶり、めまいがおさまりますようにと願った。しかし体が言うことを聞いてくれない。

「いやいやクリスチャン、我々は君がそんなことをするとはつゆほども疑っていませんよ」

「ああ、そんなことはしないが、あんなことぐらいはしただろうというわけですね」マクニールは皮肉たっぷりに言うと、ケイトをしっかり抱きかかえながら馬車の側面に足をぶら下げた。

「どなたか馬の面倒をみてやってくださいますか？」マクニールが地面に飛びおりたとき、ケイトの体が激しく揺れた。衝撃でまぶたの裏にちかちかと星が出た。

「あっ！」

「クリスチャン、その女の人をどうしようというんだね？」修道士たちの騒ぎを静めるように新たに聞こえてきた声はいかめしく、疑いに満ちていた。

「抱きかかえています」マクニールは淡々と言った。「このままそうしているつもりですが」

ケイトは目を開けて、二人を取りかこんでいる人たちに状況を説明しようかと一瞬だけ考えた。しかし話したところで相手を納得させられないような気がしたし、またためまいに襲われるのもいやだった。この場はほかの人にまかせておいたほうがよっぽど安心だろう。要するに、このままこうしていたほうがずっと楽だということだ。そこでケイトは目を閉じて体の力を抜いた。気絶したふりをすれば得することもあるのね。どうして今まで気がつかなかったのだろう?

「抱きかかえていることぐらい見ればわかります」威厳のある声が言った。「訊きたかったのは、なぜこの女の人をここへ連れてきたのかということです。クリスチャン。ここは修道院ですぞ。女性が入ることは許されていません」

「この女性なら許されるはずです」クリスチャンは答え、前に進みはじめた。「具合が悪いのですから」

「どこが悪いのですか?」フィデリス修道士が尋ねた。さっきまでの疑いの気持ちが、今は同情心にかわっている。

「凍えかけているのですが、このようすからしてまともに食べていないせいもあるかもしれません」マクニールは腕の中でケイトの体を軽く上下に揺すってその弱り具合を強調した。ケイトの頭がクラクラした。「この方をどちらへ連れていけばいいでしょうか?」

「クリスチャン」マクニールは立ちどまった。彼の腕と胸が緊張するのがケイトにもわかった。

「修道院長」マクニールの呼びかけは礼儀正しかったが、どこかいやいやながらに聞こえた。

「この若い女性をここへ連れてきたのは、物を奪ったり名誉を傷つけるためではありません。服を脱いで回廊をめちゃくちゃに走りまわってもらうために連れてきたわけでもありません。そんなことになったら確かに目の保養にはなりますがね。

こうして連れてきたのは、そうするしかなかったからです。よきキリスト教徒でありベネディクト会修道士であるあなたでしたら、彼女を受けいれるしかないはず。私もそれにならいました、羊飼いたる神父よ」彼は大仰にへりくだってみせたが、その低く太い声には皮肉がこもっていた。「何といっても彼女は、凍えそうな迷える子羊なのですから」

マクニールの発言は、衰弱しているケイトの耳にさえも挑戦的に聞こえた。彼女は静けさの中で五回、胸の鼓動を数えた。

すると修道院長が言った。「君には皮肉は似合いませんよ、君のような教育を受けた、そして――」

「そして、育ちのよい者には、ですか?」軽くなされた質問だったが、その裏には何か厳しいものが感じられた。

「教育を受けた優秀な者、と言おうとしたのだよ、クリスチャン」修道院長は穏やかに言った。「この若いご婦人だが、また旅ができるぐらいに回復するまでここにいてよろしい。それこそすぐに旅に出られるようになるでしょう。よろしくお願いしますよ、マーティン修道士」修道院長は厳しい表情で締めくくった。不平の声がどこからか聞こえてきた。

「彼女を連れていきなさい、場所は――」神父はためらった。「温室へ。奥のほうに小さな納屋があります。確か寝台もおいてあったと思います。

ご婦人が落ちつくのを見とどけたら、私の部屋まで来てくださるかな、クリスチャン」依頼の口調ではなかった。

「かならずうかがいますからご心配なく、神父さま」譲歩の口調ではなかった。

それ以上の指示を待たずにマクニールは、ささやきかわす修道士たちをその場に残して歩きだした。少し進んでから、マクニールはつぶやいた。「もう目を開けてもいいですよ。茶色の服を着た連中からはかなり離れましたから。それに、私はよく知っているから言うんですが、あの人たちなら夕食後までやってくる気づかいはありませんよ、そんな勇気はないですから」

「私の意識があるって、どうしてわかったのですか？」ケイトはマクニールの顔を見あげて訊いた。困難に満ちた過酷な人生で鍛えあげられた厳しく容赦のない表情だ。しかし彼女を見返す目にはユーモアもある。

「あなたが私の胸にぐったりともたれかかって、いかにも気絶しているふうなのに、どうしてわかったのかって？」

その言葉でケイトは頭をさっと上げた。

彼女は残念そうに小さなため息をついた。礼儀作法を守ろうとするなら、彼に抱きかかえられているこの状態を即刻、終わりにしなければならない。このままでとても心地よい気分なのに。それでも、淑女(レディ)は淑女(レディ)らしくしなくてはいけないのだ。「私、歩けますわ」

「歩けるかもしれません」と彼は同意した。「だがここで私たちの演技をぶちこわしにしたくないでしょう。あの善良なる修道士たちは、女性というものについてひどく偏った考えを持っているのです。ただし女性の個人個人を責めているわけではありませんよ。それはキリスト教の精神に反しますから。

彼らは、女性一般に対して深い疑念を抱いています。女性はかよわくて、不実だと――といっても妖しい魅力で人の心を迷わせ堕落させるという意味ですが――だから、女性の魔力に惑わされて道をはずれる哀れなばか者だけにはなるまいと用心しているのです。

私の中にある不屈の、しかし多感すぎる、迷える魂をなんとかよい方向に向かわせようと彼ら修道士たちは祈っているかもしれない。今この瞬間も祈っていると知らされても、私は驚きませんね」

「あら！」

「そうやって怒って息をのむのは今はやめておいたほうがいいですね、ブラックバーン夫人。なにしろ気絶したふりをしていたんですから、それこそ敬虔なる修道士に、女性はやっぱりああいう性質なのだと確信させてしまいますよ」

「私が『不実』だとおっしゃりたいの？」ケイトは、自分はそうではないとばかりに目を見ひらいて尋ねた。

マクニールはほほえんだ。「まったくそのとおりです。ですから、もしあなたが突然私の腕からぽんと飛びだして楽しそうに歩きはじめたら、女は信用ならない生き物だという彼らの疑いを裏づけるだけですよ」

「確かに女は信用できないかもしれません」ケイトは言った。「私のかよわく不実な性質のせいであなたを本当に堕落させてしまうかもしれませんもの。私、あなたのように邪心のない方をそんな危険にさらすようなふるまいを絶対にすべきではなかったのに。お願いですから、下に下ろしてください」

マクニールは声量豊かな声で笑った。「ケイト・ブラックバーン。思ってもみませんでしたね。あなたにそんなあつかましいことができるなんて」

その笑い声でケイトの気持ちはやわらいだ。一瞬だが、マクニールの緑の瞳に快活さが表れ、暖かみが感じられた。

「どういう意味かわかりませんわ」彼がもう一度笑ってくれますようにと願いながらケイトは言った。

「つまり、上流社会にふたたび出入りしたいという希望をもつ、非の打ちどころのない家柄の若き未亡人は、平民の心を迷わせてはならないということです」彼の表情に微妙な変化があった。目には柔らかな光もあるが、獲物を狙う男のすきのなさが同時に感じられる。「危険なことになりかねませんから。平民はどんなことをしでかすか、わかったものじゃない」

マクニールは腕の中のケイトを持ちあげ、自分の唇の近くまで引きよせた。ケイトは身をちぢこまらせてよけた。心のどこかでは、彼の大胆なからかいに自分も同じ大胆さで応えたいと望んでいたのに。そのまま動かずに、彼が何をするか確かめたかったのに。恐れがふたたび戻ってきた。しかしキット・マクニールに対する恐れではない。自分自身が怖かったのだ。ほんの少しでもきっかけがあれば、どんなことをするかわからない自分が怖かった。臆病な私で、幸いだったわ。

「何をしでかすか、あなたにはわかりますか?」マクニールはケイトの目をのぞきこみながらささやいた。

「いいえ」ケイトは小声で言って目をそむけ、必死でまわりのものに注意を向けようとつとめた。

セントブライドは、ここを初めて訪れたケイトの目にも「大修道院」というほどの規模ではないように映った。塀に囲まれ、長方形にまとまったいくつかの建物の集まり、言ってみればちっぽけな村のようにしか見えない。長方形の敷地の一辺に建てられているのは石造りの低い建物で、前面には屋根つきの開放廊下がのびており、それにそって十数個の部屋の扉が並んでいる。この廊下の端に隣接した角には、急勾配の屋根をもつ二階建ての建物が建っている。おそらくこれが礼拝堂だろう。塀の残りの二辺には、いろいろな大きさと年代の建物が列をなしている。どれも特定の建築様式にのっとっているわけではなく、必要に迫られて、そのつど手に入った建材で建てられたとわかるものばかりだ。

実際、セントブライド独特のものといえばただひとつ、まわりの環境だけだった。四方を見まわしても上を見上げても、輝くばかりに美しい雪を頂いた山々がある。東にそびえる山の白い斜面を太陽が照らし、ふもとにあるこのささやかな修道院にも暖かい光が降りそそぐ。

一一月でありながら、冬枯れで茶色くなった木々の中に緑の草木がところどころに残っている。ここ二日の旅のあいだずっと二人につきまとっていた冷たい風は消えさり、空気は薄いが穏やかで、肌に優しく感じられる。ここは深い峡谷にちがいない。だから別世界のような天候になっているのだろう。

「ここは……あまり寒くないのね?」ケイトはつぶやいた。

「ええ。けっして寒くならないのです」とマクニールは答え、石塀に作られた頑丈そうな扉の前でもほとんど立ちどまることなく、体の向きを変えて背中で扉を押して中へ入った。

そこは薔薇園だった。英国中のどんな名園にも劣らないほど丹精こめて手入れされた庭園だ。玉砂利を敷きつめた小道が大理石で作られた井戸のまわりを囲んでいる。井戸の周囲には一定の間隔をおいて、葉の落ちた背の高い木がある。二人が入ってきた扉の両側には、新たに作られたと見られる壇状の苗床があり、冬将軍の来襲に備えて落ち葉が厚くその上にのせられている。一方、庭園の奥の部分は驚いたことに一面ガラスで覆われている。これは英国中の温室のうちで最北ではないにしても、もっとも人里離れた場所にある温室だと言って間違いない。

マクニールはケイトを抱えてこの温室にまっすぐ向かい、膝でドアをそっと押しあけた。ケイトは息をのんだ。戸外の景色は茶色と灰色のくすんだ冬のマントに覆われていたのに、温室の中は夏の華やかさの名残がいまだに消えていなかった。透かし彫りの木の板を薔薇がはいのぼり、頭上をおおう天井を形づくっている。そこからは赤や紅色や貝殻のピンク色をしたいくつかの花がまだ咲いて垂れさがっていた。しかしそれらは今年咲いた中で最後まで生き残った薔薇であり、寿命を人工的に引きのばされた年老いた見張り番のような花だった。扉を開けたときにかすかな風がおこっただけで、縁が茶色く変色した花びらがはらはらと落ちた。

マクニールは見事な薔薇が咲く中を一瞬も立ちどまることなく歩きつづけ、まもなく上下に分かれた二枚扉のある小さな納屋の前に来た。中には麻縄を編んで作った簡易寝台があり、その上に毛布が何枚かかかっている。棚には移植ごてなど園芸用の道具や、さまざまな大きさに育った接ぎ木の鉢が置かれている。

マクニールは大げさな身振りもなくケイトを寝台に横たえると、自分の足元にあったきめの粗い陶器の水差しに手を伸ばした。匂いをかいで、陶製のコップに中身を注ぎ、ケイトに差しだす。「ほら、飲んで」

ケイトはコップをありがたく受けとり、澄んで冷たい水を勢いよくごくごくと飲んだ。水があごを伝ってしたたり落ちても気にしなかった。喉がからからに渇いていたのだ。飲みほしたコップをマクニールに渡したケイトは、水で濡れたあごに初めて気づいたように袖でそっと拭いた。先ほどマクニールが開けておいた上半分の扉の向こうに青々と見える薔薇の茂みに目をやる。

「なんて……すばらしいの」

マクニールの目もケイトの視線を追った。「私たちが作ったのです」すっかり忘れていたことを思い出したかのように彼はつぶやいた。

「誰が？」

「私とラムゼーとアンドルーと……ダグラスです」彼はケイトを見おろした。「ここが私の育った場所です。話すことを覚え、読み書きを習い、訓練を受けたところです」

「訓練といっても修道士になる修行ではなかったのでしたね」ケイトは思い出して言った。

マクニールは笑った。「ええ、違います。修道院長のターキン神父でも、修道士が暗殺者になるという考えは受けいれられないでしょうね」

「暗殺者？」彼の言葉にケイトはまたしても大きな衝撃を受けた。

彼は肩をすくめた。「武器として使われるための訓練を受けた者ですよ。ほかにふさわしい呼び名がありますか？　フランスのマルメゾン宮まで行って、我々が最終的に何をする予定だったと思いますか？」

ケイトが答えるまもなく彼の姿は消えた。

暗殺者。

それが何なの。マクニールが自分自身を呼ぶのに使ったこの恐ろしい言葉も、何かに取りつかれたような目も、ケイトが目をそむけるのを苦笑いしながら見守るようすも自分にはどうせ何のかかわりもないことだ。

マクニールが告白してくれたことを神に感謝すべきなのだ、とケイトは自分自身にしっかりと言いきかせた。自分はいつのまにか彼を柔和な子羊ではないかと思うようになっていた。二人で旅しているあいだじゅう、彼がまごうかたなきオオカミであるという証拠はありすぎるほどあったのに。二度とこのことを忘れてはならない。ここ二、三日、精神的な負担と睡眠不足と空腹とがあいまって、ケイトははからずもマクニールに頼るようになっていた。その気持ちが何かに変わって——いえ！　そんなことはありえない。何の気持ちももっていないのだから、そこから何かが生まれるわけはない。

クリスチャン・マクニールはまもなくケイトの人生から姿を消す。彼の過去や将来について考える必要はもうない。そんなことを考えてはいけないのだ。ケイトにはケイトの過去があり、考えるべき将来の生活があった。

納屋の側面を叩く音がしてケイトが見まわすと、修道士が二人、グレースのトランクの左右にそれぞれしゃがみこんでいるのが目に入った。トランクをここまで運んできた力仕事で息を切らしている。ケイトはグレースのトランクのことをすっかり忘れていた。実のところ、もともと自分がどんな目的で旅に出たか、旅の終わりに結果としてどんなことを期待しているかをもう少しで忘れるところだった。ちゃんと自分に言いきかせておかなければ。

二人の修道士はケイトを一瞥するとトランクを戸口に下ろし、逃げていった。ケイトはまだ体がだるく感じられ、枕に頭を沈めた。体力が回復したらもちろんパーネル城への旅を続けるつもりだった。そのうちここに立ち寄ったことも、おかしな逸話として語れるようになる。城での夕食の席で侯爵を楽しませるいい話の種になるだろう。

マクニールはもう何か食べたかしら、と彼女は思った。

「ブラックバーン夫人？」フィデリス修道士の巨体が開いたままの扉のところに現れた。一緒にいるのは診療所の長とおぼしき白髪のしなびた老人だ。医師ではないかと思った理由は、老人がいやな臭いのするチンキ剤をいろいろ取りそろえてきたからだ。フィデリス修道士は申し訳なさそうにほほえみながらつぶやき、老人は愚弄の表情を見せて少しも悪びれていない。二人はケイトが薬を飲むのを見とどけると急いで去っていった。

二人が出ていくとすぐに、小柄で神経質そうな修道士が一人やってきた。湯気のたつビーフシチューの皿をケイトに押しつけると後ずさりしながら納屋を出た。外にはもう一人、がっしりした修道士が待っていた。ケイトは飢えかけていたが、そのおいしいシチューをがつがつと食べたい気持ちを抑えてゆっくり口に入れるようつとめた。食べおわるころにはだいぶ気分がよくなり、今度誰か来たら、マクニールがどこへ行ったか訊こうと心に決めていた。ほどなく、別の一組の修道士たちが皿を片づけにきたが、二人ともケイトが尋ねるひまもなくあっという間に退却してしまった。

これはどういうことなのか？　しばらく考えていたケイトは、ようやく事情がのみこめて思わずにっこりと笑った。修道士たちが二人一組になって送りこまれてきたのは、お互いを守るためだったのだ。よりによってケイトから身を守ろうとするとは！　私はこんなに強い力をもっていたわけね！　となると自著に一章つけ加えてもいいだろう――「禁欲主義者の男たちを恐怖におとしいれる」。ケイトはにやにや笑いを抑えることができなかった。

先ほどのマーティン修道士とフィデリス修道士が再び現れた。今度はケイトの脈をとり、顔色を確かめにきたのだ。ケイトが起きあがりながら寝台の横に脚を落とすと、二人の修道士は急いで後ずさりした。いつなんどき、彼女の体から頭がもうひとつ生えてくるかもしれないとでも思っているみたいだ。

「横になって休みなさい、お嬢さん！」年取ったほうのマーティン修道士がかん高い声で叫びながら、フィデリス修道士の後ろにすばやく身を隠した。フィデリス修道士は必死で威厳を保っている。しかしあいにくなことにその不安そうな表情のせいで、大きな体による威嚇もまったく効果がなかった。

「だいぶ気分がよくなりました」ケイトは言った。本当は体の節々にまったく力が入らず、喉もひりひり痛んでいたのだが。「マクニールさまにお会いしたいのですが」

「来るときには来ます」マーティン修道士はフィデリス修道士の後ろに隠れながら力をこめて断言した。フィデリス修道士は弱々しい笑顔を見せている。

「それではマクニールさまを捜しに行かなければ」

「だめです！　それは許されていませんぞ。規則に反します」

「私は修道士ではありませんわ。ですから皆さまがたの規則は私には当てはまらないことになりますよね」

「規則は誰にでも同じように適用されます！　それに彼は出発の支度で忙しいのです」

「何ですって！」ケイトの明るい気分はいっぺんに吹きとんだ。マクニールは私を置きざりにして出ていこうというの？

「数日間だけです」フィデリス修道士はなだめるように言った。「あなたの体調がよくなって、旅に出られるようになるまでです。マクニールはつまりその、急ぎの用件ができて、調べなくてはならないことがあるとかで」

「急ぎの用件というのは何ですか？」ケイトは訊いた。

「それについては私の口からは申しあげられません、ブラックバーン夫人。でも、彼が修道院長に、不在のあいだあなたの世話をよろしくお願いしますと言っていたことは確かですよ」

「彼が頼んでいたのですか？」ケイトは訊いた。妙な感動を覚えていたが、それもばかばかしいことだった。修道院長によろしくと頼む以外にマクニールが何をするというの？　ケイトを捨て子のようにこの修道院に置きざりにして立ちさってしまうようなまねができるはずがない。いや、実のところ、そうしようと思えばできたかもしれないが。

「はい。頼んでいましたよ」フィデリス修道士の巨体の後ろから、姿の見えないマーティン修道士の早口が答えた。「彼は頭がおかしくなってしまったんじゃ。世間に出てさんざんなめにあったおかげでね」

ケイトは、この年老いてひねくれた修道士の底意地の悪い言葉にはもううんざりだった。

「姿を見せない方とお話をするのは私、お断りしますわ」ケイトはつぶやきながら、フィデリス修道士のまわりを回った。

マーティン修道士はたちまち、フィデリス修道士の体の反対側から姿を現した。節くれだった手を骨ばって貧相な腰にあてている。「これだから我々は女と同席するのを避けるのじゃよ、フィデリス修道士」彼は険悪な口調で言ってのけた。「女と五分も一緒にいればすぐにわかる。女というものがどれほど強情で手に負えないか、どれほどわがままで意地っぱりかをまざまざと思い出させられるよ。そうじゃないかね？」

「そうでもないですが」

「何じゃと？」マーティン修道士はフィデリス修道士をじろじろ眺めた。明らかに彼の忠誠心を疑う目つきだ。

「私が神の道に入ったのは母が亡くなったときで、私は一〇歳でした」フィデリス修道士の丸い顔が幸福そうに輝きだした。「私は母が大好きでした。母の髪はここにおられるお嬢さんの髪と同じぐらい漆黒でした。どんなにきれいだったか、忘れていましたよ」

ケイトは年老いた女嫌いの修道士に勝ちほこったような笑みを投げかけた。彼はひと言も言わずに修道士服をぐいっと持ちあげると大股で納屋を出ていった。中にはフィデリス修道士とケイトだけが残された。フィデリス修道士は仲間に去られて気力がくじけてしまったらしく、扉に向かってじりじりと退きはじめた。

「行かないでください」ケイトは言った。

「修道院長がお許しにならないと思います」

「では、納屋の外に立っていてくださいますか、私は中にいますから。それなら何の害もないでしょう?」

フィデリス修道士はあまり安心したようには見えなかった。ケイトは別の戦術を試してみた。「温室は本当に見事ですわね?」

修道士は立ちどまった。顔には自慢そうな色が浮かんでいる。

「マクニールさまが言っていました。彼とその友だちが建てたものだと」

「そうです。ほんの子どもだったころです。あの子らには神のために役立つ仕事をさせたほうがいい、でなければ悪魔にいいようにされてしまう、と私はよく修道院長に言ったものです」

「賢明なお考えでしたわ」ケイトはふたたび寝台の上に座ってフィデリス修道士を熱心に見つめた。「でも、あの構造。実に独創的な発想ですわね。あの温室の建築については、どなたかがよほどじっくり考えられたにちがいないわ。絶対に少年たちの力だけでできるはずがありませんものね。もしかすると設計なさったのはあなたですか?」

フィデリス修道士の顔は喜びでピンク色に輝いた。「それはそのう……」

「ああ!」ケイトはうなずいた。「やはりそうではないかと思っていましたの。教えてくださいな、どうやってあの形を思いつかれたのですか?」

修道士は謙虚に目を伏せた。そして納屋の中へ入ってきた。

10　達成可能な目標に絞って努力する

一七九七年、セントブライド

「彼らは全力を尽してくれるでしょうか?」フランス人は若者たちをじっくりと見つめながら訊いた。

「ええ」修道院長の視線がキットをとらえ、そしてダグラス、アンドルーとラムゼーへと移っていった。「しかしあの子たちは神に仕える身です。フランスに仕えているわけではありません」

「フランスのために尽すことが、神のために尽すことになるのですよ」

「彼らはこの任務のために生まれてきたようなものです!」母国フランスを追われてきた修道士トゥーサンの声にはいらだちが表れていた。「一〇〇年かけて英国中を探したって、彼らほどこの任務に適した若者は見つからないかもしれない」

「その任務とは何でしょう?」ダグラスが前に進みでて言った。

到着したばかりのフランス人の紳士はダグラスを冷やかに見つめたが、答を返した。「フランスへ行き、王政復古に貢献することです」

「そして聖なるカトリック教会に」修道院長はフランス人に念押しするように言った。

「もし僕らが失敗したら?」アンドルーが訊いた。

「成功してもらわなくてはなりません」フランス人は言った。「時は熟しています。我が国を襲った革命の嵐の中で、このところは総裁政府が牛耳っているわけですが、やつらは恥知らずにも、ローマ法王をローマから追いだすという愚挙に出た。それ以来、人気が衰えてきた。国民はここへきてようやく、神の名が汚されるのはもうたくさんだと思うようになっています。ノートルダム寺院を『理性の寺院』と改名して、売春婦を女性聖職者に任命したりするなど冒瀆的な行いもいいところです」彼は十字を切った。「今の間にあわせの政府をかく乱するのにそう時間はかからないでしょう。さて、その次は? フランスを我々の手に取りもどすのです!」

キット・マクニールは庭をつっきって歩いていた。修道院長の部屋を最後に訪れたときの生々しい記憶が彼を待ちかまえていたようにいっきに押しよせてきた。当時、自分たちがどんなに熱意に燃えていたことか。若さからほとばしる情熱、栄光の夢、信心深さ、思いあがりを胸にしていた俺たち。

歩きながらマクニールは、何人もの目が自分の動きを追っているのを意識していた。彼らの目には警戒心が宿っている。恐がらせておけばいいじゃないか。修道士たちの不安など、マクニールは気にしていない。ケイトの不安もどうでもよかった。マクニールは心を閉ざし、自分が「暗殺者」という言葉を口にしたときの、混乱と恐怖でこわばったケイトの顔を意識から追いだした。まあ、二、三日はケイトも俺がいなくてほっとするだろうし、俺だって彼女と一緒にいれば悩みは尽きないだろうから、お互いさまだ。

ケイトはマクニールについてあまりに多くのことを知った。危険なまでに近づきすぎた。さらに親密になりたいと思わせる甘い誘惑に注意するひまがなかった。いや、そうしたくなかったのか。彼にとって今やケイトはいらだちの種になっていた。彼女のせいでマクニールはひりひりと痛む擦り傷だらけにされたも同然だった。ケイトは体の奥底に隠していたものを日のもとにさらしてしまうのだ――もうとっくに消えたと思っていた彼の飢餓感と欲望はすべて、眠っていただけだったということを。

渇望。欲望。欲求。今のマクニールの中ではうまく共存できないものだ。だから彼はそれらを排除するつもりでいる。ケイトと離れているかぎり、彼女の香りや声、黒い瞳、しなやかな体から離れているかぎり、煩悩は排除しやすい――。

修道院長の住む建物まで来ると、ドアをぐいと開け、大きな音を立てて後ろ手に閉めた。見張りをしていたミサ仕えの若い侍祭のそばを通りすぎ、書斎へ向かった。ドアは開いている。書斎の中では修道院長が大きな机の前に座り、組み合わせた手を書類の山の上において待っていた。

修道院長はマクニールの記憶にある昔の姿とまったく変わっていなかった。ふさふさの白髪も同じ、厳格そうな薄い唇とその上のかぎ鼻も同じ、つねに冷静に物事を見つめる深くぼんだ目も昔のままだ。マクニールはしゃくだった。彼が肉体的にも精神的にもすっかり変わってしまったのに、この男は以前のままの姿を保っている。マクニールと仲間を外の過酷な世界に送りだしておいて、自分はここでのうのうと暮らして。

「クリスチャン」修道院長は手を差しだして口づけの挨拶を待った。マクニールは冷やかな目でその手を見ているだけだ。修道院長は手をひっこめた。

「お前が戻ってくるよう祈っていたのだよ、クリスチャン」昔と変わらない静かな威厳をたたえた、権力の匂いがしみついた声だ。

「戻るよりほかに道がなかったのです」

「わかっているよ。しかしいずれにしてもお前は戻ってきた。嬉しいよ」修道院長の物腰や表情からは、恐れも非難がましさも、何かを隠している気配もまったくうかがえない。

「なぜです？」

修道院長は答えなかった。そんなことはもうすでに知っているだろうとでも言いたげだ。わざと鈍いふりをしているのかもしれない。「お前は苦しんでいる。私なら楽にしてやれる」

「楽にしてくださるのですか？」マクニールはうす笑いをうかべた。「それはありがたい。では教えてください、我々を裏切ってフランス側に売ったのが誰なのか」

修道院長は小さくため息をついた。「私は知らない」

マクニールは両手を机に叩きつけた。書類が空に舞った。修道院長はぴくりとも動かない。

「我々を裏切る可能性があったのは五人しかいません」マクニールは幅の広い机に身を乗りだした。「ラムゼー・マンロー、アンドルー・ロス、ダグラス・スチュアート、トゥーサン修道士、そして私です。ダグラスは死にましたから、残りは四人です」

「私に何を言わせようとしているんだね、クリスチャン？　かりに誰かが懺悔をしたとしても、私がお前にその内容をもらすはずがないだろう」

「我々を裏切った男、ダグラスを死に追いやった男の名前が知りたいのです。私はかならずつきとめます。神かけて、絶対に」

「今『神かけて』と言ったのは神に誓っているのであって、まさか神の名をみだりに呼んで冒瀆しているのではないだろうね？」

じれったそうにくぐもったうめき声をもらしながらマクニールは机を押しやり、体をぐるりと回した。「ではこういう訊き方ならどうです、我々のうち、あの手の裏切りをしそうな者といえば誰だと思われますか？」

「君らの中にはそんな裏切りをしそうな者など一人もおらんよ。考えられない。ラムゼーがそんなことをするはずがない。アンドルーも違う」修道院長は穏やかに言った。「お前も違う」

いらだたしさにマクニールは赤みがかった金髪を指で後ろにかきあげた。「ではトゥーサン修道士はどうです？　そういえばずっと会っていません。それだけでも十分怪しい――」

「トゥーサン修道士は五年前この修道院を出てフランスに帰った。大変な危険をおかしても、ありましたか？」

「彼がですか？」マクニールはいかにも疑わしそうな口ぶりで訊いた。「それ以来、連絡は祖国の人々をひそかに助けたいと言って」

「正体がばれて処刑されたのではないかと思われる」修道院長は遠回しに言った。

マクニールは目を細めた。「でも確信があるわけではないのでしょう」

「ない」修道院長はふしょうぶしょう認め、立ちあがった。「過去は過去として恨みを忘れるわけにはいかないのか？　若いご婦人も連れていることだし――」

「彼女は私のものではありません」マクニールは言った。「彼女のために果たさなくてはならない義務があります。私は、約束はかならず守る人間です。彼女を守ることはその約束のひとつなのです。今回の件が片づきしだい、ダグラスを殺した奴を見つけだすつもりです」

「わかった」修道院長はあいづちをうった。「問題の男を見つけたら、そのあとどうするつもりだね、クリスチャン？」

オオカミのような笑みが青年の日焼けした顔に一瞬だけ浮かんだ。「仕返しもせず寛大に赦すようなまねはしませんね。それだけは確かです」

「『主いい給う。復讐するは我にあり』（＊訳注　新約聖書ローマ人への手紙、第一二章一九節）。復讐は神のなさることですぞ」

「でも私は神の道具ですから。神父さまがそう教えてくださったじゃありませんか？」

「クリスチャン。お前には以前はなかったような闇を感じる」

「焼印を押されていなかったからですよ、神父」マクニールは冷淡に答えた。「火が精神を浄化してくれるとは限りませんからね。火に焼かれて黒こげになるだけのこともあります」

扉のそばの壁の張りだし燭台に油をしみこませたたいまつが差しこまれている。煙を出しながら脅迫するように揺らめいて燃え、壁の暗がりを照らしている。部屋の真ん中にある浅い火桶からは煙と炎が立ちのぼっている。その前に立っているのは牢屋の番人で、背中の後ろで手を組み、足の親指の付け根を軸にして体をわずかに揺すっている。

「贈物をやるぞ」笑みを浮かべた番人は、長い鉄の棒を火桶から引きあげた。棒の先についた薔薇をかたどった焼きごてが、暗い部屋の中であかあかと輝いた。

「私は絶対にそんなことは信じない」

「何でもお好きなものを信じられたらいいでしょう。私もかつて、信じていたものがありました。我々の絆です」

「神のご計画を信じたほうがお前にとってよかったのではないかな」

「我々自身が神のご計画の一部だと思っていたのです!」苦悩に満ちて熱いその言葉は、マクニールの心の奥底から沸きあがったものだった。ほどなく苦悩の表情は消え、そこには冷酷で厳しい目をした青年がいた。「しかし私がここへ来た理由はそれではありません」

「ではなぜ来たのだね、クリスチャン」

「薔薇の首飾りを見つけました。黄色い薔薇です」

「どこで?」修道院長は驚いて訊いた。

「荒野に建つ古い城跡でです。ネズミの死骸の首にかけられていました」

手の下の書類をぼんやりと見つめる修道院長の鼻の脇のしわが深くなった。「お前はそのことをどう思う？」

「わかりません」マクニールは答えた。修道院長の関心がどこにあるのかはわからないが、それがはっきりしないうちは簡単に情報を与えはしないつもりだった。「もう一度、城に戻ってみたいのです。もっと詳しく調べてみます。でも」彼は目を落とした。「彼女を連れていくわけにはいきません」

少しの間があった。「あのご婦人とどういう関係だね、クリスチャン？」

「私は彼女の護衛です」マクニールは大げさに肩をすくめた。「御者と言ってもいいですかね。パーネル城まで無事に送りとどけるのが私の務めです」

修道院長の目が鋭くなった。「パーネル城はクライスにあったのじゃないかね？　クライスはこのごろ、ならず者が闊歩する危険なところになっているようだ。侯爵のご一家には最近、ご不幸があったと聞いている」

「どうしてご存知なのですか？」マクニールは少々驚き、背筋をぴんと伸ばして座っている老人を興味深げに見た。世間と没交渉の修道院の長にしては、この老人はいつも実に多くのことを知っている。マクニールが少年だったころも、表には出さないが人脈は広く、いろいろと情報源をもっていたようだ。「ならず者が、侯爵の最近のご不幸とどんな関係があるのですか？　侯爵の弟君とその夫人が亡くなったのは事故だったでしょう」

「噂ではそうらしいがね」

「信じていらっしゃらないとでも?」

「信じない理由は特にないが」修道院長は穏やかに答えた。「絶望に苦しむ貧しい者と特権を握る金持ちとが隣り合わせに住む場所には、往々にして災いがもたらされるのは確かだからね」

修道院長の疑いが真実であるかどうかマクニールにはわからなかった。「ブラックバーン夫人をここに、皆さまがたのもとに残していきたいのですが。城にネズミの死骸を置いた奴の手がかりが残っていないか調べるつもりです。それから付近を回って、よそ者を見かけていないか住民に尋ねてみたいと思います」

「亡霊を捜そうとしているようなものじゃないかね、クリスチャン」

「まだ、捜す段階ではありません。それはブラックバーン夫人を無事に送りとどけてからの話です。今は荒野を調べて回るだけです。しかしいざ狩りを始めたら、けっして手ぶらで帰りはしません。それは確かです」マクニールは考えこむ修道院長と視線を合わせた。「ブラックバーン夫人をお願いできますか?」

修道院長はうなずいた。「よろしい、クリスチャン。帰ってくるまで、お前のブラックバーン夫人の面倒をみることとしよう。だが安息日までに帰ってくるのだぞ」

「三日たったら戻ります」マクニールは約束した。「言っておきますが、彼女は私のものではありませんから」

修道院長は組んだ手を見つめながら思案していた。マクニールのブーツのかかとの音がコツコツと廊下に響くのが聞こえる。若者は人をおびえさせる危険な存在に成長していた。生まれながらにして暴力の限りをつくす運命を背負わされていた男はそのとおりに育った。若きオオカミは少しも飼いならされていなかった。

＊　　＊　　＊

修道院長は二〇年前に思いをはせていた。聖職者としての道を歩みはじめて間もないころ、彼はスコットランドのカトリック勢力のえり抜きの人材、高地の由緒正しい血筋をひく者を捜すことが自分の使命だと心に決めた。彼は国中をくまなく捜して回り、また使者を送って、各地にちりぢりになっていた、生粋の高地人の末裔である子どもたちを捜させた。彼らを町の汚水だめやいかがわしい場所から救いだすことしか考えていなかった。努力のすえにようやく見つけたのは四人だけだった。

人数が問題というわけではなかった。年若い四人の本性を見さだめると、修道院長の頭にはもともとの意図に代わってあらたな考えが浮かんできた。彼は四人を訓練し、十分に鍛えて能力に磨きをかけ、時代にふさわしい騎士、現代の十字軍兵士を作りあげた。あと必要なのは目的だけだった。折しも、フランス革命の嵐が荒れ狂った「恐怖時代」（＊訳注　一七九三年三月～九四年七月）がその目的を与えてくれた。

修道院長はそのむなしい野望と強いうぬぼれを思いおこして頭を振った。彼は自らの思いあがりに対する手痛い報いを受けていた。しかしクリスチャンとその仲間たちは、さらに苛酷な代償を強いられた。あの四人は強い絆で結ばれていた。お互い、この修道会の修道士というよりは血を分けた兄弟に近い存在だった。実際、友情の絆は四人の少年時代におけるただひとつの大事な宝物だった。その友情が何者かによって破壊されたのだ。

あの悲惨なできごとが、あっけらかんとした冗談の裏に繊細な感情を隠していたアンドルー・ロスのような感受性の鋭い若者に及ぼした影響はどれほどのものだったろう？　おぼろげにしか憶えていない、あえて思い出そうとしない過去の名残である洗練されたふるまいを身につけたラムゼーにとってはどうだったろう？　そしてクリスチャン・マクニールは？　仲間が彼を求めるまでは、誰のものでも、どこのものでもなかったクリスチャンにとって、信じていた友情の瓦解はどう感じられただろう？

修道院長はマクニールの表情を思い出しながら目もとをこすった。マクニールは疲れはて、幻滅し、打ちのめされて、死を招く凶暴な獣のように見えた。その脅威はすさまじく、彼の目を見つめていると、修道院長は一瞬、自分自身が死を免れえない人間であることを思い知らされた。それでも恐怖は感じなかった。ただ、自分が与えた情報と知識に頼っていたあの四人を助けてやれず、彼らを苦しませたことに対する深い自責の念があった。自分にはその罪をあがなう資格がないと思うとひどい挫折感に襲われた。

しかしマクニールは修道院長に手をかけることはしなかった。それには特別な意味があるのではないかと思う。ブラックバーン夫人の世話をする彼のようすに何か特別なものが感じられるのと同じように。マクニールの態度、夫人を見つめる視線、抱きかかえるそのやり方には、どこか独占欲に似たものが感じられた。

だが今は……修道院長にはほかにやるべきことがあった。

ふっとため息をつくと、修道院長はその日早くに届けられていた手紙を開いた。筆跡には見覚えがある。差出人は頻繁にではなかったが定期的に手紙をよこしており、その中にはいつも興味深い情報が書かれてあった。

そうやって情報を伝えることこそ、ナポレオンが統治するフランスで密偵として暗躍するアンドルー・ロスの仕事だった。

11　御者と親密になる——なんとしても避けたい事態

修道士の一人が納屋の外に石造りの小さな長いすを出してくれたらしい。マクニールが行ってみるとケイトはそこに座り、澄んだ空気の空を見あげている。すでに太陽は山の向こうに沈もうとしていた。穏やかなたそがれ時、天には星がいくつかまたたいている。

「今夜はアンドロメダが見られるかもしれませんわ」ケイトは静かに言った。数時間前ここへ着いたときに比べてずっと具合がよさそうだ。体が暖まったせいで頬には赤みが戻り、瞳は黒々と澄んでいる。

マクニールが納屋へ来たのは、ケイトの世話を修道士たちにまかせてしばらく留守にすると告げるためだった。しかしいざケイトを目の前にすると、彼女を置いていきたくなくなっていた。あまりにきれいで、顔色は青ざめてはかなげで、星の光を思わせる。彼女は星と同じように手の届かない存在だった。

二人の関係の何かが変わり、マクニールに対するケイトの態度が変化していた。これまでの近づきがたい雰囲気が消え、二人の世界の間に渡された橋をマクニールはどうしても進んでみたかった。近づいたところで何もならない、愚かなこととは知りつつも、それでも機会を逃したくなかった。「アンドロメダですって?」

「星座の名前ですわ」ケイトはかすかに誇らしさの混じった声で答えた。「ギリシャ神話に伝えられる海洋国家エチオピアの王ケフェウスと、美しい王妃カシオペアの間に生まれた王女アンドロメダにちなんだ名です」

「もっと聞かせてくれますか」マクニールは断られるのではないかと半ば思いながらもうながした。彼が傷あとのある平民であり、兵士であるのに対し、ケイトは貴族階級の淑女(レディ)だ。旅しているあいだほかに誰もいない状況では、マクニールを相手にするしかなかっただろうが、今は違う。きっと俺をはねつけるだろう。もちろん思いやりを示して、礼儀作法のお手本のような態度で断るだろうが。

「お座りになったら」

座る場所といえばひとつしかなかった。ケイトのすぐ隣だ。「私は立ったままのほうがいいので」

「でも私、見あげっぱなしで首の筋を違えたりしたくありませんから。あなたはとても背が高いんですもの。それに、自分の主張を相手に納得させようとしているときはそびえたっているように見えるのよ。あなた、よくそうやってますわ、少なくとも私に対しては」

マクニールはあぜんとしてケイトを見おろした。彼女がからかうようにほほえんでいる。

さっさと出発するつもりだったのに、すっかり出鼻をくじかれてしまった。

「ただし、上から見おろす利点を活かす必要があると感じてらっしゃるのならあえて座ってくださいとは申しませんけど？」

マクニールは座った。「ご存知のように、私はあらゆる点であなたより下の立場ですから」ぶっきらぼうに言う。「さて、カシオペアについて話してください」

「それでは」ケイトは話しはじめた。「王妃カシオペアは自分の美貌が自慢で、近くに住む海の妖精たちよりまさると豪語していました。これは礼儀に反するばかりでなく、恐ろしいほど判断力に欠けたふるまいでした。ギリシャの妖精たちは情け深いとはとうてい言えませんでしたから。それどころか、復讐の達人でした」

ケイトはちゃめっ気たっぷりに笑った。みずみずしい若さあふれる女性がそこにいた。厳しい状況のせいで抑えこまれていた本来のケイトがひょっこり顔をのぞかせたようだ。このままでいてくれたらいいのに、とマクニールは思った。目を輝かせて話すケイトはたまらなく魅惑的で、生き生きとしていた。

「妖精がですか？」

「ええ、そうですよ」ケイトは厳粛なおももちでうなずいた。「私たち人間は復讐のこととなるとただの素人ですわ、マクニールさま」

マクニールはあえて反論しなかった。復讐についてはそれなりの考えがあり、自分も復讐の達人になれる自信があったのだが。

「怒った妖精たちは父の海神ポセイドンに、うぬぼれた王妃カシオペアを罰してほしいと頼みました」ケイトは続けた。「甘い父親だったポセイドンは娘たちの願いを聞きいれて、ケフェウス王に恐ろしい選択を迫りました。王は、娘とエチオピアの国のどちらかを犠牲にして、暴れ狂う海の怪物に捧げなくてはなりませんでした」

「実にいやな選択ですね」マクニールはそう言って続きをうながした。ケイトが急に話をやめ、その顔からいたずらっぽい笑みが消えたからだ。「王はどちらを選んだのですか？」

「ケフェウス王はエチオピアの民の英雄になることを選びました」ケイトは気持ちを切りかえ、軽快な声で言った。「王は娘のアンドロメダを海辺の岩に鎖で縛りつけさせました。そこで海の怪物のいけにえになる運命がアンドロメダを待っていました。王は、身を守る武器ひとつ与えずに娘を見捨てたのです」

マクニールは気づいた。ケイトの話はもう、ギリシャ神話に出てくる王女の物語ではなくなっている。彼女は自分自身のこと、姉妹のこと、父親のことを話しているのだ。

「それからどうなりました？」

「勇者ペルセウスが」ケイトは無理に快活な声を出して続けた。「羽根の生えたサンダルをはいて空高くかけめぐっている途中で、半分海中につかった岩に縛りつけられている哀れなアンドロメダを見つけました。空から飛びおりてきたペルセウスは、これはいったい何ごとかと尋ね、状況をのみこむと、いかにも野心に燃えた若き英雄らしく、ここで行動を起こせば自分にとって非常に有利になるだろうと判断しました」

「生まれながらにして政治力がそなわっていたわけですね」マクニールがほほえみながら言うと、ぴりぴりしていたケイトの態度が一瞬やわらいだ。

「本当にそうですわね！」彼女は同意した。「ペルセウスはたちまち海の怪物を退治してアンドロメダを助け、その褒美としてケルフェウス王の領土の一部を受けとりました。二人は結ばれ、皆、いつまでも幸せに暮らしました。

ずっと後になって、この物語の登場人物がすべて死にたえたころ、神々は夜空を彩る星のつづれ織りに加えるにふさわしい話だ、と考えられました。それで」彼女の声に優しさが加わった。「アンドロメダはあそこにいるのです」ほっそりした指が星の一群を指した。「鎖につながれた乙女です」

「アンドロメダは父王を赦したのですか？」マクニールは訊いた。

ケイトは輝く星空を見あげたまま答えた。「何に対する赦しですか？　ケフェウス王は国王としてなすべきことをしただけでしょう。ただアンドロメダも、鎖から解き放たれてりりしい夫ペルセウスの豪華な宮殿に落ちついてからはたぶん、お父上に対する恨みもうすらいで寛大になれたのではないかしら」あまり訊いてほしくないような口ぶりだったので、マクニールはそれ以上問いただすのをやめた。

「ほかに天に上げられた乙女の星座はありますか？」

ケイトは小さく息をついた。「まだ空には出ていません。でももう少したてば王妃の星座、カシオペア座が見られるかもしれませんね」

「これだけの知識をどうやって身につけられたのですか？　若いお嬢さんに必要とされる教養の中にはまさか、天文学は入っていないでしょう。あ、かといってお嬢さんが学ぶべきことが何なのか、私などが知っているはずもないんですが」誰に身分の違いを思い出させようとしているのか？　ケイトにか、それとも彼自身に？

「若い娘が何を学ぼうと、そんなことは重要ではないんです」ケイトはつぶやいた。「そういう若い娘はかよわく、人に依存して生きています。その事実は何をもってしても打ちけせませんの——富の力をのぞいては」

富。そのとおりだ。貴族に不可欠なもの。金がなければ何ごともうまくいかない。金以外のものは無に等しい、価値がない。

ケイトはふりかえって肩越しにマクニールを見た。彼女の黒髪が沈む夕日の燃える色を映しだす。魅惑的な唇が誘うように濡れて輝いている——水かワインを飲んでいたところなのだろう——マクニールは自分の口からエールを飲んでもいいと彼女にほのめかした——というより威嚇した——できごとを思い出した。欲望で股間が固くなったが、ケイトはそれを知らない。自分の魅力がマクニールの体にどれだけ破壊的な影響を及ぼしているか、全く気づいていない。

「あら、星についてのお話でしたわよね」ケイトはほほえんだ。会話が気まずく終わらないように軌道を修正したのだな、とマクニールは思った。ただ、なぜ彼女がそうしてマクニールに気を使っているのかまではわからない。

「父は天文学が趣味で、とても熱心に取りくんでいましたの。幼いころ、夜になると父の膝にのって望遠鏡をのぞかせてもらったことを憶えています。子守りの召使に見つかったら母に告げ口されて、あとで大変な騒ぎになったものですわ！」ケイトは声をあげて笑った。それに反応してマクニールの動悸が早くなった。またケイトを胸に抱いてあのしなやかな感触を味わいたい。けだるい眠りの中で――あるいは悦びに震えて、自分にぴったりと寄りそう彼女を肌で感じたい。

とめどもなくあふれてくる思いをなだめるのにひと苦労だった。「お姉さまや妹さんも同じように星に惹かれたのですか？」

「いいえ」子どものころの優越感の名残が声に出た。自分でもそれに気づいて反省したのだろう、鼻にしわを寄せている。「そのころ、シャーロットはまだよちよち歩きの赤ちゃんでしたから。姉のヘレナもときどき加わって父の話を聞いたりしていましたけれど、ものの数分もすると眠りこんでしまって、ベッドに連れていかれるありさまでしたわ。

でもグレースは夜空が見たくて、ときどき遅くまで起きていましたっけ」ケイトの表情に悲しみがよぎった。「グレースは何につけても知りたがりやで、本当におませな子でしたわ。よく言ってました、お星さまをたくさん買いあつめて首飾りにするんだって」

指先がゆっくりと夜空に向けられ、星が広い帯状に集まっている箇所を指した。「古代のギリシャ人はあれを『神々の道』と呼びました。これも父に教えてもらったことですが」

ケイトの父、ナッシュ卿。マクニールは言葉につまった。自分にもよく説明できない気持ちにかられたからだ。世間一般の親子の関係についてはほとんど何も知らない。月の裏側のことのほうがよっぽど詳しいと言ってもいいぐらいだ。しかしケイトの苦悩と裏切られたという思いなら理解できた。神よ、何てことだ。マクニールの心は同情心でいっぱいになっている。彼女に対しては何の感情も持ちたくないのに。同情心も、優しさも、共感も、思いやりも。そうだ、体の中に沸きあがってくる欲望なら大丈夫だ。なぜなら欲望は安全だから。彼女から遠ざかっていられるからだ。

「お父上はあなたやごきょうだいを残していくつもりなどなかったのですよ、ケイト。ご自分が死ぬことは予想していらっしゃらなかったはずです」

ケイトの体がこわばったが、目は夜空にじっと注がれたままだ。「父は死ぬ必要などなかったのに。どうするか選べたのでは。あなたはそうおっしゃってたわ」黒い瞳が彼の目をとらえた。「大切な命をそんな形で捧げるなんて……無責任だわ！　自らの命を守るべきでしたのに。私たちの将来は父の肩にかかっていたのに！　私、心から知りたいと思っているんですのよ。父があなたがたのために死ぬことを選んで、私たちのために生きる道を選ばなかったのはどうしてなのかしら？」

それを聞いても腹は立たなかった。マクニールには十分すぎるほどに理解できた。ほかの誰よりもよくわかると断言できる。ケイトは何よりも大切にしていたものすべてを、「裏切り」によって失ったのだ。そう、裏切りの意味なら彼にもわかる。

ふと我に返ったケイトは恥ずかしさのあまり目を大きく見ひらいて言った。「まあ、何てことを！　本当にごめんなさい。そういうつもりで言ったのではないんです。ただ、父が私たちを愛していたはずなのにどうして、と思ったものですから――」

謝罪の言葉を受けながらもしてマクニールは言った。「愛しておられたんですよ。でもお父上にはやらねばならないことがあった。それは――」どう表現すればいいのだろうか。「お父上がやるべきだと思われたことです」

「そう信じられたらどんなにいいか」ケイトはうつむいて、膝の上で両手をねじりあわせながら言った。「こんなふうに感じてしまうのは悪いことだってわかっているのです。でもかまわないですわよね？　正しかろうと、間違っていようと。どうしようもない気持ちは理屈では封じこめられませんもの」

神さま、彼女は魔女なのでしょうか、それとも美しい歌声で船人を誘いよせて難破させる海の精セイレーンなのでしょうか？

ケイトはどうしていいかわからないといった表情でマクニールのほうを見た。「この気持ち、どう説明すればいいかしら？」

「わかります」

疑うように首をかしげていたケイトだが、自分と同じような重圧に耐えている人間が目の前にいることに気づいたらしい。その実感が真夜中を思わせる瞳にはっきりと表れた。「そうね」息をついて言う。「そうよ。あなたなら、もちろんわかってらっしゃるわね」

驚いたことに、マクニールの心に生まれたのはほとんど悲しみだけだった。仲間に裏切られたという衝撃や失った友のことを思いおこすと、いつもならどす黒い怒りの渦が体中をかけめぐるはずなのに。

ケイトの目が暗がりの中でかすかに光った。「あなたはどうやって耐えていらっしゃるの？　裏切られたという思いに？」

「耐えたりはしていません」マクニールは言った。声が硬くなっている。「真相を暴きだしてやる、いつの日か我々を裏切った男と直接対決してやるという信念を守りつづけているだけです」

「もし彼が死んでいたらどうするの？　あなたがたを裏切った男が？」

ケイトがなぜこんな問いかけを？　どうしてこれほど深い思いやりの情を、いともやすやすとありのままをさらけ出せる正直さを、この女性がもっているのか？「わかりません」

「その答、私にはわかります」ケイトは重々しく言い、マクニールのほうに身を乗りだした。「その男を放っておいてやるの。それが誰であるにせよ」

「そんなことはできません。借りは返さなくては。ダグラスへの借りを返さなくてはなりません」

ケイトの可愛らしい顔から熱のこもった懇願の色がうすれていった。「もちろん私は、あなたのご決意についてあれこれ言える立場にはないですものね」

ケイトは俺に何を求めているのだろう？　俺がナッシュ家の人々のために尽すと約束しなかったとしても、ケイトに仕えるという誓いを立てなかったとしても、それでも誠心誠意、全力を尽して彼女の身の安全を守り、面倒をみ、満足のいくようにすると宣言してほしいのだろうか？　彼女のために闘うとでも誓ってほしいのか？　盗みも辞さないと。彼女のために命をなげうつとでも？

マクニールは唐突に立ちあがった。

「もう出発なさるのね」ケイトは抑揚のない声で言った。

「はい」

「急ぎのご用なんでしょうね、きっと」

マクニールはまた彼女の笑い声を聞いてみたかった。だが彼の中のもう一人の自分が、笑いとはまったく違う音を、彼女が渇望し、屈服して息を詰まらせる音を聞きたがっていた。彼の視線は意に反してケイトの体に注がれていた。その下唇の柔らかそうなふくらみに。輝くように美しい肌が肩マントのウールの襟の下へとなだらかに続いていくさまに。青い静脈が透けて見える繊細な手首に。そして漆黒の目の輝きに。

ケイトに対する欲望がマクニールの中で爆発し、その欲求の激しさに彼は一瞬、頭がクラクラした。早くここを発たなければ。

「マクニール？」

薔薇園を囲む塀の近くには井戸があったはずだ。あの井戸の水は昔、氷のように冷たかった。うまくすれば今でも冷たいままだろう。「ここにいれば安心ですから。あの修道士たちは偏った考えに惑わされていて世間知らずですが、親切な人たちです。あなたの食事の面倒をみて、ゆっくり休めるように取りはからってくれるでしょう」

「何日ぐらい留守になさるの？」

「二、三日で戻ってきますから」

「もしや――」ケイトは言いよどみ、眉をしかめた。「またあの城跡に行かれるの？　あそこは危険だと思うのです」

マクニールは笑った。嘘がすらすらと口をついて出た。「いいえ、行きませんよ。言ったでしょう、自分の目的を果たすのは、あなたを無事に送りとどけてからだと」

それを聞いてケイトの緊張がゆるんだ。マクニールの心臓がドクンと高鳴った。彼女は俺の身の安全を心配してわざわざ訊いてくれたのだ。俺が安全かどうかなど、気にかけてくれた人がいただろうか。そんなことが最後にあってからずいぶんになる。だが、うかうかと乗ってはいけない。誘惑のわなだ。

「帰ってこられたら、そのあとクライスまで一緒に行ってくださるのよね？」

彼女の本来の目的地がどこなのか、誰のもとへ行くのか、なぜ行くのか。それを思い出させてくれて、マクニールはありがたいと思うべきなのに。彼が感じとれたのは、はらわたの中で燃える炎の熱さと、心臓におおいかぶさる氷の冷たさだけだった。

「はい、マダム」マクニールは丁寧にお辞儀をした。そしてケイトの純粋無垢な言葉でそれ以上むち打たれる前にその場を立ちさった。

12 庭園の小道を歩くという危険

親愛なるヘレナお姉さま
このお手紙、ぜひシャーロットにも見せてやってくださいませ。あの子がウェルトン男爵家での忙しい社交生活のあいまにお姉さまを訪ねてきた折にでも、よろしくお願いいたします。
お姉さま、どうかご心配なさらずに。お手紙を差しあげるのが遅くなってしまったのは、旅の途中で運悪く天候が悪化して、旅程を変更して一時的に避難しなければならなくなったせいなのです。私たちが身を寄せているのは、ちょっと思いがけないところですが、とても好ましい感じの、スコットランドの小さな……

ケイトはペンの端を嚙みながら次の言葉を考えた。「大修道院」と書けば、旅に同行しなかったのは無責任だったのではないかと悔やむヘレナの懸念を裏づけて、よけい悩ませるだけだ。「居酒屋」はもっとまずい。

そこで「……温泉です」としるした。そして「あの雇い主が、お姉さまのお優しい気質につけこんでやりたい放題にならないように、そう願っています。ただ、お姉さまのこともあの老婦人のこともよく知っているだけに、そんなことを期待しても無駄だとはわかっているのですが」と続けた。

そこでケイトはためらった。

「この手紙、当然のことながら、お読みになったらすぐに燃やしてくださいますよう」

「ブラックバーン夫人、肺炎にならずにすんであなたは幸運でしたぞ」

「修道院長さま！」温室の外のいすに腰かけていたケイトは、思わず姿勢を正して勢いよく立ちあがった。マント代わりにはおっていた借り物の茶色のローブのすそに足が引っかかってあやうく転びそうになる。

修道院長は気づかなかったふりをした。「せっかくお手紙を書いておられたのにお邪魔してしまいましたな。お赦しください」

「いえ、かまいませんわ」ケイトはあわてて修道院長を安心させるように言った。「姉のへレナあての短い手紙を書きおわったところでしたの。どなたかにお願いして投函していただくわけにはまいりませんかしら？」

「もちろん、ご心配なく。ここがいかに人里離れていようと、それほど世間と隔絶した暮らしをしておるわけではないのです。今日の午後、配達人がやってきますから、お手紙のこと依頼しておきましょう」

「ありがとうございます」ケイトはまわりに目をやりながら、修道院長の前で座っていいものかどうか迷っていた。正しい礼儀作法ではどうすべきなのかしら。

　だがその心配もすぐに不要になった。修道院長がそばに置かれた大理石の長いすに上品な物腰で腰かけ、ケイトにさっきまで使っていた丸いすに座るようすすめたからだ。「ご気分はいかがですかな、ブラックバーン夫人？」

「おかげさまで元気になりましたわ、修道院長さま」キット・マクニールが出発してから二日が経ち、ケイトはすっかり回復していた。少なくとも肉体的には。「このように手厚いもてなしをしていただいたこと、あらためてお礼申しあげます。パーネル侯爵のお城に着きましたらすぐに、私の世話にかかりました費用を修道院あてにお支払いするようお願いするつもりですので――」

「そんなことは心配ご無用です。ここはベネディクト会の修道院ですよ、ブラックバーン夫人。旅人や貧しい人々に奉仕するのは私どもの務めです」

「貧しい人々？」ケイトは呆然（ぼうぜん）としてくり返した。

　修道院長はほほえんだ。「あなたが貧しい部類に入るなどと言うつもりではなかったのですがね、ブラックバーン夫人。あいまいな言い方で失礼しました」

「いえ、お気になさらずに」ケイトはつぶやいた。「ただ……情けないことに、両親が他界しましてから私、それに近い状態に陥ってしまったものですから」

「おつらかったでしょう」修道院長はケイトの言葉を静かに受けとめた。「小間使いが姿をくらまし、御者も馬車とともに逃げてしまったそうですな」

ケイトはうなずいた。修道院長はマクニールから事情を聞いて知っているのだろう。

「そのうえ、あかの他人と言ってもいい男を頼みの綱としなければならぬはめに陥ってしまわれるとは」

「マクニールさまは力の及ぶかぎり私を守り、尽くしてくださいましたわ」ケイトは多少冷やかな調子で答えた。

「ほお!」修道院長はほほえんだ。「それを聞いて安心いたしました」

「なぜですの?」ケイトは不審そうに訊いた。「彼が立派なふるまいをしないと疑われる理由でもおありですか? だとしたら院長さまは彼のことをよくご存知ないのですね。マクニールさまはきわめて高潔で、有能な紳士ですわ」

「それはそうでしょうな。あの男の価値を認めてくださるとは、なんとありがたいことでしょう」

「はい」先ほどまでなぜか固くこわばっていたケイトの背中の緊張がようやくゆるんだ。

「ほかに何か、必要なものはありますかな?」

ケイトはためらった。一人とり残されている時間が早く過ぎてくれればと、それだけを願っていた。「あります。クリスチャン・マクニールについて教えてください」

薔薇園に向かうマクニールの足どりが早くなった。城跡とその周辺を調べてみたが、収穫は何もなかった。ケイトにけしからぬことをした男らしき怪しい人物を見かけた者は誰もいなかったし、男の足どりをたどる手がかりも見つからなかった――マクニールが馬をつないでおいたところの壁が崩れていた以外には。

マクニールはその日早くに、セントブライドに戻るとすぐに修道院長に会い、ケイトが元気を取りもどした旨を聞いていた――「まさに大輪の花のようですよ」と形容していたが、修道院長にはめずらしく空想をたくましくしたものらしい。そのあとぜひにと勧められて、マクニールは風呂に入った――だが彼はもうそれ以上待てなかった。気がせいてたまらなかった。

ケイトを守るのは俺の義務だから、とマクニールは自分に言いきかせていた。だから、荒野を馬車に揺られる苛酷な旅で体調を崩していないかどうか、確かめなくては。

「ああ、そういうことですか！」ケイトの声が石塀に囲まれた薔薇園から漂うように聞こえてきた。母音は唇を丸めてきれいに発音し、子音は短く明瞭に響かせる、イングランド風の上品な話し方だ。

「これがおしべなのですね？　でもあまり見栄えはよくありませんわね？」少しがっかりしたような声。

いったい何が起こっているのか？

「見栄えがいい必要なぞないんですよ」この声はマーティン修道士か？　気むずかしくて女

嫌いのマーティン修道士が、まさか？「おしべの役割は子孫を増やすことだけですからな。それさえ果たせば十分です」

薔薇園に通じる扉を押して中に入ったマクニールは、入り口付近にむらがり生えている低木のあいだを静かに通りぬけていき、温室の外にある大理石の長いすに座っているケイトを見つけた。並んで腰かけているのは偏屈な老修道士マーティンだ。ケイトは二人のあいだに置かれた薔薇の花をじっと眺めていた。花は注意深く二つに切り分けられ、白大理石の長いすの表面に広げられている。

マクニールのいる場所からは横顔しか見えないが、ケイトが神経を集中させて眉のあいだにしわを寄せているのがわかる。後ろで長い一本の三つ編みにまとめた髪はつややかなクロテンの毛皮のようだ。誰かが見習い修道士の服を見つけてきて、ドレスの上からはおるものとして貸してくれたらしい――ケイトの女としての魅力が目の毒だから隠そうという意図だろうが、無駄な努力だ。修道士服はかえって彼女の女らしさを引きたてているじゃないか。

確かに修道院長の言ったとおりだった。元気を取りもどしたケイトは、まさに大輪の花のように美しい。マクニールは石塀に肩をもたせかけて彼女の姿を鑑賞した。頬骨のあたりの紅玉髄(カーネリアン)色の赤み、愛らしい鼻筋、きゃしゃな首筋、黒々とした三つ編みの髪がすがすがしい朝の光を受けてきらめくさま。目を閉じれば、彼女の髪がこの手のひらにこぼれたときの、絹のごとくなめらかな手ざわりを感じられそうだ。

ありがたいことにケイトから二日間遠ざかっていたために、マクニールは夢から覚めてまともに考えられるようになっていた。ケイトについて、その魅力について思いをめぐらせた。こんなに惹かれるのは単純に彼女のすぐ近くにいるからであり、自分の手に届かないものを欲しがるという昔からの悪い癖にすぎない。自分はまた、月に向かって吼えているだけだったのだ。もうこんなことはするまい。

「マクニールさまはこういうことをすべてご存知だとおっしゃるのね？」ケイトは無邪気に訊いた。

マクニールは目を開け、ケイトの純真な顔を見やった。何を考えているんだ？

「もし知らなかったら、それは私の努力が足りないせいではありませんよ。あの子たちは園芸について徹底した教育を受けているはずですからな。あの子たちに何かを与えて頭の中をいっぱいにしておきなさい、と修道院長はおっしゃっていました」

「でもなぜ頭の中をいっぱいにしておかなくてはならないのです？　ラテン語や歴史、地理を習っていたのですから、それだけでも十分だったでしょうに」

俺のいないあいだにいろいろと調べたものだ。ほかに何を知っているのだろう？

「あの子たちが皆、抜け目がなく油断できんかったからですよ。わしが知るかぎり一番頭の切れる子たちでした。一人ひとりを見ても、ひとまとまりで見ても。だがあれは実際のところ、四人一体という感じでしたな」

「そうなんですか？」

「四人は一致団結していましたから。悪魔と罪が切っても切れない関係にあるのと同じように――神よ、悪魔のたくらみから我々をお救いください――あの四人は才気あふれる捨て子でしたよ」修道士は鼻でせせら笑った。「だが才気があったって、そんなものどうするんです？　それであの子らは何かいいことがありましたか？　才気があったら、自分がいかにみじめな人間かをはっきり悟ってしまうだけじゃありませんかね？　それならジョン修道士みたいに、この世のみじめさについておぼろげにしかわからないほうが幸いですよ」

ケイトが優雅な弧を描く眉を片方つり上げたのに気づいたのだろう、マーティン修道士は今度は不満そうにブツブツつぶやきはじめた。「男には自分の意見をもつ権利があるんじゃ」

「もちろんですわ」ケイトの声には相手を非難するような響きはなかった。「でも男にせよ女にせよ、もし自分のみじめさがどの程度かわからなかったら、神の救いという恵みをどうやって理解できるでしょう？」

「ブラックバーン夫人、あなたが男だったら、きっと口の達者なイエズス会士にぴったりはまったろうと思いますよ」マーティン修道士は脅すように言った。

「それはお世辞と受けとめておきましょう」ケイトは言った。「そういえば私たち、マクニールさまのお話をしていたんですわね」

「私たちじゃなくてあなたでしょう、マクニールのことをまぁた懲りずに持ちだしたのは。私は花の話をしていたんですからな」

「また懲りずに、ね」

「ふん、まあね」ぶっきらぼうな声だが、実は楽しんでいるのがわかる。どうやらケイトはその魅力で、女嫌いの老修道士を篭絡することに成功したらしい。しかも二日間で。マーティン修道士がこんな調子なら、ほかの修道士たちがどうなったかは推して知るべし、だ。彼らはおそらく、空想をたくましくして抱いた罪深い想念を洗いざらい聴罪司祭に告白しているだろう。マクニールも懺悔したほうがいいかもしれない。少しは不謹慎な空想にふけってしまったのは確かだから。

「修道士さまは、どんな難しいことでもちゃんと教えてくださるのですね」

「あなたは、まぁた、マクニールのことを考えていますな」

「私がですか？」

本当だろうか？　なぜケイトが俺のことなど考えなければならない？　マクニールは疑問に思った。だがその答はもうわかっていた。自分は必要に応じてどんなことでもする、とケイトは言っていたではないか。この状況では、マクニールの過去について知っておく必要があると考えたのだろう。

過去をせんさくするのもそろそろ終わりにしてもらわなければ。マクニールは暗がりから出て、修道服をまとってさえ魅惑的すぎるこの女性を観察した。あの首のかしげ方は媚を売っているのと紙一重だ。まつ毛の先が、そこだけ金に浸したかのようにきらきらと輝いている。少し離れたところからでも、マーティン修道士が不覚にもすっかり魅入られて困惑している男の表情になっているのがわかる。

ケイトは修道士たちからどんな話を聞いたのだろう？　マクニールが売春婦の生んだ私生

児だということか？　仲間の誰よりもけんかっ早いということか？　そんな情報を集めてどんな得があるというのだ？　知ったことをどんな形で利用しようと考えているのだろう？　利用するつもりがない情報を集める人間などいないはずだ――これもまた、マクニールがセントブライドを出てから世間にいやというほど教えられてきた教訓のひとつだった。

そう、ケイトのそばを少しのあいだ離れていてよかった。マクニールは、他人の人生に深く首をつっこみすぎるとどんなめにあうか、その戒めを一瞬だが忘れていた。それよりは一人で生きていくほうがいい。

マーティン修道士は地面から小枝を一本拾って、それを使っていろいろなものをさし示していた。しかし昔わずらった中風は悪くなる一方だったのだろう。手がこまかく震えだした。するとケイトはさりげなく、老人のふしくれだった、しみの浮いた手を自分の手でおおい、震えを止めた。

マクニールの全身に嫉妬がさざ波のように広がったが、その感情のばかばかしさに自分でも笑ってしまった。しかし実際、ケイトは一度もマクニールに手を触れたことがないのだ。自らすすんで、という意味だが。傷口に包帯を巻いてくれたときでさえ、自分の務めだからという意識のみで彼の体に触れていたのだから。

ほっそりと長く繊細なその指が自分の肌に触れ、腕を、胸をすべっていったらどんな感じだろう。淑女（レディ）というのはベッドでの手の技巧に長けているものだろうか？　柔らかい手のひらとなめらかな指先は、酒場の娘のがさついた手よりも多くの悦びを与えてくれるだろうか？　それとも淑女であるか酒場の娘であるかは問題ではなく、ケイト・ブラックバーンその人であるというだけで、自分の体は激しく応じてしまうのだろうか？　この際、身分や生まれは関係ないのか？

しかしそうやって、人とその出自をはっきり分けて考えるのは不可能だった。出身階級こそが人を形づくるものだから。つまりケイトは淑女であって、マクニールのような平民階級の者にはしょせん、高嶺の花なのだ。

ケイトはマクニールの凝視に気づいたかのようにふいに動きを止めて顔を上げ、雌鹿のようにそわそわあたりを見まわしている。ゆっくりと体の向きを変えたときその目が彼の目と合った。再会の喜びを目に浮かべ、ケイトはもう唇の両端を持ちあげて美しくほほえんでいる。マクニールはその磁力にあらがった。このままだと、まるでくず鉄が磁石に引きつけられるように彼女に引きよせられてしまう。

「マクニール」ケイトは優しく呼んだ。

「マダム」

「修道院長がおっしゃっていたより早くお戻りになったのね」嬉しそうな声だった。心から喜んでいるように聞こえた。それなのにマクニールはなぜか腹立たしかった。自分がひねくれた反応をしているのはわかっている。だがケイトがマクニールの帰還を歓迎する筋合いがどこにあるのか？　歓迎してもらいたいと願うまでに俺を追いこむ、そんな権利がケイトにあるというのか？

　自分の中で燃えさかる熱情の火を消そうとするなら、ときにはその熱情から生まれる欲求を満たしてやる必要がある――マクニールはケイトに近づきながら自分に言いきかせた。するとある考えが稲妻のような早さで脳裏をかけめぐった。ケイトに触れて少しだけでも味わうことができれば、彼女が特別でも何でもなくほかの女となんら変わらないとわかるだろう。そうすればきっと自分は、彼女を抱きたいという欲望から解放される。気持ちの整理がつけば復讐の旅を始められる。

「城跡にいないとわかっているものをただ捜しつづけても無駄ですからね、ブラックバーン夫人」ちょうどあなたのように。あなたは実際にはここにいないんでしょう？　ここでただ時間が過ぎるのを待っているだけで。

「残念でしたわね」

「その代わり、こちらへ戻ってきたかいはありましたよ」マクニールはすかさず言った。目はケイトをじっと見つめたままだ。俺を見てくれ。欲しがってくれ。ほんの少しでいいから。

　マクニールの思いを読んだかのように、彼女のたぐいまれなる目が大きくなった。よし決めた。疑うことを知らないいけにえはごめんだ。彼女に警告しておこう――俺はあなたが欲しいのだと。ほんの少しだけ、キスだけでもいいから味わいたいのだと。

「戻ってきたのかね、クリスチャン？」マーティン修道士が渋い顔で言った。二人きりで楽しんでいた会話を邪魔されたのが気にくわないらしい。

「はい、先ほど戻りました」マクニールはケイトから目をそらさずに言う。「お元気そうですね、ブラックバーン夫人？」

「もちろんお元気だよ」マーティン修道士がわざとらしくさえぎった。「三日続けてサクラソウ、コモンマロウ、レモンバームの薬草茶を飲ませてさしあげたからな。それで喉の痛みは飛んでいったわい。それから食事をさしあげた。おかわいそうに、栄養失調になりかかっておられたぞ」ケイトの体調がおかしくなったのはマクニールのせいだぞと言わんばかりの視線だ。

「なるほど、お体の調子がよさそうなのは見ればわかりますね」

二人の目と目が合って、ケイトの頬にかすかに赤みがさした。

マクニールは修道士の注視からなんとか逃れたいいっしんで言った。「新しい生徒さんを見つけられたのですね、マーティン修道士？」

老修道士は鼻であしらった。「ブラックバーン夫人がお前を待ってそわそわとしていらしたのでつい親切心から、わしがおつき合いするのがよかろうと思っただけだ。お前ときたら何の用事か知らんが、夫人をほったらかして行ってしまいおって。なんと哀れな子羊よ」

確かに、「哀れな」子羊だった。マーティン修道士が痛烈なお小言を述べているあいだ頭を上げて聞いていたケイトは、律儀にも傷ついた表情を見せていたが、それとはうらはらに、その瞳は明るく輝き、いかにも嬉しそうだ。

「マーティン修道士、ここにいらっしゃる理由をわざわざ言い立てていただかなくても結構ですよ」マクニールが言った。「ブラックバーン夫人ご本人を見れば、それ以上の説明は不要ですから」ケイトの顔が赤らみ、ますます魅力的になった。

マーティン修道士もこれには答えようがなかった。否定すれば彼の「子羊」を傷つけてしまうし、肯定すれば聖職者らしからぬ世俗的な興味を抱いた事実を認めることになる。やむなく渋い顔で別の話題を探した。

「私が昔教えたことをお前が少しでも憶えているかどうか、ブラックバーン夫人が知りたがっておられたぞ」修道士は頭を上げてマクニールを見つめた。彼と久しぶりに戦う楽しみを見いだした目は、隙あらば蹴おとそうと光っている。「憶えているかね?」

「ええまあ、多少は。まさか私の知識を試そうなどとお考えではないでしょうね?」絶望したふりをしてマクニールは訊いた。少年のころ、マーティン修道士が出題する口答試験に合格しないと大変なめにあったものだ。やかまし屋のこの老人はガラスでできたストローのごとく細く弱々しく見えるが、むちを持たせると並々ならぬ腕を発揮するのだった。

「ここがわしの庭だったら試験させていただくがね」修道士は言った。「だがここはフィデリス修道士の庭だからな。このトゲだらけのきれいな花々と同じぐらいお前たちを甘やかしてどうするんだと、わしはつねづねフィデリス修道士に言っておったんだが。まったく筋の通らん話だよ。薔薇にばかり無駄な努力をついやして、そのくせ庭園の外に生えたメグサハッカやナツシロギク、ハゴロモグサなどの役に立つ薬草の世話はなおざりにして」

「薔薇というのは、特別の環境で大事に手入れしないかぎりよく育たないのです」マクニールが言った。話しているあいだもケイトから目をそらさない。「条件の厳しい外の世界に出してしまえば枯れてしまう」

「なぜわざわざこれだけ手間のかかることを？」ケイトは訊いた。

「最初のころは」マクニールは穏やかな口調で言った。「我々は強制的にやらされていたんです。しかしそのうち、これほど美しい花々を多少の手間を惜しんでだめにしてしまうのももったいないんじゃないか、と思うようになりました」

自分で言っておきながらその答に満足できなかったのか、マクニールはさっと眉をしかめた。「フィデリス修道士はこの庭の中を案内してくれたでしょうね？」

「いいえ」

「それは失礼しました、ご案内しましょう。うっとりさせてくれるところですよ、薔薇園は。維持するのが面倒でひと苦労ですが」

「でも苦労は報われるのでしょう」

「ええ、ときどきは。薔薇の花の時期は短いですから。本当に短いあいだしか咲かないのです。花が終わるときはいつもほろ苦い思いをさせられる」話を重くしたくなかったのか、マクニールの顔を一瞬だが笑みがよぎった。魅力的だが非情さを感じさせるほほえみだ。ケイトの体に戦慄が走った。この人は危険だわ。

マクニールは何を考えているのかしら？　二、三日前に修道院を出ていったときと帰ってきてからでは印象が違う。今は目つきがとぎすまされていて、性的な魅力をふりまき、ケイトに狙いを定めた獣のようだ。彼は手を差しだし、ケイトがその手を自分にゆだねるとそのまま引きあげて、彼女を立たせた。「マーティン修道士もいかがです?」

老修道士はやっとのことで立ちあがって言った。「何だって? わしに二人のあとをよろしくながらついて歩いて、お前があのばかばかしいほどに甘やかされた花のラテン語の学名をあれこれまくしたてるのを聞けとでもいうのかね? わしには仕事がある」修道士は優越感に満ちた、意味ありげな目でケイトを見た。「薬草の手入れという、もっと大切な仕事がね」軽蔑したように咳払いをすると、扉へ向かってとぼとぼと歩いていった。

「では行きましょうか?」

ケイトはこくりとうなずいた。「ええ、喜んで。でもあらかじめ確かめておきたいのですけれど、うっとりさせてくださるんでしょうね」

マクニールはひじを軽く曲げて内側のくぼみに彼女の手がちょうど乗るようにした。「失望なさることがないよう努めますので」

「あの、マクニールさま」ケイトはひと呼吸おいて言った。「ご自分のことを育ちのよくない孤児だなどとおっしゃっているけれど、あなたの言葉遣いや物腰を見ていると、屋根裏部屋より立派な応接間のほうがふさわしいように思えるときがありますわ」

「演じているだけです」と彼は言いきった。「演技にすぎません。長年のあいだに見よう見まねで覚えた礼儀作法をときどき引っぱりだして使っているという感じです。私の昔の――仲間には、言葉の使い方が実に繊細で巧みな者がいて、彼の手にかかったら、猫もつい歌を歌ってしまうほどでしたね」

「そんな話、信じていいかどうかわかりませんわ」

「どうぞご自由に、マダム」マクニールの態度はくったくがなく、何でも言うことを聞いてくれそうな雰囲気だ。ケイトを見つめるまなざしはあこがれの気持ちを素直に表わしている。これでは、彼がまるで――。

不意に疑いが頭をもたげ、ケイトは立ちどまった。言葉が思わず口をついて出る。「私を誘惑しようとしてらっしゃるの、マクニールさま？」

マクニールも足を止めた。今にも笑いだしそうに唇をゆがめている。しかしケイトを見おろしたその目は真面目だった。「ええ、もちろんですよ、ブラックバーン夫人。そうだとしたら怖いですか？」

「ええ」間髪をいれず答える。「怖いですわ」

「ああ、それは残念だ。余計な杞憂です。ただし私の立場からすれば、その杞憂が現実のものになったほうが嬉しいのですが」

「となると助けを呼んだほうがいいでしょうか？」ケイトは果敢にも彼と同じように洗練された会話を続けようとした。

マクニールは皮肉のこもった目で彼女を見た。「今『誘惑』とおっしゃいましたよね、暴行などではなく。私と一緒にいてもそんな危険はまったくありませんよ。いや、必ずしも正確な言い方ではないな」彼は認めた。「ご自分が許せばそういう危険もありうる。許さなければ危険はない。そういうことです」

「わかりましたわ」ケイトは息をはずませて言った。

「それは結構。では、お互い了解ずみということで」マクニールは先ほどのように曲げた腕の内側にケイトの手をしっかりとはさんで、また歩きだそうとしたが、彼女の足は地面に根が生えたように動かない。マクニールは彼女を見おろした。

「私を誘惑なさらないでとお願いしたら、聞いてくださる?」

ほんの数秒、眉を寄せて考えていたマクニールだが、けっきょく「だめです」と言った。

「無理ですね。私にはできそうにありません」

「そうすると私に残された道は……?」

「一緒に歩きつづけて、私の手練手管を見とどけるか、行くのをやめるかですね」

マクニールの意図がわかったときからケイトの鼓動は高まりはじめていたが、今や心臓が喉から飛びだしてしまいそうになっている。

マクニールはさびしげにほほえんだ。「行きましょう、ブラックバーン夫人。私の手練手管など、どうひいき目に見ても大したことはありませんから」

ケイトには信じられなかった。マクニールなら女性を誘惑することなどいとも簡単にやれそうだったからだ。見事な体格、男っぽく、大胆で、健康そのものの青年。洗ったばかりらしい髪は溶かした青銅のように輝き、ホワイトローズで出会ったとき以来伸びていた無精ひげを剃ってさっぱりした顔はよく日に焼け、無駄な肉がなく引きしまっている。危険なまでに魅力的で、不安を感じるほどに強く心をそそられる。そして――ケイトはごくりとつばを飲んだ。彼と一緒に歩きつづけたかった。少しのあいだだけ。

「私が本当に興味をもっているのは、あくまで薔薇ですから」ケイトはぎこちなく言った。

「もちろんそうでしょう」マクニールの口調はユーモアがこもって暖かかった。彼がケイトの手を腕にたずさえたまま前に進むと、今度はケイトも抵抗せずに歩きだした。

二人は玉石を敷きつめた小道を歩いて温室に着いた。マクニールは扉を押さえてケイトを先に入れてやり、自分もあとに続いた。花を咲かせている薔薇は少なかった。ただしどの木もまだ青々と茂る葉を残している。マクニールがまず足を止めたのは、何千という針のようなトゲが茎を覆う小さな低木の前だった。「ロサ・ガリカです。大きさと習性からすると、これが『ランカスターの薔薇』といわれる種類ですね。マーティン修道士が気に入ってくださった薔薇はこれだけです。『薬用の薔薇』としても知られているからです」

「花はどうなのですか?」

「おびただしい花を咲かせます。ただし年に一度だけです」彼は似たような隣の低木を指さした。「こちらがロサ・ムンディ。これもガリカ系ですが、赤色の縞が入ったストライプ・ローズです」

「この花、見たことがありますわ」ケイトの声が発見の喜びにはずむ。

「たぶんご覧になったことがあるでしょうね。古くからある品種ですから」マクニールはふたたび歩きはじめ、数本の低木の横を通りすぎて、まわりの木より背が高く、より縦長の葉をもつ木の前で立ちどまった。「これはダマスク系の薔薇。ペルシアから英国にもたらされたものです」

ケイトは前かがみになって咲いている花を探したがひとつも見つけられずがっかりした。体を起こすといつのまにかマクニールがすぐ後ろに立っている。首筋に彼の吐く息がかかって髪の毛をわずかに揺らしている。

ケイトは凍りついた。心臓は早鐘を打つように鳴っている。マクニールがすぐそばにいることを意識して、肩や背中から、腰や太もものほうまで、ぞくぞくするような興奮が走る。「遠い将来のある朝、あなたが化粧台の前に座られて」Rの音を強く響かせるその声は低く心地よく響いてケイトの心を満たし、優しく愛撫した。「ここに香水をつけたとき」喉の横の部分に触れられて彼女の呼吸が止まった。それは息をのんだせいか、それともため息をついたせいか。「あるいはここにつけたとき」彼の指先が喉をたどって上がり、耳の後ろの柔らかい皮膚をなでた。繊細で軽い触れ方だった。「覚えておいてください。その香水は何千という薔薇を犠牲にして蒸留され作られたものであることを。そして失われた薔薇のことを悲しんでやってください」

マクニールはこれほどなれなれしくふるまえる立場にない。ケイトもそれを許すべきではない。なのになぜか体が動かなかった。彼女の肌はうずき、次に来るものを予感し待ちのぞんでいた。マクニールの頭が下がり、唇が彼女のあごのあたりまで近づいてくる。体が震えだし、ふらふらと揺れて彼のほうに傾いた。

「しかし世の中とはそういうものではありませんか?」マクニールはささやいた。口の動きにつれて唇がケイトの首筋をかすめる。「美しいもののために美しいものを犠牲にするのは仕方のないことだ」

ケイトは息を止め、キスされるのを待った。しかし何も起こらない。首から肩へとつながる曲線のあたりでマクニールの唇がじらすようにほほえみを浮かべているのがわかる。彼は頭を上げてケイトの横に回ると、彼女の手を腕でしっかりと支えた。ケイトの体中に失望感が広がった。マクニールが前に進みはじめたのでケイトは歩調を合わせた。少し息を切らし、頭は混乱している。そのままマクニールは彼女を横道にいざなった。そこからは茂みの高さが彼女の背丈と変わらないほどになっている。銀色に光る葉のあいだに明るい柿色の薔薇の実がたくさんついている。

「ロサ・アルバ、アルバ系の薔薇です」マクニールは淡々と説明しはじめた。今さっきケイトに触れた事実などなかったかのように、ケイトが彼の愛撫に身をまかせ、欲情をかきたてられた事実などなかったかのように。「ローマ人が英国に持ちこんだと聞いています。開花すると、想像がつくかもしれませんが、ほぼ真っ白です。こちらはロサ・アルバ・セミプレナですね。薔薇戦争のときのヨーク家の記章の白薔薇、つまり『ヨークの白薔薇』はこれではないかといわれています。

さあ行きましょう、最高のものは最後にとってありますから」マクニールは言いながら彼女の手を引き、緑濃く生い茂った葉におおわれた小さな格子状のアーチの下をくぐらせた。アーチの向こう側の幅の狭い道を行くと、丸い曲線を描いている小道に続く。まわりの緑の枝葉はさらに青々とみずみずしい光沢を放っている。二人の頭上にある窓ガラスからはたまった露がしたたり落ちている。まるでこの温室の奥で何かの生き物がひっそりと息づいているかのようだ。水をたっぷり含んだ土の匂い。そして突然、別の香りがかわってあたりを満たした——ケイトがよく知っている丁子(クローブ)を思わせる薔薇の香りでなく、もっと甘く、体をつきぬけるような芳香だった。

マクニールは不意に立ちどまってほほえんだ。ケイトの肩を軽くつかんでぐるりと回して自分に背を向けさせ、両手を伸ばして彼女の目をおおった。ケイトはめんくらって思わず彼の手をつかもうとした。

「待って」マクニールは言った。

彼は前に足を進めてケイトにぐっと近づき、その体で彼女を追いたてるようにした。目かくしをした手は離さない。ケイトは歩きだすか、でなければお尻にもろに当てられた彼の太ももの感触に耐えるか、どちらかを迫られていた。喉のあたりに緊張が走る。腹部にはそれとは別の緊張がしだいに膨れあがっていく。半ば忘れていた欲望がゆっくりとよみがえり、彼女をじりじりと責めたてていた。

たった二、三秒間のことなのに、何時間にも感じられた。シャツを通してさえマクニールの体のぬくもりが、熱さが、はっきりと伝わってくる。両目に押しあてられた長い指一本一本を意識する。スカートの後ろに軽く当たる彼の下半身を意識しながら、悔しくも恥ずかしいことに、彼が欲情している証拠を探そうとしている自分がそこにいた。そしてさらに屈辱的なのは、彼の股間が固くなっているのに気づき、女としてのまぎれもない勝利の興奮を感じたことだった。

マクニールはようやく足を止めた。柔らかい唇がケイトの耳をかすめる。「『俺はお前に薔薇の花壇を贈ろう、香り豊かな花束も贈るつもりだ』」

顔に傷あとをもつ若い兵士が詩人クリストファー・マーロウの詩を引用するなんて、どういうことなのか？　不思議でたまらなかった。目かくしの手をはずされてケイトは目を開けた。今までの恐怖を一瞬にして忘れさせる光景だった。

そこは鮮やかな黄色に燃える薔薇が咲きみだれる小さなあずまやだった。緑の枝葉を飾る大輪の花は重たげで、かすかな風にもゆっくりと揺れている。ケイトが一歩前に踏みだすと、さっき気づいたあの新鮮な芳香が立ちのぼり彼女を包んだ。足元を見おろすと、きらきらと輝く花びらのじゅうたんの上に立っているのだった。神々しいほどのつやとなめらかさをもつ花びらを踏みしめると、この世のものとは思えないかぐわしい香りが漂ってケイトの鼻腔を満たす。

「この花は何なのかしら？」ケイトは香りを吸いこんだ。「なぜ今の季節にこんなに咲いているのですか？　魔法か何か？」

「魔法と言えなくもないですね。ナッシュ家の皆さまにお持ちしたあの薔薇の子どもたちです」

「子どもたち？」

「お贈りした薔薇と美しいダマスク系の薔薇をかけあわせて作った、一年中咲く薔薇です」

「いつまでも咲きつづけるのですか?」ケイトは花に手を伸ばした。触れるとたちまち、黄金色の花びらがはらはらと、日の光に照らされて輝きながら落ちはじめた。ケイトはあわてて身を引き、肩越しに後ろに目をやった。マクニールが自分を見つめている。何を考えているのか、顔の表情からは読みとれない。

「永遠に咲きつづけるものなどありませんよ」

世の道理をあっさりと突きつけられ、ケイトの心を言いようのない寂しさが襲った。時は過ぎてゆく、薔薇は枯れる。世の中は変わりつづける。冬将軍はかならずやってくる。ケイトは横に手を伸ばし、枝から一輪だけ摘みとった。

ああ、そのとおりだわ。魔法がとけたみたい。近くでよく見ると、なめらかで柔らかな花びらの縁は茶色くなりかけていた。露をおびた花の中心は色あせて、黄金色というより半透明に近かった。

「悲しいことですわね?」

マクニールは理解してくれたようだ。彼が近づいてくる。今度はケイトも、怖がりやでつやつやした毛並みの子猫のようにおびえて避けたりはしない。薔薇を静かに、もの悲しそうに見つめながら立っているだけだ。マクニールはケイトの頭上に手を伸ばし、枝を勢いよく引っぱった。黒髪と肩の上に花びらが滝のように降りそそぎ、ケイトは驚いて彼を見あげた。

「キスしてください」彼は言った。

ケイトは身を引いたが、彼は追いかけるように前に進みでた。体をかわして逃げようとしたとたん、彼は格子に手を伸ばしてケイトの行く手をふさいだ。

「怖がるようなことは何もないっておっしゃったじゃないの」

「怖いのですか?」

「ええ、たぶん」

「怖がらなくてもいいのに」落ちついた、明るい口調を保つようつとめながらマクニールは言った。彼はケイトが欲しかった。今までこれほど何かを強く求めたことがあったろうか。彼女の唇をむさぼってみたかった。漆黒の髪に手を埋めてみたかった。折れるほど抱きしめてみたかった。だがそれはできない。「それでも私のようなつまらない者がどうしても怖い、とおっしゃるのなら仕方がありませんが」

「あなたは『つまらない者』などではありませんもの」

その言葉でケイトはどうにかマクニールの皮肉な笑みを引きだした。「でも実際、私は取るに足らない者です。あなたにとっては何の意味もない。いつか退屈しのぎにでも、ちょっとした思い出話として楽しんでいただく程度でしょう」

ケイトは真っ赤になった。ひそかに抱いていた自分の欲望を言いあてられた気がしたからだ。ただし彼が「ちょっとした思い出話」の相手だなどとはけっして思っていなかった。そういう考えの人間だと思われるのには耐えられなかった。

「キスしたら、私を自由にしてくださる?」

「キスしようとしまいと自由にしてさしあげます」彼は言った。「私が勝手に口説いているだけですから」

「本当に？」

「本当です」それが嘘でないことを証明するためか、マクニールはケイトの逃げ道をふさいでいた腕を下ろした。ケイトは彼の目を見て本心を読みとろうとした。しかし守りは堅かった。彼自身にも読めない秘密があるようにさえ見えるのに、本当のところどんな気持ちでいるのか、他人のケイトにどうして見ぬけるというのか？　そのことがわかってようやく、ケイトの心が固まった。やはりマクニールは危険すぎる。

「ごめんなさい」ケイトはつぶやき、うなだれたまま急いで立ちさろうとした。

マクニールは手首をつかんでケイトの体を反転させ、腕の中に抱きよせた。極寒の北極を思わせる瞳が情熱に燃えているのがちらりと見えた。荒々しさと渇望を感じさせる表情がそこにあった。

「乱暴しないで」

彼は殴られでもしたかのように後ずさりしたが、そのとき……。

「くそっ！」不明瞭な声でつぶやくと、彼はその大きな、戦いで傷ついた兵士の手のあいだにケイトの頭をはさみこんだ。彼女は目を固く閉じて待った。体の震えが止まらない。そのくせ心の中では求めていた。今この瞬間に来るべきものを。もはや自分に逃げ道は残されていないのだ。

「ちくしょう！」マクニールは押しころしたような声でまた罵った。言葉は激しく、怒りに燃え、荒々しかった。

「いいのよ」

キスは最初、足元の花びらにも似た柔らかさで唇が触れただけだった。ささやきのような唇の愛撫の感触があまりに思いがけなくて、ケイトの体から力が抜けていった。マクニールは絶妙な優しさで彼女の吐息を追いもとめた。そっと、しなやかに、幾度も唇を重ねる、どこまでも甘い……しかし罪深い口づけ。触れるたびに彼女の意志力を吸いとり、考える力を盗みとって、興奮の渦の中に落としこんでいく。唇の左右の端でいったん動きを止め、巧みにじらす愛撫をしたかと思うと、驚くべき繊細さで彼女の喉にゆっくりと舌先をはわせ、肌を溶かすように下りていく。そして……ああ、神さま！　彼の舌が、首のつけ根のくぼみで打ちふるえている脈をとらえた。

ケイトの膝がくずおれそうになった。急いで腕をマクニールの首に巻きつけてしがみつき、倒れるのをやっとのことで防ぐ。

「キスしてください。一度でいいのです。一度だけ、キスを」マクニールは差しせまった声でつぶやき、片方の腕を彼女の胴に回してその体を支えた。もう片方の手で三つ編みにした髪をつかんでこぶしに巻きつけ、彼女の頭をそらさせて、彼の顔を真正面に見あげさせた。

「これがあなたにとってどんな意味があるというんです？」彼はかすれた声で尋ねた。「どうか、お願いだ。俺に奪わせないでくれ。あなたから、与えてほしい」

それこそがケイトの望みだった。

再度の口づけに彼女は唇を開き、マクニールの熱い求めに応えて彼の唇をむさぼった。欲望に屈したうめき声が暗く響く。ケイトは彼の抱擁に身をゆだね、首にからませた腕に力をこめて締めつけ、冷たくしなやかな髪に指を入れてまさぐりながらキスを返していた。マクニールの胸に悦びの鼓動が高鳴った。彼は唇を斜めに押しあて、彼女の口の中深く舌を差しいれた。

欲望の強い波がケイトをとらえた。それは体の奥から膨れあがり、全身を駆けめぐり、長いあいだ求めても得られなかった快感の高みに向かって彼女を押しやった。マクニールの手が背中を伝っておりていく。腰をつかまれ、急に引きよせられる。切ないあこがれが生々しい欲求に変わった。それは太ももの奥からあふれ、同時に奥まで入りこんで駆けめぐる。いきなりおとずれた激しい快感が理性を打ち負かし、ケイトは肉体の欲求を満たすことのみをいっしんに求める動物になっていた。

長いあいだ遠ざかっていた感覚。あまりに長かった。

ケイトはマクニールの頭を引きつけ、もっと深く、もっと官能的な舌の交わりを、さらに熱く、息もつけないようなキスを求めた。もっと味わってみたかった。大きく、固く、強く求める彼を。欲望ではちきれそうになった彼を、何年も乾ききったままの火口（ほくち）に火をつけてくれるたいまつのような彼を。それまで自分の中にあることすら気づいていなかった、ましてや口に出したこともなかった欲望の波が彼女を満たしていた。私が欲しいのは……欲しいのは……。

「だめだ」マクニールの両手がケイトの肩を痛いほど握りしめ、彼女を乱暴に突きのけた。その勢いでケイトはよろめいた。マクニールが腕をつかんで支えなかったら倒れてしまうところだった。何がなんだかわからないままにケイトは彼の顔を見あげた。マクニールは怒りと緊張が同居した表情をしている。いまだに欲望の残り火が燃えているケイトは、まだ恥ずかしさを覚える余裕はなく、混乱と挫折感だけが頭の中で渦巻いている。

「だめって、どういう意味？」いきなり快感の海から引きずりだされ、彼の態度の急変にうろたえたケイトは尋ねた。

「あなたに絶対に危害を加えないと誓ったからです」

「じゃあ、これは危害になるの？」ケイトは息をはずませ、マクニールの緑に光る目を見つめた。まさか、危害だなんて、ありえない。

マクニールの顔は心の葛藤でこわばっている。食いしばった歯のあいだから言葉がしぼりだされた。「そうです」

ケイトは眉をひそめ、手を伸ばしてマクニールに触れようとした。指先に触れただけでやけどするかのように、彼はぎくりとした。「でも――」

「くそっ、何てことだ！」感情が爆発した。「ほんの一〇分前は、乱暴をしないでと私に懇願していたくせに、ブラックバーン夫人」亡き夫の苗字で彼女を呼べば二人のあいだを隔てる壁を現実に築けるとでも言いたげに、マクニールはその名を口にした。「今は私のほうが、その言いつけを守ろうと必死になっている」

ひと言ひと言が肉をかみちぎるかのように情け容赦なく、自制心に満ちた言葉となって吐きだされた。彼の態度には、断固とした口調と同じように、何ものにも屈しない揺るぎなさが表れていた。「あなたに害を加えることはしないと、私は誓ったんです。ああ、だけど、こんちくしょう！」声が震えた。「その誓いを守ろうとする努力をあなたが邪魔するのでなく、助けてくれさえしたら、どんなに楽だったか！」

「まあ」

まあ、だと。マクニールは思った。俺の体はむき出しにされ、ひりひりと痛む生傷だらけだ。キスだけならケイトの魅力に対する解毒剤になると考えていたのに、その試みは無残な失敗に終わった。思惑は打ちくだかれ、彼女に対する欲望に屈してしまう瀬戸際まで追いつめられた。

マクニールは見えすいた嘘で自分自身をあざむいていた。初めからわかっていたのだ。ケイトはほかの女たちとは違っていた。彼の手に触れられてもだえる体の動きも、唇の味わいも、感触も、何もかも違っていた。この世のどんな女性をもってしても、ケイトの代わりにはならない。どれだけ多くの女性とベッドをともにしようと、どんなになまめかしい女たちを追いまわそうと、ケイトとのひとときと同じ喜びは得られない。それを悟ったのは苦痛だった。マクニールは自分を罵った。こうも簡単に自己欺瞞の犠牲になるとは何というざまだ。

マクニールはケイトをじっと見つめ、彼女の体から急に手を離した。あとほんの一瞬でもそのままケイトに触っていたら、また腕の中に引きよせて、そして——彼は目を閉じ、体の底から沸きあがってくる本能と闘った。いっそ分別をなくすことができたら。よく熟れた、ざくろ色のあの唇を見ずにすんだら、柔らかな吐息の混じるあの声を聞かずにすんだらどんなにいいいか。彼女の体から漂うアストリンゼン入りの石鹸のほのかな匂いと、踏みつぶされた薔薇の花びらが放つめくるめく香りとが入りまじった、あの芳香を嗅がなければよかった。彼の指のあいだをひやりと冷たく流れおちるつやつやした髪の手触りを感じなければよかったのに——それでもマクニールの理性はまだ働いていた。彼の渇望もまだおさまっていなかった。

二人が交わしたキスは、三年前にナッシュ家のがらんとした客間でひそかに生まれたマクニールの激しい思いをかきたてるだけだった。インドの呪われた灼熱の砂漠地帯でいつ終わるともしれない長い行軍に耐えながらはぐくんだ思いをさらにつのらせるだけだった。厳しい現実より、想像力を働かせて楽しむほうがよかったはずだ。自分自身にそう言いきかせてきた。しかしそれは嘘だった。ケイトの甘くふっくらとした唇、しなやかで暖かい体——先ほどの数分間を経験してしまえば、彼の想像の世界のなんと色あせて見えることか。

なのにケイトが示した反応といえば「まあ」だけだった。

マクニールは笑ってもよかったし、怒ってもよかった。だから彼は声を出して笑った。

ケイトはとまどって彼を見あげている。黒々とした瞳を曇らせていたぼんやりした光がしだいに鋭い輝きをおびてくる。顔からはものうげな、不審そうな表情が消え、その代わりに見ただけではわからない何かを秘めた、ゆえに真に女らしい表情が浮かんでいる。ケイトは後ずさりした。

ケイトは酔いから醒めたかのようにマクニールを見つめていた。黒い翼の形を描く眉の片方だけが一瞬つり上がり、彼女は背を向けると、もと来た小道に向かった。あの優美な眉が投げかけていた問いの意味がわかりさえしたら、俺は地獄に堕ちてもかまわない。

いずれにしてもマクニールは地獄に堕ちることになるのかもしれなかったが。

コニー・ブロックウェイ

薔薇色の恋が私を

数佐尚美訳

リサ・クレイパスも絶賛! RITA賞(ロング・ヒストリカル部門)受賞作家の超話題作!「薔薇の狩人シリーズ」第1弾、ついに登場!!

定価940円(税込)

ISBN4-562-04308-3

スーザン・E・フィリップス

ロマンティック・ヘヴン

数佐尚美訳

惹かれあっていく2人の絶妙な会話と、予測しがたい物語の展開の面白さにハマります!

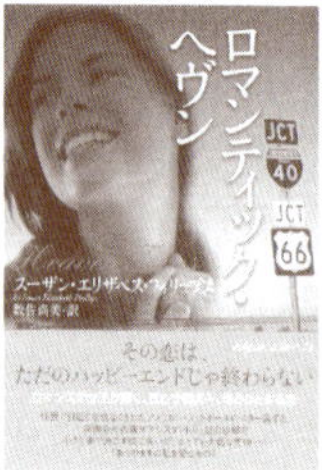

定価1000円(税込)

ISBN4-562-04300-8

あなたがいたから

平林 祥訳

RITA賞のコンテンポラリー部門とフェイバリット・ブック部門、両部門受賞作!

あなたがいたから
Nobody's Baby But Mine
スーザン・エリザベス・フィリップス
平林祥・訳
RITA賞受賞作!
恋って、素晴らしい

定価980円(税込)

ISBN4-562-04306-7

タミー・ホウグ

楽園の暗い影 上・下

立石ゆかり訳

親友を訪ねたヒロインを出迎えたのは、親友の不審な死。「楽園」の恐ろしい真実と謎のカウボーイとの恋の行方は?!

定価各820円（税込）

ISBN4-562-04302-4, 04303-2

スーザン・ウィッグス

ずっとあなたが

甲斐理恵子訳

17年思い続けていた人との再会…。揺れ動くヒロインの心が繊細に描かれた、深い感動が広がる極上の作品!

定価1000円（税込）

ISBN4-562-04304-0

海風があなたを

伊藤綺訳

絶望の縁にあったヒロインが、温かく人間味あふれるヒーローによって再生していく、大人の愛の物語!

定価1000円（税込）

ISBN4-562-04307-5

リサ・クレイパスの新刊!（6月10日発売）

ヒストリカル・ロマンスのベストセラー作家
「ウォールフラワーズシリーズ4部作」第1弾刊行!

ひそやかな初夏の夜の

平林 祥訳

予価940円（税込） ISBN4-562-04309-1

社交界にデビューしても舞踏会でダンスにも誘われない「壁の花」のレディー4人が手を組み、ふさわしい夫を見つけるための計画を実行に移していく…。
第1弾の主人公アナベルは、計画通り、夫候補の独身貴族たちを巧みに誘惑する。さて、彼らとの恋のかけひきはいったい…?

リサ・クレイパス 大好評既刊

悲しいほど ときめいて

古川奈々子訳

RITA賞 ロング・ヒストリカル部門受賞作! スリルとロマンスが同時に味わえる、刺激的な物語!

定価860円（税込）
ISBN4-562-04301-6

ふいにあなたが 舞い降りて

古川奈々子訳

34歳、太めのヒロインと超素敵なヒーローとの会話が楽しく、かなりロマンス度が高い作品!

定価840円（税込）
ISBN4-562-04305-9

13 「落ちぶれた人が泊まる場所」と「極端に落ちぶれた人が泊まる場所」の違い

「本当に、私どもで一人お供につけてさしあげなくても大丈夫ですかな?」修道院長はケイトをじっと見つめて尋ねた。この親切な聖職者はわざわざ執務室にケイトを呼んでこの質問をした。しかもマクニールには部屋の外で待っているようにと命じたあとでだ。執務室の扉は分厚いから、会話が外に聞こえる心配はない。

「ええ、大丈夫です」ケイトは穏やかに答えた。「修道士の皆さまは、私のつきそいなどされるより、ここでのもっと大切なお役目がありますでしょう」

修道院長は遠くを見るような目で考えこんでいる。手の中の水晶のロザリオがかすかな音を立てた。「以前だったら、自信をもってあなたをマクニールの手にゆだねることができました。しかし昔はともかく、今の彼はよくわからないというのが本当のところですからな」

「心配ありませんわ」ケイトは確信をこめて言いきった。あのときマクニールはいつまでもキスしていたい気持ちだったろう。一方ケイトは……なぜあんなふうにふるまったか、理由をつきつめて考える心の余裕はない。ただ彼女も、あのままずっとキスを続けていてかまわないと感じていたのは確かだ。途中でやめたのはマクニールのほうなのだ。理由は単純で、ケイトに害を及ぼす行為はどんなことでも許さない、誰にも、つまり自分自身にも許してはならない、ということだろう。

そう、マクニールがふたたびああいうふるまいに及ぶ心配はないとケイトは確信していた。彼女としては喜ぶべきだろう。実際、その危険がなくなってケイトはおおむねほっとしていた――ただし、心の中に沸きおこるもやもやした疑問や、きわめて不道徳な空想に悩まされているときをのぞいては。

「マクニールさまと一緒なら安全ですわ、ちょうどマーティン修道士とご一緒しているときと同じように」いらただしげな声になっているのが自分でもわかる。

修道院長はほほえんだ。「ではお望みのままに」そして片手を上げた。若い修道士が扉を開けるとすぐにキット・マクニールが入ってきた。

「私のいたらないところについて夫人にあれこれ警告してくださったのでしょうね」

「そうしようとは思ったのだが」

「夫人は助言を聞きいれようとはなさらなかったんですね」

「従者をつけてさしあげようという申し出も辞退された」

「おや、それはよかった。誰であれ一緒についてくるのはお断りですから」

「クリスチャン――」

「修道院長。夫人のことは私だけの問題です、しばらくのあいだは。私が――」

「義務を果たすまで、でしょう」ばかばかしい会話をやめさせたくて、ケイトが口をはさんだ。彼女は修道院長を見た。「私の言うことを信じてくださいませ。マクニールさまとご一緒に旅しても危険はありませんわ」

「ひと口に危険といってもいろいろな種類がありますぞ」修道院長は言った。「この男と二人で到着したら、不謹慎だと侯爵に思われませんかな？」

「事情はちゃんと説明できますわ。侯爵も理解してくださるはずです」

マクニールは修道院長の顔を見てにっこりと笑った。「淑女（レディ）には御者がつきものですからね。それなら侯爵だって異を唱えはしないでしょう？」

それ以上彼にとりあわずにケイトは立ちあがった。「修道院長さま。ご親切にしていただき、また暖かくもてなしていただいたこと、あらためて心よりお礼を申しあげます」

ケイトはマクニールのほうをふりむいたが、その表情からは何も読みとれなかった。つい昨日、彼の腕の中で息をあえがせ、あれほど情熱的に愛撫に応えた魅惑的な妖精はどこへ行ったのだろう？　その答はわかりきっていた。くそ、なんてことだ。妖精の姿は消えて、代わりにそこにいるのは人当たりのよい美しい貴婦人だった。侯爵のことが話に出て、本来の自分の目的を思い出したのだ。マクニールは歯をくいしばった。

「それでは、ほかにご注意やご教示などありますでしょうか？」ケイトが訊くと、修道院長は首を振った。「そろそろおいとまして出発しましょう、マクニールさま」

キット・マクニールは皮肉なおももちのまま、優雅にお辞儀をした。「おおせのとおりに、マダム」

セントブライド大修道院を出るとすぐ、どんよりと曇った空から雪がちらつきはじめた。雪は風に乗って道の上を漂いながら積もっていき、木々の下の暗がりは青白く光った。ケイトはセントブライドでもらった茶色の修道士服にくるまり、押し黙っていた。こんなはずではなかったのに。予想していたのとは違う。

何を予想していたのか、自分でもはっきりとわかっていたわけではない。だが二人のあいだにこんなに耐えがたいほどの沈黙がおとずれようとは思わなかった。確かに昨日のできごとのあとではぎこちない雰囲気になるのも当然だし、それを乗りこえないかぎり二人はまたもとの友好的な関係には戻れそうにない。友好的？　マクニールとの関係が友好的かどうかは定かではないが――でも、確かに……意思は通じていた。それなのに修道院を出てからマクニールは、まるでケイトがまったく見知らぬ他人で、できたら避けたかったのにやむをえず同行しているかのようにふるまっている。

「私のことを怖がらなくても大丈夫ですよ」マクニールがようやく沈黙を破った。

そんな言葉はまったく予想外だったが、ケイトは答えた。「怖がってなどいませんわ」自分からキスをしかけてきたマクニールだったが、自制してやめたのも彼だった。だからこそケイトは、彼が自分をクライスまでちゃんと送っていってくれると確信したのだ。

「もう絶対に無理強いはしませんから——くそっ」いらだちを隠すことができない。「私の言うことなど信用できませんよね？　すでに無理強いするようなことをしてしまったんですから」

「もうこれからはなさらないと思っていますわ」ケイトは穏やかに言った。「あなたは紳士ですもの」

マクニールは声をあげて笑った。「紳士などではありませんよ、マダム。私はスコットランドの売春婦が産んだ私生児ですから」その言葉はむちのようにケイトの心を打ったが、これをきっかけに彼の心の扉が開いたかのようだった。マクニールの目は深い心の傷をもつ者の目になっていた。傷に負けまいと力を奮いおこしている彼が見えるような気がした。

「ご苦労なさったのね」

マクニールは怒りの中にいらだちを表して首を振った。「憐れんでいただかなくても結構です。物事をあるがままに見てほしいのですよ、長いあいだ隠遁生活を送ったあげく、現実と空想の区別もつかなくなった頭のおかしい老人たちの話にまどわされたりせずに」

ケイトは首を横に振った。「修道院長さまの頭がおかしいなんて考えられません。何が現実で何が空想かの区別は、よくわきまえていらっしゃると思いますもの」

「だとしたらその見分ける秘訣を私にも教えてくれたらよかったのに、と思いますね」マクニールは言いかえした。

「修道院長さまはあなたの血筋について話してくださいましたわ」

マクニールはため息をついた。「当ててみましょうか。私たちがスコットランド最後の偉大な族長たちの息子だと教えてくれたんでしょう」

ケイトはうなずいた。

「私たちが私生児として生まれたのは事実にしても、スコットランド高地の由緒ある家柄の跡つぎだと言ったんでしょう。きわめて勇敢な戦士の子だと」

「ええ」まさに修道院長の言葉どおりだった。

マクニールは憐れみに似た表情でケイトを見た。「私たちが修道院に連れてこられたとき、修道院長から同じことを聞かされました。だがあれは子ども向けに、つらい世の中が少しでも住みやすく感じられるように脚色したお話にすぎませんよ」

いや、そんなことはない。マクニール自身がその話を完全には信じられなくても、ケイトはそれが真実であると感じていた。修道院長は熱心に語りながらもあくまで冷静だった。あれは、絶対的な確信をもっている者だけが見せる冷静さだ。「そんなことはないと思いますわ」ケイトは頑固に言いはった。

「私は紳士ではありませんよ、ブラックバーン夫人。身分の低い母のお腹から生まれた子にすぎない。これからは、やっぱり紳士ねと私の行いを褒める前に、そのことを思い出されたほうがいいですね」

「誰を懲らしめようとしてらっしゃるの？」ケイトは訊いた。「私を？　修道院長さまのお話を信じたから？　でなければその話を信じなかったあなた自身を？」

マクニールは答えなかった。しばらくのあいだ、黙々と馬車を走らせつづけた。体はこわばり、あごは引きしめたままだ。

「キット」ケイトはおそるおそる声をかけてみた。彼の暗い表情やうつろな目を見ていたくなかった。「だめよ、そんなに――」

「道のほうを注意して見ていてください、旅人が通っていませんか。もう海岸にかなり近いところまで来ましたから」

旅人などいなかった。

何時間かがのろのろと過ぎた。ケイトが何か訊くたびに、マクニールはうなずいてみせるだけだ。本当にたまに口を開くこともあったが、ことさらにかしこまった言葉遣いをし、二人のあいだに距離を置こうとつとめているのが明らかにわかった。

馬車は青緑色のマツの木立が続く道に入った。谷間の湿った粘土質の匂いに代わって、マツとモミの匂いがつんと鼻を刺し、身が引きしまるようだ。マクニールは日暮れ近くに小作農の小屋を見つけ、戸口近くで馬車を止めた。「中を調べてきますから、ドランがどこかへ行かないよう見ていてください」

マクニールはケイトに手綱を渡して小屋の中へ消えた。数分して戻ってくると、おざなりに手を差しのべ、ケイトが馬車から降りるのを手伝った。小屋の中では、天井に空けられた穴の真下にある石の炉にすでに火がおこしてあった。マクニールが続いて入ってこないようなのでケイトがふりむくと、彼はドランを馬車からはずし、くつわやおもがいなどの乗馬用の装具をつけている。

「何をなさってるの？」

「まわりを見てこようと思います」彼は答えた。

「どこを？」ケイトは訊いた。

「道をもう少し先まで行ってみるつもりです。方角の感覚が少し怪しくなってきました。少しこの辺を走ってみて、目印になるものを見つけておこうかと思って」

見えすいた嘘だった。この辺の地理を知らずしてどうしてこの小屋のありかがわかるのか？　ケイトがそのことを口にしようとする前に、マクニールは鞍も置かずにドランのたてがみをつかみ、その背に飛びのった。彼はケイトを見おろした。この目を見れば考えていることがわかるはずよ——ケイトの目には、置きざりにされるのではないかという、いつもの不安感が色濃く漂っていた。

マクニールは小声で悪態をつくと手を伸ばし、ケイトのあごをぐいとつかんだ。「そんな目で見ないでください」彼は荒々しい声で言った。「かならず戻ってくると約束しますから。私がいないあいだも危険はないと保証しますから」

「私がお願いしたら、行かないでここにいてくださる？」

マクニールの瞳に苦悩がひろがった。「何でもおっしゃるとおりにするとお約束しました、憶えておいでてでしょう？」

「ええ。ここにいてくださる？」

ドクン、と一拍大きな胸の鼓動。「はい」

ケイトは厳粛にうなずいた。「では、お願いしませんわ」

マクニールはかかとをドランの横腹に当て、走りさっていった。

目覚めると、石の炉にはわずかな残り火が鈍い光を放ちながら燃えているだけだった。ケイトがぼんやりとした意識の中で目を開くと、窓のない小屋にはほとんど真っ暗の闇が広がっていた。外から馬のいななきが聞こえる。なだめるように優しく馬に話しかける男の声がした。声は低く、疲れきっている。マクニールだ。

ケイトは彼がかならず戻ってくるだろうと信じていた。疑う気持ちはまったく起きなかった。火の勢いが弱くなっても、風が物悲しげにささやきはじめても、闇が死んだ花嫁のベールのように空をおおいかくしてしまっても。彼はずっとすぐそばで、この小屋を見守っていてくれる。彼の姿を確かめる必要はなかった。姿は見えなくとも、ケイトにはわかっていた。

扉がきしむ音が聞こえ、ケイトはまた少しだけ目を開けてみた。ほんの一瞬、夜空に散りばめられた星の光を受けて立つマクニールの輪郭が影絵のように浮きあがって見えた。だがすぐに扉は閉まり、部屋は深い闇に包まれた。彼がたきぎを足しているらしく、炉のところでぱちぱちとはぜる音がしはじめた。まもなく黄金色の光がケイトを照らした。彼女は腕をまくらにして頭をのせ、半分だけ開けた目でマクニールを観察した。

彼は火のそばで、壁に背中をもたせかけて座っていた。膝を曲げてその上に手をのせ、指はゆったりと垂らしている。彼はケイトを見つめていた。ときどきぱっと勢いよく燃えあがる炎が彼の瞳を照らす。赤く揺らめく光が気まぐれに顔をなぞる。厳しく力強く、獲物を狙う獣の表情。古代ケルト人の王の幽霊を思わせる。

ひょっとしたら本当にそうなのかもしれない——ケイトはうとうとしながら思った。いかめしく、人を寄せつけず、どこまでも美しい。栄光に包まれ、冒険に満ちた過去をもつ人物の生きた亡霊。

「マクニール?」

「お眠りなさい」

「マクニール」ケイトはもうろうとしたまま、どうしても訊きたいことを口にした。「あなた、幽霊の存在を信じる?」

答が返ってきたときには、ケイトはほとんど眠りに入っていた。ずっと離れたところから聞こえる彼の静かな声には孤独の響きがあった。「ええ。信じます。おお、神よ。信じます」

14　村の生活の魅力に対する疑念

翌朝ケイトが起きたときには小屋の中はすでにきれいに片づいていた。急いで外へ出ると、キットが馬車のそばで待っている。

「おはよう」ケイトは言った。答えるかわりにマクニールは、修道士たちが用意してくれたかごにあった固ゆで卵とパンを差しだした。ケイトが食べ物を取ろうと手を伸ばしたとたん、一枚の紙切れが彼女のポケットからすべり出て、マクニールの足もとに落ちた。ケイトが自分の考えを書きとめていた紙だ。あわててかがんで拾おうとしたが、マクニールのほうが早かった。

彼は拾った紙を読みはじめた。「台所に常に保存しておくべき食料品としてのカブの効用」。彼は鋭い視線を投げかけた。「これは何です？」

「私が今書いている読み物ですわ」ケイトは鼻であしらうように言った。「これを本として世に出してくれる人がかならず見つかると思っています」

った。

「何についての本なんです？」マクニールの言い方がどことなくいやみだ。機嫌が悪そうだった。

「優雅に落ちぶれるにはどうしたらいいかを扱った本ですわ」

マクニールの動きが止まった。「それで私にあんなにいろいろ質問していらしたんですか？」

「違います！」

「私の話を参考にしていないとおっしゃるんですか？」マクニールは紙に書かれた内容にさっと目を落として読みあげた。「ふーん、『悪党――悪党の生活と仲間についての注意事項』ですか」

「まあ、ある程度は参考にしたかもしれませんけれど」ケイトは小声で言った。「でもあなたは、私がただ暮らしを立てるための手段としてやろうとしていることに、わざと意地悪な解釈をしてらっしゃるわ」

「ああ！　なるほど」彼は言った。「それでしたら、いわれのないことを申し立てた失礼をどうかお許しください。いや本当のところ、下層階級の者が何を考えているか理解を深めたいということでしたら、ご遠慮なくお訊きください。私でわかることなら何なりとお教えします」

ケイトは彼を注意深く見た。「実は、お訊きしたかったことがひとつあって――」

「皮肉のつもりで言ったんですがね、マダム」マクニールはがなりたてるように言う。

「それはわかっていましたわ」ケイトは言いつくろった。

マクニールはわざとらしく大きな笑い声をたてたかと思うと、すぐさま引き具をつけにドランのところへ戻った。背中がこわばっている。馬の準備が整うと、黙って手を差しだしてケイトが馬車に乗るのを助けた。

ということは、今日もまた昨日と同じようにだんまりを決めこもうというわけね？　それならそれで結構。マクニールが私とこれ以上深く関わりたくないのならしようがない、どうぞ勝手にしてもらいましょう。ケイトにもまだ自尊心は残っていた。

けっきょくこれでよかったのだ、と自分に言いきかせる。まもなくマクニールとは離れ離れになり、二度と会うことはない。実際、マクニールが距離を置こうとしているのは正しい。あの人のほうが私よりよっぽど分別があるじゃないの。

いけない、そんなことを考えているひまはなかった。大事な計画がすみやかに実現するかどうかの瀬戸際なのだ。将来に目を向けておかなくてはならない。明日の今ごろにはパーネル城に着いているだろう。それを考えると不安がさざ波のように広がりはじめた。何年か前、パーネル侯爵はケイトに好意を寄せてくれていた。何度も一緒に踊ったし、そのことが社交界の噂になりもした。一度など、晩餐を共にしたことさえある。

友人たちの中には、侯爵がケイトに求愛しようとしているのだとささやく者もいた。自分の魅力がそれなりに認められているらしいことは嬉しかったが、しょせんはっきりした根拠があるわけでもなく、ケイトはちゃんと身の程をわきまえていた。彼女はあくまで田舎の下級貴族であり、彼は侯爵だった。上流社会の中でもそれだけの身分の差がある者どうしが結婚することはまずない。しかしパーネル侯爵は実際にケイトに近づき、慎重にではあるが親愛の情を示し、間違った期待を抱かせないようにしながらも誠実にふるまった。

異なる階層の二人が出会う場があった、それもごく短いあいだの交流を、侯爵がどうか憶えていてくれますようにとケイトは願った。私を見て、活発な若い娘だったころの面影がまだ残っていると思ってくださるかしら？　それとも侯爵の気前の良さをあてにして金を無心する者がまた現れたと思うだけだろうか？　ケイトは自分の髪に手をあてた。

「クライスには宿屋があります。そこでパーネル城へ行かれる前に身支度を整えられたらいいでしょう」

ケイトは硬い板の上に姿勢を正して座りなおした。マクニールに自分の見栄っぱりな心を見ぬかれたことが恥ずかしかった。だが家族の後ろ盾も収入のあてもないケイトのような女性がこうして遠い姻戚関係の人間の情けにすがるには、身なりを整え、ふるまいに気を配り、気に入られるようにつとめなくてはならない。

「ありがとう。そうさせていただけると助かります」

昼近くなると馬車は丘陵地帯を抜けて、すっかり秋の色に染まった平原に入った。さらにいくつもの小作農地を通りすぎる。苔むした石塀は崩れかけたままで何の手入れもされていない。この土地に見切りをつけた家畜商人や農夫らに見捨てられた開拓地らしい。時が経つにつれて潮風の匂いが強くなってくる。海鳥が姿を現わす。頭の黒いアジサシや白いカモメたちがけたたましく鳴きながら、遠くに見えてきた銀色に光る水平線の上空を横切ったり旋回したりして舞っている。

馬車はさらに数キロ進んで、海面から鋭く切りたった白い断崖の頂きに出た。道はにわかに急になり、村のほうへ下っていく。崖に頑固にしがみついているように見える小さなレンガ造りの家々。屋根の煙突の煙出しからは、石炭を焚く煙が疑問符のような形を描いて立ちのぼっている。

家々は、険しい道のふもとにある幅の狭い波止場にそって密集している。波止場から海に向かって突きだした二本の古びた桟橋のそばには、老朽化した無甲板の漁船が十数艘、かすかに光る泥の中に横倒しになっている。引き潮だった。魚と灯油の匂いが腐りかけた海藻の臭いに混じって漂い、空気が重くよどんでいる。

「ここがクライスですが」悪臭に顔をしかめているケイトのようすに気づいてマクニールは言った。「宿屋は波止場のほうです。そこに寄らずにこのまま城へ向かったほうがいいですか？」

「だめ！」寝巻がわりに使ったドレスを着たまま城に到着するですって？　そんなことはできない。文句のつけようのない美しいドレスやヘアブラシがトランクにあるというのに。

「宿屋へ、お願いします」

マクニールは答えずに、波止場に馬車を乗り入れた。外に出ている人はほとんどいない。がっしりした体つきの漁師が二人、不機嫌そうにこちらをにらんでいる。潮風にさらされて深いしわが刻まれた顔には反感がむき出しだ。疲れきったようすの女が、石炭を入れたぼろぼろの手桶を抱えて建物の低い戸口から現れた。

マクニールは二軒の倉庫のあいだにはさまれた間口の狭い建物の前で馬車を止めた。出入口の上に突きでた棒には灰色の看板がかかっているが、潮風の塩分と長い年月で痛んだのか、書いてある文字は消えかかっていて読めない。青白い顔の少年が中から走りでて、すばやくドランの手綱を取った。

「馬小屋は裏だよ」少年はかすれた声で叫んだ。「おれ、馬をきれいに手入れして餌やって、ちゃんと面倒みてやる。二ペンスでいいよ、大尉」

マクニールが二ペンス銅貨をひょいと投げると、少年は空中でうまくつかんだ。風にのって漂ってくる港のひどい悪臭から逃れたくてたまらなかったケイトは、マクニールの助けを借りずに急いで馬車から降りて宿屋へ避難した。宿屋の中は思ったよりましだった。天井の梁にはほこりがうっすらと積もっていたが、暖炉の火はあかあかと燃え、急いで扉を閉めるといやな臭いもしなくなった。部屋にいるのは隅の暗がりに座っている二人の男だけだ。ケイトが中に入ったとたん二人は話をやめて顔を上げた。年取っているほうが立ちあがる。あごが突きでた細長い顔をし、ぶ厚い肩が丸まった猫背ぎみの男だ。胴に巻きつけたうす汚れたエプロンで手を拭き、ケイトをゆっくりと眺めまわした。「いらっしゃいまし」

「この宿のご主人ですか?」

「へえ」

「ここからパーネル城まではどのぐらいありますか？」ケイトは訊いた。

「馬に乗っていきゃ一時間もかからねえ。馬車だと二時間近くかかりますがね」

「ああ、そうですか」暗くなる前に城に着きたかったが、どうやらここでゆっくりして明日まで待ったほうがいいようだ。ケイトは一日遅れることにいらだちを覚えるよりむしろほっとしていた。どうしてだろう。その理由は今突きつめなくてもいいわ。

「使いを送りたいのですけれど、どなたかお城まで行ってくださる人はいますかしら？」ケイトは尋ねた。

　主人は一緒に座っていた仲間をちらりと見た。たっぷりとした黒髪と太い眉の意気盛んな感じの若者で、奇抜なレースの布(クラバット)を首に巻き、腰にはこれまた珍しい、決闘で使うような細身で先のとがった両刃の刀を下げている。整った顔立ちの色男で、ケイトをじっくり品定めするような視線からは、本人も十分それを意識していることがうかがえた。彼は宿屋の主人に向かってうなずいた。

「へえ、いますよ」

「ではその人に、すぐにでも出発するよう頼んでくださいますか。お城に着いたら、キャサリン・ブラックバーン夫人がクライスに到着していて、明日の夜明けとともにお城に向けて出発する予定ですとお伝えください」

「そうすると、あなたがブラックバーン夫人でいらっしゃる？」若い男が訊いた。

「ええ、そうです」

「クライスへようこそ、ブラックバーン夫人」彼は言った。「私、カラム・ラモントと申します」

そのときケイトの後ろの扉が開き、冷たい突風がスカートのすそをひるがえした。

「そのご婦人にお部屋をお取りしてくれ」

主人はケイトの背後にいるマクニールに目を向けた。重いトランクを、周囲にかけたひもを持って広い肩にかるがるとかついでいるマクニールは、低い戸口をふさぐようにして立っている。背丈に恵まれてたくましい姿のせいで、ケイトの体がやたらに小さく見える。ラモントは急に目を細めたが何も言わず、ふたたび暗がりにもたれかかるように体を沈めた。

「ひと晩三シリングでさ」主人が言い、帳場をよろよろと歩きながらマクニールとケイトについてくるよう身ぶりで示した。「前金でお願いしてるんで」

マクニールはクラウン銀貨を宿帳の上に置いた。

「で、あんたはどうなさるんで、大尉？」主人は訊いた。「あんたもひと部屋いりますか、それとも——」にやにや笑いながら猫なで声を出す。

「ちょっと勘違いしてるようだな、親父さん」その「親父さん」という一見親しそうな呼びかけとはうらはらに、マクニールの口調はあくまでも固く冷やかだった。「俺はこのご婦人の御者だよ」

主人はふんと鼻を鳴らしたが、それ以上追及するのはやめた。「ひと部屋しかあいてないんでさ。だけど馬小屋の上んとこに寝床があるから、そこなら二ペンスで休んでもらえますぜ」

「よし、それで決まりだ」マクニールの冷たく光る緑の目がケイトに向けられた。「ほかに何かいるものはありますか？」

「ええ。熱いお湯をはった桶を、部屋まで持ってきていただきたいの――」

主人はホッホッという笑い声をあげた。

「お風呂に入りたいとおっしゃっている」マクニールがぴしゃりと言い、主人の浮ついた態度を抑えこんだ。

主人は不機嫌な表情で、大きな両手を丸めて口にあててどなった。「メグ！」

まもなく、せかせかしていかにもこき使われている感じの痩せた金髪の女が現れた。「なあに、ブローディ？」

「お前とロビーとであの銅の洗い桶を台所に持ってって、お湯を入れてくんな。このご婦人がお風呂にお入りになりたいんだとさ」主人は風呂に入りたいなんてばかげているといった表情をあらわにしてケイトを見た。「洗い桶は二階までは運んでいけねえですよ。だけど台所でも十分じゃねえかと思いますがね。あと一シリングいただければ、メグにお世話させますし、ロビーに扉んとこで見張らせますから」

「結構ですわ」ケイトは言った。もし馬の飼い葉桶しかなかったとしてもそれで我慢しただろう。とにかく体をきれいに洗いたかった。メグと呼ばれた女は、冬に風呂につかる人がいるという驚きで目を丸くしていたが、すばやくひざを曲げて頭を下げるとどこかへ消えた。

「ほかに何か？」マクニールが金貨を見せたせいか、主人は先ほどよりは熱心そうだ。

「何かましな酒はあるかな？」マクニールが訊いた。

「文句をつけられたことはありませんや」主人は台の下にかがみこむと、茶色のガラスびんとスズ製のカップを二つ出してきた。黙ったままカップに指幅ぶんをつぎ、マクニールのほうに突きだす。彼も黙ってカップを唇にもっていき、酒をあおいだ。一瞬、味わいを楽しむように口もとがゆるむ。

「ブランディだな。フランスの。道理で客から文句が出ないわけだ」

「浜で見つけたんでさ、わしが」

「驚きだな。こんな貴重品をほっぽっておいて平気な人がいるとはね」マクニールの視線はいっときケイトに向けられた。表情が険しくなっている。まずケイトのために一杯つぎ、自分のカップにもついだ。ケイトに向かってカップを持ちあげる。

「あなたがお望みのものを見つけられますように、ブラックバーン夫人」マクニールはとってつけたような愛想を見せて言った。

「私が必要なものを見つけられますように、マクニールさま」ケイトは彼の視線を受けとめながら答えた。

15　落ちこんだ心を励ます

お湯の暖かみが疲れきった体の筋肉に心地よくしみわたる。機械練りの高価な石けんの香りに包まれてケイトは陶然としていた。疲れが限界に達したせいで、ようやく先週からの緊張がほぐれはじめていた。

ケイトがお湯につかっているあいだ、メグはペチコートとシュミーズを洗っていた。ドレスのあまりの汚れように舌打ちをしている。洗いおわった下着を炉の前のいすの背に広げたあと、メグは火の上の鉤（かぎ）から湯気の立つやかんをはずして持ちあげた。中の熱湯を注意しながら少しずつ、銅の洗い桶に足していく。

「ほら、マダム。これでもっと気持ちよくなるでしょ」どことなく陰鬱な顔つきのメグは、ケイトの面倒をみているうちに、だんだん打ちとけてきた。「きれいな髪、してなさるね。こんなに乱れちまってあんまりひどすぎるよね。でも、ここらへんの者は身分の高いご婦人が大切にしてるものとか、紳士がほめるものが何なのか知りもしないし、気にもしないからねえ」

「そうなの？」ケイトは口の中であいまいにつぶやいた。

「大尉はちゃんと気にかけてなさるけどね、もちろん」メグはいたずらっぽく言った。

キット・マクニール？　確かに彼は気にかけてくれている。しかたなく、義務感だけで、いかにも気が進まないといった感じで。「なぜあの人を大尉と呼ぶの？」

「え？　ああ」メグはドレスのすそにブラシをかけている。「そりゃわかりますよ、軍服はいやというほど見てるから。スコットランドの若い者の半分は連隊服のぼろを着てるけど、あの人が着てるのは連隊将校の上着だもの。なんで大尉って呼ぶかっていうと、将校の階級がわからないっていっても、大尉なら少佐と同じくらいえらいでしょ。

あの人は民兵に加わりにきたんですかね？」メグは続けた。「もしそうだとしたら、ここクライスじゃ人に言わないでおいたほうがいいですよ」

「どこの民兵のこと？」

「パーネル城に集まってる民兵たち。あの軍の隊長が殺されてから、ずっとあそこにいるけど」

「殺されたですって？」ケイトはおうむ返しに言った。

メグの眉間のしわがさらに深くなった。「ええ。死んだ大尉の代わりにワッターズっていう大尉が先週来たんだけど、侯爵さまのたっての頼みで、兵士たちを城に集めたらしくて」

メグはあざけるように笑った。「侯爵さまが城の防御を固めるのなら、どんな軍隊にもご自分の思惑からはずれた行動を許すはずはないよね？　それに、クライスに兵士を送りこむようなばかなまねをする人はいないだろうし」

「それはなぜなの？」ケイトはますますわからなくなって訊いた。

「なぜって」メグの目が細くなった。何かをじっと考えるかのように目をつぶると、彼女はいっきに話しだした。「このあいだ死んだ収税吏の男は苦しみながら一日以上も生きてたもの」

ケイトは凍りついた。いきなり恐怖に胸をつかまれ、内臓が縮みあがった。

メグは大げさに顔をしかめて咳払いをした。「そんなお顔なさることないでしょ」気を悪くしたようすに、ケイトはますますあっけにとられる。「奥さまはあの人のお腹んとこから血が吹きだしてたのを見てないのに」メグはつぶやいた。「あの人、顔が紙みたいに真っ白で、おびえてて――」急に口を閉ざす。ケイトの恐怖はつのるばかりだった。メグは収税吏が殺されるのを目撃したのだ。現場にいたんだわ。

ケイトは胸がむかむかして、お湯の中で体を丸めた。もう自分は安全だと思っていたのに、実はそうではなかった。まだまだ安心できない。ここにいる限りは――。

「そうだよ！　あたし怖かったんだもの！」メグは鋭く叫んだ。まるで誰かに責められてそれに答えているかのように。ケイトは急に悟った。メグがこの話をしたのはケイトが自分たちとは関係ないよそ者だからだ。秘密を抱えたままではいられない、罪の意識に耐えられないと思ったのだろう。「思い出すと今もまだ恐ろしくてたまらないよ。自分のことだってどうしていいかわからないのに、知らない人なんか助けられないもの。あたし、立ちすくんでただけで。動けなかった！　息もできなかった」メグは急に熱意をこめて前に乗りだし、ささやいた。「だけど奥さまのことは助けられるかも。お気をつけなさいよ、マダム。カラム・ラモントには用心して」

そしてメグは、罪の意識が少しは軽くなったかのように姿勢を正した。「はい、できました。できるかぎりやってみたからね」

ケイトは身震いした。

「あれ！　奥さまったら！」メグは両手の甲をケイトの赤い頬にあてた。「すっかり冷えちまってるよ。大丈夫、もう終わったから」もうすっかりのんきな口調に戻っている。殺人のことを話していたとは思えない。「ほら、お湯から上がって、ブラックバーン夫人」

ケイトは体を起こした。メグが厚みのあるタオルを肩にかけたときもびくついたりせずに、なんとか平静を保った。もしメグが、自分が見たことをケイトにもらしたとラモントに言ったらどうなる？　ラモントはどうするだろう？

「そんなに心配しないで、マダム」メグはふざけるように指をひらひらと振った。ケイトは胃の中のものがこみあげてくるのをこらえようと必死だ。殺人を目撃したとたった今告白したばかりなのに、なぜメグは何ごともなかったようにふるまえるのか？　殺人を止めようとしなかった自分をどうして受けいれることができるのだろう？　「お城へ行けば安心ですよ。怖いのはここにいるあたしらだけにまかせて。まあそういうのには慣れてるから。

さ、ペチコートとシュミーズはもう乾いたから着て。マントにくるまって部屋へ上がればいいでしょ。下にドレスを着てなくたって誰にもわかりゃしないから。せっかく肌をきれいにしたのに、その上に汚れたドレスを着るのはいやだもんね」

ケイトは下着を身につけたが、胸にはあいいれない感情が一緒くたになって渦巻いていた。誰かを責めたいと思う気持ち。同時に、泣きたい、逃げたいという衝動。そして憐れみの心。

私にはもう、単純でわかりやすい人生は戻ってこないのだろうか？　ひとつ角を曲がるたびに、その存在さえ知らなかった道、ましてや探検してみたいと思ったこともない道へと連れこまれてしまう。密輸人や追いはぎ、だます人やだまされる人たち。ケイトはうろたえ、憤りを感じた。貧しさにはもうひとつの罰があった。貧しいから、知らなくてもいいことまで知らされる。

ケイトはもうこれ以上知りたくなかった。早く城へ行って、物事の道理が通る世界に身を置きたい。野蛮で残虐な行為には関わりたくない。お互いに殺しあい、傷つけあい、追跡しあう者と近づきになるのはもうたくさんだった。たとえばクリスチャン・マクニールのような男と。

ケイトは思った。また昔のように保護されて安全で、余計なことを知らないですむ幸せな生活を取りもどしたい。

そのための第一歩が、淑女(レディ)らしい装いで城に到着できるよう身支度を整えることなのだ。そうだわ。手足がひどく震えて、斜めに傾いた台所の床を歩くのもやっとだ。ええそうよ、私は自分の人生を取りもどすための一歩を踏みだすつもり。

あの薄紫色のドレスを着ることにしよう。なめらかな細い糸を使った平織の織物でつくったものだ。淑女（レディ）の格好をすれば、悪夢はすべて消えてなくなる。もう二度と居酒屋で乱闘する男たちを見たり、殺人を目撃した者の話を聞いたりすることはない。誰かがやってきて変なことをするのではないかとびくびくしながら眠れない夜を過ごすこともない。見知らぬ他人に自分の運命を託す必要もない。

そう、キット・マクニールは「見知らぬ他人」だった。ケイトが体で感じた彼がどうであろうとも。もう、彼のうっとりするような甘いキスや、たくましい体つきを夢見るのはやめよう。たまに見せる楽しそうな笑顔や、ふさぎこんだ目の表情を忘れよう。彼の心の傷でケイトがはっきりと感じとれたものも、憶測するしかないものももう気にかけることはないだろう。

ケイトはマントを抱きよせ、すそに縫いこんであった最後の硬貨を探しだし、黙ってメグの手に握らせた。そして恐怖と隣りあわせの女の人生にそれ以上引きこまれないうちに、逃げるように台所の戸口を出た。

大部屋には男が二、三人しかいなかった。ケイトは二階の部屋へ続く階段をよろめきながら上った。一歩上るたびに早くここを出たいとせきたてられるような思いが強くなる。誰かに頼んで今晩中にパーネル城へ連れていってもらわなくては。下の大部屋で飲んでいる男たちのうち、誰が短剣でほかの男を刺したことがあるのだろうかと考えながら夜通し起きているなど、考えただけで耐えられない。それを思うと胸が悪くなり、めまいがした。体が震えた。

ケイトは部屋の扉を引いて開け、目の前の光景に立ちすくんだ。

中身を空けられたグレースのトランクが横倒しになっている。青い絹の裏張りは切り裂かれて床にたれさがり、金の糸で刺繍されたその星の模様がほのかに光を放っている。トランクの中身がすべて部屋の中にぶちまけられてあちこちに散らばり、乱雑な山ができている。賊は片っ端から荒らしたのか。あるものはこなごなに砕かれ、あるものはずたずたに破られて。船で使う晴雨計、壊された木製からくり箱、グレースの望遠鏡、割れた陶器製の時計。本は表紙が無残に破られ、ページが引きちぎられている。それらの残骸をケイトは呆然と眺めていた。避けられない運命の残酷さを予感しながら足元に目をやると、チャールズの持ち物だった革製の旅行用薬箱が落ちている。引き出しはすべて抜かれ、水薬を入れたガラス瓶の中身がこぼれてしみを作っていた。

ケイトのドレス全体に。

カラム・ラモントは細身の両刃の刀をいじりながら虚空をにらんでいた。機嫌が悪かった。だまされて、大きな宝物を逃がしてしまった。確かに、チャールズ・マードックとその妻の雌ギツネをあの世に送ってやったことで多少の満足を得てはいたが、その満足もとっくに消えてしまい、やり場のない怒りだけが残っていた。

少し事を急ぎすぎた。今になってみるとわかる。だがあのときは怒りくるっていたからどうにもしようがなかった。チャールズ・マードックは、彼らの「友人」からの伝言をカラムに隠していた。高価な荷を満載したフランスの小型帆船の航路についての情報を自分だけの秘密にしたのだ。それればかりかチャールズは、カラムの手下四人を使って船を難破させ、略奪品を沿岸近くに隠した。入江か、海岸の洞穴か、海中の洞窟のどこかだ。洞窟といったっていくつぐらいあるんだ？　カラムは天井を見あげ、沈痛なおももちであごを掻きながら考えた。五〇〇〇？　一万？　あのくそ生意気なろくでなし野郎め。

カラムは苦々しい気持ちで思い出していた。チャールズ・マードックは仲間として信頼できる男ではなかった――カラムの「本物の」相棒とは違って。ただしチャールズは何をやらかすかわからず、その無謀さでいつもぞくぞくさせてくれる奴だったんだが。

もしカラムの相棒が警告してくれなかったら、チャールズは裏切ったという事実を隠したままのうのうと過ごしていたかもしれない。チャールズがしでかしたことを知ったカラムは、彼を妻もろとも殺した。ただしチャールズのヨットに二人の死体を積み、岩礁に乗りあげた事故のように見せかけるぐらいの頭は働いた。そのあとカラムは手下たちと、当然自分のものである財宝を探しはじめた。そこまでは順調だった。

ところが、思いもよらぬことが起こっていた。チャールズ・マードックはフランス船を難破させたときに手伝わせたカラムの手下を全員殺してしまっていたのだ。チャールズの裏切り行為をばらされたり、財宝をかすめとられたりしないために邪魔者を消したというわけか。

いずれにせよ手下は全員死んでしまった。チャールズの陰険さをカラムは呪った。あれから数カ月になるが、まだ財宝は見つかっていない。

カラムは残ったウイスキーを飲みほした。宿屋の扉が勢いよく開き、カラムは顔を上げた。手下の誰かが飲みにきたのかと思ったが、入ってきたのは黒髪の女性の「御者」だという背の高い男だった。連隊服の上着から背中にくくりつけられた両刃の大剣まで、どう見ても兵士くさい。それにあの顔には見覚えがある。

カラムは首をかしげた。あの民兵たちの一人だろうか。いや、そんなはずはない。おそらく脱走兵だろう。制服をまだ着ているのは、感傷からか、あるいは怒りからか。聞くところによると、民兵は上陸してくる船をまだ一隻も阻止できていない状態で、殺された士官の後任であるワッターズ大尉はいらだっているという。

カラムの陰鬱な気分が晴れてきた。

背の高い男は格子縞(プレード)の肩掛けをひるがえし、危険に慣れている者らしい、自然に身につけた用心深さで部屋の中を見まわした。その視線はカラムの姿をとらえ、それから階段をたどって二階のほうに向かう。そのあと男は部屋を横切っていすを一脚、自分用に確保し、ブローディを呼んでウイスキーを持ってくるよう言いつけた。

男の横柄な態度と口調にもかかわらず、ブローディはすぐさまそのとおりにした。二人のやりとりにカラム・ラモントはいらだちを覚えた。自分以外の若者が身のほどをわきまえない生意気な態度をとるのは気にくわない。カラム・ラモントは「平民の王」だった。カラムはブローディにうなずいてもう一杯ウイスキーを注文すると、立ちあがってスコットランド高地人のほうに向かった。

「どこの連隊から脱走してきたんだ？」

男はゆっくりと目を上げた。その目には淡い色と濃い色が同時に存在していた。玄武岩を覆う氷のように、表面は透明感があってきらきらと輝いているが、奥深い底の部分には黒檀が潜んでいるといった印象だ。おや。こいつ、どこかで会ったことがある。どこで見かけたのだろう？

「まだあんたに紹介された覚えはないが」

カラムは眉をつり上げた。「紹介だと？　おい、俺たちそんなにご立派な身分かよ？」近くにあったいすを男のテーブルに引きよせて向かいあった。いすをまたいで座る。「そんなわけないだろ」自分が発した質問に自ら答を出したカラムは、テーブルに両手をついて前に乗りだした。「そんなご身分じゃない。俺たちはスコットランド高地のごみみたいなもんだ」

「そうかね？」男はいかにも興味がなさそうにカラムの目を見た。

「あんたの名前、まだ聞いてないぜ」

薄い色と濃い色が重なって見える目がきらりと光った。「教えてないからな」

「そうかい、じゃあ今言っといたほうがいいんじゃないか」

獲物に飛びかかるヘビのすばやさだった。スコットランド高地人の両手にそれぞれ一本ずつ握られた短剣がいきなりテーブルに深く突きたてられた。木の表面にシャツの袖を縫いつけられ、カラムの手首は自由を失った。男は落ちつきはらって短剣の柄から手を離し、カップを口に運んで酒を飲んだ。「言わなくてもいいかもな」

カラムの唇がぴくりと引きつった。「あんた、俺を敵に回さないほうが身のためだぜ」

「邪魔しないでくれよ、若造」

「俺の手下がもうすぐ来る。親切な奴らとは言えないぜ」

「ほう、そうかい？」スコットランド高地人は面白そうに訊いた。不安を覚えたようにも見えない。

「何しろけんか好きな連中だからな」カラムの声が思わせぶりに低くなった。「それと一発やらせてくれるいい女にも目がない」含みのある視線を階段の上のほうに向ける。

スコットランド高地人はその視線の先を追ってから、せせら笑うカラムの顔に目を戻した。

「あいにく今、両方いっぺんにやるわけにはいかないだろ？　人ってのは一度にひとつの場所にしかいられないからな」ここまではっきり脅しをかけたら、男もちょっとは聴く耳をもつはずだとカラムは考えた。

いきなりスコットランド高地人の手が伸びてきて、カラムの喉もとをつかんだ。不意打ちに驚いて体が動かなかったカラムは、次の瞬間には息ができずに苦しみもがいていた。男は少しも表情を変えないまま手に力をこめていく。

カラムの目に火花が散った。ゼイゼイいう音が聞こえる。痛みでもうろうとした意識の中で、それが空気を求めてあえいでいる自分の声だとわかる。

「何があろうと」スコットランド高地人が静かに言う。「決して、ブラックバーン夫人をおどすようなまねをするんじゃないぞ」

だが思慮分別はカラムの得意とするところではなかった。この男に負けて引きさがることはできない。特にブローディの目の前では絶対に。

「あの女だって、俺がやってやれば泣いて喜ぶぜ！」カラムはやっとのことで腕をふりほどき、あえぎながら言った。しかしもう体の力が抜けてしまっていて、容赦なく喉を締めあげつづける男の手をむなしくひっかくぐらいしかできない。

北極海のごとく冷たく無慈悲な目がカラムを見おろしていた。激しい恐怖の中で記憶がふつふつとよみがえってくる。緑の瞳。ギニー金貨を思わせる赤茶けた金髪。あの汚らしい、栄養失調ぎみの少年は緑の目と冷徹な残忍さをもっていた。こいつはいつか役に立つかもしれない、とカラムは思ったものだ。何かしてやっても無駄にならないかもしれない。少しは価値があるかもしれないと――。

「てめえの命を救ってやった恩人を殺そうっていうのか、クリスチャン・マクニール？」カラムの喉に巻きついた手の力がわずかだがゆるんだ。急に相手が誰であるかわかったのか、冷淡な目がきらりと光る。

「そうだ！」カラムは勢いを得てしゃがれ声をしぼりだした。「お前は俺に借りがあるじゃないか。俺の命を奪うなんてできないはずだぞ、ちくしょうめ！」

すさまじい力で気管がつぶされていくのがわかる。両刃の大剣をふりまわすのに慣れた残忍なまでの握力だ。耳の中が圧迫されぐわーんと鳴っている。目の前が暗くなり、クリスチャン・マクニールの声が聞こえる。「どのみち、たいした命でもないけどな」

それきりカラムは意識を失った。

一七九九年五月、ル・モンス城の地下牢

「危ない！」英国人の男がキットの横から体当たりをくらわせ、彼を突きたおした。キットは床に転がったがすぐに飛びおき、体を回転させた。うなり声をあげるフランス人の喉には刃が突きささっている。男の手から短剣がぽとりと落ち、そいつは息絶えた。

キットの心臓はとどろくように鳴っていた。彼は死んだ男を知っていた。牢屋の中で若者をくいものにしてきた残忍な獣が、今度はキットの緑の目に惚れてちょっかいをかけてきたのだ——キットがこぶしの力で目をさましてやるまでは。

「ありがとう」キットは自分を助けてくれた英国人のほうをふりむいて言った。

英国人は息をはずませながらうなずき、死んだ男を見た。「殺されるところだったぞ」

「あんたがあいつの動きに気づいてくれてよかったよ」アンドルーとともに近づいてきたダグラスが言った。

「運がよかったな。この野郎が何をやらかそうとしてたか、俺が見てて」英国人はさかんにうなずきながら言う。「これでお前に立派な貸しができた、そうだろ?」

「まったくそのとおりだ」ラムゼーがやってきた。状況をすぐに見てとったようだ。「求めよ、されば与えられん、というところだな。きょうび、男一人の値段はいくらぐらいなんだろうね? はっきり言ってあんた、何が望みだ?」

「あんたのこと知ってるよ」英国人はラムゼーを指さした。「フランス人の奴らと棒を使って剣戟(けんげき)ごっこをやってたろ。うまかったな。かっこよかったぜ」

ラムゼーは首をかしげた。「お世辞がうまいな」

「俺がやりたいことはそれだ。あの見事な剣さばき、全部俺に教えてくれ」

「お前に借りがあるのは俺のほうだ。この男じゃない」キットは冷やかに言った。

「確かにそうだが、お前、俺の欲しいものは持ってそうにないから、今のところはな」

「もういいよ、キット」ラムゼーが肩をすくめた。「なんだったら腕の一本でもぶった切ってこいつに投げてやればいいだろ。お前ときたら自尊心のかたまりだぜ、ばりばりのスコットランド野郎め。気のすむようにすればいいけど、だけど俺にもちょっと楽しませてくれよ、いいだろう? 剣の稽古でもやってりゃ、むち打ちの刑を受けるあいまの退屈しのぎぐらいにはなるさ」

「わかったよ」キットはしぶしぶ受けいれた。「だけどこの男にはいつか、借りを返すつもりだ」

16　無防備な淑女(レディ)を待ちうける衝動と誘惑の甘いわな

キット・マクニールが手にさらに力をこめると、カラム・ラモントのかかとが床板に打ちつけられる鈍い音がした。暴力沙汰なら星の数ほど見てきている宿屋の主人はそっと姿を消していた。マクニールはとどめをさす一歩手前でようやく手を離し、空気を求めてあえぐカラムをできものだらけのネズミか何かのように床に落とした。

マクニールは悪態をついて、かつて自分を救ってくれた男の体をまたいだ。人からの借りはかならず返すことにしている。このろくでなしがまだ息をしていられるのはひとえにそのおかげだ。しかし、こいつがまたケイトの身の安全をおびやかしたら——何か言外にでも匂わせたり、言葉や行動でおどしたりしたら——殺してやる。

マクニールは意識を失った男を冷静に見おろし、その顔をじっくりと眺めた。こいつがあのときの男だとは、言われるまでは気づかなかった。地下牢に閉じこめられていた囚人は皆ひげも剃らず、体中のみにたかられ、あちこちに傷をつくり、不潔きわまりない格好をしていたからだ。しかし男が身につけていた細身の剣を見ればピンときてもよさそうなものだった。ラムゼーとその生徒以外にこんな細身の剣を使う奴がいるだろうか。マクニールは顔をしかめた。ラムゼーがこの男を送りこんできた？　まさかそんなことが？

突然、悲嘆にくれた女性の泣き声が聞こえてきて、マクニールの思考を中断させた。

背中の鞘から両刃の大剣をするりと引きぬきながら、階段を二段ずつ駆けあがる。部屋の扉が開いていた。中ではケイトが体を丸めて床に倒れ、両手に顔を埋めて泣きくずれている。藍色のマントがすべり落ち、片方の肩がむき出しになっている。マクニールの胸の動悸が早まった。誰かが彼女に手をかけたのだとしたら――。

マクニールは急いで扉を閉めて中へ入り、倒れているケイトを通りこして部屋じゅうをくまなく見わたした。くせ者が隠れられそうな場所はない。いるのは自分たちだけだ。彼はケイトのほうに向きなおった。

「大丈夫ですか」張りつめた声で問いかける。「けがはありませんか？」

「いいえ」

「侵入した奴に何かされましたか？」

「何もされていません」ケイトが首を横に振ると、漆黒の髪の房が揺れて広がり、ろうそくの光を受けて輝いた。「なぜこんなことをされなくちゃならないの？」

こんなこと……？　あらためて周囲を見たマクニールは、室内の状況に初めて気づいた。

二人のまわりには陶器やガラスのかけら、折れた木片や破れた紙切れが散らばっている。何者かがトランクの中身を片っ端から引きずりだしてめちゃくちゃにしたらしい。

しかしケイトの身に何か起こったわけではないようだ。

「本当にどこもおけがはありませんでしたか？」

「私が入ったときにはもう誰もいませんでした」ケイトは顔を上げた。涙が青ざめた頬をつたって流れている。

マクニールはほっとして少し緊張をゆるめ、剣を鞘におさめた。ケイトがどこにも傷を受けていないことがわかって、安堵の気持ちが体中に広がった。と同時に、ケイトの格好を意識せずにいられなくなってきた。しまった、気づかなければよかった。藍色の肩マントと修道士用の分厚い毛織物の服で覆われていたときにはその体を無視することもできた。だが今は、床に倒れたせいかマントが肩からすべり落ちて、下に着た薄いシュミーズは体の線を隠すどころかよりあらわに見せている。レースでふちどられた胸の上部のふくらみ。白い繻子のリボンが乳房の深い谷間をつたって垂れているさまはいやがうえにも心をそそる。薄く白い布地を通して乳輪が透けてみえる。初雪の下からのぞく遅咲きの花のつぼみのようだ。切ないうずきでマクニールの口の中が乾いた。

「だったらなぜ泣いているんです？」マクニールの問いかけはぶっきらぼうで、ケイトを責めているかのようだった。その実、マクニールは自分自身を責めていた。さっきまであれほど不安だったのに、どうしてこんなに急に肉欲のとりこになってしまえるのか。まるで獣みたいじゃないか？

ケイトはすぐ脇にぐちゃぐちゃに置かれたドレスの山の上に手をのせ、指で弱々しく布地を引っぱっていた。「だめになってしまったの。何もかも全部」

ドレスが？　マクニールには信じられなかった。まさかドレスのことぐらいで、こんなに泣くなんて？

「たかがドレスじゃないですか」

「いいえ」ケイトは激しく首を振って否定した。「いいえ、たかがドレスじゃないわ。私にとっては貧しさから脱出する道だったのよ」

貧しさから脱出する道。その言葉がマクニールの心にどれほど深い打撃を与えたか、ケイトには想像もつかないだろう。

「裕福でないことが、そんなに耐えがたいものですか？」マクニールは冷笑を隠せなかった。

「きれいなドレスがなければ、そんなに悲しくなる？」

ケイトはマクニールを見あげた。涙で目が光っている。

「ええ、そうよ！」彼女は叫んだ。「耐えられないわ、どうしても。それを浅はかな考えだとおっしゃるんでしょう？」口調が激しくなる。「貧しいままでいたくないという望みを抱いているからといって、それについて謝るのはもううんざり――貧しさに耐える心は気高く、高潔なの？　豊かさを望むのは卑怯で後ろ暗いことかしら。

貧しさには気高いところなんてありませんわ、マクニールさま。貧しさとは、寒さであり、絶望であり、不安です――つねに不安がつきまとうのよ。貧困は人々が苦しみにのたうち回るようすをただ見守るだけ。何も手を差しのべてくれないわ。貧しさにあえぐ人たちは、生きながらえていることに対する罪の意識でさらに苦しむのよ」

　マクニールは眉をしかめた。ケイトの憤りがどこから湧いてくるものなのか、はっきりとはわからなかった。しかし少なくとも台無しになったドレスのせいで怒りをぶつけているわけではないのは確かだ。マクニールは手を伸ばしてケイトを立ちあがらせようとしたが手をふりほどかれた。ケイトは彼を下からにらみつけている。

「私、以前持っていたものを取りもどしたいのです。もう恐れを抱くのはまっぴら。人が殺されるのをなすすべもなく見過ごすしかないのはいやなの――」言葉がとぎれた。「かならずもとの暮らしを取りもどすつもりです。だって私、あの女の人がどんなに怖かったかわかるから！」

　女の人？　ケイトは誰と話していたのだろう？　「ケイト、お気の毒でした。あなたが――」

「いや！　慰めたりなんかしないで！」

　ケイトは体の両脇の床に手のひらを押しつけた。「これから残りの人生、ずっとこんな生活に甘んじていたくないの。まるで、私が何か悪いことをたくらんだ罪をつぐなっているみたいに、じっと耐えていたくないのです」

　ケイトは体を起こすと、マクニールに向かいあって立った。黒々とした瞳は怒りに満ち、挑戦的だ。ケイトのマントが肩からふわりと浮いて床に落ちた。「彼が勝手に死んだのよ、私はまだ生きてるのに！」

　彼とは父親のことか？　マクニールはケイトを見おろして立っていたが、ようやく誰のことかわかった。

「心の準備ができていなかったわ。未亡人になったうえ、両親を亡くすなんて想像もできなかった」ケイトの声がかすれ、憤りが急に苦悩に代わった。「もちろん私よりずっと不幸なめにあっている人たちがいることは知ってます。それに比べるとまだましな自分の境遇をありがたく思わなければならないことも。でもそうは思えない。私はだめ。わずかなものでもありがたいと喜べるほど気高い心の持ち主ではないのです」声がつまる。「恐れを抱きながら暮らすのはもううんざり。次の日にどんな難題が待ちうけているか、その困難を乗りきっていけないのではないかという不安を抱えながら日を過ごすのはもういやなのです」

「わかります」

「おわかりになる？」小さな声で訊く。

　ケイトはきまじめな顔で見あげていた。マクニールはその瞳の中で溺れて、迷って、二度と戻れなくなりそうだった。ケイトの顔を手のひらではさんだ。彼女にキスする権利は俺にはない。もうしないと約束したのだ。彼女にも、自分にも。

　しかしそれは嘘の約束だった。

　ほぼ四年の歳月が経っていた。男に触れられて胸が高鳴ったり、男の体の下で官能の悦びに体をそらすような経験からまったく遠ざかってしまってから。そんなふうに求め、求められたことはこの四年近くなかった。

森の中の朽ちた倒木を雷が襲って燃えあがらせるように、長いあいだ眠っていた本能に火がついた。その興奮がいっきょに押しよせてきて、ケイトはめまいを覚えた。膝の力が抜けて倒れそうになるのをマクニールが支え、二人は床に膝をついた。彼はケイトの胴に腕を回してたくましい胸に引きよせ、きつく抱きしめた。

彼の唇はケイトの唇を求めて放そうとしなかった。

自由になるほうの手で彼はケイトのあごをしっかりととらえて上向かせた。顔をそむけられるのではないかと恐れるかのように。だがその心配はなかった。ケイトはキスを返してきた。口を開き、唇と舌の両方で彼を味わった。刺激的な男くささを、塩気のある豊かな唇を。

マクニールはいったん身を引き、ケイトの背骨の一番下、お尻が丸く盛りあがりはじめる部分の上に手を広げて、ゆっくりと自分の腰に引きつけた。熱く固くなったものを彼女の体で包みこませるように密着させる。淡く冷たい色がすっかり消えた彼の目は、無謀さを帯びた濃い色に輝きはじめた。

「こんなことをしちゃいけない」彼は言ったが、ケイトを放すことができない。「キスするべきじゃなかった。もう二度としないと誓ったのに」

「キスしてほしいの」ケイトは答えた。欲望の高まりにつつしみ深さが屈服してしまっていた。

たケイトは、台無しになったドレスの上にくずおれた。

「だめだ」マクニールは頭を振り、よろめきながら立ちあがった。彼の腕の支えがなくなったケイトは、台無しになったドレスの上にくずおれた。

「もう二度と手を触れないと誓ってから二日も経っていないのに」

ケイトは片手を伸ばし、マクニールの腹部に手のひらをあてた。彼の体に震えが走る。彼女の手をじっと見おろしながら、マクニールは触られた衝撃で動けなくなっていた。顔を上げた彼の目には恐ろしいほどの葛藤が表れていた。ケイトを呪い、そして懇願していた。求めていた。

「私、夫の抱擁がどんなだったか、もう覚えていません」自分でもうまく説明できない感情をマクニールにわかってもらえるだろうか。「結婚していた半年のあいだ、私たちは優しさをわかちあい、いつくしみあい、抱きあいました。でも私、忘れてしまいました。夫が現れるのは夢の中だけです。それに最近、夢に見るのはあなたのことばかり」

押しころしたような声がマクニールの喉からもれた。「ああ、ケイト」

「あなたのキスが私に火をつけたの。おかげで思い出はすべて燃えつきてしまったわ」目と目が合った。「あなたしかいない」

マクニールは打ちのめされていた。逃げ場を失っていた。「すまない。俺が奪ったキスなんだ。あんなことすべきじゃなかった」

「謝ってほしくなんかないわ」

「じゃあ、ほかにどうすればいいんです？」

ケイトは目を伏せた。彼と目を合わせるのが怖かった。「私を抱いて」息をはずませてささやく。自分の大胆さにただただ驚きながら。「何もかも忘れさせて。いつまでも憶えていたい思い出を作ってほしいの」

マクニールは震える指で自分の顔にかかる髪をかきあげた。話しながら歩きまわりはじめる。「本気じゃないでしょう。あなたはおびえていて、自分のもろさばかりを感じている。だから慰めを求めているだけなんだ、恋人ではなく」

ケイトは何も言わず、謎めいた黒い瞳でマクニールの姿をひたすら追っている。

「あなたの恋人は、指先にキスしてくれる紳士でなくては。恋文を書き、詩をささやいてくれる紳士でなくてはなりません」

それでもケイトは黙っている。

「俺はそんな男じゃないんだ、ケイト。俺は紳士じゃない。ケイト、一介の兵士にすぎないんです。持っているものといえば凶暴さだけ。俺は、凶暴そのものの人間なんです」ひと言ひと言が激しくきしるように、弁解がましくしぼりだされる。「俺はそういう世界しか知らない」

マクニールはケイトのそばを通りすぎて扉へ向かおうとしたが、手首をさっとつかまれて止められ、無理やり目を合わせさせられた。ケイトはマクニールの手を引っぱり、ふたたびひざまずかせた。彼の厳しい表情には矛盾するものが噴きだし、ぶつかりあっている——光と影、名誉と恥辱、希望と絶望。

「そんなこと、私は信じないわ」ケイトの指がマクニールのシャツの襟にかかり、その手の重みで胸元が開きはじめた。彼の胸にケイトの漆黒の髪がかかる。髪が彼女の指の節にからまり、跳ねるように動く。彼の体は硬く引きしまりしなやかな弾力があった。たくましさと同時になめらかさも持ちあわせていた。

「ああ。お願いだ」マクニールは目を閉じてケイトの手を引きはがし、自分の思いをなんとか言葉にしようとした。「俺はそんな立場にいられる人間じゃない。いつかほかの人があなたの恋人になるのだから」

「ほかの人って？」ケイトは冷笑した。「私は貧しい未亡人で、家族の後ろ盾もないし、若さの最初の盛りを過ぎてしまった女です。私が持てる最大の望みは、遠い姻戚関係にある方の情けにすがって暮らすこと。ほかの人なんていないのよ、キット、これからもそんな人は出てこない」

ケイトは彼の手から逃れて、その顔に軽く触れた。彼女のしぐさは妙に堅苦しく、あらたまった要請や懇願、願い出のたぐいにさえ見えた。「あなただけしかいないの。ひと晩一緒に過ごさせて。これからめぐってくる幾多の夜のために、今夜ひと晩だけ」

「これは悪魔の試練なのか？」マクニールの喉に血管が浮きあがった。「もしそうなら、どうすれば耐えられるというんだ？」彼は激しい口調で言った。神経をぴりぴりと尖らせて、表情が暗くなっている。彼は突然、ケイトの二の腕をぐいと乱暴につかんで引きよせた。

「聞いてください、ケイト。俺があなたをここで抱いたら、それは危害以外の何ものでもない。あなたに何の危害も加えないとすでに誓っているんですから」

「でも、私がお願いすればどんなことでもするって、それも誓ってくださったわよね」自らの大胆不敵さに声が震えている。

マクニールはケイトをじっと見おろした。彼の瞳は明かりを受けて翡翠色に輝き、あごの傷あとは真珠色に光っている。

「おおせのとおりに、マダム」ついにつぶやく。そしてケイトを、繻子やレース、絹やベルベットの布の山と化したドレスの上に仰向けに横たえた。「これでまたどんな傷を背負うことになるのか？」

マクニールは膝をついて座ると、流れるようになめらかな動きで背中の大剣をはずし、シャツを脱いだ。男らしさの極致と言っていい美しさだった。荒々しく、雄々しかった。すべすべとしてきめの細かい皮膚が筋骨たくましい肉体をおおっている。彼がシャツを脇に投げると、二の腕には力こぶが盛りあがり、前腕の筋肉が動いた。彼はケイトの上にかがみこみ、獲物を狙う猫のように彼女の体を眺めまわした。平らな下腹の筋肉が浮きあがって見える。

しばらくのあいだマクニールはケイトの目をのぞきこんでいた。そのあと背を向けると、むち打ちで受けた背中の傷と、そしてもうひとつのものを意図的に見せた。右の肩甲骨の下には大きく盛りあがった、薔薇の花の形の傷あとがあった。

「フランスで焼印を押されました。ル・モンス城で。牢屋の番人にしてみればいい余興だと思ったんでしょう」

ああ神さま、彼はどれほどの苦痛に耐えなければならなかったのでしょう。

「これを見てもらいたかったんです。俺が言いたかったことを、本当の意味で理解していただくために。ケイト、あなたとベッドをともにするのは、焼印を押された男や、むちの傷あとをもった男であってはならないんです。そんなものをもっているのは平民か犯罪者だけだ。俺は、神の作られたこの世界にいる下々の民と同じく、ごくありふれた、つまらない人間です」マクニールはかたくなに言った。「俺はあなたの住む上流社会や友人には合わないし、あなたの寝室にはふさわしくない。そんなことは誰の目にも明らかだ」

マクニールの目には断固たるものがあった。それでケイトの心が決まった。マクニールは彼女がおびえて逃げだすことを期待しているのだ。しかしその目の奥には、冷静な言葉の裏に隠されたあきらめがあった。

ケイトはマクニールの首に腕を巻きつけた。「キット・マクニール、誰の目から見ても、あなたにはありふれたところなんてひとつもないわ」彼の体は暖かかった。裸の肌の感触はなめらかだった。

マクニールの美しい瞳がにわかに勝ちほこるように輝いた。「優しくしますから。ケイト、あなたに悦びを与えると約束します。うまくいかなければ死を選びます」

マクニールがにっこり笑うと、男としての圧倒的な性の匂いをまきちらす動物が突如として現れた。彼の表情からはそれまでの心の葛藤のあとがすべて消えていた。狙いを定めた目が濡れて深みのある色に変わっていた。マクニールは大胆な動きでケイトの肩からさっとシユミーズを脱がせ、乳房をむき出しにした。

「キット――」

ケイトの口からあらたな言葉がもれる前に、彼は唇を重ねた。

突きあげるような猛々しい衝動がマクニールの体を駆りたてた。しかしまだ行動に移さない。ケイトの柔らかな乳房の重みが手に心地よく、乳首が立っているのがわかる。これは彼のせいいっぱいの決意をくじこうとする甘いわなだ。ケイトは優しくされることを望んでいる。彼はケイトの望むことなら何でもすると約束したのだ。約束を守ろうとするあまり、抑えこんだ欲望の業火に焼かれても、それならそれでしかたがない。

マクニールはケイトを腕の中に抱えあげて立ちあがった。ひるんだような彼女の反応に緊張を覚えながら、自分にはそんなものがないことを承知のうえで自制心が働きますようにと祈りながら。ベッドはすぐそばだった。その上にケイトを横たえて見おろす。しかし一瞬たりとも、彼女が求めているものと、自分が与えたいと思うものをとりちがえないようにしなければ。このベッドは俺のいるべき場所ではない。俺はひと晩だけケイトの愛人になる――本物の愛しい恋人にはなれないにしても。

マクニールは頭をかがめ、自分に言いきかせた。優しく。落ちついて。

ケイトは最初、キスに応えてこなかった。しかし反応してもらわなくてもよかった。もし積極的に応えてこられたら、がんばっている俺の自制心がこなごなになってしまう。マクニールは彼女の頰に、まぶたに、こめかみに、軽いキスの雨を降らせた。幸福感と情欲がつのるあまり頭がクラクラする。舌で味わうだけでなく、あたりを包むじゃこう質の女らしい香りからも彼女を感じることができた。

体を重ねると、柔らかな乳房が自分の胸に屈していく。マクニールは快感のため息をもらした。ケイトが彼の肩をつかみ、その筋肉に長い指を食いこませながら首を弓なりにそらせたとき、マクニールの体は震えた。波うつ黒髪に手を差しいれると、夜気で湿った冷たい感触が広がる。彼女の唇をむさぼった。この感触は絹か、繻子か、ベルベットか？　彼には比較できない。絹のことはほとんど知らなかったし、繻子についてはなおさらだ。ベルベットの何たるかもわからない。しかしこの世に存在するどんなものも、ケイトの髪の毛ほどつややかであるはずはない。その肌ほどなめらかで、その唇ほど柔らかいものはない。それだけは確かだった。

ケイトは口をいっぱいに開き、舌をからませてきた。マクニールの抑えがきかなくなってくる。彼は体を回転させてケイトを自分の上にのせた。大きく広がった彼女の太もものあいだに彼の腰がおさまり、勃起したものが彼女の脚のつけ根を刺激する。

ケイトは快感にあえいだ。初めての感覚であると同時に、いつか経験したことがある気がした。これを求めていたんだわ。彼に中に入ってほしかった。二人の体が触れあっている太ももの奥が熱くうずきはじめる。うずきを静めるために、中に入ってきてほしかった。

つつしみも何もかもかなぐり捨てたケイトは、マクニールの体に全身をのせ、体をこすりつけてうながした。彼を求めていた。どうしても欲しかった。その欲求をはっきりと、全身で表していた。それなのにマクニールの手はゆっくりとケイトの体をなで、舌を入れてキスしあう戯れや、悠長で手ぬるい愛撫を楽しみ、それで満足しているように見える。

「お願い」彼女はじれて、息をあえがせた。

「いや、まだだ」マクニールの呼吸が荒くなっていた。彼の指先が乳首のまわりをたどっていく。その繊細な触れ方にケイトはぴくりと反応した。刺激に対して過度に敏感になり、どうしていいかわからなくなっていた。彼のものはさらに激しく太ももを突いてくる。ケイトが体を揺らしはじめると、腰をぐいとつかまれて、動きを封じられた。彼の目は暗く獰猛な色に染まり、それでいて唇は柔らかく優しかった。

「動かないで」マクニールはうなり声をあげた。「俺もただの人間なんですから。もしまた今みたいに動いたら、優しく抱いてほしいなんて望みは水の泡と消えてしまいますよ。せっかく望みのままにしてあげようとしているのに。俺だって自分を必死で抑えてるんですよ、マダム。だがもう少しでこらえきれなくなりそうだ」

その言葉でケイトはひるむどころか、かえって興奮をかきたてられた。自分の求めに応えてマクニールが自制してくれているとわかり、女としての力を自覚したのだ。しかしその高揚感も数秒後には、またあらたな快感の波にさらわれて消えさってしまった。

マクニールはケイトの肩をつかんで引きあげ、その上半身が彼の頭の上にくるようにした。力飢えたように乳首を口に含み、吸いはじめる。ケイトはあえぎ、さらに体をしならせた。力強い指が優しく乳房をつかみ、その先端を舌がとらえて円を描くように這いまわる。太ももは溶けるように力を失い、息ができない。肺の空気がすべて吸いあげられてなくなってしまったかのようだ。ケイトは気が遠くなりかけていた。その胸をマクニールはしっかりと支え、自分の頭よりわずかに上の位置に浮かせるようにして、欲しいままに愛撫した。唇で乳首をもてあそび、なぶり、吸いあげ、優しく噛む。ケイトはなすすべもなく彼の技巧にもだえ、情熱に身をゆだねるしかなかった。

脚の谷間はしとどに濡れて、潤いは彼を受けいれたがっている。ある律動に駆りたられて、ケイトはまた彼の体の上で動いていた。太ももの奥の部分が膨れあがりながら同時に収縮しているように感じられる。その動きを止めようと彼は手で強く押さえたが、ケイトはどうなってもかまわなかった。欲求に身をまかせて、何が悪いの。ケイトは彼に激しく体をこすりつけた。動くたびに彼のものをよりしっかりととらえる位置に近づいていく。ペチコートをはさんで熱くたくましいものが激しく反応して猛っているのがわかる。

絶望を表すかのような低い声とともにマクニールは彼女の体を抱えあげ、ベッドの上にあおむけに放りだした。下半身で彼女をマットレスに押しつけ、動けなくする。「まだだ」

「いいの、お願い」

「キスするんだ」マクニールは命じた。ケイトはふしだらな女のごとく命令に従い、飢えたようにしゃにむに彼の頭を引きよせた。荒々しく情熱的なキスだった。生えはじめた彼のひげがケイトの柔らかい唇をこすり、傷つける。しばらくのあいだケイトは、彼があおった情熱に応えた。彼が欲しかった。早く終わりを迎えたかった。解き放たれたいと望んでいた。

過去四年間の空白から解放してくれるたった一夜のひとときを、ケイトは強く求めていた。

「ケイト！」マクニールの自制心ももう限界にきているようだった。ケイトは恥丘のふくらみを彼のものに押しつけて性急に動かした。彼はうめいた。「このまま続けたら、淑女（レディ）には耐えられないようなやり方でしたくなる」

「どんなやり方で？」ケイトは訊いた。つつしみのかけらもなくみだらに、大胆に。

マクニールの緑の目が金色に輝く濃いまつ毛のあいだで細くなった。「あおむけにさせて、壁に押しつけて、それから四つんばいにさせてするんだ。あなたがすすり泣いて懇願するのが聞こえるまでじらしてやる。それでもあなたがせがんだらまた抱いてやる」

ケイトは恐れの色もなくマクニールを見あげている。真っ白な麻のシーツの上に、夜のとばりを思わせる豊かな髪が広がる。

「そうしてほしいのか、ケイト？　そんなやり方だったらお手のものだ。それが俺という男だから。だがケイト、俺は……あなたと愛の営みをしたい」マクニールの声はあふれる感情で震え、ケイトの目はそれを受けいれてさらに黒くきらめいた。

マクニールは自分でも何を言っているのかわからなかった。それはこの瞬間まで、ケイトにもわかっていなかった。強烈な光にいっきに照らされたような思いで、ケイトは手を伸ばしてマクニールの頬をなでた。愛撫を受けながら彼は頭を傾け、目を閉じてケイトの手のひらの中央に熱い唇を押しつけた。

「そのままのあなたが欲しいの、キット。私たち、ありのままでいいのよ」ケイトは彼の体膚を愛撫し、腰に触れた。その手は傷あとの残るたくましい肩をつたって、肋骨を覆うなめらかな皮膚を愛撫し、腰に触れた。そしてさらに下へとたどり、ズボンの前開きの中をさぐって勃起したものに指をからめた。呪いとも祈りともつかない言葉が彼の口からもれる。「これが『愛の営み』よ、キット」

熱い肉の動きだった。彼の固く屹立した中心部分は繻子でできた鞘に包まれているのか。それは強烈に邪悪に、あくまでも雄々しくうねっている。彼の体は前に沈みこむように傾き、その額はケイトの額に一瞬、もたれかかった。だがすぐに彼はケイトの体を回転させて横向きにし、その勢いで彼の股間から彼女の手が離れた。

ケイトのペチコートが引っぱりあげられ、太もものつけ根の黒い茂みがあらわになる。マクニールの息づかいが激しくなった。無駄な肉が削ぎおとされた顔は厳しくこわばっている。手が恥丘を覆い、ゆっくりと、しかし遠慮のない愛撫で、女を所有する男の強さを見せつける。ケイトは快感のあえぎ声をもらした。マクニールのぴんと張りつめた暗い表情にほほえみの光がさす。

愛撫を続けられてケイトは燃えた。しかし、経験豊富な男に確信をもって女体をまさぐられ、すみずみまで探られたことに屈辱を感じて高まっているわけではなかった。まったく別の理由があってこそ激しく燃えていた。彼女のまぶたは重たげに閉じられ、呼吸は浅く、早くなった。マクニールは幾度も幾度もしつような愛撫をくり返した。触れられるたびにケイトの腰が持ちあがり、快感と欲望がひとつに溶けあっていく。

ケイトはシーツの上で身をよじった。ペチコートは腰のくびれの下のあたりでよれてしまっている。体は熱くほてり、うずいている。どうしていいかわからずに目を開けると、マクニールがじっと見つめている。

一緒に来てもらいたくて、ケイトは腕を伸ばした。「キット。お願い」

「ケイト。俺はただ――」

「お願い、来て！」

言葉にならないうめき声とともに、マクニールはズボンの前を開けた。ケイトはその暗い茂みからそそり立つ、大きく怒張したものをかいま見た。そして次の瞬間、彼はケイトにのしかかり、その太ももを膝で押しひらいた。頭をケイトの首のつけ根に埋め、開いた唇を喉に押しつけながら、腰を抱えて持ちあげ、ぐっと突きいれる。そう、最初は少し抑えて、あまり深く入れないようにしたかったが、ケイトは腰を浮かせて受けいれたがっている。彼は深く押しいった。

ケイトは叫び声をあげた。マクニールは動きを止めて悪態をついた。「だから言ったでしょう、絶対に――」

「違うの！」ケイトはあえぎながら言う。「そうじゃなくて、ただ……あなたのが……すごく……」

「無理だ……」勘違いしたマクニールは困りはててつぶやいた。「これが俺の体なんだ。これ以上小さくはなれな……」

「いいの、それで。そのままで」ケイトは息をもらした。驚いたことに彼女は半分笑みを浮かべ、半分むせび泣きながら、身を震わせて求めている。彼は引きかけていた腰の動きを止めた。ケイトはかすかにうめいた。

　マクニールはどこからどこまでも大きな男だった。それこそケイトが求めるものだった。欲しくてたまらなかった。腰を高く上げ、彼の肩にしがみつき、目を固く閉じて、背中をそらせて次の一撃を待つ。ひと突き。そしてもうひと突き。女体の奥深くまで貫いたマクニールは、律動の快感に溺れそうになりながらも、ケイトのことをずっと意識しつづけていた。

　腰を突きいれるたびに、自分を受けいれている体がケイトのものであることを、むさぼっている唇がケイトのものであることを強く意識した。肩にくいこむ指一本一本の感触を確かめ、震えるあえぎ声のひとつひとつに耳をすませた。マクニールはケイトの柔らかな尻のまるみに手をあててひっくり返し、自分の上にまたがらせた。彼の腰の両脇にひざをついて馬乗りになったケイトは、自分の体の奥に埋められたままの熱いものにあらためて驚き、目を大きく見ひらいた。

「このほうがいい」マクニールはやっとの思いで言った。「俺は重すぎるし、それに――ああ！」

　ケイトは彼の上でさらに深く腰を沈めていた。背中を弓なりにそらせると、髪の毛が後ろに垂れて彼の太ももにさらさらと触れた。絹のごとくしなやかで、子猫の柔毛(にこげ)のようにきめ細かい。あまりの快感にマクニールは死んでしまいそうだった。彼はケイトの柔らかく真っ白な乳房を手で包み、揉みしだいた。ケイトは体を上下に揺すりながら、彼を求めて動きはじめた。彼女の表情がますます高まる欲望で張りつめる。

「俺を使ってくれ、ケイト」マクニールは熱く邪悪な声でささやいた。「俺を使うんだ。ケイト、あなたに悦びを与えたい。あなたに仕えたい。俺の上で、満足ゆくまで俺を使って悦びを味わってくれ」

情熱と欲望をくり返し表現してやまない言葉だった。肉体の渇望や欲求をひとつひとつ読みあげるように響いた。ケイトはその声を聞き、命じられるままにふるまい、体をこわばらせた。体のうずきは激しい脈動に変わり、うずまく情熱が一点に集中していく。すすり泣くケイトをマクニールは愛撫した。ケイトは背をそらせて跳ねあがり、あえぎ、そして……まわりの世界が大きく揺れうごき、渦巻のように急上昇し、外に向かって爆発した。ケイトは奔流となって流れでる快感に満たされた。体が溶けていく。悦楽のきわみにまで上りつめた彼女は叫び声をあげた。

しばらくのあいだ、ケイトは渦巻と真空で作られた世界に浮かんでいた。すべてが終わると、マクニールの汗に濡れた胸にくずおれた。

体の震えがようやくおさまると、ケイトの耳にマクニールの心臓の鼓動の重い音が聞こえてきた。彼の手の優しい愛撫のリズムとは関係なく、心臓は規則正しく脈を打っている。ケイトはふたたび膝をついて起き、手をマクニールの胸に広げ、その肌に軽く爪を立てた。そして彼の燃えるようなまなざしをのぞきこんだ。

「私、懇願したりしなかったわ」と挑戦的に言う。

マクニールは声をあげて笑うとケイトの体を転がして組みしいた。両手をつかんで頭の上に上げさせると、彼女の体の奥深くに、いともたやすく自分のものを突きいれる。

「確かにまだしていないけどね」マクニールは認めた。

17　誤った判断をしたあとの対処

「ブラックバーン夫人！」メグが部屋の扉の向こうで呼んだ。

「なあに、メグ？」ケイトは目覚めた。自分が一人きりであることを知りながら。

「お城からの馬車が外で待ってます。奥さまを迎えに来たらしいです」

ケイトは部屋の中を見まわした。マクニールはもういなかった。ケイトのドレスもなくなっており、荒らされたものの残骸だけが床に散らばっている。トランクは横倒しになったままだ。

メグが扉を叩く。「御者になんと言ったらいいですかね？」

ケイトは体を起こした。今すぐベッドから飛びおきて、グレースの持ち物で残ったものをかきあつめて荷造りをし、すぐにも出発すると伝えてメグを安心させてやるべきだろう。しかしケイトはじっとしたまま薄い毛布にくるまっていた。侯爵が馬車を寄こしてくれたのに少しも嬉しく思わない自分に気づき、悲しみに襲われる。

私は、なんという愚か者だろう。

「今夜は俺のものだ」キット・マクニールはケイトを抱きながらその耳にささやいた。この部屋の扉の向こうにはいかなる未来も待ちうけていないことを、二人ともよくわかっていた。マクニールは私が目覚める前に出ていった。それをありがたいと思わなくては。ケイトは自分に言いきかせた。

暗闇の中で二人熱く燃えていたあいだは知らないふりをしていられた。しかし朝とともに、あのお決まりの絶望感が訪れた。ケイトはかつて持っていたものを――安心と安全を――取りもどしたかった。自由に呼吸し、何の心配もなく笑いさざめき、明日という恐ろしい敵を憂えることなく眠りにつきたかった。以前の暮らしに戻りたかった。

たとえマクニールが一緒にいてくれと頼んだとしても――実際、頼みはしなかったが――たとえケイトがその頼みに応えたい誘惑にかられたとしても――応えられるはずもないが――一文無しの兵士と貧しい未亡人にどんな将来があるというのだろう？　一緒になったところで、一、二年すれば今とまったく同じ状態に陥るだけだ。後悔の念にさいなまれ、過去にあこがれ、未来に恐れを抱くようになる。

ケイトは臆病者かもしれない。だが分別のある臆病者だ。

「マダム？」メグがまた呼んだ。「ご気分はいかがですか？」

自分が誰で、どうしていいかわからなくなっているのに、ご気分がどうかなんてわかるわけがない。ケイトはさっと毛布をはいだ。もうたくさん。何もなかったことにすればいい。

消すのだ。

昨夜のことはもう忘れよう。娘の甘くせつない夢のようにどこかにしまっておこう。記憶を

ああ、昨夜のことを体が憶えてさえいなかったら、忘れられるのに。

せめてキット・マクニールという男その人が、ケイトが思いえがく理想の男性像とかけ離れていれば、話は簡単なのに。

「誰かがお部屋に入って奥さまのものをめちゃめちゃにしたって聞いたけど、あたしは絶対に関係ありませんから」中がしんと静まりかえっているので不安になったのか、メグは泣きそうな声だ。「マダム！」

「はい！　すぐに行くわ」ケイトは思いきり頬をつねり、唇を噛んだ。侯爵が馬車を寄こしてくれたとは、幸先がいい。この機会をうまく利用しなければ。でも何を着ていけばいいの？　ケイトはベッドと壁の間に白いものがはさまっているのに気づいた。きっとシュミーズだわ。そう思って取りあげてみると、それはマクニールのシャツだった。

ケイトは目をきつく閉じた。薄地のシャツを握りしめて彼の体を思うと、そのぬくもりが手のひらに感じられるような気がする。男っぽい匂いがほのかに立って、昨夜の記憶がよみがえる。

「お願いです、マダム。心配になっちまいますよ。扉を開けてください」メグが懇願するように呼びかける。「大尉に直すようにって言われたドレスを持ってきましたから」そう言えば開けてくれるのではないかと思って言っているのだろう。

やっとのことで扉にたどりついて引きあけると、メグがケイトのドレスを片方の腕にかけて立っていた。もう一方の腕には裁縫道具を入れた小さなかごを提げている。詰め物をした布製の針山に、まち針や絹糸を通した針がたくさん刺してあるのが見える。

部屋の惨状を見たメグはあっけにとられて言った。「あらまあ！　こんなにひどいことして、奥さまのものに」

「私のじゃないのよ。いとこのグレースとご主人のものだったの」ケイトは抑揚のない声で言った。「いとこが亡くなる前に私のところに送ってきた品々で、侯爵にお返しにあがるところだったの」

「押しいってきた奴はきっと金目当てだったんでしょうね。探しても金が見つからなかったから、八つ当たりしてこんなに壊したんだろうけど。いやな奴ら」メグはそう言いながらベッドの上にドレスを並べた。

メグはトランクを起こして、引きさかれた内張りの布をもとの状態にしようと押さえつけた。「ちょっと縫えば大丈夫、わからなくなりますって」ケイトの返事を待たずにトランクのそばにかがみこむと、ささっと針を動かして、内張りをつくろってもとどおりの位置に戻した。

ケイトはごみと化した品々の間をゆらゆらと歩いて本を数冊拾いあつめ、トランクの底に積みかさねた。何もかもめちゃくちゃにされた。たくさんのものを失ってしまった。

「ね、マダム。もうそんなに浮かない顔なさらなくても」メグが立ちあがりながら言う。

「ほら見て、なんとかつくろってさしあげたよ。ちょっとは見られるようになったでしょ」メグは青いドレスを振りひろげ、よく見てくれといわんばかりに高く掲げた。「すそんところはちょっとひどくやられてたけど、リボンを使ってうまく隠してあるでしょ。ね？」

「紫のドレスのほうは、しみがついてたところを切りとって縫いとじといたから。前とほとんど変わらないと思いますけどね。だって、そんなにほっそりしてらっしゃるんだし」

ケイトはメグが差しだしたドレスを受けとり、なんとかほほえんで言った。「私、お金の持ちあわせがないの。でもきっと侯爵が——」

メグは気にするなとでもいうように手をひらひらと振った。「お金なら大尉がもうくださったよ、十分」彼女は言った。「だけどカラム・ラモントがあんなふうにやられたのは初めて見たね、あの大尉がさんざんにやっつけて」

「何ですって？」ケイトは訊いた。「いつの話？」

「昨夜」メグが言った。「奥さまがお風呂をつかって二階に上がったあと。下の大部屋に来てみたら、カラムが大尉に襟首つかまれて、ぬいぐるみの人形みたいにぶらさがってたんですよ。目ん玉なんか飛びだしちゃって、舌はだらっと垂れてるし。まわりの男たちは皆悪魔が出てきたみたいにびくつきながら見てたね」メグはからからと笑った。

「それで大尉は、いきなりカラムをどさっと下に落として、階段を上ってったんですよ。何がなんだか、誰にもわからなかったけどね。あとを追いかけて行こうなんて勇気のある男はいなかったし。そりゃ、大尉のあのやりようを見ればね」

「なんてこと」ケイトはつぶやいた。「カラムは死んでしまったの？」

　メグは恐ろしいほどの無頓着さで肩をすくめた。「大丈夫。うなり声あげてましたもん、手下の若者が引きずって外に連れだしていったとき。まあ今日ぐらいはうんうんうなってるだろうけど」メグはつけくわえた。いい気味だと思っているのが明らかだった。

「俺は、凶暴そのものの人間なんです」ケイトの手足がぶるぶると震えだした。マクニールの言ったことを彼女は信じなかった。信じるべきだったのに。

　どうして忘れてしまっていたのだろう？　彼が「ホワイトローズ」で暴力をふるっているところをこの目で見たくせに、どうして？　限りない繊細さでケイトの肌に触れ、身を震わせていた彼なのに、その同じ手を武器にしてほんの少し前にけんかをしていた。しかも相手が意識を失うほど痛めつけて。なんて恐ろしい。ケイトは目を手のひらで覆った。

　ここから逃げださなくては。礼儀正しい男性ばかりがいるところに逃げこもう。この世の醜いものから女性を守ってくれる安全な場所に。乱闘をしたその足で恋人のもとに向かうような男のいない世界に。

「私、行かなければ」ケイトはせっぱつまってつぶやいた。

　その言葉を誤解したメグはうなずいた。「もちろんですよ。お城が待ってるっていうのに、こんなとこにいたいなんて思う人はいませんよね？」

　ケイトはなんとか壊れていないものを集めてトランクに入れはじめた。荷造りのことだけに集中して、余計なことをふらふら考えないよう努めた。しかしどうしてもくしゃくしゃになったベッドに目がいってしまう。マクニールの体が脳裏によみがえってくる。汗に濡れた体がつややかに光り、引きしまった筋肉が波打つようす——ケイトはトランクのふたをばたんと閉めた。ここをすぐにでも離れたかった。体の向きをくるりと変えてベッドに背を向けると、あとをメグにまかせ、逃げるように部屋を出た。

階段の下にはこぎれいなお仕着せを着た赤茶色の髪の若者がいて、あわてて立ちあがった。「ブラックバーン夫人でいらっしゃいますか？　わたくし、ジョンといいます。侯爵の御者を務めています」若者は誇らしげに自己紹介し、出口に向かうケイトの先に立って急いで歩きだす。

この場を大急ぎで脱出しようとしていたケイトは立ちどまり、気もそぞろに、ためらうようにまわりを見た。「宿屋のご主人にお支払いをしてからでないと」

「必要な手続きはわたくしのほうでしておくようにと、侯爵から言いつかりました」ジョンが言った。「馬車の中でお待ちいただければ、お荷物のほうも積んでおきますので」

「ああ、そう。そうですか」

ジョンは宿屋の出入口の扉を開け、うやうやしくお辞儀をしてケイトを見おくった。外で待っていたのは二頭引きで幌つきの四輪馬車だった。馬車の側面は黒い油をひいたような光沢を放ち、半分たたんだ幌は金色の組紐で留めてあった。宿屋の馬小屋の少年が、見事にそろった二頭の鹿毛(かげ)の馬の鼻先近くに立っていた。顔には畏敬の念が表れている。少年はケイトを見ると、馬車の扉を開け、大あわてで中から踏み台を取りだした。

ケイトは乗りこみ、豪華な装備に注意を向けるよう努めた。これほど優美な馬車に乗ったことはない。ヨークでの生活でも一度もなかった。侯爵が裕福であることは明らかだ。馬車は非常によく手入れされており、馬たちも世話が行きとどいているらしく実に立派な毛並みだ。ケイトの訪問はきっと実を結ぶだろう。ここ二、三日、自滅的な判断の誤りをくり返してきたが、こうして侯爵の馬車に乗るところまでこぎついたのは間違いではない。

ケイトは深く息を吸った。マクニールは行ってしまった。そう、これで終わりなのだ。彼女は三回深呼吸をした。これで自分が取りもどせる。私はもう大丈夫。私は――。

「ブラックバーン夫人」

深みのある低い声が後ろから呼んだ。びくりとして、心臓が喉までせりあがったかと思うほどだった。ケイトは少しのあいだ、座っていた場所から動けなかった。なんとか心を落ちつけてふりむく。

マクニールの男らしい姿がそこにあった。すぐれた体格、屈強そうで、圧倒的な男くささを感じさせる。

彼は愛馬ドランにまたがっていた。赤銅色に日焼けして引きしまった頰の下で、上着の襟が風ではためいている。帽子をかぶっていない。太陽の光のもとで隠すものは何もないと、顔に刻みつけられた傷あとのひとつひとつを故意にさらけだしているかのようだ。しかし、ひげはきれいに剃ってあった。あごに触れたらきっとすべすべしているにちがいない。

彼に向かって「マクニールさま」と呼びかけるのはあまりにそらぞらしいし、「キット」

では親密すぎて気がひけた。「クリスチャン。私……」

どうしていいかわからなかった。官能的な記憶で、ぞくぞくするような興奮がケイトの肌を刺す。彼の唇の感触が自分の唇にはっきりと刻まれていた。乳房にはひげをこすりつけられたときの赤いあとが残っている。そして……ケイトの視線は彼の美しく強靭な手に注がれた。両の手首には、彼のえじきになった者が引っかいた爪のあとが赤くえぐれている。ケイトはごくりとつばを飲みこんだ。

マクニールはいつもと変わらない真意のはかれない表情でこちらを見つめている。私にはできないわ。恋人と寝た翌朝、顔を合わせて、二人のあいだに何ごともなかったかのようにふるまうなんてとてもできない。しかし平静を保つしかなかった。それ以外のふるまい方があるというのか？　馬小屋の少年が聞き耳を立て、興味深そうな表情をしてすぐそばに立っているのだから。「ここまで連れてきてくださって助かりましたわ」

「今度、紹介状でも書いていただければ」マクニールの声は穏やかだった。しかしその目には情熱が秘められているのがわかる。ケイトの頰が赤らんだ。

そのとき、マクニールが何か昨夜の情熱の余韻を伝える言葉を、それを言ったらすべてがおしまいになるような言葉を口にするのではないかとケイトは思った。だが彼はこう言っただけだった。「申し訳ありませんが、もう少し私とおつき合いいただかないと。お城まで無事にお送りするとお約束したので、お供しますよ。そこでお別れしますから」

お願い。やめてちょうだい。あなたと一緒にいると閉じかけていた傷口が開いてしまう。

「送ってくださる必要はありませんわ」

「いや、あります。ここらへんの者がどんなか、ご覧になったでしょう。お城までの道にもそんな輩がうようよしていますし、あなたがすでに泥棒の被害にあわれたことなど知りもしません。この馬車は立派すぎます。これでは侯爵が、付近の追いはぎ全員にどうぞ襲ってくださいと宣伝しているようなものだ」

ケイトの顔はますます赤くなった。「侯爵は、私の道中が快適になるようにと考えてくださったのだと思います」

「私が考えているのはあなたの安全です」マクニールはぴしゃりと言った。

「それにあなたはいつも約束をお守りになりますものね」ケイトは熱をこめて言いかえしたが、すぐに後悔した。

「あなたならよくご存知でしょう、マダム」マクニールの声はさらに低くなった。ケイトは顔を赤らめ、目を伏せた。昨夜、約束を忠実に実行する彼の心ばえを利用してベッドに誘ったことを思い出したのだ。彼はいらだたしそうに言った。「そういうつもりでは――」

マクニールが言いおわらないうちに、御者のジョンが陽気な笑顔をふりまきながら宿屋から出てきた。ケイトは座席に深く座り、マクニールはドランを歩ませて馬車の横から離れた。

「お城まで一緒に行くから」マクニールがジョンに向かって言うと、若い御者は驚きながらも感謝の表情を見せた。「ただ、道の安全を確かめるために俺が少し先を走る」マクニールはドランの横腹にかかとをあて、漁村から城に続く急な坂道を駆けあがっていった。

マクニールはそのまま戻ってこなかった。

馬車に揺られて行く道のりは長く、道が悪いため、ゆっくり行く必要があった。高くそびえる岩山は険しい下降線を描いて海にせまり、何キロにもわたり海岸線が複雑に出入りして大小の入り江が続いている。上からは見えないくぼみや洞穴に波が当たって砕けちっているのか、水しぶきが空中高く舞いあがり、細かい霧になってかすかに光りながら断崖のふもとを包んでいる。馬車が行く道の崖側を見おろしたケイトは息をのんだ。切り立った断崖の線は海に向かってまっすぐに落ちており、海面は岩に打ちよせる波で白く泡だっていた。

チャールズとグレースの夫妻がこんな場所で帆走していたのなら、事故にあっても不思議ではない。不思議なのは、こんな波の荒い海にヨットを出しても大丈夫だという自信が彼らにあったことだ。

しかし海岸線の劇的な風景も、昨夜の記憶を追いはらっていられたのはつかの間のあいだだけだった。ケイトの頭にさまざまな場面がまた次々と浮かんできた。体の記憶によってたちまち呼びさまされる感覚は鮮烈だった。重ねられたマクニールの唇、体に回された腕、耳にささやかれた性急で情熱的な言葉。

ついにケイトはどうしようもなくなり、前に乗りだして御者に話しかけた。「侯爵にお仕えしてもう長いのですか？」

ジョンは気軽にうなずいた。「わたくし、お城で生まれたのです。親父が前の代の御者長を務めていましたから」

「ああ、でしたら私のいとこ、グレース・マードックをご存知ね？」

ジョンの顔から笑みが消えた。「はい」痛ましげに頭を振る。「あれはひどい事件でした。でも怖がられませんように、マダム。侯爵は手を尽して、犯人をつかまえて裁きを受けさせようとしておられますから」

ケイトはとまどうようにジョンを見た。

「奴らだって罰は逃れられませんよ」御者は断固として言った。「逃げおおせると思ったら大間違いですよね？　侯爵の実の弟君と奥さまを殺すなんて。まったく、気が狂ってるとしか思えません」

「殺した？」ケイトは混乱してくり返した。「でも……二人はヨットの事故で亡くなったのでしょう」

ジョンの耳が真っ赤になった。「あ！　てっきりご存知かと思ったものですから！」

「ご存知って、何を？　何が起こったの？」ケイトは訊いた。「侯爵からのお手紙では、グレースはヨットの事故で溺れ死んだということでしたわ。そうではないんですか？」

ジョンは前方を見つめながら、情けなさそうに肩をがくりと落としている。「最初は皆、そう思っていたのです。ですが……」

「教えてください、お願い」

ジョンは赤茶色の髪に手をやってごしごしと掻いた。「チャールズさまを海から引きあげたとき、肺には水が入っていませんでした。それで、溺れて亡くなったのではないと侯爵は判断されたのです。その線で考えてみると、岩に打ちつけられてできたと思っていた打ち身の傷が、実はもしかすると——申し訳ありません！　あっ、マダム！　馬車をお止めしましょうか？」

「いいえ、結構よ。大丈夫です」ケイトは胃のあたりを手で押さえながらなんとか姿勢を正した。「なぜ我が家にはその知らせが来なかったのかしら？」

「わたくしにはわかりかねます、マダム」ジョンは意気消沈したおももちで言った。「ついしゃべりすぎてしまいました」

「では誰が二人を殺したのでしょう？」

ジョンの肩が上がった。「追いはぎか、密輸人か。犯人をつきとめるためにありとあらゆる努力が払われていますから、ご安心ください、ブラックバーン夫人。密輸人たちはわたくしが物心ついたころからずっとクライスにいましたが、どうも今回は越えてはいけない線を越えたようですね。それがわかっているから、懸命になって事故みたいに見せかけたんだと思います」「でもグレースとご主人をわざわざ殺したのはどうしてなのかしら？」ケイトは訊いた。「盗るものさえ盗れば放っておいてやってもよかったでしょうに？」

「チャールズさまは物盗りにあっておめおめと引きさがるようなお方じゃありませんよ。それにもし、犯人の顔を見てしまったら……」ジョンの声はしだいに小さくなった。「でも、悪党どもはもう逃げもかくれもできませんよ。侯爵はあれが殺人だと確信されてからエジンバラの都にお知らせになって、すぐに民兵が駆けつけましたから。なんとかしてくれるはずらです。それに今となっては、民兵のほうにも犯人を見つけたいと思う理由ができましたからね。

実を言いますと、ブラックバーン夫人」御者は秘密を打ちあけるような口調になった。「民兵がこちらに到着した直後に、その隊長が殺されたのです。この事件にも密輸人が一枚かんでいるとの噂もありまして」ジョンはうなずいた。「ご心配なく。後任の大尉が先週やってきましたから。ご立派で魅力的な軍人で、ちょっとそこらにはいない紳士です。これでようやく、チャールズ・マードックさまと奥さまのために、正義がなされるのですよ、マダム！」ジョンは勝ちほこったように言った。「これからどうなるか、見守っていてください」

パーネル城は、城としては小さいほうだった。城の形は特に変わっているわけではなく、小さな中庭を囲んで正方形の建物が建っている。ケイトを乗せた馬車が広々とした、もっぱら飾りの役目を担うだけの門を通りすぎたときにちらっと見えたのがその中庭だった。城は海を見おろす岩の狭間にうまくおさまっており、そのためにたいていの城砦に起こりがちな、塩害による磨耗から免れていた。城壁の石は数百年前のものではあったが、新しく切りだしてきたかのようにつややかだ。数多い窓は、斜めに差しこんでくる朝日を受けてきらきらと金色に輝いていた。

すばらしいわ、とケイトは思った。こんな城に切ないあこがれを抱いていたのだ。汚されていない自然の中に築かれた、手入れが行きとどき、整然として、保護された城。馬車が止まった。ジョンは急いで飛びおりてケイトに手を差しだした。城の正面玄関が開くと、そこには第八代パーネル侯、ジェームズ・マードックが立っていた。

ケイトの記憶にあった顔立ちのよい若者は成長して、実に上品で魅力的な男性になっていた。濃い金髪がハシバミ色の大きな瞳によく合っている。背は普通より少し高めで、ほっそりとしてはいるが強健そうな体つきで、極上の仕立ての服がそれをさらに引きたてている。首巻き（クラバット）は雪も嫉妬するかと思えるほどに白く輝いている。パーネル侯爵はひと言でいえば、完璧な男性だった。

「ブラックバーン夫人！　こんな悲しみのときでも、またお会いできて心から嬉しく思いますよ！」腰のところまで深々と頭を下げてお辞儀をした侯爵に、ケイトは軽く膝を曲げてお辞儀を返した。

「ありがとうございます、閣下」

「いや、ご遠慮なさらずに。あなたのいとこにあたられるグレースは私の義妹です。家族同然なのですから、そのように堅苦しくせずに、パーネルとお呼びください」

「おおせのとおりに」

「私の邸（やしき）にようこそいらっしゃいました」侯爵は誇らしげな気持ちを隠そうともせずに言う。ケイトはそれを好ましいと思った。本心を見せない男たちにはもううんざりだ。侯爵の素直な喜びようは新鮮だった。侯爵の先に立って、ケイトは明るく広々とした大広間に入った。床には、黒光りのする石と澄んだ輝きの白い石を格子状に組みあわせて敷きつめてある。数人の小間使いが白大理石の階段を熱心に磨きあげていた。階段はゆるやかならせんを描いて上に向かい、途中の踊り場には細長い窓が整然と並んでいる。

「とてもすてきですわ」

「お気に召したようで嬉しいかぎりです」

「閣下」従僕が横手から近づいた。

「何だね？」

「ワッターズ大尉からのご挨拶をお伝え申しあげます。今日の午後、ご都合のよろしいときにお目にかかれないかとのことでございます」

ケイトは思い出した。ワッターズというのは確か、殺されたグリーン大尉の後任だという人物だわ。いっときだけうきうきしていた気分がまた沈んだ。

「大尉に伝えてくれ。私は今のところ手が放せない、と」侯爵は言った。「だが、夕食後に、書斎にて喜んでお会いすると申しあげなさい」

「はい、かしこまりました」従僕はお辞儀をした。

侯爵はケイトのほうをふりむいたが、とたんに心配そうな表情になった。「お客さまのもてなし方も知らないで、失礼しました。お疲れでしょう。あなたの小間使いが来たら、すぐにでもお部屋の場所を案内しておきましょう。そして――」

「私、小間使いはおりませんの」ケイトは恥ずかしさのあまりうつむいた。これで侯爵にも義妹のいとこの生活程度――困窮の度合いが想像できるだろう。「旅の途中で逃げてしまったのです」

「どんなに恐ろしい思いをなさったことでしょう！」侯爵は痛ましそうに叫んだ。「それでは、ご滞在中はうちのペギーに身の回りのお世話をさせましょう。ペギーはグレースの小間使いだったのです」

「ありがとうございます」

大広間の扉が開き、ジョンが現れた。重いトランクを肩に抱えてふうふういっている。御者の後ろからマクニールが、小さな革かばんでも運ぶように軽々ともう一個のトランクを抱えてついてくる。無表情な目、超然とした態度。

「あなたをお連れした御者ですか、ブラックバーン夫人？」マクニールを興味深げに観察しながら、侯爵が訊いた。いかにも率直で親しみやすい物腰だ。「困難な状況でも切りぬけられそうなようすをしていますね。馬車の請負業者に称賛の言葉を伝えておきましょう」

「いいえ侯爵、違うのです」顔が赤らむのを感じながらケイトは言った。「この方は……あの、実は――」

「私は、ブラックバーン夫人のお父上に恩を受けた者です。道中お守りして無事にお城までお送りすることで恩返しをさせていただきたいという申し出を、夫人がご親切にも聞きいれてくださったのです」マクニールはすらすらと述べた。格子縞の肩掛け（プレード）がめくれて、深緑の連隊服の上着が見えた。

「ああ、あなたは軍人なのですね」侯爵は言った。「それでわかりましたよ。スコットランド高地人の、司令官に対する忠誠心の強さについては数々の逸話を聞いていますからね。昔ながらの氏族制度の中で引きつがれてきたものですかな？」

マクニールは侯爵の誤解を正そうともしなかった。そんなことをしてどうなる？　どうせすぐここを去ってしまうのに。侯爵にどう思われようと、かまわないじゃないか。「そのとおりです、閣下」

「うん、よろしい……ええと……」

「マクニールです、閣下。キット・マクニールと申します」

「マクニール殿」侯爵はほほえみながら言った。「ブラックバーン夫人をここまで送ってくださって感謝します。夫人の無事はひとえにあなたのおかげです」

マクニールの灰色がかった緑の目が、意識的に装ったさりげなさでケイトに向けられた。

「お役に立てて光栄でした」

ケイトのあごがつんと上向いた。よくもここまではっきりと無関心なふりができたものね？　二人で過ごした夜のせいで私が空想のとりこになり、夢見る愚か者にでもなってしまうと恐れているのかしら？　私が望んでいたものをすべてなげうって、彼を求めて必死になるとでも思っているの？　その手を、唇を、ささやきの言葉を求めるとでも？　彼に求婚してほしいと言いはって大騒ぎすると困るから？

マクニール、そんなことを恐れる必要はないのよ。私は、甘ったるい感傷的な考えで頭がいっぱいの、学校の教室にこもりきりのお嬢さまとは違う。

「お乗りになってきた馬が回復するまで、二、三日はここに滞在していただけるのでしょうね？」侯爵は申し出た。誠意あふれる率直さ。それはおそらくマクニールが持ちえない、彼の性質とはあいいれない特質だろう。「もちろん、お泊りくださるのでしょう。すぐにでもお部屋を用意させますから――いやいや！　どうかご遠慮なく。ぜひどうぞ。せめてお礼のしるしまでに、このぐらいはさせてください」

　マクニールが答えようとする前に侯爵は手を上げた。「ジョン、こちらへ！　マクニール殿の愛馬を馬小屋に連れていってくれ。ジョンは馬のことにかけては魔術師のような腕をもっているのですよ、そうだろう、ジョン？」

「閣下、本当にどうぞ、おかまいなく」マクニールは言った。そうやって遠慮するぐらいのたしなみは持ちあわせていた。

「何をおっしゃる」侯爵は言いはった。「ブラックバーン夫人をお守りしてくださった方を、そこらの平民と同じように民兵たちと一緒にお寝かせするわけはいかないでしょう」そう言いながらマクニールの着古してぼろぼろになった格子縞（プレード）の肩掛けをさりげなく観察している。

「ペギー！」小柄な、きまじめそうな女がさっと前に進みでた。「マクニール殿を塔の部屋にお連れして、お世話の手配をしなさい。それから上着にブラシをかけてさしあげるように、いいかね？」侯爵はマクニールの上着を意味ありげに見た。「夕食は三時間後の予定ですから、ぜひ」

　短い礼の言葉を述べ、ケイトに向かって軽く会釈すると、マクニールはペギーのあとについて階段を上っていった。神よ。ケイトは安堵の気持ちが体中に広がるのを抑えることができなかった。

侯爵は手を差しのべた。

「さあ、親愛なるブラックバーン夫人。お話ししたいことが山ほどあるのです」

18　楽しく社交的な場所での滞在を延ばすための画策

侯爵の温かい歓迎ぶりにケイトの沈んだ心は浮きたった。侯爵の優しい表情に接して、マクニールの冷笑的な態度のせいでひきずっていた不快感を消すことができた。それでもケイトの目は意に反して、マクニールが消えた階段の上に向けられてしまう。

マクニールはケイトをほかの男に渡してしまうことなど何とも思っていないようだった。それはもちろんそうだろう。彼にはなすべき重要な仕事が、人を殺すという使命がある。ケイトは彼が人前で思慮深くふるまったことを嬉しく思うべきなのだ。二人のあいだに礼儀正しい関係以上のものがあったなどとは少しも匂わせなかった。マクニールがああいう行動をとったのは、ケイトのためを思えばこそだ。それを忘れてはならない。だからありがたいと感謝すべきだ。そのことで不機嫌になったり、悲しんだりせずに、そして――。

ケイトは無理に口もとに笑みを浮かべて明るい笑顔をつくり、侯爵のことだけを考えるよう心構えをした。

「お泊まりいただくお部屋をご覧になりたいでしょう」侯爵は言った。「しかしその前に、ほんの少しでいいのです、お時間をいただけると、大変ありがたいのですが」

「もちろん、喜んで」ケイトは言った。従僕の手によって彼女の肩マントと帽子が脱がされ、つぎの当たった手袋もその繕った箇所が目立たないようにすばやくはずされた。

「それでは、まいりましょうか？」待っていた侯爵はケイトに腕を差しだした。

押しつけがましくない親愛の情を示されて、その働きかけがどの程度のものか推しはかれる能力が、ケイトにたちまち戻ってきた。この三年間の経験をまるで手袋を脱ぐのと同じぐらいたやすく捨ててしまったかのように、ごく自然な反応だった。すべて慣れ親しんだものだった。穏やかな小声で交わされる礼儀正しい会話。ふっくらとした厚みのあるじゅうたんを踏んで歩くたびにドレスのすそが立てるさらさらという音。興味を抱いていることを示すときにかしげる首の角度。それらすべてのこまごまとしたものが積みかさなって初めて、人生は優雅で、しのぎやすいものになる。ケイトは頭に刻みつけた。私が書く本に、社交術をさびつかせない方法という項目もつけくわえておこう。

そうだわ。ケイトの心にあらたな確信がめばえた。これこそ私が属する世界なのよ。

印象的な邸だった。ケイトが想像していた不気味な石の壁はここにはない。白く塗られた壁が、洗練された絵画の類や数々の美しい銅版画の引き立て役となっている。城というからにはうす暗がりによろいが飾られているだろうと予想していたが、先祖の城主たちが築いた紋章の重みを感じさせる装飾品は目のつくところにはなかった。部屋は居心地のよさそうな調度で整えられており、日当たりも風通しもよかった。しっくい天井と壁の境には精巧な彫刻が施された飾り縁が取りつけられている。

侯爵の説明によると、城の四つある翼棟のうち三つはまだ侯爵一族が生活の場として使用しているという。四つ目の翼棟は前の代から誰も住まなくなっていたが、今は民兵の宿営地として使われている――城の中に軍隊が駐留するのは本当に珍しいことらしいが。

パーネル家の先祖は、スコットランド高地の貴族たちの多くが取りつかれた政治熱にはなるべく関わらないようにしていたらしい。かといって明らかに賢明な選択だと思われるときには協力を惜しんだわけではない。しかし状況が許されるかぎり、王や将軍たちが奔走する政治向きのことには距離を置いていた。そういった分別ある姿勢が幸いして、近隣の一族が所有地は残されたとしても、次々と爵位を剝奪されていく中で、侯爵の地位を保ったまま先祖代々の城に引きつづき住むことができているのだという。

「お気に召しましたか？」侯爵は手短に訊いた。ケイトの反応を知りたがる気持ちが予想外に強そうだ。

「ええ、もちろんですわ」ケイトは答えた。「すばらしいお邸（やしき）ですね」

「あなたに喜んでいただけて心から嬉しく思います」

ケイトは好奇心に満ちた視線を侯爵に向けた。

「私どもは隣人にも恵まれているのですよ」侯爵は言う。

ケイトは眉を上げた。「驚きですわ、クライスにも上流の方々が住んでいらっしゃるなんて」

「クライスではありません」上機嫌だった侯爵の表情が冷たく翳った。「隣接する地所の所有者のことを言っているのです。一六キロの範囲内に二家族が住んでおられます。このあたりにも好ましい人たちが結構住んでいるのですよ。想像もつかなかったでしょう？　もっと内陸のほうには、一日以内で行けるところに、八家族もの立派な人々がお住まいです。ですから、私どもとしてはおつきあいに困るということもないのですよ」

ケイトはとまどって侯爵を見た。「それは楽しそうですわね」

「ええ、そのとおりです」扉を開け、脇によけて道を空けながら侯爵は言った。「こちらが私の書斎です。どうぞ、お座りになってください」

絹張りの長いすを身ぶりで示し、ケイトがそこにちゃんと座るのを見とどけたうえで侯爵は言った。「ブラックバーン夫人、じつはここにお連れしたのは訳があってのことなのです。あなたのいとこであるグレースの死について、お手紙でお知らせすべきだったことを今、お話ししたいと思いまして」

「もう存じておりますわ、閣下」

侯爵は驚きで眉をつり上げた。

「グレースの死は事故によるものではなかったと聞いています」

侯爵は急にいぶかしげな表情になった。「ええ、そうです。お宅の皆さまに二通目の手紙でお知らせしましたように」

すか？」

「はい。状況が明らかになってから……あれが事故ではなかったことがわかってからすぐにお手紙をさしあげましたが」当惑した表情が真剣になる。「お受けとりになっていないのですか？」

「ええ」ケイトは顔をしかめて記憶をたどった。郵便が紛失することがないわけではない。小間使いが配達人に規定の郵便料金を支払っていなかった場合は特に……それでも、手紙が届かなかったのは妙だった。

「なんということだ！」侯爵は叫んだ。「おかわいそうに、ブラックバーン夫人。ご存知なかったのですか？」

「ええ。事故でなかったと知ったのはこちらに着いてからです」

「いらしたそうそう、こんな悲報をお聞かせすることになるとは。お気持ちを考えると何と申しあげたらいいか。しかも私はこのうえさらに、あなたにひどい衝撃を与えるようなことをお伝えしなくてはならない」

ケイトはさっと頭を上げた。

侯爵は背中の後ろで手を組み、部屋の中を行ったり来たりした。「一度にすべての真実をお伝えしなかった私が間違っていました。二通目の手紙が届かなかったからしようがなかったとは決して申せません。しかし、これからする話をひととおり聞いていただければ、私の判断がそう間違ってはいなかったと思っていただけるかもしれません」

「二通目の手紙？」

ケイトは話の続きをうながした。

侯爵は深く息を吸いこんだ。「チャールズとグレースは、この北スコットランドという土地にしだいに満足していられなくなったようでした」

それはケイトにも想像できた。グレースからたまに来た手紙の中でも、田舎暮らしに嫌気がさしていることが隠さずにつづられていた。グレースの目はロンドンと、そこで経験できる多くの楽しみに向いていた。

「チャールズは何度も私に頼んだものでした。ロンドンに屋敷を買って、二人でそこに住まわせてくれと。でも私はその頼みをはねつけました」侯爵の頰に血が上った。「詳細にわたるお話をして気分を害したくはないのですが、それでもあなたに、この恐ろしい犯罪の背景を把握しておいていただきたいのです」

「大丈夫ですわ。続けてください」

「父は、この世を去る数年前から、所有地の管理が十分にできない状態になっていました。財産を相続してから、私は多額の借金をして、所有地の事業を利益が上がるような形態に変え、城を昔どおりの豪華な邸に戻すためにその金をつぎこみました。そのうち私の努力が実を結んで、しだいに状況はよくなりました。しかしチャールズとグレースをロンドンに住まわせて、二人が思いえがいていたような豪奢な生活をさせてやれるほどの余裕はありませんでした。

それで彼らにも事情を話して断ったわけです。チャールズが私に家のことを頼む、私が断る——二人のあいだで毎年くり返される儀式のようになっていました——ただそんなやりとりを続けても、チャールズは恨みを抱いたりはしない、私はそう思いこんでいたのです」また顔がくもる。「だがそれは間違っていました。チャールズは私の意見に納得して引きさがったわけではなかった。それどころか怪しい仲間と手を結び、ひと山あてようと考えました。確かにチャールズは富を手に入れた。もしやグレースがあなたに送った所持品でもそれがわかるかもしれませんが。少なくとも、ロンドンに引っ越して贅沢な暮らしをするぐらいの金はできたはずです」

「どういうことでしょう」

侯爵はケイトの隣に座った。「チャールズは、泥棒や密輸人、難破船荒らしのごろつきたちと運命をともにする道を選んだのです」窓の外の海岸地帯を指さす。「この城が建っている地形を見てください。チャールズは、私が所有するあの海岸一帯を悪党どもに密輸の目的で使わせました。神よ、弟をお赦しください——そして嵐のあいだ、安全な避難所を求めてやってくる哀れな船を、難破させるたくらみにも加担したのです」

「まあ、何てこと」ケイトはつぶやいた。「そして、何が起こったのですか?」

侯爵の顔には痛恨の思いがにじみでた。明るい性格の人だけにそこまで苦々しい感情を抱くのはめったにないことだろう。「ならず者や野蛮な奴らと関わりあいになればどうなるか、想像がつくでしょう? 仲間割れです。結果として殺人が起こりました」

「でも私の聞いたところでは、あれは通りがかりの殺人だったと!」ケイトは叫んだ。「二人を襲った追いはぎが、チャールズに顔を見られたために口封じに二人を殺したのでは」

「私が、まわりの人々にそう思わせるようにしむけました」侯爵は重々しく言った。「だからこそ事実をすべて手紙に書くわけにはいかなかった。あなたがたが英国の当局に通報すれば、当局が捜査に乗りだして弟が密輸に関わっていたことが暴かれるかもしれない。それが恐ろしかったのです」

侯爵は懇願するようにケイトの手を握った。「私には四人の姉妹がいます。二人は近くに住んでいますが、残りの二人はそれぞれロンドンの社交界の一員として暮らしています。そんな醜聞が広まれば、彼女らの人生は終わりです。そして私は、もしかしたら誤った考えなのかもしれませんが、欲深な弟のせいで姉妹が犠牲になるのは見るにしのびないのです」

「もちろんですわ」ケイトはすぐに反応した。「そんなこと、いけませんわ!」

「ブラックバーン夫人、そんなふうにためらいもなくおっしゃってくださるのは、あなたが優しい心をお持ちだからですよ」侯爵は言った。「しかし、弟の弱さのせいでグレースが殺されたことを知っていただかなければ片落ちになります。私は公平な人間でありたいと常々思っています。グレースまでが共謀していたとは考えられません。気の毒なことをしました。私はけっして、自分の知るありのままの事実をあなたに隠しつづけるつもりはありませんでした。直接にお会いするまで待って、そこで初めてお話しし、今後とるべき行動についてご判断を仰ぐつもりでした。ですから、ご一考をお願いします。我が一族の評判をおとしめることなく正義を行うべく、私におまかせいただくほうがよいのか、それとも英国当局に事情をすべて打ちあけたほうがよいと思われるか、あなたのご意見をうかがいたい」

グレースの「共謀」の線は疑問の余地はなさそうだったが、ケイトはあえて意見を述べずに訊いた。「閣下はこれからどうなさるおつもりですか？」

侯爵はケイトの手を放し、顔をゆがめて笑った。「民兵たちがもうすでにここに集結していますからね、ブラックバーン夫人。民兵はあのくそ——悪党どもを捜しまわるでしょう。隠れ家の洞窟や、穴などをしらみつぶしに。私は弟夫妻を殺した奴が誰であろうと、そいつを捜しだして、かならず正当な裁きを受けさせてやります」

侯爵が怒りを懸命に静めようとしているのがわかった。「まだ着かれたばかりなのに、こんなことでつらい思いをさせご負担をおかけしたこと、お赦しください。でも私は単純な男なものですから、ブラックバーン夫人。自分の言いたいことをいっきに話してしまって、そのうえであなたのお答を聞きたいと思ったのです」

侯爵はケイトの答次第で腹を決めるつもりなのだろう。自分の意見がいかに大きな意味を持つかを考えると圧倒された。侯爵のためにも、ケイトは慎重に考えて答えなくてはならない。「ご自分で犯人を捜しだすおつもりですか、閣下？」

「いいえ、まさか」侯爵は驚いた声をあげた。「私などが出ていったら事が台無しになるだけですよ。ワッターズ大尉のおかげで、犯人の特定につながる捜査はかなり進んでいるようです」

「そのあとはどうなりますの？」

「犯人が逮捕されたら、船を難破させた罪と密輸の罪で当局につき出してやります。『殺人』という言葉は一度も出さずに」

つまり容疑者は、殺人の罪には問われないが、船を難破させた罪で裁判を受けるということだ。その場合も懲罰の重さは同じだから、無実の人を苦しめることなく、正義が行われることになる。「侯爵が最良と思われる方法で結構です。おまかせいたしますわ」ケイトは穏やかに答えた。

「ありがとうございます、マダム」侯爵はほっと息をついた。「姉妹に代わりまして、また私からもあらためてお礼を申しあげます。あなたは私の恩人です」

「いやですわ。そうまでおっしゃられると気恥ずかしくなります」

「私の心からの気持ちですので。それから、申しあげておきますが、私はあなたの今回の滞在が、暗く憂鬱な日々にならないようにお世話させていただくつもりです。これでも、親しみやすい明るい人柄だというお言葉をしょっちゅういただいているのですよ。この機会に私のこともよく知っていただければと思っています」

「嬉しいですわ、ぜひ」ケイトはつぶやいた。

侯爵は手を差しだし、ケイトはその手をとった。「それでは、続けてご案内しましょうか？」

ケイトはパーネル城が気に入った。単に見せるためだけの邸(やしき)でなく、人が住む家らしい雰囲気があった。そんな温かみの中で、侯爵は上品さだけでなく快適さを感じられるような拠づくりに努力を惜しまなかった。ケイトは書斎を見てまわり、居心地のよさそうな壁のくぼみに近づいてじっくりと見ていた。そうこうしているうちにブーツのかかとの硬質な音が聞こえた。まわりを見わたすと、士官服を着た紳士が書斎に入ってきた。長めの髪は昔風に束ねられ、髪粉をふりかけてある。脇に帽子を抱え、手は士官用の手袋をはめている。

侯爵ほど端正な顔立ちでもなく、キット・マクニールのような粗削りで男性的な魅力はなかったが、存在感があり、強靭さがにじみでていた。高くとがった頬骨に深くくぼんだ目。そこから発せられる視線は驚くほどの率直さをもって迫ってくる。知性と自信を感じさせるその物腰は、しみ一つない軍服姿にいっそうの重みを与えていた。

「閣下」紳士は侯爵に近づき、うやうやしい礼をした。

「ワッターズ大尉か」侯爵は驚いて言った。「お目にかかれるのは晩になってからだと伝言したはずだが。受けとられなかったのかな？」

「拝受しました、閣下。しかし今すぐにもお知らせしたいことがありまして、参上いたしました」

侯爵は眉をしかめた。「あいにく今は手が放せないんだが」

「それは承知しております、閣下。若いご婦人が到着されたと聞いております。気の荒そうな連隊服姿の男性が一緒だったと」大尉は侯爵の返事を待った。

「そう、ブラックバーン夫人だ」

「男性とご一緒でしたか?」ワッターズ大尉がうながした。

「そのとおりだ、大尉。しかしそれがいったい君と何の関わりがあるのかね」

「ところが閣下、大いに関わりがあるかもしれないのです。突然、よそ者が現れるのは好ましくありませんから。特に今の時期にあってはなおさらです。問題の一味には腹心と頼む仲間が別に一人いることがわかっておりまして。実際に密輸に手を染めているわけではありませんが、いざというとき密輸人たちに警告する役割を果たす者で――」

「ワッターズ大尉!」侯爵は困惑のあまり顔を赤くしてケイトのほうを身ぶりで示した。「お客さまがおられるんですぞ」

ワッターズ大尉は周囲を見て、窓のそばのくぼみの中にいたケイトの姿を見逃していたのに気づいた。「あっ!」大尉は叫んだ。「これはご無礼をいたしました。どうぞお赦しください」ケイトに向かってお辞儀をしながら言う。

「まあ、悪いことをしたわけではないのだから。君の熱心さを責めるわけにはいかないだろう?」侯爵はかすかに怒りをにじませながらもほほえんだ。「こちらへ来なさい、ワッターズ大尉。ご紹介しよう」

大尉の顔には心からの喜びがあふれた。

「ブラックバーン夫人、ワッターズ大尉をご紹介しましょう。ワッターズ大尉、こちらがブラックバーン夫人だ」

大尉は腰を折るようにして深々とお辞儀をした。

「はじめまして、ご機嫌いかが」ケイトは、大尉があからさまに称賛の色を浮かべているのに少しどぎまぎしながら小声で言った。大尉のほほえみで、そのいかめしい顔つきがじつに魅力的なものになり、目には豊かな感情があふれて温かみが加わった。ケイトはおずおずとほほえみかえしていた。実際、その笑顔を見たとたん、彼に会ったことがあるような気がしたのだ。

「私ごとき者の機嫌を気にかけていただいて恐縮です、マダム。今のところは申し分なしです」大尉がユーモアたっぷりに答えたので、ケイトも文句のつけようがなかった。侯爵はさほど嬉しそうではなかったが。

「さて、ワッターズ大尉。ずいぶん興奮していたようだが、いったい何を話そうとしていたのかね？」

ワッターズは侯爵のほうを向いて話そうとしたが、ついケイトの姿に目がいってしまうらしい。「今でなくても結構です、閣下。ブラックバーン夫人をおもてなしされているとわかっておりましたら、出しゃばるようなまねはいたしませんでしたのに」

「大尉は、このあたりで起きている犯罪にマクニールさまが関わりがあると疑っておられるのですか？」

「マクニール殿ですか、マダム？」ワッターズ大尉は訊きかえした。

「この城まで私に付きそってくださった青年ですわ」

「私が疑っているわけではありません、マダム」大尉は断固として否定したが、どう見ても説得力に欠けていた。

「私はそんな印象はもっておりませんわ。私の考えが間違っていたら申し訳ないのですけれど、あえて言わせていただきますと、そんなばかげた考えはお捨てになってもよろしいかと思います。マクニールさまのことならよく存じあげておりますので」嘘が少しはまじっているにしても、大部分は真実だった。「密輸の一味とは関わりがないと証言できますわ」

ワッターズ大尉は優雅に首をかしげた。「そういうことでしたら私としては問題ありませんわ、マダム」

「夫人のお言葉は何よりの証しです」侯爵も認めた。

大尉はそれ以上何も言わなかったが、目はケイトを注視してやまない。これほど熱心に見つめられるのに慣れていないケイトは戸惑い、ついに言った。「そんなにご覧になられては落ちつきませんわ、大尉。何か特にご興味がおありなことでも？」

大尉は言葉を濁したりせずにはっきりと言った。「あなたの瞳です、マダム。とても女らしく美しい瞳だが、見ているとどうしてもある人を思い出してしまうのです。ひょっとするとヨーク出身のご一家で、ナッシュさまとおっしゃる一族のご親戚ではありませんか？」

「ええ、そうですわ。結婚前の姓はナッシュです。父の名はロデリック・ナッシュ大佐と申しました」

「やはり、そうではないかと思っておりました！」大尉は高らかに言った。その声が深い感情であふれた。「個人的にはお父上をよく存じあげてはおりませんでしたし、お父上の連隊にいたわけでもありませんが、私がフランスにおりましたときに、一度だけお会いしました」大尉の口調が重くなった。「お父上の死は多大なる損失でした、マダム」

「お言葉、恐縮ですわ」

「君も夕食を一緒にしないかね、ワッターズ大尉？」侯爵が尋ねた。「マクニール殿も夕食の席には出ることになっている。彼も軍人だよ」

「そうでしたか？」

「もしや共通の知り合いがいるかもしれないな」

「かならずいるかと存じます。しかし閣下、普段でしたら喜んでご招待をお受けするところですが、まことに残念ながら、任務がありますので。沿岸の北のほうに、私が赴いて調べてみなければならないことがありまして」

「わかった。それでは戻ってきてからでも、ぜひ」

大尉はケイトのほうをふりむいた。「その機会を楽しみにしております。それでは、お許しいただけるなら、これにて失礼させていただきますが？」

ケイトは軽くうなずいた。大尉はふたたび深くお辞儀をすると、侯爵とケイトを置いて書斎を出ていった。大尉の退出でほっとした部分もないではなかった。強烈な個性と存在感を放つワッターズ大尉の前では、身分の上下を問わず、どんな男性でもかすんで見えてしまう。尊敬すべき人物、それがたとえ侯爵といえども例外ではなかった。

でも、キット・マクニールなら大尉と十分張りあえないかしら。

マクニールのことが頭をよぎったためにケイトの顔がくもった。しかめた眉をなんとかもとに戻そうとしたが、侯爵はすばやく気づいて、城内の案内はもうやめにしようと提案した。ケイトは半分口先だけでも反対してみせたが、侯爵はお疲れのごようすだからと言いはり、ケイトの世話を大広間で忠実に待っていた小間使いのペギーにゆだねた。ペギーはケイトを案内して長い階段を上がり、照明が明るくともった廊下を通って、風通しのよい広々とした部屋まで連れていった。家具調度は黄色と白でまとめられ、壁はくじゃくの羽を思わせる青緑色の壁紙で彩られている。今まで見た部屋と同様一分のすきもない美しさで、趣のある装飾がほどこされていた。

「こちらですわ、マダム」ペギーが言った。ケイトの先に立ってせわしそうに動きまわり、暖炉のそばのいすの上のクッションをふくらませながら舌をちっちっと鳴らしている。ふっくらとして愛想のよい顔がにっこりと笑った。「奥さまのトランクはこちらに」

「トランクは私のではないのよ。グレースのものだったの」ケイトは言った。

ペギーの快活そうな顔がくもった。「ご訪問が悲しいものになったこと、お悔み申しあげます」

ケイトは頭を傾けて小間使いの悔みの言葉を受けいれながら、グレースの死を本気で悲しんでいる人にはまだ出会っていないことに気づいた。グレース付きの小間使いでさえ、心の底からの喪失感を抱いているようには見えない。

グレースも幸せな大人になってもらいたいと願ったものだが、今までにわかったところでは、どうもそうではないようだった。不平不満が多く落ちつきのない少女だったグレースは、その気質のままで大人になったらしい。じゃあ、私はどうなの？　ケイトはわが身をふりかえった——私は、子どものころにこうなりたいと願ったとおりの女性になっているかしら。そう、確かに、自分が結婚の契りを交わした相手以外の男性と深い仲になるような女になろうとは思ってもみなかった。しかし恥じいる気持ちになったのは、貞潔な女性像からはずれたことをしたからではなかった。

それは……この城にいるからだった。

どこか尋常でない、悲痛な思い。ケイトはそれを頭からふりはらった。

「どうかなさいましたか、ブラックバーン夫人？」ケイトのわずかなドレスをトランクから出していたペギーが体を起こして訊いた。

「いいえ、大丈夫よ」無理にでも唇に笑みを浮かべようとする。

ペギーは手に持ったドレスを見ながら顔をしかめた。「マードック夫人の持ち物がめちゃくちゃにされたと、ジョンが言ってましたけど、奥さまのドレスまでやられたんですか？　知らなかった」

「何ですって？」

ペギーはわけ知り顔でうなずいた。「泥棒は奥さまの衣装もほとんど全部、台無しにしてしまったんでしょ、見ればわかりますわ。でも奥さまは淑女（レディ）でいらっしゃるから、黙ってらしたんですね」ペギーは舌打ちをした。「おかわいそうに。流行遅れのドレスたった二枚しか持たずに来られるなんて。でもご心配なさらないで、奥さま。マードック夫人はいつも、インバネスまで使いをやって女の裁縫師を呼んでは、新しいドレスを仕立てさせてらっしゃいましたから。それでもって衣装だんすの中には、一度も袖を通していないドレスが一〇着以上はあるはずですよ。それをお召しになったらいいわ」

「とんでもない！　そんなことできな――」

「どうして、いいじゃありませんか？」ペギーはケイトを見つめながら大声で言った。「奥さまのほうがマードック夫人より細くていらっしゃるけど、背丈はほとんど変わらないし、それにあのドレス、たんすの中で埃をかぶってるだけなんですから」

「マードック夫人のものをほかの人が着るなんて、侯爵がお許しにならないんじゃないかしら」

ペギーはがんとして聞かなかった。「侯爵はお喜びになると思いますよ、ドレスが無駄にならずに誰かのお役に立つと言って」

「でも、ご家族の中には、夫人のドレスをほかの人が着ているのをご覧になって悲しまれる方もいらっしゃるでしょうに」

ペギーが目をそらしたのを見て、ああ、やっぱりとケイトは思った。よかった。グレースの死を悲しんでいる人が少なくとも一人はいたんだわ。

「どなたなの？」ケイトは訊いた。

ペギーはきっぱりと言った。「ミス・マーティス・ベニーです。パーネル侯爵が後見人になっておられるお方です。何と言いますか、異常なほどにマードック夫人にあこがれていらして。とても親しくしてらっしゃいました。お二人ともおきれいで、お若くて」ペギーはため息をついた。「でも時が経てば、心の傷も癒えるはずですわ」

「彼女をこれ以上苦しめたくないわ」

「その点は大丈夫ですって」ペギーは頑固に言いはる。ケイトはこの家での味方が一人できたような気がしていた。「マードック夫人が一度もお召しになっていないドレスだけをお選びして着ていただけるように、ちゃんと気をつけますから」

果たして死んだいとこの服を着たいかどうか、ケイトは自分でもよくわからなかったが、議論をする元気もないほどに疲れていた。それに、命令さえすれば自分の願いがかならず聞きとどけられるような威厳はもう持ちあわせていないという自覚もあった。ケイトはうなずき、使命感に燃えたペギーは急いで出ていった。

ケイトは顔も洗わずにそのままベッドに向かい、ふっくらと柔らかいマットレスの寝心地を確かめた。身を横たえるとたちまち、昔なつかしい贅沢品の感触が彼女を包んだ。これほどすべすべと心地よい麻の寝具に頬をうずめたのは本当に久しぶりの気がする。まるで繻子みたいななめらかさだ。ケイトは目を閉じた。日光が暖かな毛布のように体に降りそそいでいる。

もう過去のことを思いわずらうのはよそう。この数年間の苦労も、昨夜の数時間のできごとも、みな過ぎたことだ。今はもう前を見て、歩きだすべきときなのだ。

侯爵の気のつかいようと優しい思いやりは期待以上だった。そしてあのりりしいワッターズ大尉との出会いは、世間の評判を落とした女として憐れまれるのでなく、賛美されることがどんなものだったかを思い出させてくれた。ケイトの欲しかったものはすべて、彼女の手のひらにのせられて、まさにそこにあった。あとは手を握りしめればいいだけだ。

閉じたまぶたから涙がひとつぶ流れおちて、ゆっくりと頬を伝った。

19 奥ゆかしく身を引く術の価値を理解する

キット・マクニールは憤激に堪えないといった表情で、急速に冷めつつあるお湯をはった銅の桶に身を沈めて座っていた。あのいまいましい小間使いに上着を取りあげられたばかりか、シャツとズボンまでかっさらわれてしまった。「ちょっと、きれいにしてさしあげますから」などとうけあいやがって。それで小間使いが戻ってくるまで、間抜けな魚みたいに桶の中にただ座っているしかないのだった。

別に頼んだおぼえはないのだが、筋骨たくましい若者が二人、階下から桶を運びあげてくれた。それから今度は小間使いが二人、くすくす笑いながら現れて――そもそも、一人の人間にいったい何人の召使が必要なんだ?――湯気のたつ熱湯を入れたやかんを何度も何度も運んできた。俺に何をしろっていうんだ、と小間使いたちに尋ねると、一番年若のこまっしゃくれた小娘（彼が最後に髪を切ったころに生まれていたかどうかさえ怪しかった）が、うすら笑いを浮かべながら彼をあてつけがましく見てこう言った。「体をお洗いなさいって、ころへ飛んで帰った。

たぶんそういうことでしょ、大尉さん」そして軽いお辞儀をすると、騒々しい仲間たちのところへ飛んで帰った。

多少の抵抗感はあったが誘惑に負けて、マクニールは体を洗った。風呂につかって体をきれいにするのは贅沢であり喜びでもあり、一瞬たりともそれを否定するつもりはなかった。長年、不潔きわまりない劣悪な環境で過ごしてきたため、心の中で何度も思ったものだ。もう二度ときれいな体には戻れないのではないかと。そう、ケイトの腕の中以外では……。

マクニールは不意に立ちあがった。お湯があふれて床にこぼれた。まわりを見てそばに置かれたタオルをつかむと、腹立たしげにごしごしと体を拭く。彼はわずかに保っていたはずの正気を失いかけていた。まるで、明快な地図を手に旅に出たもののあとになって道がまっすぐでないことを発見し、そのあげくに地図には載っていない別の道が現れて途方にくれている男のようだ。

腰にタオルを巻きつけたマクニールは大股で窓のほうへ歩いていくと、窓枠を手でつかんで外を見た。ケイトはどこにいるのだろう？　侯爵と一緒であることは間違いない。当然そうあるべきだ、と彼は思う。たった一夜の情事で俺がどんな気持ちになっているかなんて、そんなことはまるで関係なく。ちくしょう！　俺はもっと分別ある人間だったはずだ。今まで、つらい教訓を身にしみるほど味わってきて、わかっているはずじゃないか？　この心という名の、当てにならない場所。信用するわけにはいかない。以前だっておのれの心を信じたために……魂の破滅になるような結果を招いたじゃないか。

衝動にかられ、マクニールは窓の上の壁にこぶしを打ちつけた。こんな痛みなら大歓迎だ。

誰かが扉をコツコツと叩いている。少しでも気をそらしたくてそちらをふりむくと、きちんと折りたたんだ衣類を抱えた従僕が入ってきた。「侯爵から、大変申し訳ないというお詫びの言葉をお伝えするよう言いつかっております。洗濯女があなたさまのシャツとズボンを煮洗いしていましたところ、うっかりしてもとには戻らないほどひどく焦がしてしまったとのことです」

「何だって？」マクニールはぽかんとして訊いた。シャツはたった二枚しかないうえに、ズボンの替えは持っていない。

「侯爵が、恐縮ながら代わりにこちらをお召しくださるようにとのことです。ぴったり合うというわけにはまいりませんでしょうが、裁縫の名人のペギーがおりますので、寸法合わせでしたらなんなりとお申しつけください」

「何てこった」

「はい、さようで。すぐにペギーをこちらへ伺わせますので。そうしますと八時には夕食にお出ましになる準備が整いますでしょうか、その旨パーネル侯爵にお伝えしてもよろしゅうございますか？」

これが召使を抱えるということなら、そんな悩みを持たずにすんで幸せだったとマクニールは思う。くすくす笑う小間使い、指図ばかりする従僕、そして今度は砂漠の戦士さながらに、針でつついて彼の血をたっぷり出させようとする裁縫女だと。「結構だ」

「お着替えをお手伝いいたしましょうか？」従僕は訊いた。
「いや、まったくもって不要だよ」
「それではすぐにペギーを伺わせます」従僕は衣類をベッドの足もとに置くとお辞儀をし、立ちさった。マクニールは侯爵が貸してくれた上等な衣類を不機嫌そうに眺めた。

　雪のような白さの首巻き(クラバット)がきちんとたたまれて、品のよい真っ白な薄地の綿布(ローン)のシャツの上に重ねられている。その下には靴下、靴下留め、濃い色のベスト、銀ボタンがついた短めの毛織物の上着。下着の半ズボンは衣類の山の下のほうに、淡い黄色の膝丈ズボンのすぐ下に控えめにたたまれて置いてある。一番下の付近で自分の連隊服の上着を見つけて、マクニールは脇に放りだした。

　ありがたい。間抜けな洗濯女は連隊服だけは焦がさなかったらしい。いくつかのしみはこすって洗い落としてあり、ほころびも何箇所かつくろってあった。深緑の生地は東洋の灼熱の太陽にさらされて色あせていたが、洗濯女が縫い返した部分に見える生地の色は鮮やかで、スコットランドの春に芽生える新緑の枝を思わせた。

　いやいやながら半ズボン下をはき、その上に膝までのズボンをはいたが、太もものところがきつすぎ、膝もしめつけられている。マクニールは膝丈のズボンはきらいで、スコットランドの細身のズボンを好んだ。しかし従僕が持ってきた衣類の中には見あたらなかった。壁の時計を見ると、七時半だった。

ドレスは襟のあきが大きすぎ、生地は薄手すぎる。淡いばら色というのも喪に服しているはずの女性にはふさわしくない。しかしペギーは大丈夫だとうけあった。襟ぐりの深さは淑女が夕食の席で着るドレスとしてはごく常識的だし、チャールズとグレースの服喪ならもう明けてもいいころだという。侯爵とご家族の皆さまもそろそろもとの生活に戻られるべきでしょう、と主張するのだった。

執筆中の例の指南書に、借り物の華美な服についての一章をつけ加えることを忘れないようにしよう。それにしてもこのドレスはあまりに肌を見せすぎている、とケイトは思いながら寝室を出て、従僕のあとについて晩餐室へ向かった。早まる胸の鼓動を静めようとする。マクニールも夕食に招かれているのだ。ケイトは深く息を吸いこんだ。どうかうまく平静を装えますように。それより、いかにも会いたくて待ちこがれたというふうには見えませんように。

晩餐室の中はろうそくの光で明るく照らされていた。贅を凝らしたテーブルにはクリスタルガラス、銀、陶器、金などの食器類が並べられている。小鳥を思わせる小柄な老紳士のそばに立っていた侯爵が、すぐにケイトのほうへやってきた。

マクニールはまだ来ていない。

「ブラックバーン夫人！」侯爵が迎えた。「いかがです、ペギーはおめがねにかなったでしょうか？　もしおいやというのでしたら、私としてはどこがお気に召さなかったのか見当もつきませんが」

「ありがとうございます、閣下、大丈夫ですわ」

侯爵は先ほどの老紳士をふりかえって招きよせた。「私の叔父を紹介させてください。叔父上、ブラックバーン夫人です。夫人、こちらはカーウィン・マードック氏です。父の一番下の弟にあたります」

「はじめまして」ケイトは小声で言い、膝を曲げてお辞儀をした。

「はじめまして」老紳士は会釈をし、白くなったもじゃもじゃの眉毛の下からのぞく明るい青色の目でケイトを見ながら、こくりと首をかしげた。ますます小鳥に似て見える。さしずめ好奇心の強い、意地悪そうな鳥といったところか。「イングランド人ですかな？　グレースの親戚か。だったらまあ、イングランド人ですな」

「はい、そうです」ケイトは少し面白くなって言った。「私、イングランド人です」

「嘆かわしいことじゃ」今度は反対側に首をかしげてマードックは言った。「この辺にはもうまともなスコットランド娘はいなくなったのではないかと世間に思われるにちがいない。こんなふうにうちの一族がイングランドの小娘をどんどん連れてくるようではな」責めるように甥を見る。

「叔父上」

老紳士の恨みがましい態度が急に消えた。「わしは前世紀の遺物だからの。この考え方は変えようと思っても変えられん。悪気はありませんからな、お嬢さん」

「あら私、きっと何か聞きのがしていたんですわ。腹立たしくなるようなことを聞いたおぼえはまったくありませんけれど」

　マードックは楽しそうな笑い声をあげた。「イングランド人というのは言葉をあやつるのがうまいものですな。グレースでさえ気が乗ったときには、脅しの言葉もてなしに聞こえるようにうまーく飾ってしゃべっておりましたわ」

「もういいかげんになさってください、叔父上」困った人だと言わんばかりの表情で侯爵が言った。ちょうどそのとき、小柄な娘の腕につかまって老婦人が入ってきた。

　ケイトは興味深げにこの二人を観察した。老婦人はフランスの宮廷で二〇年前に流行したような化粧法でおしろいを厚く塗り、頬紅をたっぷり入れている。大きくふくらませた髪は明らかにかつらだ。老婦人のそばにいる娘は一七歳になったかならないかぐらいだろう。透き通るような金髪の巻き毛が、逆三角形の顔のまわりにふわふわと絶妙に揺れ、小さめの赤い唇はふっくらとしている。目尻の上がった瞳の印象からするとスラブ系の血が少し混じっているかもしれない。

「マティルド伯母さま、こちらはブラックバーン夫人。グレースのいとこにあたられます」侯爵は大きな声で紹介した。「父の姉のレディ・マティルドです」

「ああ、そうだったわね、ジェイミー。この方がいらっしゃるって、今朝言ってましたものね」老婦人はケイトに向かってほほえんでみせた。目は白内障で白く濁っているが、その奥に苛立ちが走ったのはわかる。

「こちらは、私が後見人を務めているミス・マーティス・ベニー。私たちはメリーと呼んでいます」

娘はケイトに、お目にかかれて嬉しいという意味のことを気のないようすでつぶやいた。ケイトは一瞬、愛称の「メリー」は皮肉でつけたのではないかしら、と本気で思った。色素が抜けたような髪や肌と冷やかな表情を見ると、これほど「陽気な(メリー)」という形容が似合わない娘もいないだろう。メリーはつんとして高慢な視線をケイトに向けていたが、その目はケイトの着ているドレスにとまり、急に大きく見ひらかれた。がくぜんとしている。

「とてもすてきなドレスですわね、ブラックバーン夫人」メリーはこわばった口調で言った。

「ありがとうございます」ケイトはまごついた。「あなたのもすてきですわ」

「おやおや、かんべんしてほしいものですな、派手に着飾ったご婦人がたがまた、うわべだけの褒めあいですか」マードックが鼻息荒く言った。

「何ておっしゃったの、カーウィン？」レディ・マティルドが訊いた。

「わしの言ったのはですな、お姉さま」マードックがどなった。「今夜のあなたが格別におきれいだということですよ」

レディ・マティルドはうんざりしたように言った。「嘘おっしゃい、マードック。それからあらためて申しあげておくと、そんなにわめきたてなくても聞こえますわ。少し声を大きくしていただくだけで結構よ」

レディ・マティルドはケイトのほうをふりむいた。「お手数ですけれど、長いすのところまでお連れいただけるかしら、あなた？　暖炉に一番近いほうね。わたくしときたら、ひと冬ごとに寒がりになってしまって」

「もちろんですわ」ケイトは喜んで腕を差しだした。メリーの視線が鋭く突きささるようだった。

「わたくし、ちょっと耳が遠いものですから、我が家の者は皆、話しかけるときに大声でどなりたがりますのよ。はっきりとわかりやすく話してもらえれば大丈夫ですのに。あなたはすてきな声をおもちね。この娘とは大違いだわ」少しあとからついてきていたメリーとマードックをふりかえる。「メリーはこのごろ、舌足らずで気取ったしゃべり方をするようになってしまいましてね」

「そんなことありません！」メリーは断固として否定した。

レディ・マティルドは気にもとめずに続けた。「グレースが舌足らずなしゃべり方でしたわ」秘密めかしてケイトのほうに体を傾ける。「メリーの話し方はグレースの影響なんですのよ。グレースがいなくなってひどく寂しがっているものですから。あ、ここで結構よ。ありがとう」

老婦人はいすに腰を下ろすと、マードックがよたよたしながら暖炉に近づき、火をつついてかき立てた。侯爵がケイトのすぐ横に来た。

「たしか今夜は本物のスコットランド人とご一緒するはずじゃなかったのかね」マードックが突如として声をあげた。まるで甘いデザートを約束していたのにそれがまだ出されていないことに気づいたような勢いだ。

「恐れいりますが、私で我慢していただかなくてはなりませんね」聞きなじんだ声が廊下から響いてきて、ケイトはふりむいた。

キット・マクニールが大股で部屋に入ってくる。歩くたびにスコットランド高地人独特の見事なキルトが揺れ、脚の筋肉が伸びやかに動いた。格子縞の肩掛け（プレード）を高地の伝統にしたがって連隊服の肩から胸にかけて垂らしている。磨きあげられた銀色のボタンが光る。まぶしいほどに白い首巻き（クラバット）が、日に焼けて引きしまった、ひげの剃りあとも新しい顔を引きたてている。髪の毛は明るく輝き、シャツの襟にかかった部分の巻き毛が上を向いている。ほれぼれとして頬をゆるめたケイトが目を横にやると、メリーがあなたの気持ちはお見通しよとでも言いたげにうす笑いを見せていた。

「マクニール殿！」侯爵が出迎えた。「いらしてください、家族の者にご紹介しましょう」

侯爵が家族を紹介しているあいだ、ゆったりと落ちついて立っているマクニールを見て、ケイトは何とも言えない誇りを感じた。このお城には彼と魅力を競えそうな人はいないわ。侯爵だって。あ、でも比較してはいけなかったのだわ。ケイトは自分をいましめた。マクニールは一介の兵士、それに対し侯爵はまごうかたなき貴族の紳士、全然ちがう人間なのだ。比べるほうがおかしい。

紹介がすむとマードックはレディ・マティルドのところに戻り、侯爵は執事に食事前の最後の指示を与えるために席をはずした。ケイトとマクニール、メリーだけがその場に残された。

「ブラックバーン夫人、お元気そうなごようす、何よりです」マクニールは頭を下げてケイトの手をとり、手袋をはめた上から指に唇を軽く触れた。ケイトの動悸が早くなる。マクニールは自分を礼儀作法も知らない粗野な人間だと言うが、ほかの人々を金めっきにたとえれば、彼は鋼のようだった。美しく、危険な鋼の魅力。

マクニールは頭を上げたが、その目はケイトを少し長く見つめすぎた。

「もちろんご紹介はいりませんわよね」メリーがにやにや笑った。「ブラックバーン夫人をよくご存知でしょうから。ご道中、ずっとご一緒だったのですものね。何日間ぐらい？」

ケイトの顔が赤らむ。マクニールは無表情でメリーを見おろした。「つまりどういう意味でしょう、お嬢さん？」

そのぴしゃりとはねつけるような口調にメリーはうろたえた。ケイトは気づいた。この娘は私たちが辱められて押し黙ってしまうだろうと期待していたのか。マクニールの率直な物言いが攻撃を邪魔したというわけね。

「意味？」メリーは口ごもった。「あの、特に意味などありませんわ。ただその……ブラックバーン夫人のご主人は連隊の将校の方だったのでしょう？　たぶんそのせいで、兵士の方とご一緒だと安心していられるのですわね」

マクニールは黙っていたが、その灰色がかった緑の目を細め、怒りをこめてメリーを見た。失礼にもほどがある。そこへ侯爵が戻ってきたので、ケイトはほっとした。

「ワッターズが来られなかったのは残念だった。哀れな奴だ」気まずい雰囲気にまったく気づかずに侯爵は言った。

「ワッターズとおっしゃるのは？」マクニールが訊いた。

「民兵組織の司令官だったグリーン大尉の後任として送りこまれてきた方ですわ。グリーン大尉が不覚にも命を奪われるようなはめになりましたので」メリーはいかにも物慣れた言葉遣いで言った。「グリーン大尉は付近一帯の犯罪を撲滅しようとなさったのですが、もうひとつうまくいかなくて」

「ワッターズ大尉は自信がおありのようにお見うけしましたわ」ケイトは言った。

「大尉にお会いになったのですか？」メリーは驚いたようだ。

「ええ、先ほど。とても有能そうな方でした」

　メリーは首をかしげ、媚を売る玄人女のような目つきでマクニールを見つめた。その物腰はどことなく誰かを思い出させ、妙に心を落ちつかなくさせるものがあった。「さあ、ほかの方々と比べて特に有能と言えるかどうか」

「大尉が成功しないだろうとおっしゃるのですか、お嬢さん？」マクニールが尋ねた。

「きっとご立派な試みをなさると信じておりますわ」メリーは母音をゆっくりと伸ばして話した。「でも私、ただ『試みる』のでなく、『成功する』ことだけを目指す男の方のほうをむしろ信じたいと思いますの。マクニールさま、あなたはそういう方でいらっしゃいますか？」

　ケイトは頬の内側を強く噛んだ。

「いいえ、ミス・ベニー」マクニールは重々しく言った。「私はあまりにも失敗に慣れておりますから」

「そうなのですか？　まあ！　そんなにお強そうなごようすですのに。がっかりですわ。勇士に出会ったと思いましたのに。ね、失望しませんこと、ブラックバーン夫人？」

「とんでもない。私、クリスチャン・マクニールさまに失望したことなど、少しもありませんわ」ケイトは静かに言った。

メリーは低い声で笑った。マクニールはケイトの褒め言葉をほほえみで受けいれることもなく目をそらした。表情が読めない。微妙な拒絶にケイトも視線を泳がせた。侯爵の目はマクニールの超然とした態度から、ケイトのばら色に染まった頬に移った。

「メリーがまた密輸人について詩でも吟じているのかね？」マードックがケイトのそばにやってきて、緊張したその場の雰囲気を救った。「幼いころ、密輸の王の話に夢中になっていましたものでな」

「そんなものに夢中になっていた時期はもうとっくに過ぎましたわ」メリーはかみつくように言った。あだっぽい女の表情が急に不機嫌な子どもの顔になる。「かといってクライスの村の皆が、男も女も子どもも残らず知っている事実は事実として認めてますから。密輸人たちは何ものをも恐れず、自らの思うままに行動していますわ」

「それじゃメリー、まるで密輸するやつらを崇拝しているような言い方じゃないか」侯爵はとがめた。「うちの家族の者の死に関わったのがあいつらであることを忘れてはいけない」

メリーの顔がくしゃくしゃになった。いかに上品ぶってみても、それがうわべに過ぎないことは明らかだった。「忘れるですって？　いったいどうしたら忘れられるっていうの？」メリーの顔に深い苦悩がにじんでいた。それが、ケイトがさっきまで感じていた不快感を消しさった。「私、絶対に忘れないわ」

何でも打ちあけられる親しい友を亡くして、この娘はどれほどつらかっただろう。今になって、メリーを改めて見てみると、グレースが生きかえったようにふるまう娘がそこにいた。性格がきつく、浮ついていて、いかにも俗っぽかったグレース。

侯爵もメリーの悲しみに気づいたのだろう。いつのまにか怒りは消えていた。「ほら、もういいだろう。お前に悪気がなかったのはわかっているよ。心配するな、ワッターズが悪党どもをかならず捕らえてくれるからね」

「もちろんじゃ」メリーの腕を軽く叩きながらマードックが同意した。

慰められたような表情をするどころか、メリーは苦々しげな笑い声をあげた。「ええ、もちろん捕まえてくださいますとも。ちょっと失礼、レディ・マティルドがお呼びのようですので」

「メリーはグレースが亡くなってから、少しおかしくなっているのですよ」侯爵がメリーの後ろ姿を見ながら説明した。「この城でただ一人の子どもとして育ちましたので甘やかされていて。はっきり言って私がしたい放題させてしまったものですから」

「あれは、しょっちゅうクライスへ行っておるぞ」マードックがもったいぶってうなずいた。

「何ですって、叔父上?」

「メリーが夜中にクライスまで馬に乗って行っていると申しておる。昨夜も外出しておったっけ。月光の中、馬を走らせて、月の女神ダイアナのようじゃったな、あの娘は」

「なぜ今まで、そのことを一度もおっしゃってくださらなかったのです?」侯爵は訊いた。

ケイトはマクニールのほうを見た。彼女がきまり悪い思いをしていることを感じとっていたとしても、顔には出ていない。ケイトは落ちつかなくなり、その場を少しずつ離れかけたが、侯爵に止められた。「どうぞ、そのままで。まったく私たちも皆、どうかしていますね」

「当然だと思いますわ」ケイトはつぶやいた。

「お優しいのですね」

ケイトは目を伏せた。優しいなんてとんでもない。私はただ、この家の人々がナッシュ家の姉妹への援助に賛成してくださるよう、せいぜい好かれるよう努めているだけ。自分に平和と安心がもたらされるのなら、ケイトは悪魔だって信じただろう。

そのことを自覚してケイトは顔を赤らめた。すぐ横でマクニールが体をこわばらせたのがわかった。彼に何と思われるだろう? 財宝を積まれても自尊心を捨てることなどけっしてしないマクニールに?

マードックが咳払いをした。眉を昆虫の触角のようにぴくぴくと動かして、気まずい沈黙を埋める方法をさぐっている。マクニールに目をやったとたん、老人の表情が明るくなった。

「なるほど、城には大尉がもう一人おったのじゃな」マードックは言った。「今着ておられるのは第九五ライフル部隊の大尉の制服ですな。ライフル部隊がもう復員していたとは知らなんだが」

「部隊はまだ復員しておりません」マクニールが言った。「私は休暇を願いでて許可されたのです」

「休暇は当然です」侯爵はきっぱりと言った。「任務を果たされたのですから。そのご褒美にというわけですね。いつでも復隊しようと思えばできるのでしょう？」

「はい」マクニールは答えた。「昨今は将校がつねに不足気味ですので。しかし私は個人的なことを片づける必要がありまして。昔の借りを返さなくてはならなかったものですから」マクニールはほほえみ、その「借り」が単純でありふれたものであるかのように言った。だがケイトにはわかっていた。城に隠れていた男を追跡するつもりなのだ。マクニールを殺すとそれとなく脅した男を。彼があえておかそうとしている危険の大きさに気づき、ケイトは頭を殴られたような衝撃を受けた。

「どうかしましたか、ブラックバーン夫人？」侯爵が気づかって尋ねた。

「いつご出発になるのですか？」ケイトは侯爵を無視してマクニールに訊いた。もう侯爵のことは眼中になかった。マクニールと自分以外のものは何もかもかすんでいた——まわりの人たちも、部屋も。自分がどこにいるかもわからなくなっていたし、それもどうでもよかった。ケイトは二人で旅しているあいだ、マクニールの宿敵がすぐそばにいることを忘れていた。自分自身の将来について都合よく忘れたのと同じように、マクニールを待ちうけている将来のことも頭から締めだすのは簡単だった。

「いつ行かれるのですか？」ケイトは重ねて訊いた。「二、三日は滞在されるのでしょう？」

ケイトが自分の置かれた状況を忘れてしまっても、マクニールは場所をわきまえて、ほかの人々に向かってほほえんだ。「ブラックバーン夫人は、御者がいなくなってここに置きざりにされるのではないかと恐れておられて」彼は説明した。「もし万が一、ほかにとるべき道が断たれてしまったら、侯爵のご厚意に甘えて御者をお借りするしかないのが恐縮だとおっしゃっているのです。ブラックバーン夫人は――なれなれしくお名前を呼ぶことをお赦しください、マダム――自尊心の強い方ですから」

驚いて不安げに眉根を寄せていた侯爵はほっとしたようだった。「ああ！」と言って息をつく。「私どもはご滞在を喜んでおりますことをお忘れなく、ブラックバーン夫人。あなたのような魅力的な女性のためなら、あらゆる道を断って、こちらにいていただくしかないようにいたします」

マクニールは侯爵に向かってゆったりとほほえんだ。一人の紳士が、もう一人の紳士の騎士道精神に富んだ行為を認めたといった感じだ。マクニールはこれで、ケイトが落ちつきを取りもどせるよう数分間の時間をかせいでくれたが、数分では足りなかった。胃に恐怖がじわじわと広がっていた。彼を見ることができないまま、ケイトはこめかみに指をあてた。

「私……失礼させていただきたいのですが」

「どうなさいました？」侯爵が心配して訊いた。

「あ、どうかご心配なさらずに。私、突如として頭痛に見舞われることがあるのです」

「何か私どもでできることは？」侯爵は訊いた。マクニールは無表情でケイトを見ている。

「特に何も。暗い部屋で休めば、二、三時間でもとに戻ると思います。恐れいりますが、夕食のお席を失礼させていただければ？」

「もちろんです。そうだ、メリー」侯爵はメリーを呼んだ。「ブラックバーン夫人をお部屋までお連れするように」

「結構ですわ。せっかくの団欒のひとときを中断させるなど申し訳なくて、もっと気分が悪くなってしまいます」

「それがお望みでしたら」侯爵は疑わしそうに言い、従僕に身ぶりで指示した。

「はい、そうさせてくださいませ」ケイトは言い、晩餐室にいる人たちにあいさつをすると、寡黙な従僕のあとについて部屋へ戻った。


あのいまいましいピンクのドレスさえなかったらなんとか耐えられたのに。襟のあきがケイトのほっそりとした首を強調し、きゃしゃな鎖骨の線をあらわにし、柔らかい胸を目立たせていた。あの襟のほんの少し下、抜けるように白い肌に自分の唇がつけたあとがあるのを知ってさえいなかったら。だがマクニールは知っていた。また、そのキスのあとが二人で過ごした時間と同じように、急速に消えていくのもわかっていた。何ということだろう。地獄だった。感じのよい同席者、すばらしく腕のよい料理長、今まで飲んだうちで最高のワイン。

それでも地獄としか感じられなかった。

ケイトが晩餐室を出ていって、マクニールはほっとしていた。これで、表現力豊かで心そそられる、美しい神秘的な顔が微妙に表情を変えるたびに気づかないふりをしなくてすむからだ。ケイトが俺との関係を明かすような言動をして侯爵との将来を台無しにしはしないだろうか、と恐れて高鳴る自分の心臓の音を無視するふりをしなくてもすむからだ。そして俺はもう、欲深で自己中心的な人間であるのに、ケイトにせっかくの機会をぶちこわしにしてほしくないと望んでいるふりをしなくてすむ。しかし扉が閉まってケイトの姿が見えなくなったとたん、マクニールは彼女がいない寂しさに打たれた。

その後もマクニールはほかの人たちに注意を向けるよう努めた。自分の言動やしぐさで、あるいは手ぬかりや不穏当なふるまいによって秘密をもらす結果にならないよう、心に決めていた。マードック老人はナポレオン政権の功績について甥の侯爵と議論していた。レディ・マティルドも口をはさんで意見を述べながら、ときおりマクニールに頼んで交わされた話の要点をくり返させた。侯爵は一度中座してケイトのようすを見にいった。マクニールは、それは自分の役目だと叫びたかったが、むっつりとワイングラスをにらみながら気持ちを抑えるしかなかった。親切で気さくな侯爵の態度や、それに応えて顔を赤らめるケイトのようす、自分自身の切なく苦しい思い。もうこれ以上耐えられそうにない。

それでもマクニールには果たすべき目的があった。彼はそれが命綱であるかのようにしっかりとしがみついた。これで晴れて自由の身になり、何年も前に自分に課した目標を達成すべく、行動に出ることができる。まずクライスでカラム・ラモントに会うことから始めよう。収穫がなければ、ロンドンへ行ってラムゼー・マンローと対峙しよう。

そのあとはどうする？　軍に戻ることになるだろう。部下が彼を必要としていた。大義のために戦う戦争があった。自分と同等の技能も経験もない士官が自分の地位を、役割を埋めているのだという意識が週を重ねるごとに強くなった。それにまたインドへ派遣される可能性もある。灼熱の太陽の下でならケイトの思い出も焼きつくしてしまえるかもしれない、でなければ――そうだ、そうしているうちに大英帝国を救う機会があるかもしれない。

夕食が終わり、次の間へどうぞと侯爵に誘われて、マクニールは当然のように承諾した。こういった誘いにはつきあっておかなくてはならない。領主の貴族が平民に興味があるふりをしたいのなら、マクニールは喜んで相手になろう。ケイトのために。侯爵は次の間にマクニールを招きいれ、ほかの人々はトランプ遊びをしに別の部屋へ行った。

「賭けごとはなさいますか、マクニール殿？」

「まったくやりません」

「そうですか？」侯爵は驚いたようだった。「兵士たちは皆、やたらと賭けごとをするものと思っていましたが」

「賭けていいのは自分の命だけです。それ以外に差しだせるものはありませんから」

侯爵の視線が鋭くなった。「マクニール大尉、あなたはご自分でおっしゃっているよりずいぶん格が上の方のようですね」

「私はただの兵士にすぎませんよ、閣下。その前も取るに足らないつまらない者だったのです」

「そうなのですか？　本当に？」侯爵は食器棚のところへ行き、デカンターとクリスタルグラスを取りだした。「一杯いかがです？」

マクニールは何が始まるのかといぶかしんだ。「ありがとうございます、いただきます」

侯爵は二つのグラスにそれぞれブランディを指の腹ほどつぎ、ひとつをマクニールに渡した。そして彼に向かって自分のグラスを上げ、乾杯した。マクニールも乾杯で応え、二人は静かにブランディを飲みほした。

「お座りください、マクニール殿。そう、そこで結構」侯爵は脚を組んだ。そのブーツは水鳥のウの羽のように黒く輝いている。「ブラックバーン夫人に対する恩義があるとおっしゃっていましたが、事情をお聞かせ願えますか？」

ああ、それでここに呼んだのだな。「長い話になりますが」

「個人的なことですか？」

「夫人のお父上が私の命を救ってくださり、その結果ご自身の命を落とされたのです。私は残された家族の方々をお助けするためにどんなことでもするとお約束いたしました」

侯爵は姿勢を正した。床におろしたブーツの音が重く響いた。いすから身を乗りだし、驚愕の表情を浮かべてマクニールを見ている。「そういうことだったのか！　あなたはナッシュ大佐が救ったという青年の一人か！　いきさつはグレースから聞いております。驚くべきことだ。どれぐらいのあいだ幽閉されていたのですか？」

「二一カ月間です」

「何ということだ」侯爵は口の中でつぶやいた。「で、その約束というのはナッシュ家の人々に対して恩を返すということですか？」

「はい」

「それなら」侯爵はつぶやいた。「ブラックバーン夫人を私のところまで送ってきてくださったこと、あらためてお礼を申しあげなくてはなりません」

その言葉は強い独占欲を表しており、それだけはいやというほどわかった。その瞬間マクニールは侯爵を憎んだ。巧妙な言葉遣いで現実を見せつけられたことだけでなく、親切にされたことまで許しがたかった。しかし、何にもまして、彼は侯爵に挑んでケイトを自分のものにしたかった。

それでもマクニールは刃向かわなかった。たじろぎもしなかった。彼は、穀物を打つさおで連打されても泣き言を言わずに耐えるすべを身につけていた。だが、さおで打たれてこれほど痛いと思ったことはなかった。

今夜発とう、と彼は思った。

マクニールは馬小屋で、ドランのひづめの手入れをしている御者のジョンを見つけた。若者は目を上げてマクニールにあいさつした。「立派な馬ですね」

「うん」話す気がしなかった。

「アイルランド産ですか？」

「そうだ」

ジョンはドランのひづめを下におろし、革の前掛けで手を拭いた。「すみません、せんさくするつもりはなかったんですが」

「いや、いいんだ」今晩のできごとが彼の耐えられる限界を超えそうになったのは、ジョンのせいではない。「今すごく機嫌が悪かったものだから。ドランは騎兵隊用の馬なんだ。五年間、インドで国のために働いた」

「大尉は騎兵隊にいらしたのですか？」ジョンが訊いた。ドランの後ろへ回り、またしゃがみこむ。ドランのけづめにそっと手をあて、脚を上げさせた。

「俺じゃない。騎兵隊にいたのは馬のほうだ」マクニールは言った。「将校の階級を売ったばかりの男から買った」

「そういうことですか」ジョンは馬の状態を調べるのに忙しい。

マクニールは急に心を決めて訊いてみることにした。「ジョン、侯爵をどんな人物だと思う？」御者は率直な訊き方に驚いたように頭を上げた。

「侯爵は尊敬すべきお方です」

「公明正大か？」

「おおかたの人よりは」ジョンはよどみなく答えた。

「寛大か？」

「そうですね、まっとうなスコットランド人です。堅実なお方です。ここの借地人たちは、賭けごとをする領主のおかげで飢えるとか、最新流行の服を身につけたがる領主のために屋根から雨漏りするといった心配は無用ですから。それにこの馬小屋には、あなたの愛馬ドランほどの見事な馬はいません」ジョンは茶目っ気たっぷりに言うと、ドランの体を軽く叩いて親愛の情を表した。「この馬はどのぐらいしたのでしょう。もしさしつかえなければ教えていただけませんか？」

「ひと財産というところだ」マクニールは短く答えた。「では、侯爵のために身を捧げたり、傷を負うことをいとわない兵士たちは、侯爵をどんな人物とみなしているんだろうな？」

「どうしたって一目置かざるを得ない人物、でしょうね」

「どうしてそう言える？」

「そうですね、侯爵が民兵を集結させたのはマードック夫妻を殺した犯人を見つけるためでしたでしょう？　犯人に裁きを受けさせると誓われましたから、かならずそのとおりになるでしょう。侯爵が約束をお破りになった話は聞いたことがありません」

ドランのたてがみをなでていたマクニールの手が急に止まった。「マードック夫妻は殺されたのか？」

ジョンは額に手を強く当てた。「なんてこった。あの方からもう聞いていらっしゃるだろうと思っていたのに」

「ブラックバーン夫人のことか？」

「はい。わたくしから夫人に申しあげたのですが、初めて聞いたとおっしゃったのですっかり驚きました」

マクニールはこの展開が気に入らなかった。「なぜ侯爵は手紙でブラックバーン夫人にお知らせにならなかったのだろう、いとこが殺されたと？」

「お知らせになったと思っていました」ジョンは打ちあけた。「侯爵は夫人に何度かお手紙をお書きになりました。わたくし自身が配達人に渡しましたので覚えています。夫人がこの城に来られると聞いて、わたくしも本当に驚きましたが、おそらく侯爵も驚かれたのではないかという気がします。でもあの方は侯爵、わたくしは御者ですので、目上の方のことをどうこう申しあげるつもりはありませんが」ジョンは、マクニールも「目上」の部類に入るかどうかを推しはかるかのように彼を見た。

「殺人のことは秘密ではありませんでした」ジョンは続けた。「ですから配達人がどこかの居酒屋で酔っぱらって、侯爵のお手紙をなくしてしまったのではないかとわたくしは思っています」この若い御者の想像はたぶん当たっているだろう。「だからブラックバーン夫人は遠い道のりをわざわざいらしたのでしょう？」ジョンは言葉をついだ。「殺人者が野放しになっていると知っておられたら、旅に出られるのも二の足を踏んだかもしれません」

「そうだな。そうかもしれないな」マクニールは注意深く同意した。「侯爵が馬車の手配をなさったと聞いて驚いたんだ。侯爵なら、今回のような旅は賢明でないと思われただろうに」

ジョンは肩をすくめた。「何しろ女性のことですからね。もしかすると夫人のほうからご提案されて、侯爵も断ったりして夫人のお気持ちを傷つけたくないと思われたのかも」

事実、そのとおりだったかもしれない。

「まあ今の状況を見ると、終わりよければすべてよし、といった感じですかね。ブラックバーン夫人は無事にお着きになられましたし、侯爵は民兵を送りこんで悪漢どもを追跡させていますから」

確かによかった、とマクニールは思う。侯爵は良識ある人物ならこうするだろうというやり方にのっとって行動している。それがわかると、自分が良識とはいかにほど遠い人間かを強く意識させられた。もし殺されたのが彼の親族なら、わざわざ外部に支援を求めることはせず、自分自身で犯人を追いつめ、あげくのはてに罪のない人たちを何人も巻きぞえにして取りかえしのつかないことになるにちがいない。

パーネル侯爵はマクニールとはちがっていた。ケイトにはそれこそが望ましい。侯爵は近いうちにケイトに、彼女の意志とは関係なく、求婚するだろう。マクニールは侯爵と少しのあいだ席をともにしただけでわかっていた。ケイトは気づいていないようだが、侯爵はおそらく昔から彼女に胸ときめかせていたのだろう。時を経ても恋心はつのる一方で、より情熱的になったというわけだ。

マクニールは侯爵を思いきり叩きのめしてやりたかった。

本能のあらゆる部分が、ケイト・ブラックバーンは俺のものだと主張せよという思いをかき立てる。だがマクニールは本能のままに行動しない。自分の中でそれよりましな慰めを見いだすつもりだ。ケイトには安定と安心、富が必要なのに、自分はそのうち何ひとつ与えてやれない。

だがいったいぜんたい、どうして昨夜のようなことを起こるままにしたのだろうか？　それはたったひと晩の短いあいだでも、マクニールはケイトを自分のものにしたかったからか。彼が得られるものといえばそのひと晩だけ。ケイトは彼の世界に一時的に踏みこんだだけの旅人であり、その世界の住人ではない。彼は自分の目で確かめた明白な現実を否定することはできなかった。侯爵は裕福で、人々の尊敬を集め、自らの責任をつねに忘れない。そしてケイトを愛してくれている。

ケイトはこの城でうまくやっていけるにちがいない。ここには彼女が求めていたものすべてがそろっている。

「あと二、三時間で出発できるように準備してから、また戻ってくる」マクニールはジョンに言った。

ジョンは目を上げ、気の毒そうに言った。「一時間後でも二時間後でも、一〇時間後でも結構ですが、この馬のことを思いやるなら、今日明日は乗らないほうがいいでしょうね」

「どういう意味だ？」マクニールはぴたりと動かなくなった。

「ひづめの中心の軟骨部分と蹄鉄のあいだに石がはさまっていたんです。ちっぽけな石で、かき出してやりましたが、そこが傷になっています。一日か二日はお乗りにならないことをおすすめします」

「くそっ、ちくしょう!」若い御者はちぢみあがった。マクニールはまた罵りの言葉を吐き、不吉な笑い声をあげた。「ふん、そうか。まったくもって、結構なことじゃないか?」

「大尉?」

「一日と言ったか?」

「少なくとも一日。二日休ませたほうがいいでしょう。私なら、脚を悪くさせる危険をおかしたくないですね」

「俺だってそうだ」

マクニールは馬小屋を出て城に向かった。ケイト・ブラックバーンを彼の手の届かないところ、それでいて目の届くところに留めおいた運命を呪った。

ちょうど昔、運命がダグラス・スチュアートに対してしたように。

一七九九年七月、ル・モンス城

番人は悪臭ふんぷんたる地下牢に入り、暗がりに目が慣れるまで待った。それからあたりを見まわし、物憂げに背中を壁にもたせかけて座っているアンドルーを見つけた。「ほかの仲間はどこにいるんだ?」

キットは背筋を伸ばした。部屋の向こう側にラムゼーがいた。肩を壁に押しつけて堂々としている。まるで紳士だけが集まるロンドンのクラブにいるように見える。ダグラスが人の群れをかきわけて前に出た。

キットはもっとゆっくりと動いていた。これからの数分間は待ち遠しいとはとうてい言えない。苦痛を強いられるのは目に見えている。ラムゼーも前へ出るのをためらっている。地下牢にはあと六人ばかり番人が入ってきていた。いきなり圧倒的な力の差を誇示されて、キットはむっとした。

「昨日はギロチンが正常に動かなかった！」番人の長が芝居がかった声で叫んだ。「しかし」番人は不平不満をなだめるかのように片手を上げた。実際には誰も声などあげてはいなかったが。「何時間も奮闘した結果、修理はすんだようだ。もちろん、それはまだわからない、実際に——」彼は言い訳をするようにほほえんだ。「わかるな？」

戦慄のつぶやきが人々のあいだを走りぬけた。

「さて」番人は手をこすりあわせた。「志願者をつのる。スコットランド人の志願者を一人。これは命令だ。志願者がいなければ、全員処刑する」

アンドルーは座っていた場所に凍りついたままだ。ラムゼーは急に姿勢を正し、キットは人ごみを押しわけ、扉に向かってまだ進みつづけているダグラスに近づこうとした。

「この小さな問題を解決するのに手を貸してくれる奴はいないのか？」

「僕が行く」ダグラスの声がキットの背筋を伝って響いた。死の犠牲を告げる鐘が鳴るように。

「そうか！　よろしい――」

「だめだ！」アンドルーは勢いよく前に進みでたが、番人はその動きを予期していて、彼を床に叩きつけた。二人の番人がダグラスをとらえ、牢の扉から外に押しだした。キットはラムゼーと同時に人ごみの中から飛びだしたが、扉はすでに閉まるところだった。

キットは壁の高いところにある小さな窓まで走っていって飛びあがり、横棒をつかんで体を押しあげ、地上のようすをのぞいた。血に飢えた見物人の動きまわる足が邪魔して、ダグラスの姿が見えない。

「ダグラス！」

そのとき庭の向こうに、処刑人がダグラスを率いてギロチンの刃が取りつけられた絞首台に続く足場を上っていくのが見えた。群衆はやじったり、叫び声をあげたりしている。処刑人はダグラスの目の上に黒い布を巻き、彼をこづいてひざまずかせた。太陽の光が何かに反射してきらりと輝き、そして――。

「やめてくれ！」

20　助けの手を差しのべてくれる人たちに気に入られるには

朝の訪れとともに、ケイトは仮病だったはずの頭痛が本物になっているのに気づいた。ドレスに着がえるあいだ、外見に心を配っている余裕がない。彼女の思いはキット・マクニールに向いていた。彼が出発してしまう。もしかしたら今日にでも。

ケイトの部屋の扉が突然開いて、メリー・ベニーがすばやく入ってきた。「何かご入用なものがないかと思って来てみましたの」

「いいえ、何も」ケイトは言った。「すべて、申し分ありませんわ。ありがとうございます」

ペギーが置いていったドレスの山に目を向けたかと思うと、メリーは急いで飛んできた。「それはみんなグレースのよ！」彼女は断言した。「私がもらうべきなのに」

「ええ、もちろん」この娘はかわいそうな娘なのだ。昨夜感じた同情心を忘れないようにしなければ。「私のドレスがめちゃくちゃにされて使えないので、こちらにいるあいだ着るようにと侯爵がお貸しくださったのです。帰るまでにあなたにお返しいたしますわ」

「ああ。そうだったのね。私……」少なくとも恥ずかしがってみせるだけの礼儀は心得ているようだった。「欲ばるつもりはなかったんです。ただ、グレースの形見が本当に少ししかないものですから、彼女のものを持っている人を見るとどうしてもねたましくなってしまって」

メリーはケイトが身につけているドレスをじっと見た。白と薄紫の縞模様になった薄手の平織り綿布（バチスト）を使ったドレスで、袖は小さなちょうちん袖（パフスリーブ）、胸の下にはきめ細かな刺繍が入った深紫色の繻子の帯をあしらってある。「その帯、グレースが自分で刺繍しましたのよ」メリーは言った。「針使いが本当に上手だったわ。グレースの手にかかるとありふれた感じのものも数時間で美しく変身しましたの」

「グレースと親しくしていらしたのね」

「一番の親友と思っていましたわ」メリーは静かに答えた。

「彼女がいなくなって寂しいでしょうね」

「ええ」メリーは室内を見まわした。「これ、グレースがあなたに送ったというトランク？」

「ええ、そうですわ」

「中を見させていただいてもいいかしら？　グレースの部屋からなくなっているものがいくつかあって、たぶんそれをトランクに詰めて送ったのじゃないかと思うんです。私、いただきたいの。私以外の人には価値のないものでしょうから」

「もちろんですわ」ケイトは答えた。

それ以上言わなくても十分だった。メリーはトランクのふたを開け、中身を取りだしはじめた。品物を慎重に確かめてから床に置いていく。ひとつひとつじっくりと見ているので時間がかかったが、それらはしだいにメリーの足もとに積みあげられていく。

ケイトは窓のそばのいすに腰かけて見守っていた。悲しみに浸っているメリーの邪魔をしたくなかったが、かといって部屋を出ていくつもりはなかった。ついに出すものがなくなり、メリーはがっかりしたように空っぽのトランクを見つめている。

「これで全部かしら？」メリーは訊いた。「まだほかにもあったはずですけれど」

ケイトはうなずいた。「かなりあると思いますわ。泥棒がグレースの持ち物を荒しまわったのです。そのとき私のドレスも台無しにされたのですけれど。本も一部破れたり汚されたりしていたので、侯爵にお渡しして修復できるかどうか見ていただいています。刺繡箱はここにありますが、刺繡枠は壊されていました。嗅ぎタバコ入れがいくつか、時計がひとつ、それから水薬の瓶は全部、こなごなになっていて持ってこられませんでした」

メリーはいらただしげに首を振った。「いいえ。そういうのはどうでもいいの。パステル画かグレースの日記はありませんでした？」

「日記はありませんでしたわ。それから」ケイトはメリーが散らばらせた何枚かの大判の水彩画を指さした。「絵のたぐいはそれだけでした」

「宝石箱は？」

「ごめんなさい、なかったわ」

メリーはケイトをにらんだ。何か隠しているのではないかと疑うような目だ。「とても貧しい生活をしてらしたって、知ってるわ。グレースから聞きました」

立ちあがろうとしていたケイトは凍ったように動きを止めた。

「あなたが自分のために何か取っておいたとしても、それは無理もありませんわ。グレースと血のつながったただ一人の親戚ですもの、それぐらい許されるでしょう。でも、あなたにとってはささいなものでも私には思い出がつまった大切なものかもしれないわ。お返しいただければ、お礼は十分にさせていただきますわ」

「何もありませんわ」

ケイトの冷淡な声に、メリーは泣きそうになりながら片手を差しのべた。「気分を害されたのね」

「あら、意外ですか」ケイトは冷たく言った。「たぶんあなたは、泥棒あつかいされるのに慣れてらっしゃるのね。私はこんなこと初めてよ」

メリーは真っ赤になった。「私だって泥棒だなんて言われたことはありませんわ。わかってください」唇が震える。「グレースが恋しくてたまらないの」その心は疑いようがなかった。「いなくなって、私だけが取りのこされて」

メリーの切々たる言葉にケイトは深い同情を誘われた。見捨てられて、憤りを感じることがどんなものか、自分で経験して知っていたからだ。

「わかりますわ」ケイトは手を伸ばして近づいた。

ないで！」

「いいえ！」メリーは後ずさりしながら言った。「わかるわけないくせに、そんなこと言わないで！」

ケイトは腹も立たなかった。自分が城に着いてから、この娘の感情が激しく揺れうごくのを見てきた。あるときは途方にくれてもろさを見せたかと思うと、次の瞬間には恨みがましく、攻撃的になっている。夫に先立たれ、父にも死なれたころのケイトと似ていた。

メリーは頰の涙をぬぐった。「グレースが最後に残した言葉を読むことさえできたら。私に何か伝えたいことがあったのなら、それを知りたいのに」

「それで本当に心が慰められるものかしら？」ケイトは慎重に訊いた。

「かえってもっと悲しくなるだけだと思うわ」メリーは細い腰のところで両手をねじりあわせながら言う。「でも死ぬ前にグレースが幸せだったかどうか、それが知りたいの。それなら慰めになると思いますわ」

メリーとケイトは同じ立場の者どうしだった。本当にそうだ。二人とも愛する人を理不尽な暴力で失った。だがグレースは犯罪の犠牲者であったのに対し、ケイトの父は自ら死を志願したのだ。その違いはわずかなことのように見えるが、ケイトにとっては重要だった。それでも父の死の直前の心を知りたいという思いは同じだった。父はあのとき、自分自身を試す手だてを探していたのか、それとも父の死はマクニールが確信していたように、行きがかり上やむをえないことだったのだろうか？

父が何か書きのこしたものがあればとケイトは願っていた。残された家族がそれを読んで心を慰めることができるように。この世を去る前に、家族との楽しく、誇らしい思い出が父の脳裏をよぎっただろうか。しかし手紙をあまり書かない人だったから、そこのところは永遠にわからない。

メリーも同じ境遇だった。

「本当にお気の毒に思いますわ、メリー。でもグレースは、チャールズとともに近いうちにロンドンへ引っ越すからそれまで荷物を預かってほしいという手紙以外には、一通も送ってきませんでしたの」

「その手紙、まだありますかしら?」メリーが訊いた。

ケイトは首を横に振った。「いいえ。短い手紙で、せいぜい数行でした」

メリーは自分の体を抱きしめるように腕を回し、窓の外をぼんやりと見つめている。ワッターズ大尉が中庭に現れた。金色の肩章が朝の日ざしの中で輝く。大尉は中庭のまわりを見まわし、ケイトとメリーが階上の窓のそばに立っているのに目をとめてほほえみ、深くお辞儀をした。

「慰めになるかどうかわかりませんけれど、侯爵はワッターズ大尉に絶対の信頼を寄せておられるようですわ」ケイトは言った。「私も、実際に大尉にお目にかかってみて、目的を果たすまで決してあきらめない方だと感じました」

メリーの顔にかすかに血がのぼった。「大尉はすばらしいお方ですわ」

民兵たちを率いる司令官であるワッターズは、この娘の心を奪ってしまったにちがいない。

「でも、そのくせあなたは、密輸人を崇拝しているなんて言われていましたわね」ケイトはメリーの悲しみを少しでもやわらげようと、からかって言った。

メリーはあざけるように笑った。「マードックさまは私のことを誤解してらっしゃるのですわ。密輸人を崇拝しているだなんて、そんなことありません。お話にならないぐらい卑しい者たちですもの」気取ってひらひらと手を振る。「確かに一時は、心の中であこがれを抱いたこともありましたけれど」

「カラム・ラモントですか?」

メリーはケイトに鋭い一瞥をくれた。「彼には確かにある種、野性的な魅力がありますわ」と認める。「ある種の存在感ももっているし」

ケイトは首をかしげた。「どういう意味ですの?」

「指導者がいて、それに従う部下の者がいるということですわ。指導者になれる者は数少なく、ほとんどの者はその人に従うだけの話です」メリーの視線はふたたび、四人の男をしたがえて中庭を横切っていくワッターズ大尉に注がれた。「指導者といえばあの大尉のような方ですわ」

「心の正しそうな立派な方ですわね」ケイトがうなずいて言った。

メリーは憐れみの表情を浮かべてケイトを見た。「そんなに単純なものじゃないわ。心の正しさなんて意味ないのよ、ブラックバーン夫人。部下がよく働くかどうかは指導者の力しだいですもの。一番力のある指導者が多くの人をつきしたがえ、その人が決めた規則どおりに皆を動かすだけ」メリーは小さくため息をもらした。「心の正しさは強さにはとうていかなわないわ」

「ワッターズ大尉にとってカラム・ラモントが強敵となるかもしれない、と心配していらっしゃるのかしら」

メリーは肩をすくめた。

「どちらとも面識があるので私、自信をもって言えますわ。ワッターズ大尉は部下の者を勇気づけて、目的に向かって引っぱっていける人物で、その指導力はカラム・ラモントが彼の手下に対して発揮する力よりすぐれているだろうと」ケイトは言った。「ですからあなたのお考えにもとづいて言うと、心の正しさだって強さと同じぐらいの力を持ちえるはずですわ」

メリーの視線はワッターズ大尉の男らしい姿に釘づけだった。その目にはまぎれもないあこがれが表れていた。ケイトはマードック家の人々の立場になって安堵の気持ちを抱いた。メリーの崇拝の対象がカラム・ラモントから、より立派な人物に変わったことは明らかだった。

「確かにワッターズ大尉は、これと決めた目的はどんなことがあっても果たされる方なんでしょうね」メリーはつぶやき、ケイトに目をやって、ずるがしこそうな表情を浮かべた。「あなたのマクニール大尉も、そういう人物に見えないこともないですけれど」

「さあ、わかりませんわ」ケイトは答えた。

「わからないですって?」その声にこめられているのは懐疑心か、それとも軽蔑だろうか?

「あら、お化粧の時間をすっかり邪魔してしまいましたわ」メリーはそれだけ言うと急いで部屋を出ていった。床に広げられたままのグレースの所持品をケイトは困惑して見つめた。

＊　＊　＊

部屋を片づけるとすぐにケイトは朝食をとりに下へ下りていった。侯爵はすでに席に着いていたが立ちあがってケイトを迎えた。そして食卓についた彼女に、体調はどうかと尋ねた。家族の人々は朝は遅くまで寝ている習慣なのだという。侯爵は従僕を呼び、まもなく盛りだくさんの大皿がケイトの前に並べられた——燻製と塩漬けのニシン、卵、お粥、オーツケーキなど。

ケイトは少しずつつつくようにして朝食を食べたが、そのあいだずっと侯爵が会話の相手を務め、マードック家に伝わる面白い話をして楽しませてくれた。ケイトはできるかぎり注意をはらって聞いているふりをしたが、いつマクニールが現れるかが気になって、どうしても扉のほうに目がいってしまう。

「ごきょうだいのことがお気にかかるでしょう、ブラックバーン夫人」

ケイトはびくりとした。「ええ、そう、そうですね。姉と妹が恋しいですわ」実を言うとこの数日間、自分のことでいっぱいで、姉妹がどうしているかなど考える余裕がなかったが、今になってようやく思い出していた。

ヘレナならこの城が大好きになるにちがいない。建物の美しさ、優雅さのとりこになるだろう。書斎で出会う書物のかずかずが、長く厳しい冬のあいだ、よき友となって心を慰めてくれるだろう。一方シャーロットはそれほど魅了されないかもしれない。人里離れた環境をつらいと感じるだろう――その辛辣な物言いと頭の回転の速さに十分対抗できる相手を見つけられないかぎり。

「いつかお二人もこの邸（やしき）を訪れてくださるよう願っています。家族の大切さは私もよく承知していますから。私にとって、家族は何ものにも代えがたい貴重な存在なのです」侯爵の整った顔を一瞬、哀愁の影がよぎったが、彼はそれを振りはらった。「家督を継いでから何年も財政の立てなおしにかまけて過ごしてきたので、自分自身の生活をなおざりにしていました。もう、それを変えるべきときではないかと思っています」

ケイトは口を開かず、姉妹のことばかりを考えていた。どうしてこんなに長く二人を思い出さないでいられたのかしら。

侯爵は咳払いをしてケイトの注意を引いた。「我が家もそろそろ、喪に服すのは終わりにしていいでしょう」侯爵はナプキンを下に置いて言った。重大な決定を下す男の表情になっている。

「閣下？」

「いつまでも城に引きこもって暮らすわけにはいきませんからね。特にここ北スコットランドでは服喪の習慣はあまり厳しくありませんし、狭い社会でのおつき合いの中で誰か一人でも欠ければ、友人や隣人にとってつらいことになります。ただし」侯爵はケイトを心配そうに見た。「亡くなった人に対する敬意を表するという点で、私どもがまだ十分しつくしていないとお感じになるのなら話は別ですが」

「それはもう、十分なさったと思いますわ」ケイトは侯爵を安心させるためにあわてて答えた。

侯爵は心からの安堵を隠さずに顔に表してにっこりとほほえんだ。「それはよかった。実はマクファーソン家で行われるちょっとした集まりに招待を受けていまして、それが二日後に迫っています。すでにお断りの手紙を出したのですが、やはり行ってみようかと考えています。ここでの暮らしが退屈だとあなたに思われても困るので」

「閣下、どうぞおかまいなく。わざわざ私を楽しませようとなさらなくても」

「いえ、そういうつもりでは。しかし」侯爵は身を乗りだした。まごころのこもった魅力的な表情だ。「あなたに、私たちを気に入っていただきたいのです」

「気に入らないとしたら、私はかなりひねくれた人間ということになりますわ」

「そう、それなら」侯爵は言った。「私たちを心から好きになってくださいと言いかえましょう。あなたに、ここにいてほしいと思っているから」

ケイトの体はすくんだ。どういう意味で言っているのかしら。まさか。ありえないわ。

彼女の困惑したようすを見てとって、侯爵は急いで言った。「少なくとも春まで。今ヨークへ帰られるなどあまりに大変で、計画も立てづらいでしょう。しばらくここにいてくださいますか？」侯爵のまなざしは温かく率直で、嘘偽りがなかった。

侯爵は求愛しているのだろうか。ケイトはじっと見つめた。

「お姉さまと妹さんもこちらにお呼びするよう、使いを出しましょう」

なんてこと！　侯爵は本気で求愛しているんだわ！　ケイトは胸おどる瞬間がやってくるのを待った――が、その瞬間は訪れなかった。

「どうか、性急な男だと思われませんように。社交の集まりのことや何やかや、いろいろあるものですから」侯爵が社交のことを言っているのではなかった。それはケイトにもわかっていた。「おっしゃってください、ブラックバーン夫人」侯爵は気づかわしげに訊いた。「少し早すぎると思われますか？　ブライトンでご一緒したときのことをよく思い出していました。またふたたび……お近づきになれて、私は本当に嬉しいのですよ」

これをどう考えたらいいものか、ケイトにはわからなかった。確かに侯爵は、かつてケイトに特別な関心を抱いていた――だからこそ勇気を奮いおこして金銭的な支援を頼もうと思ったのだ。しかしそれ以上深い関わりを持つことは考えてもみなかった。侯爵はケイトの答を待っている。

ここで前向きに答えないとしたら愚か者だ。それなのに言うべき言葉が喉にひっかかったままなかなか出てこない。ケイトはようやくその言葉をしぼりだした。「侯爵におまかせいたしますわ」

「本当に？　よかった」侯爵は顔中に喜びを表してほほえみ、いすの背にもたれかかった。「それではご一緒にマクファーソン家を訪問しましょう。少人数の集まりですので、喪が明けた私たちともどもあなたも初めて皆さんとお話する機会としてはちょうどいいかと思います。週末に四家族か、五家族が集まるだけですから。

お互いの邸が離れているので、訪問しあうときは泊りがけで行くことにしています。それほど長い滞在ではありません」侯爵は急いでつけ加えた。客として他家に長期にわたって滞在する生活を思いえがかれては困るとでも思ったらしい。「せいぜい四、五日です」

「はい、閣下」

侯爵は立ちあがった。「今すぐ使いをやって、状況が変わったのでぜひともご招待をお受けしたいと先方に知らせましょう。叔父上はマクファーソン夫人がごひいきなのですよ。このご家族は一七四五年に爵位を取りあげられたのですが、叔父上ときたら伯爵夫人とお呼びすることに限りない喜びを覚えているのです。夫人のほうもそう呼ばれることに限りない喜びを覚えておられるようですし。それにレディ・マティルドも、近隣にお住まいの方々と自由なおつき合いを再開できると聞けば大喜びなさるでしょう」

ケイトはほほえんだ。どこか嘘があった。ごまかしていた。そう感じる自分が憎かった。そんな気持ちにさせるマクニールが憎かった。

こんな気持ちを持つのはやめよう。ばかばかしい考えだった。私は中世の吟遊詩人の歌に出てくる愚かな女主人公とは違う。一夜をともにしただけで、永遠に相手の男のものになるのだと信じる娘とは違う。私より身分が上の女性も、下の女性も、恋人がいても別の男性と結婚し、ずっと幸せに暮らしている。私はそういう女性の一人になる。キット・マクニールをほほえみながら思い出すことができるようになるのだ。今、涙がこぼれそうになっているのは、きっとその道を歩みはじめたばかりだからよ。なぜって、私は愚か者じゃないもの！

「そうでしょうね」

「今日の午後ですが、遠乗りにお誘いしてもよろしいですか？　馬小屋に一頭、気性のおとなしいご婦人向きの雌馬がおります。でなければ断崖に沿って馬車を走らせてもいいですね。絶景が見られますよ。どうぞ、お好きなほうを選んでください」侯爵は手のひらを上に向け、少年のごとく、からかうように、にっこりと魅力たっぷりに笑った。「どうしたいですか？」

「馬車に乗っていくのもよさそうですわね」私はどうしたいの？

「すぐに用意させましょう。一時に出発ということでよろしいですか？」

「はい」

侯爵は書きかけの手紙を書きおえて午後の時間を空けておきたいと言って先に出ていった。ケイトは居間に残り、目の前の磁器の皿を深刻なおももちで見つめた。金で縁どられたその皿には重厚な銀のナイフとフォークがのせられている。皿の向こうにはクリスタルのゴブレットが置いてある。足もとは厚いじゅうたんが敷かれ、従僕が扉のわきに立っている。ケイトが快適に過ごせるようにという、ただひとつの目的のために。暖炉には火があかあかと燃え、部屋は暖かい。一一月の半ば、スコットランド最北端のこの地でもこれだけの暖かさに恵まれている。

あなたはどうしたいの、ケイト？

彼女は目を閉じた。まぶたの裏に悲しみに沈んだ母の顔が浮かんでくる。ヘレナの痩せほそって骨が浮きでた手や、寒さに震える青白い爪も思い出す。そして可愛らしい顔を安堵と喜びで生き生きと輝かせ、家具のほとんどないがらんとした借間から飛びだしてきたシャーロットの姿。妹はケイトの頰にキスしてこうつぶやいた。「社交シーズンのあいだ、ずっとよ、キャサリンお姉さま！　ウェルトン男爵みたいに寛大なお方って、考えられる？　社交シーズンが終わるまで、ロンドンにいられるのよ！」

しかしシャーロットが社交界で良縁を見つけることは、侯爵がその機会を与えてくれないかぎり無理だろう。ケイトの唇は自嘲ぎみにゆがんだ。姉と妹を、自分がしようとしていることの言い訳として利用することはできない。かりに侯爵が自分に求婚して自分がそれを受けいれるとしても、ヘレナとシャーロットのことは結婚を承諾する理由の一部にすぎない。いったい私は、受けいれるつもりがあるのか、ないのか？

あなたはどうしたいの、ケイト？

ケイトがテーブルから立ちあがると、従僕がすぐに扉を開けた。居間を出るとそこは明るく広々とした廊下で、侯爵家の先祖の肖像画がかかっている。そこを通りぬけて書斎に向かう。足元のじゅうたんは厚くふかふかで、足音が吸収されて聞こえない。彼女は考える必要があった。あなたはどうしたいの、ケイト？

その問いかけに対する答はむしろ、何をしたくないか、何が欲しくないか、という角度から考えるべきだろう。ケイトは飢えに苦しめられたくなかった。寒さにこごえるのもいやだった。自分や姉妹の将来について思いなやみたくなかった。恐れに震えたくなかった。自暴自棄になりたくなかった。貧しい暮らしはもういやだった。

そうだわ。答になっているじゃない。

ケイトは書斎へ通じる扉の取っ手に手をかけた。挫折感に歯をくいしばる。なぜなら、自分が欲しくないものが何か明確にわかっていながら、何が欲しいかも同じぐらいはっきりと自覚していたからだ。

扉が開いた。キット・マクニールがケイトの目をじっと見おろしていた。

彼はケイトの目の前に立っていた。

21　責任ある選択をする

見栄えのする服装でもないのに、これほど魅力的に見えるのが恨めしかった。マクニールの首に巻かれた首巻き（クラバット）は安物で、麻のシャツはすりきれている。外套は着古したもので、ブーツは傷だらけだ。しかしその手は……マクニールは美しい手をしていた。柔らかいピンク色の皮膚というわけではない。たこができていて肌のきめは粗いが、指はすらっとしていながら力強く、男性的だ。その手がきれいに洗ってあるのにケイトは気づいた。でも彼の連隊服の上着はどこへ行ってしまったのかしら？

「大尉だということ、どうして教えてくださらなかったの？」大尉の地位はどこで手に入れたのだろう？

マクニールの口の端が上がった。「会話の中でその話題が一度も出ませんでしたから。それに、特別に言うほどのことでもないし」

「あなたは下士官兵だと思っていたのに」

「確かに下士官兵でしたが、ちょうどいいときにいい場所にいた、というか、間の悪いときに悪い場所にいたと言うべきなのかな。いずれにせよ戦いで生きのこり、運よく野戦任官で特別昇進したんです」

マクニールは首をかしげ、皮肉な表情でケイトを見た。「もし私が下士官兵だったら、連隊で任務についているはずです。ここにいるわけがありません。大佐の娘さんなら、そんなことぐらい考えてみたでしょうに？」

ケイトは恥ずかしそうに目をそらした。「あなたが軍を脱走したのではないかと思ったのです」

「いや、私の人格をそこまで高く評価してくださって、嬉しいですよ」

「あなたがわざわざ、ご自分の人格が欠点だらけで大したことがないように言いたてたからですわ。それを真に受けたからといって、偏ったものの見方をしているなんて思われては私、たまらないわ」

「まいった、おっしゃるとおり」マクニールはにっこりと笑った。笑わないでほしい、とケイトは強く願った。こうして笑っているときの彼は本当にすてきで、親しみやすく感じられる。近寄りがたい雰囲気が消える。

「それに」ケイトは目をそらしたままでぶっきらぼうに続けた。見てしまうと彼を求めたくなるからだ。「あれだけのひどい経験をしたあとで、あなたが軍隊に志願して入隊するなんて、考えられなかったわ」

「酔っぱらっていたんです」

マクニールが自分の過去を洗いざらい語らなかったとしても、それは責められない。ケイトの心を読んだかのように、彼の唇にはひねくれた笑みが浮かんでいる。「私は英雄的な行為で殊勲を立てたわけでも何でもありませんよ、ケイト。どこにでも転がっているありふれたできごとを経験してきただけです。ありもしないことを想像してはだめですよ。ところでここへ来たのは自分の至らなさを告白するためではありません。私の欠点だったらあなたはよくご存知でしょう」

「私が？」

「強欲」マクニールは手を上げ、ケイトの顔に触れるかどうかというところでためらった。「怒り。自尊心」彼の指先がケイトの顔にかかった巻き毛をなでるようにゆっくりと払いのけた。「身分が上の者に対する偏見」ケイトは動けなかった。彼がもっと勝手なふるまいに及ぶのではないかという不安にかられ、またそれ以上に、そんなことはしないのではないかという不安におびえていた。

「そうです。私がいろいろな点であなたの期待を裏切ったことですよ」

「期待を裏切られたことなど一度もなかったわ」ケイトは、マクニールの銀色がかった緑の目に視線をからませながら息を吸いこんだ。

マクニールの親指がケイトの目尻に触れ、まつ毛を軽くかすった。ケイトは頭を上げた。わずかな動きではあったが、二人がより密着する形になった。彼が息をのむ音が聞こえる。

親指がケイトの頬の線を優しくたどって下りていく。親指はあごの先に達し、顔を上向かせた。彼はケイトの目をのぞきこんだ。「もうすぐ出発することをお知らせしようと思って来ました」

ケイトの心臓がドクンと高鳴り、胃が不安で締めつけられた。いや。「いつ?」だめよ!「今日じゃないでしょう?」

「もうここにいる理由がなくなりましたし、行かなければならない理由がありますから」マクニールは重々しく言った。

ケイトは首を振った。「だめ。今日は行かないで」

マクニールは少しのあいだ目を閉じていた。引きしまった顔に、心の中の葛藤が一瞬だけよぎる。「では、いつだったら行ってもいいですか?」

わからない。来月? 来週? それともずっとそばにいてほしいの? マクニールに二度と会えなくなるのだという思いで、そして城を出た彼が、友を殺した裏切り者を捜すという目的で行動するだろうという予測で、ケイトの手足は震えだし、呼吸がうまくできなくなった。せめて今日行ってしまうのだけはやめて。「たぶん……二、三日後なら」

マクニールは彼女の目をじっと見つめた。「明日にしましょう、ケイト。それ以上は勘弁してくれ。お願いだ」

ケイトが頼みさえすれば、マクニールはどんなことでもする。そう誓ったはずだ。彼女が行かないでと懇願すれば、そばにいてくれるかもしれない。しかしケイトは誓いによって彼を縛りつけることはできなかった。滞在を延ばしてもらったあげく、憶えているかぎりの手練手管で侯爵を誘惑するのをマクニールに見せるわけにはいかない。彼女は悪い女だった。でも性根まで腐っているわけではない。

「明日ね」ケイトは声をつまらせ、目をつぶった。涙を見られたくなかった。

「三年前、あなたのことで私が最初に気づいたのは何だと思います？」マクニールは優しく訊いた。「それはケイト、あなたの勇気でした。私は幼いころから、忠誠心をのぞいては何ものにも増して、勇気を尊敬してきました。初めて会ったとき、あなたはたいまつのように烈しく熱く、勇敢だった」

ケイトは皮肉な笑みをもらした。悲しみの中でさえ、この思いちがいに笑いだしたくなったのだ。「あれは勇気ではなかったのよ、キット。恐れだったのに」

「ケイト、私はあなたのお父上を直接には存じあげませんでしたが、軍にいて噂は聞いていました。ロデリック・ナッシュ大佐は心がまっすぐな軍人であり、考え深く鋭敏な戦術家だという評判でした。だが何よりもすばらしいのは、大佐はためらうことなく、なすべきことをなさった。あなたは大佐のようだ、ケイト。お父上と同じ勇気をもっている」

「ばかげてるわ！」ケイトは父とは似ても似つかない。

マクニールはその力強い指でケイトのあごをつかみ、さらに近づいた。「お母上のお体はもう弱っていらした。お姉さんはあなたの身の上にふりかかる運命には気づきもせず、妹さんはようやく事情がわかりかけてきた年頃だった。わずか一年のあいだに、あなたが持っているものも、手に入るはずだったものも、すべてが奪われてしまったわけでしょう。快適さも安心も消えてしまった。それまでの生活も、ご主人も、お父上も、何もかもなくした。でもあなたは今、何をなすべきかを心得て、そのとおりにした」

マクニールはケイトの顔を傾け、高い窓から差しこんでくる光が彼女の顔全体にかかるようにした。「それを勇気と呼ばずして、何と呼ぶでしょう？　お父上が生きておられたら、誇らしいと思われるにちがいない」

それは違う。父はそんな行動を誇りに思ったりはしないはずだ。ケイトは臆病者だった。富と快適さと安心を、自尊心のために、愛のためにあきらめたりしない。あきらめられなかった。

でもほんの一瞬だけ、あと一回だけのキスなら、許されるかもしれない。ケイトは大胆にもマクニールの胸に手を置いた。手のひらの下で心臓の鼓動が感じられる。ケイトはほんの少し近づき、ドレスのすそが彼のブーツの先に触れた。

「キット」彼のたくましい筋肉の上でケイトは指を丸めた。

「誰か入ってくるかもしれない」マクニールはささやいた。その声は暗く、絶望していて、それでいて優しかった。

「かまわないわ、どうでもいいの」

「いや、よくない」きっぱりと強い口調でいさめる。「だめだ。しっかりして。ケイト、ここなら安全です。大事にされて、昔と同じような暮らしに戻れますから」

「ええ」

「ここは安全だから」マクニールはまだケイトの安全を気づかっている。「けさ、ワッターズと部下の者たちがクライスに向けて出発したのを見ました。大尉なら、あなたのいとこを死に追いやった者を見つけてくれるでしょう」

マクニールは知らないのだ。チャールズが密輸人と関わったために殺されたことを。そんなに私の身の安全を気づかってくれなくてもいいのに。私は密輸人でもないし、誰を裏切ったわけでもないのだから。

そう、自分以外は裏切っていない。

「私はお金を持ってませんもの」ケイトは言った。侯爵に求婚されたも同然であることを隠しながら、なんとかマクニールを安心させたかった。「私がつきそいなしで外出することはないわ。侯爵はこのあたりの状況について十分承知していらっしゃるから、細心の注意を払われるはずです」

「それに荒野の城跡にいた男の狙いは私であって、あなたではありませんからね」マクニールはケイトの表情を探りながら続けた。「ですから、私がいないほうが安全です。ケイト、私はもう行かなければ」マクニールの断固とした声は、滞在を延ばせないことをケイトにわからせようとしていた。彼女を見捨てて行くのではないことを理解してもらおうとしていた。

欲しいものはすべて、手の届くところにあるのよ、ケイト・ブラックバーン。あとはキット・マクニールが出ていくのを見守ればいいだけ。「ええ、わかったわ。行かれるのね」

マクニールは突然腕を伸ばしてケイトの頭の後ろを抱えて、ぐいと引きよせた。息づかいが荒くなっている。待ちうけていたケイトはとろけるように体をゆだね、唇を開いた。

「神よ、お助けください」マクニールはかすれた声でつぶやいた。「キスしないでは別れられない」

彼は唇を荒々しく重ねた。そのキスには欲求と、挫折感と、切ない心の痛みがこめられていて、ケイトの欲望に火をつけた。ケイトは彼の情熱に応え、彼の首のまわりに腕をきつく巻きつけて強く引きよせ、体をぴったりと密着させた。自分を彼の体に溶けこませ、その一部になりたいとでもいうように。そして心の中で燃えたぎる思いのたけをこめて、胸を締めつける絶望を注ぎこんでキスを返した。マクニールはほんのひとときだけ、ケイトを強く抱きしめた。もう絶対に放すものかとでもいうように。

やがて彼は抱擁を解いた。

「もう出発しなければ」

このまま彼を行かせるわけにはいかない。お互いの気持ちを確かめないでは……希望なしでは……別れられない。

「侯爵は近くに住むお知り合いからの招待を受けて、私も一緒に明日、その方のお邸に行くことになりました」ケイトはつぶやくように言った。「訪問を終えて戻っても……私にしばらくいてほしいと、侯爵はおっしゃいました」

マクニールの体がこわばった。だが目はそらさずにケイトの目に注がれている。

「私……」ケイトはつばをのみこんだ。「私が侯爵のところにとどまるべきでない理由があるかしら……何か思いつく？」

胸の鼓動を五回数えた。胸が張りさけるのにはそれだけの時間で十分だった。心臓の鼓動が五回。そのあいだに期待が体を駆けめぐり、あふれた。心が喜びで満たされた。ケイトの望みは――。

「ありません」マクニールは言った。「ええ、何も思いつきません」

――望みの綱は断ち切られた。

22　身の丈にあった生活をする

キット・マクニールが通りすぎると、従僕が気をつけの姿勢をとった。小間使いはこわごわと笑顔を向けてきた。彼はどちらにも目もくれずに歩いた。

あのときケイトはその身分と自尊心を危険にさらして訴えていた——自分を侯爵の手から奪ってもかまわないと。マクニールは震える手で扉の掛け金を上げた。だがケイトは決して知ることはないだろう。あの言葉がどれだけ俺を動転させたか、彼女を自分のものだと宣言したい気持ちがどれほど強かったか。俺は自分のことしか考えない野蛮な男だ。だが、彼女を奪うほど利己的ではない。あの善良な侯爵の手にゆだねれば、ケイトの将来も、姉妹の将来も保証される。そして何年か経ってケイトを思うとき、俺は満ちたりた気持ちになれるだろう。一人の淑女(レディ)が、たとえほんの一瞬でも、自分にとってもっとも大切なものをすべて俺のために犠牲にしようと考えたことを思いおこして。それと引きかえなら、俺は我慢できる。

マクニールは外に出て馬小屋に向かった。見えはじめていた冬の兆しがわずかに退いたように、空気は薄かったが穏やかで、空はほの白く輝いていた。小屋の中はしんとして、いるのは馬たちだけだった。ドランを見つけて後ろ足に手をすべらせ、ひづめを上げてみる。傷は残っていない。ひづめの中心の軟骨部分を優しくさぐってドランが痛がらないことを確かめる。この調子だったら明日には乗れるだろう。

何かがさごそいう音がして頭を上げると、大きくふくらんだ旅行かばんを提げて、仕切りのあいだの通路を大急ぎで運んでいる女の姿が見えた。侯爵が後見人となっている娘のメリー・ベニーだ。通路の端まで行くと旅行かばんを下に置き、一番奥の仕切りの扉を開けようとした。扉の掛け金が途中でひっかかって開かないらしく、腹立たしげに取っ手を引っぱっている。

「やってあげましょう」マクニールは言った。

飛びあがらんばかりに驚いたメリーは、喉に手をあててぱっとふりむいた。「おどかさないでちょうだい！」

「わざとおどかしたのではありません、あしからず。お手伝いしましょうか？」

メリーが疑わしそうにこちらを見ている。マクニールはむっとした。彼女をどうこうしようなどとはつゆほども思っていないのに。

「じゃあ、お願いできます？」

メリーはつんとしながら背を向け、いらだたしげに仕切りを指さした。要するに、早く開けてくれというんだろう。

よろしい。扉を調べてみると、ちょうつがいのところに木の切れ端がはさまっていた。マクニールが短剣でそれをかき出すと、扉は勢いよく開いた。仕切りの中に馬のかわりにあったのは積みかさねられた荷物だった。真新しいかばんのようだ。外側の革にはまだ光沢があり、真ちゅうの金具も輝いていた。新しいかばんを保管しておくにしては変な場所だった。

マクニールのいぶかしそうな目に気づいたメリーは傲慢そうに頭を傾け、質問したいのならすれば、とでも言いたげににらみかえした。マクニールとしてはメリーにも荷物にもまったく興味はなかったが、彼女が旅行かばんを取りあげて仕切りの中に引きずっていくあいだ、脇に立って待っていた。

「私……かなり長い旅に……出るつもりなんですの」メリーは重いかばんを並べかえながら息をはずませている。「で、私の部屋を……荷物だらけにしたくなくて……ここはそんなものを置いておくのにはちょうど……うってつけの場所だから」

「どこかの不届きな泥棒にはうってつけということですか？」マクニールはさりげなくほのめかした。

メリーは顔をしかめ、下唇を噛みしめた。思うさま罵倒して彼をやりこめるべきか、それともうまいこと口車に乗せて何かを命令すべきか、どちらが得策かをじっくり考えているにちがいない。まあいい、この娘の相手をしていれば、少しはケイトのことを忘れていられる。

メリーは媚びるような笑みを浮かべた。かなり色っぽく見えるのだろうな、彼女に気がある男の目には。「お願い、侯爵には言わないでおいてくださる」

「侯爵に何を言わないでくれですって？」

「かばんのことですわ。私が……ここを出ていくことを」

つまり、駆け落ちか。いろいろ考えあわせると納得がいった。誰かと逃げようとしているのだ。誰かはだいたい見当がつく。メリーは感情をあまり顔に表さないようだが、これまでの人生で人の心を読む必要に迫られることの多かったマクニールにはお見通しだった。この娘の言うことは、袖をぶら下げて片腕がないふりをして金をせがむ物乞いと同じぐらい嘘で固められている。

「マードック家の人々には理解できないわ。彼は、あの人たちと同じ種類の人間じゃないから」メリーの美しい顔が興奮を抑えるように震えた。

ということは、あの屈強そうなワッターズ大尉へのメリーのあこがれは、皆の注意をそらすためのおとりだったわけか。そうでなければ「あの人たちと同じ」という言葉を使うわけがない。ワッターズ大尉はどう見ても「あの人たちと同じ」部類に入る。民兵組織の大尉との縁談なら、異を唱える者がいるはずはない。そうだ、この愚かな小娘はカラム・ラモントと駆け落ちしようとしているのだ。

「そんな目で見ないでくださいな。ほかの人はともかく、あなたなら理解できるはずでしょ」

マクニールは片眉をつり上げた。そのとげのあるひと言が心に深く突きささったのを認めないわけにはいかなかったが。確かに彼は、ワッターズ大尉よりはカラム・ラモントのたぐいに近いと言っていい。それでも彼はこう言っただけだった。「あなたが泥棒で密輸人の男と駆け落ちするのを理解する、ということですか？」そして間をおいた。「実際に、そうしようとしているんですね？」

一瞬、メリーは驚いた表情を見せたが、すぐに強い口調で答えた。「あなたには関係ないことですわ。それに、私たちもう結婚していますもの」

「結婚？」これにはマクニールも驚かされた。

「ええ」メリーは高飛車に言った。「ここはスコットランドよ。結婚は簡単にできるわ」

「ちょっと信じられませんね」

メリーは肩をすくめた。「信じてもらわなくてもかまいませんわ。セルウィックの鍛冶屋が証人ですから、聞けばわかりますけどね」

「何てばかなまねをするんだ」

「そんなことおっしゃって、大尉。昔からイングランド人は国境を越えて駆け落ちしてきたじゃありませんか。このよく知られた習慣をスコットランドの女性が真似していけない理由はどこにもないはずよ」

「駆け落ちがロマンティックで冒険心をかき立てる旅だとでも思っているんでしょう」マクニールは言った。「そんなことはない。みじめで、俗悪な逃避行です。それに道のりは孤独だ」

メリーはあごをつんとそらした。「だって私、一人ぼっちで行くのじゃありませんもの」

「今のところはです」マクニールはメリーを憐れむように見た。「でも彼がどのぐらいあなたと一緒にいてくれると思いますか？　一カ月？　一年？　彼が酔っぱらったあげくのけんかで命を落とすまで、でなければ絞首刑になるまでですか？」

「彼は誰にも捕まったりしないわ。とても賢い人ですもの」メリーは言った。マクニールはあきれて彼女を見つめた。

なんてことだ、この娘は本気でそう信じているのだ。マクニールは別の角度から攻めてみた。「もしかしたら捕まらないかもしれない。しかし恋はあなたの美しさがなくなればおしまいですよ。いつまで美しくいられると思いますか？　これまでは大事にされ贅沢を楽しんできたでしょうが、まるで違う生活に飛びこむことになる。そんなつらい生活は、女性の美貌を少しずつむしばんでいくものです」

「ブラックバーン夫人はそれほどつらいめにあわれたようには見えませんわね」

予想外の攻撃だった。マクニールはある種の尊敬の念をもってメリーを見なおした。子猫とはいえ猫は猫だ。それに鋭い爪をもっている。

「ブラックバーン夫人は例外です」彼は言った。「それに夫人は、かなうことのない夢や幻想に人生を左右されないようにしている。そうするだけの賢明さをもちあわせている。あの方を見習えばあなたにとってもいい結果になりますよ」

「救いがたい人ね、マクニール大尉？」メリーはほくそえんでいる。「夫人が、人生を夢や幻想に左右されないようにしたのが賢明ですって。じゃあ誰の判断でそうしたのかしら？

今『夫人』とおっしゃったように聞こえたけれど、私が思うには」しだいに近づいてくる。「彼女のために心を鬼にしてそういう決心をしたのはあなたのほうだったんじゃないかしら」

メリーに警告しなければとつい思ってしまったが、言えるだけのことはもう言った。彼はメリーに背を向けた。だが、彼女の手がいきなり伸びてきて袖をつかまれた。

「私の言ったとおりでしょ、ね？　あなたは彼女と別れるつもりなのね」

「夫人は私のものでも何でもない、だから別れるも何もありません」マクニールは冷静に見えるよう努めながら言った。本当に冷静になれたらどんなにいいか。

メリーは笑いだした。「見えすいたことおっしゃって。太陽は昼、月は夜と決まってるようにはっきりしているじゃない。見ていればすぐにわかるわ。あなたが彼女を見つめるときの目。彼女があなたを見ないようにしているようす」

「気のせいでしょう」

「あなたって、本当におばかさんね」メリーはあざ笑った。「ブラックバーン夫人をここに置いていくつもりなの？　侯爵に譲って？　そんなふうに見捨てられた人がどうなるか、想像がつきますか？　愛情は憎しみに変わるのよ、マクニール大尉。憎しみは増殖するものなの。ありとあらゆる問題がそこから生まれるわ」

「黙れ」メリーのひと言ひと言が毒のようだった。陰険で、残酷きわまりない。

メリーはさらにすり寄る。「ブラックバーン夫人があなたを憎んでもいいの？　かならず憎むようになるわ。何ですって？　考えたこともなかったの？　まさか、ここに置いていってくれてありがとうだなんて、彼女が感謝すると思います？」メリーは首を横に振った。「ありえないわ！　夫人はあなたを憎み、自分自身を憎み、侯爵を憎むようになる。なぜって、彼女に侯爵を選ばせるようにしむけたのはあなただからよ。あなたが思いやってあげたつもりでも、彼女はそのおかげで貧乏暮らしから解放されたとは思わない。彼女が思いおこすのは快楽や情熱だわ。その思いのひとつひとつが、憎しみで汚されることになる。なぜなら、あなたが彼女を置きざりにしたからよ！」

メリーは毒のこもった声で言い放った。「私は置きざりにされたりしない。もう二度とそんなのはいやよ」

メリーは鋭い音を立ててスカートをひるがえしながら向きを変え、マクニールに背を向けた。大きく息を吸いこみ、それをもう一度くり返して気持ちを落ちつける。ふたたびまわりを見まわしたときには先ほどまでのとげとげしい雰囲気は消えていた。疲れはて、神経がすりきれているように見える。メリーは断崖のふちに立たされている。恋人を恐れているが、彼と一緒に逃げないともっと恐ろしいことになる。「侯爵に言いつけるつもりですか？」彼女はささやいた。

マクニールは驚いて彼女を見た。「そうするしかないでしょう。侯爵の保護下にある娘が人を殺した疑いのある者と駆け落ちしようとしているのに、黙っていられますか？」

「彼は誰も殺してませんわ」メリーは断言した。「誓ってもいいわ、彼はチャールズも、グレースも殺していません。彼が無実だというのは事実なのよ。だって、本当の犯人を知っていますもの」

「誰です？」

メリーは首を横に振った。「私たちが遠くまで逃げてからでなければ教えられないわ。安全なところまで逃げのびてから手紙を書いて、その中ですべて明かしますわ。あなたがこのまま見逃してくれたら、よ。明日、ほかの皆はマクファーソン家に行くけれど、私はここに残るつもり。それから二人でここを出るの。皆の前から永遠に姿を消すわ」

「悪いが、見逃せない」

メリーはいらだちのあまり歯ぎしりをした。「言ってるでしょう、彼はチャールズとグレースを殺していないって。私が自分の最愛の友を殺すような男と駆け落ちすると思います？私のたった一人の友人だったのに！」その視線は熱く、それでいて冷静だった。彼女は心から、カラム・ラモントが潔白だと信じていた。「それに私たち、結婚しているのだし。いずれにしてもあなたには何の関係もないことじゃないの」

メリーは明らかに、カラム・ラモントがグレースを殺した犯人でないと確信している。その点ではマクニールの判断より確かかもしれない。ひょっとするとこの娘は本当のことを言っているのか。でももしそうでなかったら、ラモントが人殺しだったら……？　そんなこと知るか。彼女がここからいなくなれば、マードック家の、ひいてはケイトの体面が傷つけられる恐れは少なくなるだろう。それにメリーがラモントと結婚してしまっているのなら、マクニールであろうと侯爵であろうと、ほかの誰であろうと彼女のためにできることは何もない。

「わかった」マクニールは言った。自分の判断力の命ずるところとは反対の行動だと知りながら。しかしいずれにしても、最近の彼の判断力はまともだったためしがないじゃないか。

「もう一杯だ！」カラム・ラモントはかすれ声で言いながらコップを持ちあげた。喉をなでてみる。まったく、あのときは気管が完全に破裂したんじゃないか、一生ウシガエルみたいな声で過ごすことになるんじゃないかと思った。だがそうでなくて幸いだった。当たり前だ、俺は一度、あの野郎の命を救っているんだから。

　カラムは空になったコップを不機嫌そうに眺めた。むしゃくしゃしていた。あいつにちょっぴり礼儀作法を教えてやろう、特に今は、加勢する仲間がまわりにいないのだから。あのスコットランド人の狼野郎たちは一緒に行動してないらしい。それも意外ではない。兄弟（ブラザー）だかなんだか知らないが、あいつらの絆も、裏切りの試練には耐えられなかったわけだからな。

　そう思ったカラムの顔に笑みが広がった。「おい、もう一杯って言ったろう！」

　メグがささっとやってきて彼のカップに酒をつぎ、すばやくまわりを見まわすと、封をした手紙をカラムの膝の上にそっと落とした。カラムは硬貨を一枚メグの手に握らせた。城との連絡係を務めた報酬だ。襲われるのを恐れているかのようにメグがあわてて駆けさったので、カラムは少しむっとした。

　カラムは力ずくで女をものにしたことはないし、これからもそうはしないだろう。女と寝るのに無理強いする必要はなかった。女たちは蜜に群がる蜂のように彼のまわりに集まってきたからだ――鏡を見ればその理由はすぐわかる。しかし世の中にごまんといるメグのような女に手を出さないのは、ほかの女をいつでもひっかけられるという余裕からではない。彼の心がそうさせないのだ。

カラムはすでに、一人の女性に心を捧げていた。薔薇のように美しく、鋭いとげを持つ本物の淑女(レディ)だ。とげのひとつやふたつ、どうということはない。彼女とともに過ごした夜の記憶がつぎつぎと、鮮やかによみがえった。彼女がカラムのベッドを暖め、カラムが彼女の体を暖めた逢瀬。二人がふたたび一緒になるのももうすぐだ。

カラム・ラモントは人殺しで、心のひねくれた悪党だった。しかし愛する女にひどいしうちをすることはあっても、その愛は本物だった。潮の満ち引きと同じように忠実で、不変だった。だがこうしてメリーの魅力に思いをめぐらせているだけでは、二人が求める財宝は手に入らない。彼はため息をついて手紙の封を切り、仕事にとりかかった。

カラムは優雅な筆跡をじっくりと眺めた。ほんの数行だったが、読みおわった彼はにやりと笑った。手紙をくしゃくしゃに丸めると、暖炉の火の中に投げこむ。めらめらと燃えあがる炎が手紙を焼きつくすのを見守りながら、カラムは声をあげて笑っていた。

仕事と楽しみは両立しないと言ったのは誰だろう？

23　大切なものなしで生きていくすべを身につける

カーウィン・マードックは廊下を埋めつくした荷物のそばに立っていた。レディ・マティルドはケイトを相手にぺちゃくちゃと無意味なおしゃべりを続けている。侯爵は出発前の最後の指示を執事に与えている。メリーはすでに、一緒に行くつもりがないことを侯爵に告げていた。「最愛のグレース」のために、服喪を一時間たりとも早めに切りあげることはしたくない、無理に連れていこうとするのは許されざる行為だといきまいたのだ。

メリーが行きたくないとごねるのは予想外だったので侯爵は困惑し、どうしたらいいものかと迷った。マクファーソン家からの招待をいったん断ったうえで、先方に頼んであらためて招きを受けたのだ。メリーのことが心配だからといって行かなければ、約束を破ることになる。

レディ・マティルドは、ふたたび社交の場に出入りする機会を奪われるのを心配したらしく、メリーを残していっても大丈夫だと主張した。ワッターズ大尉をはじめとする民兵たちと、五〇人を超える召使によって守られた城だからというのだ。ただし侯爵がとうとう出かける気になったのは、ワッターズ大尉の使いが持ってきた手紙のせいだった。侯爵は手紙を読んで、メリーが一人で城に残っても安全だという結論に達した。

あわや中止になりかけた訪問もなんとか行けるまでにこぎつけたので、レディ・マティルドは、ぶつぶつつぶやきながら持っていく衣装を頭の中で細かく検分していた。「昼間に着るドレスは六枚？　まあそれぐらいで結構でしょう。でも晩餐用は四枚しかないわ。これで足りるといいけれど。マクファーソン家の暖炉の調子はこの冬どうかしらね。お邸の中は暖かくて居心地がいいのか、大聖堂みたいにすきま風が入りっぱなしなのかわかりませんもの。どちらの場合にもそなえておきませんとね」老婦人はケイトに言った。

「乗馬の習慣を身につけられるとよろしくてよ、ブラックバーン夫人。乗馬はなさる？　なさらない？　まあ残念ね。パーネル侯爵はよく遠乗りをしますのよ。それでもまあ、勇ましい趣味でなく、上品でおとなしいたちでいらっしゃるのは悪いことではないわ」レディ・マティルドはケイトをじっと見た。「まあ、あなたを勇ましすぎるといって非難する人もいないでしょうけれどね。あら」気の毒そうにしわだらけの口もとをすぼめる。「あなた、お加減が悪そうだわ。道中大丈夫かしら？　出かけられそう？」

ケイトは感謝の意を表わして老婦人にほほえんだ。でも私は大丈夫じゃない。出かけられそうにない。マクニールの姿を昨日から見かけていないから。刻一刻と過ぎるにつれ、彼がいないことをケイトはますます強く意識した。

マクニールがこの城のどこかにまだいるのはわかっている。しかし昨夜の夕食は一緒にとらなかったから、食事の時間がどれほど退屈で、苦痛だったことか。優しい言葉をかけられるたび、社交辞令を言われるたび、少しも嬉しくもありがたくも感じられない恩知らずな自分を思いしらされた。その思いはいかんともしがたかった。ケイトが苦しんでいる原因を知らない侯爵も、彼女の無気力さを見逃すことなく、細やかに気づかってくれた。喪に服しつづけるという言い訳が通ったメリーは、嬉々として夕食の席に姿を見せ、普段の彼女からは想像もつかない愛嬌をふりまいて皆を魅了した。

ケイトはそのあいだずっと、マクニールはどこにいるのだろう、何時に出発するつもりだろうと案じていた。私のことを少しは思ってくれているかしら。もしそうだとしたら、私が彼の心の一部なりとも占めていられるのは、いったいいつまでだろう。ケイトはついに認めないわけにはいかなかった。自分は心の一部を失ってしまった。それはもう二度と取りもどせない。でもマクニールは……ケイトを自分のものにしたいとは言わなかった。彼女を侯爵の手に引きわたして去っていくのだ。

二人のうち一人だけでもまともな分別をそなえていたことに、感謝しなければならない。

「ブラックバーン夫人？」レディ・マティルドが心配そうに尋ね、ケイトは老婦人がずっと自分に話しかけていたことに気づいた。

「ごめんなさい、今なんておっしゃいました？　申し訳ないのですけれど実は私、ひどく疲れていて」

「ああ！」レディ・マティルドはケイトの鼻のあたりで指を振った。「疲れはおうおうにして病気を招くものよ。気づかってさしあげればよかったわ。なにしろ無蓋の馬車でここまでいらしたんですものね。おお、考えるだけで恐ろしい！」そんな冒険はまっぴらだとでもいわんばかりに目を丸くする。

「こういうことは慎重に考えなさいとジェームズに注意しておけばよかったんですけれど……まあ、こうしてあれこれ言うのもわがままな年寄りだと思って我慢してやってくださいな」レディ・マティルドは詫びるように言った。「侯爵はとにかく、あなたを社交の場で紹介したくてたまらないらしくて」老婦人の声はしだいに小さくなり、しわだらけの頬が赤らんだ。

レディ・マティルドが二人の交際を認めているらしいのに気づき、ケイトはもじもじした。自分が卑しく思えた。罪の意識にさいなまれた……だめ！　こんなふうに感じていたらおしまいだわ。どうしたらいい？　どこで気持ちを整理するの？　マクファーソン家の人々が興味しんしんで見守る中で？

それはできない。ケイトには時間が必要だった。あまりに急なことで、心の準備ができていない。マクニールと恋人の関係になるなんて思ってもみなかったし、侯爵の求愛にも不意をつかれた感じだった。どちらも短いあいだに起こったことだ。ケイトが混乱したとしても不思議はない。頭はクラクラし、考えがまとまらない。心は破れ――いや、心が痛んで？

ケイトは軍人の娘だ。敵の戦闘能力が味方よりまさり、武器の数でも勝てそうにないときにはどうするか。部隊はいったん退却して、再編制する。

「レディ・マティルド、おっしゃるとおりですわ」ケイトは心を決めて言った。「つらい旅をしてきたので、思ったよりずっと体に負担がかかっていたようです。私、ここに残らせていただいて、完全に回復するまで休んでいたほうがいいと思いますの」

レディ・マティルドは悲しそうにうなずいた。失望の色を隠せないでいる。「じゃあ、皆行かないことにしましょうと、侯爵にお伝えしますわ」

「その必要はありませんわ」ケイトは強く言った。「こんなに間際になってお約束を取りけすなど、皆さまがたの良識を疑われますでしょう」急に老婦人の顔に希望がよみがえるのを見て、ケイトはほほえまずにはいられなかった。「私から侯爵にお話しいたします」

二〇分後、準備が整った侯爵たちは外に立っていた。ケイトは彼らのそばで、ひとときの別れのあいさつを述べていた。ケイトは侯爵に、思ったよりずっと体が疲れていると告げた。自分が城に残っていれば、部屋に引きこもったままのメリーにとっていくらかでも心の慰めになるかもしれないと言いそえて侯爵を説得したのだった。

侯爵は同意せざるをえなかった。家族の部屋にそれぞれの荷物を戻そうとしていたところだったが、自分のためにせっかくの旅を取りやめにしないでほしいと頼むケイトの意をくんでやはり行くことにしたのだ。ケイトは優しさと真剣さをこめたまなざしで懇願した。この週末を城で過ごして頭の中を整理したいという気持ちが侯爵に十分伝わるよう、訴えたつもりだった。紳士である侯爵はそれ以上反対することもできず、ケイトの手をとってその指の背にうやうやしく口づけし、了解したのだった。

「ブラックバーン夫人。あなたがそばにいらっしゃらないというだけで、晩餐会の時間が一刻も早く過ぎてくれますようにと、私以上に強く願う男はおそらくこの世にいないでしょうね」魅力的な褒め言葉だった。そして侯爵は本当に魅力的な男だった。「民兵たちや召使がいようと、本来ならあなたを置いていったりはしないのですが。ただワッターズ大尉から先ほど連絡があって、私たちを悲しみのどん底につき落とした犯人をすぐにも捕まえられそうだということだったので承知したのです。大尉はここから遠く離れたところで捜索を続けているそうです」

「私は初めから少しも怖いと思っていませんでしたわ」ケイトは侯爵を安心させるように言った。

「休めばきっとよくなられるでしょう」侯爵はそれでも心配そうだった。

「ご心配のしすぎですわ、閣下」

侯爵は気をとりなおして一歩退いた。「ブラックバーン夫人。友人たちにあなたを紹介できる日が来るのを楽しみにしていますから」

「もったいないお言葉ですわ」

侯爵はさらに言葉を続けようとしてためらった。ケイトは落ちつかないようすで体を動かし、心の準備ができていないことをにおわせた。侯爵はその気持ちを察して、弱々しげな笑みを浮かべ、伯母と叔父のほうをふりむいた。「それではお二人とも、ご用意はよろしいですか?」

三人が馬車に乗りこむと、坂道の上から馬に乗った男が現れた。背が高くすらっとした男だ。彼はたくましい葦毛の馬にまたがり、外套を風にはためかせ、髪を太陽の光で輝かせながらやってくる。また会えた喜びと期待で、ケイトの唇にほほえみがこぼれた。やっぱり、戻ってきてくれたんだわ。

胸は押しよせる不安と期待で震えていた。ケイトは待った。開けはなたれた玄関口に立ちすくんでマクニールを待った。遠くからでも、彼の目が自分に注がれているのがわかる。そのまなざしは頬に降りそそぐ日ざしのように暖かい。ケイトは思わず階段を下りかけて、なぜ彼があそこで馬を止めているのか不思議に思った。そして急に、理解した――これ以上近づくつもりはないんだわ。

いや。見えない糸に引かれるように、ケイトは階段の途中の踊り場を越えてさらに下りていった。下のほうではジョンが踏み台を片づけて馬車の中にしまおうとしている。マクニールが九〇メートルほど離れたところで手を振って別れのあいさつをしている。

ケイトは見捨てられ、置いていかれようとしていた。だが妙なことに、強さを増してきた風にさらされて馬上にいるマクニールを見ていると、自分こそ彼を見捨てようとしているのだと感じられる。それならなぜ彼はまだあそこにいるのだろう、手を上げて、まるで行ってもいいかと許しを請うように?

それを許すほかに、私に何ができるというの?

ケイトはのろのろと手を上げた。マクニールは馬の向きを変えた。そして数秒後には木立の向こうに消えていた。一〇分後には馬車も出発した。

マクニールは自由の身になった。これで自分のやりたいことができる。そのほうがよかったはずじゃないか？　最初から、そうしたいと望んでいたのではなかったか？　あらゆる義務から解放されたいと？　その意味でなら彼はなんとかうまくやってのけた。

そうだ。ケイトのためにもこれでよかったのだ。金縁の皿とクリスタルのゴブレットで食事をとる生活。今夜ケイトは、絹のドレスを身にまとうだろう。その瞳は黒いダイヤモンドのようにきらめく。その肌は数えきれないほど多くのろうそくの光に照らされて輝く。彼女はほほえみ、ひとしきり踊ったあとの体のぬくもりを楽しみ、頰を上気させる。その魅力にあらがえなくなった侯爵が近づいて、あなたは美しいとささやく。だが侯爵は、ケイトの真の美しさを知ることはないだろう。なぜなら侯爵は、瞳を情熱で黒く輝かせ、肌を湿らせ、肩のまわりに乱れて広がった髪を揺らす彼女の姿を見ることはないからだ――いや、それはどうかわからないか。

マクニールはドランをゆっくりとした駆け足で走らせた。そうすれば自分の思いを振りきり、遠ざけることができるかもしれないと願いつつ。強くたくましい馬の長い脚はかるがると道を駆けた。城にこれ以上とどまる理由はなかった。マクニールは最後に侯爵の寛大なもてなしに対して礼を述べたとき、ケイトを送りとどけてくれたことに対する侯爵の感謝の言葉をふたたび聞くはめになった。彼は直立不動で礼儀正しく侯爵の話を傾聴した――そのうち晩餐会でケイトを友人たちに紹介しようと思っている。城に残っているメリーのことが心配だ。懸念の言葉をつぶやく侯爵の声をマクニールは黙って聞いていた。彼にはもう関係ないことだったからだ。メリーのことも、侯爵のことも、そしてケイトのことも。

波の打ちよせる音が風の吹きすさぶ音と混じって耳を打つ。それでも耳の奥に残るケイトの声をかき消すことはできなかった。「私が侯爵のところにとどまるべきでない理由があるかしら……何か思いつく？」

理由はある。千の理由が。だがどれも十分ではない。

ナッシュ大佐の娘に対する義務を果たしたマクニールは、心のおもむくままに自分の目的を追求していける。最後に残った借りを返す。ダグラスを殺した裏切り者を見つけるのだ。それからそのあとは……どうすればいい？

連隊に戻ってふたたび任務につくのだろうな、たぶん。マクニールは、戦場で勝てる戦術を生み出す力と、並々ならぬ判断力を発揮できるすぐれた軍人だ。運がよければ、数年後には少佐に昇進できるかもしれない。

だが、なぜそうする？　どんな目的で？　人生を独立独歩で生きられるように、心も魂も他人から切りはなして、超然としていられるように。それが、ル・モンス城での裏切りを知ったあとに自分自身に誓ったことだった。

しかしそんなことはもうできない。絶対に。二度とそういう気持ちにはなれない。彼女に対する責任を果たしても、誓いを守りぬいたとしても、義務から解放されたとしても。マクニールの心はかたときも、ケイト・ナッシュ・ブラックバーンから離れることはない。固く結ばれたその絆はどんな誓いの言葉よりも、どんな責任や意図や目的よりも強い。マクニールは彼女を愛していた。これからもずっと――。

「止まれ！」

男が四人、道の両側の大きな岩の後ろから出てきた。二人が前、あとの二人は後ろにひかえている。皆、槍をたずさえ、一人は弾をこめた短銃も持っている。マクニールはドランのくつわを引き、背中にくくりつけた両刃の大剣のつかに手をかけた。風を切る鋼の音とともに剣を鞘から引きぬきかけたとき、後ろから聞きおぼえのある声が呼びかけた。「まったく懲りない奴だな、お前は」

ふりむくとカラム・ラモントが近づいてきていた。マクニールの腹にマスケット銃を向けている。カラムの顔には殺気が表れ、手下たちの顔には抑えきれない興奮があふれている。「フランスでだまされてひどいめにあったんだから、少しは学びゃいいものを。うかつに相手を信じていいかどうか、少しは気をつけるんだな」

逃げ場がなかった。かといってすくみあがってしまう必要はない。

「おやおや、カラム」マクニールは剣を鞘におさめながら、ゆっくりとしゃべった。「ちゃんと声を出せよ。お前、首を半分絞められた雌鶏みたいじゃないか」

カラムが振りあげた手をマクニールの頭に叩きつけた。がんと、割れるような痛みが襲う。

彼は意識を失った。

24　肉体的苦痛と闘う

　バケツに入った雪を顔にぶちまけられ、三杯目でようやくマクニールの意識が戻った。彼は空気を求めてあえいだ。悪寒がし、吐き気に襲われる。腕も肩も燃えるように熱くなり、折れた肋骨の痛みを忘れるほどだ。男たちは小作農の小屋の低い天井から吊りさがった鉤(かぎ)にロープをかけ、その両端をマクニールの左右の手首にそれぞれ縛りつけた。それから……カラムは彼相手にそれなりに楽しんだが、まだ欲しい情報を引きだせていなかった。

　人を痛めつけることにかけては相当の腕だな、カラムという奴は。スコットランドのどこの馬の骨ともわからない野郎がいい気になってのさばっているだけかと思っていたのだが。痛みで何度も気が遠くなりながら、マクニールは負傷の程度を確かめた。肋骨が何本か折れている。片目はつぶされて開かない。歯を一本吹っとばされ、右手の指二本は、神が意図しなかったような形になるまで叩かれ、妙に長さがそろっている。

「どうせ狙いはあのお宝だろう」カラムがマクニールの前を行ったり来たりしながら言った。

「だが無駄だぜ、財宝は俺のものだ。あれを手に入れるために人を殺したし、お前もこれから殺してやる。早く死にたいか、それともゆっくり死にたいか。お前に与えられた道はそれだけだ。どっちにしても、財宝の隠し場所を教えてもらうからな」

「知らない」もう何度も同じ答をくり返していた。答えるたびに殴られた。このままいけばそのうち声も出せなくなるだろう。

「知ってるはずだ」野卑なうなり声をあげながら、カラムはシャツの襟をわしづかみにしてマクニールの体を持ちあげた。その勢いで傷んだシャツの背中の生地がびりっと裂けた。後ろのほうでカラムの手下の一人が口笛を吹いた。

「おやおや。この野郎、焼印を押されてやがら」ベンと呼ばれている男がつぶやいた。

「感心したか？」マクニールは冷笑した。「お前もひとつやってみるといいぜ。それともむちを味わってみたいか？　カラムはいつもむちで軽くひと叩きされるのを喜んでたものな」

「こいつ、何言ってんだ？」

「カラムと俺は古い仲間さ、な、そうだろ、カラム？　牢屋で俺の命を救ってくれたじゃないか」

「本当かい？」手下の一人が訊いた。

マクニールはしゃべり続けた。手下らが話を聞いているあいだは殴られないですむからだ。

「そういえばお前に訊きたいことがあったんだがな、カラム」

「黙ってろ。お前はこっちの質問に答えればいいんだ」

マクニールはかまわず続けた。「誰が俺たちを裏切ったんだ、カラム？　俺と、ラムゼーと、アンドルーと、ダグラス。お前、知ってるか？」

「やっぱりな！」カラムは相好をくずしてしゃがれ声をあげた。「やっぱり、お前は絶対に気づかないだろうと思ってたよ！　はーん！　いや、こたえられないなあ。気に入ったぜ」

「誰だったんだ？」

カラムの顔から笑いが消えた。彼は前かがみになり、顔をマクニールの顔のすぐそばまで近づけた。「俺の知りたいことを吐くんだ。財宝を手に入れしだい、お前の知りたがってることを教えてやるから」

マクニールは歯ぎしりした。「俺は知らない」

カラムの思いどおりにはならなかった。彼は体を起こした。「この焼印、フランス野郎も見事な仕事をしたもんだ、なあみんな？　だけど俺だって同じぐらいうまくやれるぜ、賭けたっていい」

痛みで頭がぼんやりしてくるのと必死で闘いながら、マクニールはカラムの視線を受けてにらみ返した。カラム・ラモントのような輩には、ほんの少しでも恐れを見せたらおしまいだ。「お前、本当にそんなことできるのか？　声がしゃがれてるみたいじゃないか。もしかしたら具合が――あっ！」

カラムの強烈な一撃をあごに受け、マクニールの頭がのけぞった。「日が暮れるころにはお前の言い逃れのうまさがどの程度のもんかわかるさ。おいベン、お前の馬から手綱を取ってこい」

「そりゃちょっとまずいんじゃねえか、カラム？」ベンが言った。

「何だって？」

「さっき気を失ってからなかなか正気に返らなかっただろ。あんまりひどく痛めつけちまうと口がきけなくなって、マードックと女房がお宝をどこに隠したか聞きだせなくなるぜ」

「そいつの言うこともっともだ」マクニールが言った。

「うるさい、黙れ」

「だけどカラム、こいつが隠し場所を知ってるっていうのは確かなのかい？」もう一人が訊いた。「これだけ痛めつけたのに、何も知らないの一点張りで吐こうとしねえ。ひょっとすると本当に知らねえんじゃねえのかなと。俺、そう考えてんだけど」

「考えてるだと！」カラムがどなった。手下の一人ひとりを威圧するようににらみつけて黙らせる。「そりゃお前だって、たまには頭を使って考えることもあるだろうさ」

マクニールは待った。自分に残されている力を奮いたてようとする。彼はここにいるのと同類の男たちを知っていた。そんな男たちに訓練をほどこし、指示を与え、ともに戦った。彼らが尊敬するものはただひとつ、力だけだ。カラムは今ここで、意志の力くらべで俺と闘っている。財宝のありかを聞きだせなければ自分が手下たちを牛耳れなくなることを、この密輸人はいやというほどわかっているはずだ。

マクニールは、顔がこれほど痛まなければ笑っていたにちがいない。カラムよ、骨から骨髄が流れでるほど俺を叩きのめしたいならするがいい、だが無駄だ――その『財宝』とやらが、どこにあるかなど俺は知らないのだから。

「カラム、どうしてこいつが何か知ってるとふんだんだい？　彼女がそう言ったのか？」

彼女。メリーのことか。

「いや。俺たちに協力してくれてる例の仲間からじかに聞いた。彼は事情に通じていて役に立つ奴だし、それに何より大切なのは、何がどこにあるかっていうカンが働くことだ。今までだってそうだったろ？」

「うん」二人が同意した。

「その仲間って、フランスにいたんじゃなかったっけ」ベンが訊いた。

「もう帰国したんだ。最後に難破させた船から奪った品の分け前が欲しくて、俺たちと同様、真剣なのさ。王の身代金と言ってもいいぐらいの価値がある財宝だ。俺たち二人で手分けして調べて、探してる。彼は城で、俺はここクライスで」

城で、だって？

カラムは自慢げにしゃべっていた。自分がいかに抜け目ないか、「彼」と呼んでいるその仲間がいかに役に立つ男であるかを話してきかせて、手下を感心させようとしているのだ。

「彼の調べでは、マードックの女房がいとこに送った手紙に略奪品の隠し場所を書いておいたらしい。そのいとこってのが未亡人なんだが、その女とここにいる恋人が、一緒に財宝を取りにきたってわけだ」

誰かがマクニールの髪の束をつかんで頭を上に向けた。「そりゃ本当かい、大尉？　あんた、俺らの略奪品を盗みにきたのか？」

「お前らの？　お前らなんか、難破船荒らしじゃないか」マクニールは軽蔑をあらわにして言った。難破船荒らしは海賊よりたちが悪い。海賊なら、少なくとも襲う相手と同じ条件で戦う。それに対して難破船荒らしは、海上の天候が荒れくるう日に、嵐を避けて避難しようとしている船を狙う。カンテラをともしたり海岸で火をたいたりして岩礁に誘いこむ。激しい波でたいていの船が大破してしまう場所だ。それから浜に打ちよせられた船の積荷を集め、海岸まで泳ぎついた者がいれば残らず殺して、たくらみがほかにもれないようにする。「人殺しめ」

　こめかみを手の甲でひっぱたかれ、マクニールはのけぞった。「俺の財宝はどこにあるんだよ？」

「グレース・マードックがブラックバーン夫人にあてて書いた手紙が欲しいなら、なんでお前の花嫁に盗ませなかったんだ？　夫人が泊まった宿屋の部屋をあの娘が荒らしまわったときに？」マクニールはさげすむような口調で訊いた。「なぜかって、手紙なんかなかったからだよ。ところでお美しいラモント夫人はどこにいるんだい？　外で馬車に乗って待ってるのか？　この場を見たって怖がるようなお嬢さまにはとても見えないけどな」

「ラモント夫人だと？」カラムはマクニールをにらんだ。

「俺が知ってるなんて意外だったか？」マクニールは訊いた。わずかでも時間かせぎをして、そのあいだになんとか切りぬける策を考えよう。「メリーが馬小屋にいるのを俺は見たんだ。お前と駆け落ちする準備のために、旅行かばんを隠していた。そのために彼女はこの週末、城に残ったんだろう？」

おかしい。俺は何か変なことを言ったか？　カラムは後ずさりし、せわしくまばたきをした。あぜんとした表情だ。ひどく衝撃を受けている。そのとき急にマクニールは悟った。

「メ、リ、ー、が、お、前、を、は、め、た、ん、だ」彼は笑った。「俺たち二人とも、彼女にはめられたってことさ」

「おい、こいつ、何言ってんだい？」

「黙れ」

カラムの不安がつのっていく。その不安は泥炭地の悪臭のごとくまとわりついて離れない。異変を察知して、ベンがわずかに前に進みでた。「こいつの言ってること、どういう意味だい？」

「外を見てみろ」マクニールが命令口調で言った。「民兵たちはもうここへ来てるか？　まだだろう。『彼』はしばらく待って、お前がまず俺を殺したかどうか確かめるつもりだろうよ。まだ逃げる時間はあるぞ、カラム。とっととずらかったほうがいい」

「民兵だって！」

「黙ってろ！」カラムがどなった。

「メリーが駆け落ちのことを話していたとき、俺はお前が相手だと思った。ところがメリーが言ってた相手はワッターズ大尉だったんだ。お前の『仲間』だよ」マクニールは言った。「俺も気づくべきだったよ。軍隊っていうのは何ごとにつけ対応に時間がかかるものだ。だが死んだ隊長の後任はすぐに来た。グリーン大尉を殺したのはワッターズ大尉なんだろう？ワッターズはそのあとしばらくおとなしくしていたはずだ。たぶんこの小屋に身を隠してたんだろう。だからワッターズは俺をここへ連れてくるようお前に言った。そうやってよく知ってる場所を指定して、あとは民兵たちを送りこめばいいだけの話さ」

「どの民兵たちのことだ？」ベンの声に恐怖が走った。

マクニールはおかまいなしに自分の推理を話しつづけた。「ワッターズはグリーンを殺し、奪った軍服と帯を身につけて城に駆けつけ、民兵組織の隊長を引きついだ。メリーと結婚し、財宝を手に入れ、目撃者を――仲間たちも――殺し、ゆうゆうと逃げきる。うぬぼれの強いろくでなしさ。しかし鮮やかなお手なみだな」称賛の気持ちを隠さない。

カラムが近づき、マクニールの腹にこぶしを叩きこんだ。「口を閉じてろ！」

マクニールはあえいだ。もやがかかったように目の前がぼやけてくる。彼は必死で意識を保とうとしていた。「メリーはワッターズと駆け落ちするんだぜ、カラム」しゃがれ声で言う。「もう出発したかもな。

考えてみろよ！　ブラックバーン夫人がクライスに着いたとの連絡を侯爵が受けとったとき、メリーもその場にいただろうよ。その日の午後、メリーは宿屋まで馬を走らせて、夫人の部屋を荒らした。グレースが財宝の隠し場所を書きとめたものを探して。

メリーは探していたものを見つけたんだ。わからないか？　ワッターズとメリーはもうとっくに財宝を手に入れているはずだよ。そして関係する者を一人残らず消そうとしくんだのさ。メリーがグレースの殺害をたくらんだことを知っている者も、ワッターズ大尉が実在の人物でないと知っている者も。財宝の分け前にあずかろうと思っている者も、つまりお前もだ、カラム！

ばか者め、お前ははめられたんだよ。メリーはワッターズと名乗る、本名は何だか知らないが、あの男と一緒に財宝を持って逃げる。お前も俺も、お前の手下も含めて全員が殺される。民兵たちに囲まれて――」

扉がバタンと開く音がした。カラムが後ろをふりむくと、ベンが小屋から走りだしたところだった。「ベン！」カラムは叫んだ。「戻ってこい！　こいつは自分の命が惜しくて言ってるんだぞ！　みんな嘘だ！」

「確かめるのは簡単だぜ！」ベンがどなり返した。「メリー・ベニーがマクファーソン家へ出かけたと言ってたよな、カラム。俺、ちょっくら城まで行って見てくる」

カラムが止めるまもなくベンは消えた。

「あの大ばか野郎め！」カラムの怒りが爆発した。腹にまた一発をくらい、マクニールはがくりと膝を折った。ロープにくくりつけられている両腕に自分の体重がかかり、つけ根からもげそうだ。しかし彼は立ちあがろうともせず、意識を失ったふりをした。ロープにぶらさがった形のまま長い時間が過ぎた。

残った手下たちは無言だった。つぶれていないほうの目をそっと開けて見ていると、カラムは罵りの言葉を吐き、あたりを行ったり来たりし、革袋に入ったワインを半分ほど喉に流しこみ、そしてまた歩きまわった。時間が経つにつれ手下たちの顔はむっつりと不機嫌になり、警戒の色が濃くなる。カラムは檻に入れられた獣のように部屋の中を行きつ戻りつしている。歩きながらぶつぶつひとり言を言っている。「まさか、彼女がそんなことまで」「俺にばれたら最後、殺されるとわかってるのに」「俺を愛してるはずだ」——ついには、言いようのない恐怖と怒りで震える声までもらした。「俺がどんなに愛してるか、彼女が知らないわけがない!」

マクニールは刻一刻と弱っていった。ベンがすぐ戻ってきますように。それまで意識を保っておかないと、仲間割れの混乱につけこむこともできない。苦痛が耐えがたいほどになったとき、ついに馬のひづめの音が近づいてきた。カラムは扉を大きく開けて叫んだ。「だから言ったろう、嘘八百だって!」

「メリーは城にいたぞ!」ベンは息せき切って部屋に入ってきた。「確かにいた。それに俺、この目で見たんだ。こいつが言ってた旅行かばんの荷造りをしてるのを。メリーは高飛びしようとしてるぜ、カラム。お前、理由を知らないのか、いったい何だって——」

「そこをどけ!」憤怒のおたけびをあげ、カラムは突進して扉に群がった男たちを肩でかきわけ、弱まっていく午後の日ざしの中に飛び出した。続いて馬のひづめの音がした。

「この大尉が言ってた民兵たちの話も、本当だと思うか?」ようやく一人が訊いた。

「ここに残って確かめたいか？」ベンはせせら笑った。

「カラムはどうなんだ？」

「カラムはどうだって？」ベンは言いかえした。「女んとこに行ってるんだよ、かたをつけに」彼は声を落とした。「俺、どんなに金を積まれたって、あのくそあまの代わりにはなりたくねえ。恋する男は何だってやってのけるからな。恐ろしいことも、すばらしいことも」最後に彼は重々しく言った。「カラムは絶対にメリーを殺す。もしあの未亡人がそれを止めようとでもしたら、彼女も殺すだろうよ」

マクニールの息が一瞬止まった。ケイトはマクファーソン家へ行ったはずだ。出発するのを俺はこの目で見たじゃないか。

「未亡人だって？　確か侯爵と一緒にいるはずだぞ。本当に、未亡人も城にいたのかい？」誰かが訊いた。

「いたよ。窓のそばに立って海を眺めてた」

何てことだ。ワッターズは自分の罪を隠すためなら、平気で人を殺す男だ。彼がメリーと一緒に出ていこうとするのをケイトが見たら……。

「おい、もうたくさんだ。引きあげよう、クライスに」ベンが言った。

「こいつはどうする？」

「殺そう。喉をかっ切って」

俺は死ぬわけにはいかない。ケイトを守らなければ。誰にも邪魔させない。どんな人間のしわざも、神のなせる業も、俺を止めることはできない。たとえ肉体や精神が傷ついていようと、俺はケイトを守る。マクニールの体の筋肉がすみずみまで緊張した。彼は頭をだらりと垂れたまま、待った。やがてブーツをはいた二本の足が目の前に現れた。

その男はため息をつき、マクニールの髪をぐいとつかんで頭を持ちあげようとした。だがそうはいかなかった。残る力をすべてふりしぼって立ちあがったマクニールは、男の股間を膝で思いきり蹴った。短剣が音を立てて床に落ちる。痛みにあえいで膝をついた男の背中に飛びのる。そのはずみでマクニールの手首を縛っていたロープが鉤からはずれる。

誰もその場を動けない。マクニールはすばやく床から短剣を拾いあげた。ベンが短銃に手を伸ばしたとたん、マクニールが投げた短剣がその喉に突きささった。あとの二人が必死で剣を探しているあいだに、マクニールは小屋の隅に置いてある自分の大剣に向かって突きすすんだ。

「こいつの右手、もうつぶれてるぜ!」誰かが叫んだ。「まともにゃ戦えないはずだ。殺せ!」

しかしマクニールは、右手だけでなく左手で戦うすべも身につけていた。うなり声をあげながら膝立ちになり、渾身の力をこめて大剣を右に左に振りまわす。予想より低い位置を襲った鋼の両刃は、男たちの太ももの筋肉や腱を切り裂いてたちまち骨まで達した。男たちは叫び声をあげて手で傷をかばおうとした。押さえた指のあいだから血があふれ出し、次々と倒れていく。

こいつらは大丈夫、もう攻撃できる状態じゃない。今度は、さっき股間を膝で蹴りあげておいた男に向かう。男は何とか動けるまでに回復したらしく、扉に向かってはいずりながら進んでいる。マクニールは大剣を構えなおし、そのつかを力まかせに男の頭に振りおろした。男は土間に顔を埋めるようにしてうつぶせに倒れた。

足もとがふらつく。目がかすむ。手足が震える。マクニールは武器を蹴りとばしていきながら、大剣の鞘を拾いあげた。ずたずたになったシャツをやっとのことで脱ぎ、生地を歯で裂いて細長い布切れにし、骨が折れた右手の指にかたく巻きつける。肋骨も折れているが、これはあとで手当てするしかない。激痛にうめき声をあげながら革の鞘を背中にくくりつけ、外に出た。ドランは柵につながれたまま立っていた。鞍は持っていかれたが、くつわや手綱は残されている。

マクニールは歯をくいしばりながらドランのたてがみをつかみ、体を引っぱりあげて馬の背にまたがると、後ろをふりかえった。おそらく一人か二人は死んでいるだろう。二人はかなりの重傷を負っている。ベンの言ったとおりだ。恋する男は何だってやってのける。恐ろしいことも、すばらしいことも。

マクニールはかかとをドランの横腹にあてて走らせた。

まだだ。これからすべき「恐ろしいこと」がまだ残っている。

25 人格の高潔さを保つことの重要性

晴れわたっていた空も夕暮れが近づくとどんよりと曇りはじめた。海から強風が吹きこみ、ガラス玉のように硬い雪が降りだした。雪の粒はぱらぱらと窓を打ち、屋根をかすめるようにつぎつぎと落ちてくる。空が暗くなり気温も下がってきたため、召使たちは急いで仕事を片づけ、階下に引きあげた。

ケイトは書斎の窓際に立ち、海岸に打ちよせてしぶきをあげる波を眺めていた。暖炉の火はぱちぱちとはぜる音を立てながら勢いよく燃え、部屋全体を暖かい空気で包んでいる。明るいろうそくの光が暗がりを追いやるかのように、部屋のすみずみまで照らしている。パーネル城にあるすべてのものが、ケイトにささやいている――信じられないような幸運が転がりこんできたのだからそれを受けいれなさい。キット・マクニールを忘れなさい。だが忘れられない。そのことがケイトを苦しめていた。自分は実利を重んじる女だと思っていたのに。

どうすればよかったというのか？　頼るものとてない家族を犠牲にしてまでかなわぬ夢を

追うのは無益なことだ、とケイトは思う。スコットランドの軍人に思いを焦がすなんて、あまりに非現実的だ。二四年という短い人生の中でもさんざん思いしらされてきた教訓を、今さら忘れようというの？　父をなくした。夫をなくした。それは彼らが軍人だったからではないか。

侯爵と結婚して、嘆きや悲しみから守られ、不幸から隔離された生活をつつがなく送るほうがずっと賢明だ。ただし……ただし……愛する人を失うことほど悲しく不幸なできごとがあるだろうか？　失った原因が死によるものだったとしても、思慮分別によるものだったとしても、何の違いがあるかしら？

ケイトはいらだたしげな声をもらしながら窓から離れ、暖炉の近くのいすに座った。気をまぎらそうと本を取りあげたが少しも楽しめず、一五分もしないうちに読むのをやめた。もういいわ。考えてもわからないことなのに、くたくたになるまでつきつめて悩みぬかなければ心の平安が得られないというのなら、しかたがない。とにかく私は、侯爵と結婚できない。

侯爵と結婚するのはいけないことだ。それはケイトがキット・マクニールと愛しあったからではない。彼とのあいだに起こったことは何も間違っていない。彼以外の人の胸に抱かれるのが間違っているのだ。ケイトは眉をしかめ、いすの上で足を折りまげて座った。

兵士の妻の中には、夫が行方不明で戦死したらしいとの知らせを受けとったあとも再婚しない人がいる。その理由が今初めてわかった。夫マイケルが死んだときは、ケイトには葬るべき遺体があった。ケイトは葬式の準備をしながら、言葉では言いつくせない心の深い部分で理解していた。夫はもう二度と話しかけてはくれない。もう二度と私を見て目を輝かせることはないのだと。その感覚が得られないまま夫の死を受けいれられない妻たちは、憎しみに満ちた、かなうことのない望みを抱きつつ一生を過ごすのか。いつの日か、もしかしたら神のご慈悲によって、愛する人がその扉から入ってくるのではないか、そしてすべてはもとどおりになるのではないかと、むなしく信じて暮らす。そんなこと、私には絶対耐えられない。

　それが今のケイトの気持ちだった。マクニールはケイトに何ひとつ頼みごとをしなかった。彼女が自分のものであると匂わせる言葉も口にしなかった。それなのにマクニールは、彼女の心ごと、すべてを所有していた。二人のどちらかが死ぬまで、ケイトは願いつづけるだろう――いつの日か彼が自分のもとに戻ってきてすべてを話してくれますように。彼の手が、彼の目が、あれほど雄弁に語っていたことを、何もかも打ちあけてくれますようにと。

　ケイトは目を閉じ、心の糸のもつれを解きほぐそうとした。この三年半、自分らしさを、自分らしい生活を取りもどすことだけを望んで生きてきた。その望みを何度口にしただろう？　そしてケイトは今、自分が育ったのとほとんど変わらない環境で、若き淑女（レディ）だった自分が知り合った人たちとよく似通った性格の人たちの中にいる。それでも自分らしさを取りもどしたとは思えない。キャサリン・ナッシュらしいとも、ケイト・ブラックバーンらしいとも感じられないのだ。

　そうすると次の疑問が頭をもたげる。自分はいったい「誰」になってしまったのか？　これが私だと確信できたのは――キット・マクニールとともにいるとき、キット・マクニールの腕の中にいるときだけだった。必死で追いもとめてきた昔の自分は今も存在するの？　そのころの自分を取りもどしたいと思う？

思わない。

そう、思わない。ケイトは今の自分が好きだった。いつも陽気でお茶目で、甘いバターケーキばかり食べ、祭日だけを待ちわび、他人に認められることばかり求めていたつまらない子どもに戻りたいとは思わなかった。ケイトはもう、自分自身を認めていた。ほかの誰になりたいとも思わない。

そして、キット・マクニール以外の誰とも一緒に生きていきたいとは思わない。

ほら、こんなに簡単に答が出た。これで決まり。なんと愚かで、なんとすばらしくいさぎよい結論なの。

侯爵がマクファーソン家から戻ってきたらこう言おう。侯爵の厚いおもてなし、心から感謝いたします。でもすぐに旅立たなくてはならないのですと。そして自分と家族のための金銭的援助を願いでよう。そう、年に二〇〇ポンドぐらい、お願いしてもいいかしら？　自分自身をこんなふうに笑えるなんて。ケイトは目を見張る思いだった。驚いて、心が晴れ晴れとしていた。

ケイトはショールで肩をくるんだ。いったん心を決めてしまうと、いてもたってもいられなかった。荷造りをしなくては。マクニールを見つけて自分の感じたままを、何が欲しいかを告げなくては。彼は名誉や敬意に関して過剰なまでの信念をもっている。もう、それだけを頼りにして自分の運命を託すのはやめた。つまりそれは、自分の意志で黄色い薔薇を送るということだ。彼を呼びよせるということだ。ケイトは急いで書斎を出、廊下の奥の階段に向かった。

召使たちが一日の仕事を終えたあとだから、当然ながら廊下にはひと気がなかった。だが誰かに邪悪な目で見つめられているようないやな予感をふりはらうことができず、ケイトは身震いした。がらんとした廊下を急ぎ足で進み、どこかからかすかにもれてくる声を聞いてようやくほっとする。

どうやらメリーのようだった。声のするほうへ向かって歩きながら、ケイトは自分の怠慢を少し恥じていた。この娘が泣きたいなら思いきり泣けるように、どうして肩のひとつでも貸してやらなかったのか。ケイトは、最愛の友を失ったメリーの悲しみに共感を覚えながらも、一方ではある種の嫌悪感も抱いていた――メリーは、グレースの死によって自分が傷つけられたと感じ、まるで彼女がメリーの心をずたずたにするために死んだかのように悔しがっていた。ケイトが扉に手をかけたとき、中から男の険しい声が聞こえた。ひどく怒っている。

「――俺がそんなこともわからないほど鈍いと思ってたんだろ？　くそ、いったいどうして？　俺はお前を愛してたのに！」

ケイトは扉にかけた手を下ろした。声の主はカラム・ラモントだった。宿屋の女メグが言っていた、若い収税吏の喉をかき切って殺した男。

「言ったでしょカラム、ワッターズがやらせたのよ」彼を言いくるめようと必死のメリーのかぼそい声。「彼が私に無理に——あっ！」

人がばしっと殴られる音が閉まった扉を通して聞こえ、ケイトはぞっとして後ずさりした。「ワッターズはただお前にひっかかっただけじゃないか、哀れな奴め！　メリー、お前、男をなめやがって」カラムはしゃがれ声で言った。「あいつをだまして骨抜きにして、何をやってるかわからなくさせたのはお前だろ。俺はな、グレース・マードックを殺す前は女を殺したことはなかったし、自分でもできるなんて思ってなかった。だけどお前が殺せと言ったから、そうしたんだぞ」

「だってグレースが死んだのは、自業自得だもの！」メリーの声には下卑た響きがあった。毒を含んでいた。ケイトの膝が震えだした。グレースの死はメリーがしくんだことなのだ。

「私に嘘をついたんだもの！　グレースは、いつも一緒にいようね、一緒にロンドンへ行って王女さまのように暮らしましょうねって私に言ってたのよ！　彼女が——」言葉がとぎれ、すすり泣きに変わった。

メリーが最愛の友グレースを殺したのは、彼女に捨てられそうになったからなのか。なんて恐ろしい。ケイトの身の毛がよだった。

「カラム、あなたを裏切ったのはグレースなのよ。私たちを裏切ったのはグレースなの」メリーは言葉を巧みにあやつるいつもの力を取りもどしていた。「あなたに話したでしょう、あの夜、私がチャールズとグレースのあとをつけていって、チャールズがあなたの手下を銃で撃ち殺したところを見たって。まるで野良犬を殺すみたいに撃ってた。あの二人が城に帰ってきたとき、私はグレースに事実を突きつけておどし、告白させたわ。あの人たちが難破させた豪華なフランスの小型帆船について、何もかもよ。それはあなたに全部話したでしょう、正直に」

「お前、今までの人生で一度だって正直だったことなんかないだろ、メリー・ベニー」

「あなたには嘘をついてない」軽やかだがどことなくぎこちない笑い声。メリーはカラムの信用を取りもどしたと思っているらしい。

　ケイトは誰か現れないかとあたりを見まわした。

「あなた、私がいなかったら、財宝のことは知りようもなかったはずよね」

「お前、俺がそんな間抜けだと思ってるのか？」カラムの声は打ちひしがれていたが、メリーを信じたいという必死の望みを抱いているのがケイトの耳にも伝わってきた。「俺は財宝なんか見てない。お前はどうだ？　お前とワッターズはもうお宝を手に入れたのか？」

「いいえ！　誓ってもいいわ。私たち、全然――」

　メリーは口をすべらせたことに気づいたが、すでに遅かった。

「『私たち』だと？」低くかすれたカラムの声。「その『私たち』ってのはどういう意味だい、メリー？」

「カラム、お願い――」走りまわる音、怒りくるった叫び、あえぎ声、くぐもった悲鳴。ケイトは廊下のほうをふりかえった。誰かを呼びにいかなければ。だけどそんなに早く走れない。メリーをこのまま置いてはいけない。助けを求めているうちにメリーは殺されてしまう。

「お願いって、いくらでも言えばいいさ。だけど無駄だぜ。お前は俺を裏切った。グレースがお前を裏切ったようにな。グレースの奴、財宝の隠し場所を示す何かをトランクに入れていとこに送ったんだろ？　お前ははなっからそれを知ってて、俺に隠してたんだな。

お前は俺に黙ってた。俺に海岸を探させたよな。偶然お宝を見つけたとしても、まあそれはそれでいいと、いちかばちかやらせてみても大丈夫と考えたんだろ。だけどそのあいだずっと、承知してたわけだ。財宝のありかを記したものがトランクに入ってて、それがグレースのいとこのブラックバーン夫人のもとに送られたと。そうか。夫人に手紙を書いたのは侯爵じゃなくてお前だな。グレースが夫人に送ったトランクを持って早く城へ来てくれと、どんなつまらないものでもいいから中身を全部持ってきてくれと頼む手紙を書いたんだ。そして侯爵が書いたほかの手紙はすべて闇に葬った。夫人が怖がって旅をとりやめにしないように、チャールズとグレースが殺されたと記した手紙を破って捨てたんだ。そしてお前は待った。

ふん、今やお前は欲しかったものを手に入れたんだろ、なら俺だって、汚い仕事を引きうけてやった見返りが欲しい。今日一日、お前が生きのびられるとしたらそりゃ奇跡だぜ。だからもう俺をもうこれ以上怒らせるなよ」

「私、財宝はもってないわ！」メリーは必死で叫んだ。何か硬いものに衝突したような音、どしんという音がした。メリーが壁に投げつけられたのか。ケイトは目をつぶり、どうかあの愚かであさましい娘が、カラムの知りたがっていることを早く教えますようにと願った。

「いや、持ってるはずさ。死にたくないんなら財宝のありかを教えな」

「知らないのよ！　グレースが嘘をついたの！」メリーは泣きさけんだ。「グレースは、確かにいとこに地図を送ったって言ったの。地図がなければ探しだせないような遠いところに埋めたからって。二人が一年ほどよそへ行ったあとだったら、よけいわからなくなるからって」

「一年？」

「ええ、私たち、ロンドンへ行くことになっていたから。それは密輸人たちが――」

「密輸人たちが全員とっつかまって、殺されるまで、か？」カラムがどなった。

「そうよ！　あの二人はあなたを殺させて、ほとぼりがさめたころ戻ってこようと計画していたのよ。チャールズとあなたの関わりを知る者が誰もいなくなるまで待ってね。でも私はたくらみに加わってないわ！」メリーはせわしなく続けた。「地図のことを教えてくれたとき、グレースは笑ってた。いとこがそれを見ても、地図だとはわからないようにしてあるって。でも、地図どころか、それらしきものも見つからなかった。私、あのトランクの中身をばらばらにして、服の縫い目から何から、すべて調べたんだもの。宿屋でも、この城でも。つまり、グレースが私に嘘をついたのよ！」

メリーの口調は激しかった。そこにあるのは純粋な怒りだけだった。突如としてケイトは気づいた。もしメリーがグレースに対する怒りを忘れてしまえば、彼女は自分の最愛の友を殺したという恐怖と向かいあわなくてはならないのだ。

「まだ財宝を見つけてないのなら、なぜ俺や手下があの小作農の小屋にいるあいだにワッターズと一緒に逃げようとしてたんだ？　そうさ。俺はすべて知ってるんだよ、メリー」

「一緒に行きたかったわけじゃないの！　無理強いされたのよ。ここにとどまっていても意味がないからって彼は言ったわ。早めに手を引いて逃げたほうが得策だって。彼は最初から私に強要してたの！」むきになったメリーの声がかん高くなっていく。「私たち二人のことについて、あなたに話してやるとも言ってたわ。そしたらもう私が何を言ったって、あなたにもほかの男にも、誰にも相手にされなくなるって。彼があなたたちにしかけたわなのことなんて、私、何も知らなくて――」

「俺はわなのことなんて何も言ってなかったぜ」カラムは穏やかに口をはさんだ。「俺たちが小作農の小屋にいたって言っただけだったんだがな」

　メリーはうめいた。やり場のない怒りからくるうめき声だった。カラムは冷酷に笑ったが、それは深く傷ついた者の笑いでもあった。ケイトはかすかな憐れみをおぼえた。

「お前って奴は嘘とペテンのかたまりだな。ほとほとあきれ果てたよ。そのうち世間にも見放されるぞ」

「私、そんなつもりじゃなかったのに！」メリーはだだをこねる子どものように大声をあげて泣いている。「そんなつもりじゃなかった」というのは何を否定しようとしているのか、ケイトにはわからなかった。嘘なのか、だましたことか、あるいはカラムに頼んだ殺人か。

「メリー、お前のせいで心臓が張りさけそうだ。お宝がどこにあるのか、吐かなければお前の心臓も引き裂いてやるぞ」

メリーの声はくぐもって、聞きとりにくくなった。頭を抱えこんでうずくまっているのかもしれない。「知らないわ」

「じゃあ今殺すまでだ、この尻軽女め」

やめて。

「お願い、勘弁して！」

「最後のひとときを無駄にするなよ、メリー。俺には殺せないと思ってるんだろ？」カラムの怒りはつのるばかりだ。部屋の中を行ったり来たりする足音がどんどん早くなっていく。

「俺を利用しやがって。裏切りやがって。俺のベッドから、そのまますぐにワッターズのベッドへ行ったんだな？　な、そうなんだろ？」

「違うわ」メリーはすすり泣いた。

ケイトは固唾をのんだ。メリーの道徳観は芯から腐っていて、真人間になる可能性なんてまったくないだろう。ここで悪人どうしのもめごとのあいだに入ってとりなそうとするなんてばかばかしい。無謀なだけだ。私には姉と妹がいる。姉妹に対する義務があるから、自分を危険にさらすわけにはいかない。姉妹の将来を守るために、自分自身の命を大切にしなくてはならない。そして……それから……ああ神さま、キット・マクニールにふたたび会うために、私は生きていなくてはならない。

足音が止まった。「汚ねえことをたくらみやがって。残忍で腹黒い売女(ばいた)め」

メリーはどうしようもない娘だ。自分の命を危険にさらしてまで助ける価値はない――

「カラム、やめて！」

「やめなさい！」

扉が大きく開かれると、そこにはケイトが想像していたとおりの恐ろしい光景が広がっていた。カラムの足元にはメリーがちぢこまっていた。腕を上げて彼の攻撃から身を守ろうとしている。彼女の腫れあがった唇からは血が出ている。眉からも血がしたたり落ち、ドレスにたれている。大きく見ひらいた目が開いた扉のほうを見やった。捕らえられた野ウサギが開きかけたわなを見るような熱心さで。メリーは突然立ちあがり、扉に向かって走りだそうとしたが、カラムがすぐにつかまえて体を容赦なくひねりあげた。メリーは叫び声をあげ、ケイトは一歩前に踏みだした。油をさして手入れが行きとどいた扉がなめらかに動いて彼女の後ろで閉まる。

「おやおやこれは、お美しい未亡人。ブラックバーン夫人、どうぞお入りなさい」

「その娘を放してやりなさい」

「こいつを？」カラムはメリーを見おろした。つかまって身動きできずに震えていた彼女は、ケイトがそこにいるのに気づいて驚いたようなそぶりをした。「申し訳ないができかねるね。こいつは俺のものをくすねたんだぜ。それを手に入れないうちはここから出ていくつもりはない」脅しをきかせたカラムの声は平板になっている。「だけどあんたがやってきて、ちょっとまずいことになったな、ブラックバーン夫人」

「彼女を放して、今すぐ出ておいきなさい、ラモントさん。まだ逃げられるうちに」ケイトの声は冷静で、落ちつきはらっていた。うろたえ、おびえている心のうちがどうか見えませんように。「ワッターズ大尉がいつなんどき戻ってきてもおかしくありませんからね」

「ああ、そりゃ間違いなく戻ってくるだろうよ。実は俺、大尉とちょっとばかし話をしてもいいと思ってるのさ」

メリーがもがきはじめた。カラムは無頓着に手の甲でひっぱたき、その勢いで足が浮いたメリーはなすすべもなく彼の手からぶらさがった。

「やめて！」ケイトは叫んだ。「死んでしまうわ」

「たぶんな。だけどブラックバーン夫人、正直な話、このヘビみたいな女さえのたくってなければ、世の中はずいぶん住みやすくなるはずなんだけどね」

「この娘を殺すなんて、あなたにはできないわ」

「いや、それができるんだよ」

カラムはメリーの淡い金髪の束をつかんでぐいと引っぱり、まっすぐ立たせた。彼女は泣きさけび、カラムの手をひっかきながらよろよろと立ちあがった。「こいつはあんたのいとこを殺したんだぜ、知ってるだろ。これでこいつの命は終わったも同然さ」

「かまわないのよ、放してやってちょうだい。お願いします」

カラムは首をかしげた。「あんた、なんでこいつのことなんか気にかけるんだ？」

「気にかけてなんかいないわ。彼女のこととは関係ないの。私の心の問題なのよ」

カラムはケイトをじっと見つめた。怒りに燃えながらも興味をそそられたようだ。

「あなたが彼女を殺すとわかっているのに、それを止めようともしなかったら、私は自分自身でなくなってしまう。死ぬかもしれない人を見殺しにはできないの」父と同じように。ケイトの父は自分を犠牲にする道をわざわざ選んだわけではなかった。父はただ、なすべきことをしただけなのだ。「わかるかしら?」

「ひとっことも、わからないね」

「あなたに彼女を殺させるわけにはいかないのよ」

「じゃあどうやって止めるつもりだ?」

「あなたがもっと欲しがるものを提供するわ」

「ほう、そりゃ何だい?」カラムの目は疑わしそうにケイトのほっそりした体の線をたどった。ケイトはなぜか笑いだしたいような奇妙な気持ちにとらわれた。

「私じゃないわ。財宝よ」

そのとたん、カラムの注意がケイトに集中した。メリーはもがくのをやめ、驚愕の表情でケイトを見つめている。

「財宝がどこにあるかなんて、あなたは知らないでしょ!」メリーはささやいた。がくぜんとしている。「知ってるわけない。グレースが教えたはずないもの。あなたのこと、みじめで見ていられないと思ってたんだから」

「グレースが教えてくれたわけじゃないわ。私が自分で見つけだしたの」

「嘘つけ」カラムが言う。

「それに賭けてみたい？　賭けられる？」ケイトは訊いた。

「よし。教えろ、どこにあるんだ？」

「この娘が部屋を出ていくまでは教えないわ」

カラムは鼻先でせせら笑った。

「お聞きなさい、ラモントさん。私があなたに嘘をついたところで、何の得になるかしら？　あなたは私にその隠し場所までついてこいと言うんでしょうね。私を連れていかないとしたら愚か者よね。でたらめな話だとわかれば私は殺される。財宝のありかについて確信をもっていなかったら、私がわざわざ自分の命と引きかえに彼女を助けてくれなんて言うと思う？

──人殺しで嘘つきの彼女を？」

カラムは黙ったまま、ケイトをじろじろと眺めまわしている。

「もしかしたらこの人、知ってるのかもしれないわ」メリーが息をついた。彼女は突如として笑いだした。喉からしぼりだされるような狂乱状態の笑い声だ。「抜け目のない可愛い黒猫だこと！　あなたったら、ずうっと知ってたわけね。大したものだわ。ねえカラム？　すごいじゃない？」

「黙れ、俺は考えてんだから」

「メリーを放してやりなさい、ラモントさん。それから私たち二人でここを出ましょう。財宝のありかを教えてあげるわ。必要なら例の地図をさしあげてもよくてよ。私と一緒に行くというここでかまわないわ。ただし、まず彼女を解放してからよ」

張りさけた胸のことを忘れたのか、それともメリーの問題は後まわしにすることに決めたのかはわからなかったが、カラムはメリーの髪の毛を放し、背中を手のひらで思いきりどやしつけた。彼女は傾いた体勢のままふっとんだ。「さっさと出ていけ、俺の気が変わらないうちに！」

それ以上の言葉は必要なかった。メリーはよろめきながらケイトを見ようともせずにそばを通りすぎ、必死で扉を開けて外に飛びだした。ばたんという音がして扉が閉まった。

メリーが助けを呼んでくれるわ、とケイトは思った。執事を捜すだろうから、まもなく誰かが助けにやってくるわ。

「あいつが助けなんか呼ぶはずないだろ」きっとケイトの心を読んだにちがいない。カラムが近づいてきた。浅黒い顔に憐れみの表情が浮かんでいる。「あいつはグレース・マードックを殺させたんだぜ。そのことをあんたは知っている。あいつは当然、その事実を誰にも知られたくないはずだ。だから今は自分の部屋に隠れて、俺が財宝を手に入れしだい、あんたを殺してくれるだろうと望みを抱いて待つんだろう。あんたさえいなくなれば、あいつのしたことは誰にもばれないからな」

ケイトは吐き気をもよおした。カラムは本当のことを言っている。メリー・ベニーが助けを呼ぶことはないだろう。「で、私を殺すつもり？」ケイトは訊いた。

「お宝を見せてもらうまでは殺さない」

ケイトはつばを飲みこんだ。カラムは扉と彼女のあいだに移っていた。武器になりそうなものは手の届くところにはひとつも見あたらない。別の扉の逃げ道もない。誰かがケイトの叫び声を聞いたとしても、ラモントが彼女を殺す前に駆けつけることはとうてい無理だろう。

絶体絶命だった。

ケイトはカラムから顔をそむけ、目をつぶった。殺されるまであとどのぐらい時間が残されているだろう？　数分ぐらいかしら？　ケイトはキット・マクニールのことを考えた。最後に見かけたときの姿を思い出す。長い脚を傷だらけのブーツに包み、ドランにまたがった彼。風に吹かれた格子縞の肩掛け（プレード）が広い肩の上でひるがえっていた。赤茶色がかった金髪が朝日に照らされて輝いていた。二人が最後に交わした言葉を、自分の自尊心の強さを思いおこした。ケイトは自分が侯爵のところにとどまるべきでない理由を何か思いつくか、と尋ねたのだった。

ケイトの後ろで扉が大きな音を立てて開き、彼女はふりかえった。

彼はひどい姿だった。神への供え物として祭壇に捧げられていたいけにえが逃れて歩いてきたように見える。体中ぶちのめされて傷だらけで、しかしそれでもなんとか生きている。顔の左半分は血だらけで、ボロボロに破けた上着の襟にも血のしみがついている。上着の下にはシャツも何も着ておらず、裸の胸が見える。右手の指には汚れた布が巻かれている。しかし左手には重そうな両刃の大剣を持っていた。

「ひとつ、理由を思いついた」キット・マクニールは言った。

26　暴力が役に立つ特別の状況

冷たく澄みきった水がしみわたるように、マクニールの体に安堵の気持ちが広がった。ケイトは今のところけがをしていない。俺が来たからにはもう大丈夫だ。

「マクニール」信じられないとでも言いたげにカラムが鼻を鳴らした。「おいおい、お前、いったい生きてんのか死んでんのか、どっちかわかんねえじゃねえか」

「どっちか確かめてみるか？」マクニールは訊いた。いまいましい大剣が重かった。切っ先が下がってしまう。頭はクラクラして、床は揺れている。俺は死ぬかもしれない、という予感が頭をよぎった。しかしその考えが浮かんだときも、ほほえむ余裕さえ生まれた。なぜなら短い人生の中で、何百回となく死ぬようなめにあってきたからだ。死は怖くなかった。

「ケイト、行くんだ」

マクニールはケイトを見ずにそばを通りすぎ、部屋の真ん中に立ってラモントをにらみすえた。マクニールは敵をあなどって油断する男ではない。それにラモントは剣の達人ラムゼー・マンローの弟子なのだ。

　マクニールはフェンシングの華麗な技を身につけているわけではない。彼の武器はつねにこの重みのある両刃の大剣であり、向かってくる敵には技巧ではなく、力で対抗して戦った。ラムゼー・マンローの姿が脳裏にまざまざとよみがえった。ほっそりした優美な体は、真夜中に舞うしなやかな黒い絹のように動いた。ラムゼーは細身の両刃の刀を知りつくしていた。しかし思い出にひたっている場合ではない。マクニールは頭を振って雑念をふりはらい、戦いに集中しようとした。

「ケイトって名前か？」カラムの腰から細身の両刃の刀がするりと抜かれた。「悪いが、ケイトにはここに残ってもらう。財宝の隠し場所を知ってるから。自分でそう言ったものな。

　ということでケイト、ここにいろ。恋人を生かしておいてやるから。あんたは血止めをしたりして傷の手当てをすればいいだろ。だが逃げたら、こいつをずたずたに切り刻んでやる。そうすりゃ血みどろになって、一〇分でおだぶつさ」

　マクニールにはケイトがためらうのがわかった。「あなたがここに残れば、俺の気が散ると知って言ってるんだ」

「あんたが出ていったら、こいつはかならず死ぬぜ」

「カラムは傷の手当てなどさせてくれるものか、ケイト」マクニールは必死で言った。「あなたをこの場に釘づけにして、そのいまいましい財宝のありかを何としても言わせるつもりなんだ。俺はどうせ死ぬ。そのあとカラムはあなたも殺すだろう」

「私、財宝がどこにあるかなんて知らないわ」

「何だって？」カラムが吼え、体をくるりと回してケイトと向きあった。ケイトの言葉にマクニールは驚愕するとともに強い称賛の気持ちを抱いた。彼女はカラムをわざと挑発して気をそらせた。マクニールがその一秒ばかりのすきをついて有利な戦いにもっていけるように。

　マクニールはその機会を逃さなかった。

　残る力をふりしぼって大剣を斧のように振りまわしながら突進した。しかし血をだいぶ失っているのと、傷の痛みで動きが鈍くなっている。大剣は重く分厚く、鍛冶屋の使うずっしりした作業台のように扱いにくく感じられる。カラムはさっと身をかがめて大剣をよけ、前に進みでた。目をねらって突きだされた剣の切っ先が、マクニールの顔に突きささる。

　マクニールは反射的に後ろに下がり、カラムはさらに前に進む。一歩、二歩、三歩とたたみかけるような早い動き。二人は剣を合わせながらケイトのそばを通りすぎた。追いつめられたマクニールの背中が扉にぶつかる。彼は大剣を盾のように持ちあげて、つぎつぎと繰りだされる細身の両刃の刀（レピアー）を必死でよけつづけたが、ひらめく剣先は何度もたやすく皮膚を刺した。

　カラムの腕は師匠のラムゼーには遠く及ばなかったが、彼は自分の武器の強みを知り、使い方を十分に心得ていた。彼があの剣の弱みを知りませんように、とマクニールは祈った。

　カラムはぐっと踏みだして切りつけ、すばやく身を引いた。マクニールの腹に自分がつけた細く赤い線に興奮したのか、唇の両端を大きくあげて得心の表情だ。突くと見せかけては引き、引くと見せかけては突き、剣先を横に払った一撃でマクニールの腕を傷つけ、もう一撃、腕を襲ってさらに深手を負わせた。

　マクニールの視界の端で火花が散った。カラムの容赦ない攻撃をあやういところで体をひねってかわすたびに、折れた肋骨が激痛に襲われて悲鳴をあげる。肩の骨がはずれたかのように感じられる。関節はぎしぎしときしみ、手首は硬くこわばる。大剣はどんどん重くなっていき、カラムの繰りだす突きや引きの嵐をかろうじてくいとめるのがやっとだった。

　マクニールは猛攻撃を受けてよろめいた。鋼の刃が何度も肉にくいこんでいるのに、ほとんど何も感じなくなっている。俺はあとどれだけもつだろう？　今やマクニールは、ケイトが脱出できるように扉に向かう道を空けてやることだけをめざしていた。しかし防戦一方で、戦いの場を部屋の奥にもっていくことなどとてもできない。

　この部屋に入ってから何分ぐらい経つだろう？　三分？　四分？　「逃げてくれ。お願いだから、今すぐ逃げるんだ、ケイト！」

　部屋のどこかからいきなり花瓶が飛んできて、カラムの肩と首を直撃した。彼は倒れはしなかったが横に大きくよろめいた。カラムはもう一つのそろいの花瓶に手を伸ばしたケイトの腕をすばやくつかんでいた。くるりと向きを変えたかと思うと彼女を引きつけて腕を押さえこみ、その体を盾がわりにつき出す。彼女を引きずりながら、細身の両刃(レピア)の刀の切っ先を前に突きだし、じりじりと進んでくる。

　マクニールはなすすべがなかった。待つことしか――。

「おい、いったい何を待ってるんだ、キット？」ラムゼーが軽蔑したように笑った。彼の細身の両刃の刀は空中で優雅な八の字を描いている。どこからともなく浮かんできた昔の光景は実に鮮明で美しかった。貧血を起こしたからか、幻が見えるようになっていた。ラムゼーがささやくと、その優美な眉が皮肉な感じにつり上がった。「そこにただつっ立って、俺がお前を突きさすまで待ってるのか？」

そして突然、マクニールはどうすべきかを悟った。彼はのろのろと大剣を片手持ちにして床にだらりと下げ、もう一方の手は脇に垂らして、誰にでもわかる敗北の姿勢をとった。

「だめ！」ケイトが叫んだ。

カラムはケイトの耳のそばに口を近づけた。「薄汚れたスコットランド人兵士のために流す涙、涙ですか。こいつにそんな価値があるとは思えないけどねえ、奥さん」

「少なくとも俺のために泣いてくれる人がいる」マクニールはつぶやき、カラムがじわりと味わいつつある勝利の喜びにその言葉が滲みわたるのを待った。「それはメリーがお前に与えてくれなかったものだ。俺が見たメリーとワッターズの二人は――」

心の痛みに耐えきれなくなったカラムがわめいた。ケイトを脇に押しやり、剣をまっすぐ前に突きだしながら飛びかかる。マクニールは剣が迫ってくる方向に向かって踏みだした。切っ先が彼の肩に刺さったが、ものともせずに獰猛な声をあげて突きすすむ。

カラムもその攻撃の意味を悟った。剣のつかを握り、相手の肩に深ぶかと埋まった刃をがむしゃらに引きぬこうとする。が、刃はマクニールの肉の鞘からはずれない。身動きがとれない。マクニールはすばやくカラムの首巻き(クラバット)をつかんで大剣めがけてぐいと引きおろした。鋭い刃がカラムの喉もとに突きつけられる。

「待て!」カラムはあわてふためいて叫んだ。顔には恐怖の色が広がっている。「お前の命を助けてやったじゃないか!」

「俺だって一度はお前の命を助けてやったろう」マクニールは冷酷な声で答える。「だからおあいこだ」

「俺を殺したら、裏切り者は誰か、一生わからないままだぞ——」

そのとき拳銃の爆発音が響きわたった。マクニールの耳のすぐそばだ。カラムの胸が血に染まり、みるみるうちに赤いしみが広がっていく。カラムは地面にくたくたと倒れ、その体の重みで細身の両刃(レピアー)の刀がマクニールの肩から抜けた。戸口にはメリー・ベニーが立っていた。カラム・ラモントがもう二度と仕返しできない状態になったのを確かめると、まだ煙の立ちのぼる拳銃を取りおとし、彼女は走りさった。

マクニールはよろめいて、どうと床に倒れた。ケイトはそばへ駆けよってひざまずき、彼の顔を両手ではさむと、半狂乱になってその目に宿る命のあかしを探した。だが彼の目はもう見えなかった。体の感覚がなくなっていた。

「キット! しっかりして! 私がお願いすれば何でもするって、約束してくれたでしょ、どんなことでもするって!」ケイトはすすり泣いている。彼女の体が波うち、震えているのがマクニールにもわかった。そして耐えがたいほどの苦痛。だが神さま、苦痛を感じるとはなんとすばらしいことか。痛みを感じるのは生きているからだ。生きている、すなわち、ケイトとともにいられるということじゃないか。

「神さま、お願いです……」ケイトは声をつまらせた。怒りくるったように激しく息を吸いこみ、彼をひたすらに見つめる。「しっかりしてちょうだい、クリスチャン・マクニール！聞こえる？　お願い、約束して！」

ケイトは彼の言葉を求めている。ならば与えよう。「はい、マダム。おおせのとおりに」

よろめくように立ちあがると、ケイトは助けを呼びに走りだした。


数時間後、クライスの北三二キロの地点。クリスチャン・マクニールが生死の境をさまよって闘っていたその日、荒涼とした海岸線を気まぐれな風が吹きぬけていた。風は巨大な岩の裏側にも吹きわたり、ひっそりと広がる小さな浜辺の上を通った。その風は行きしなにずぶぬれのドレスの袖を何度も揺らして吹きすぎていった。ドレスの持ち主の娘はもう息をしていなかった。美しい顔は永遠に驚愕の表情のままで固まっている。淡い色の金髪がいくすじにも広がって水面にゆらゆらと漂っている。まもなく彼女の体は完全に海中に沈むだろう。

浜辺にそびえ立つ岩棚の上でワッターズ大尉は、意気盛んな馬をなだめながら真下の悲惨な光景を見守っていた。不機嫌そうなため息を小さくもらすと、彼は白いかつらを取った。もうワッターズ大尉その人ではなかった。

彼は失敗した。マクニールは生きのびた。地獄のようなあの地下牢から皆を救いだした男の娘、ケイト・ブラックバーンも生きていた。二人を殺すために彼が考えた用意周到な計画は失敗に終わった。

彼が直接に手を下し、一人ずつ殺していけたら事はもっと簡単に終わるのだが。路地で待ちぶせするか、エールの中に少しばかり毒を入れるだけでいい。しかし奴らを引きさいたのと同じ溝が、けっきょく救いの神になったというわけか。奴らは風に吹かれたもみがらのように散り散りになってしまった。彼はけだるげにポケットに手を入れ、細い小型ナイフを取りだした。親指でさぐって刃を飛びださせる。彼は輝く刃を考え深げに見つめた。

一人の標的をしとめたあと、どのぐらいの期間で次の標的を見つけられるだろう？　次に犠牲となるべき者がかつての仲間の死を知れば、疑念を抱いて警戒心を強めるにちがいない。その前にすばやく次の攻撃目標をとらえられるだろうか？

馬にまたがった男は知っていた。彼らはまだ連絡をとりあっているにちがいない。一人が死ねば、ほかの仲間にもそれは伝わるだろう。となると英国では油断できない。彼らが全員死ぬまでは、ロンドンでふたたび上流社会の一員となって安穏と暮らすわけにはいかない。あいつらさえいなくなれば、自分の裏切りの秘密が暴かれる心配はなくなる。長年の陰謀の成就を邪魔されることもない。

彼は手をひっくり返し、小さな傷が無数に刻まれた手のひらを見おろした。何年も前、人は痛みを感じることで何かに集中できるということを学んだ。彼は小型ナイフの先を親指にあて、押しつけた。ナイフの刃が敏感な神経の先を傷つけ、鋭い痛みが走った。たちまち不安がやわらぐ。

別の機会を待とう。今度はさらに慎重に取りくまなければならない。古い城跡では、傲慢さのあまり芝居がかった行動を取ってしまった。死んだネズミに薔薇の花輪をつけて挑発したのはやりすぎだったか。それでも、やったかいはあった。ケイトとともにセントブライドへ逃げこまざるをえなくなったマクニールの顔が、いらだちと怒りに染まるのを見られたからだ。

彼は余計な不安を抱く必要はなかった。実際、それほどの不安を感じているわけではない。あの小間使いを金で釣って、女主人のケイト・ブラックバーンを捨てて逃げるようそそのかしたのが彼だと、誰が気づくだろうか。マクニールのもとに送られた黄色い薔薇は、彼を急ぎスコットランドに向かわせた。だがその薔薇を送ったのはケイトの姉でも妹でもない。そのことがもしわかったとしても、誰を疑えばいいのか、彼らには見当もつかないはずだ。

間をおかずにふたたびマクニールを狙うのは賢明ではない。おそらく警戒しているだろうから。いや、それよりもほかの奴らに狙いを定めよう。彼の正体を知っている者、疑っている者は皆、一人ずつ消していかなくてはならない。絶対に成功する自信があった。親指から出た血が足元の岩にしたたり落ちた。驚いて手を見ると、小型ナイフの先がまだ親指の肉にくいこんだままだ。面倒くさそうにナイフの刃を引きぬくと、彼は鞍の下の厚布で親指を拭いた。そして浜辺で息絶えている娘にふたたび目をやった。

打ちよせる波はすでに娘の死体の膝を洗い、ぐにゃりとした片腕を持ちあげて静かに漂わせていた。娘は手を振って、姿の見えない友人を楽しそうに招いているかのように見える。さざ波は彼女の耳に押しよせ、顔を浸し、そしてついに胸を覆った。メリー・ベニーは海のふところに抱かれて、沖へと運ばれていった。

岩壁の上では男が敬虔に十字を切ったあと、馬の鼻先を南に向けた。

27　望ましい状況を確保する

キット・マクニールは持ちこたえた。生きながらえる見込みはうすく、容態は予断を許さなかったが、それでも回復しはじめた。二日二晩のあいだは汗にまみれ、夢うつつの中で目に見えない敵をののしったり、幻の友人に何かを熱心に勧めるように語りかけたりといった状態が続いた。しかし三日目になると替えの包帯に血がつかなくなり、快方に向かうことが見てとれた。

　マードック家の人々の当惑をよそに、ケイトは自分の寝室につながった支度部屋にマクニールを寝かせてほしいと主張した。夜中に彼が呼んだとき聞こえるように近くにいたいと思ったのだ。ケイトは彼のそばを離れようとしなかった。

　侯爵は二度、部屋を訪れた。最初はケイトに助けが必要かどうかを確認するため、二度目はマクニールにつきそっている彼女を見舞うためだった。そのとき侯爵は、ケイトが自分のものではなく、またこれからもそうなることはないと悟った。それがわかるまでに数分しかかからなかった。三度目の訪問はついになかった。

実のところパーネル城の人々は、黒髪の未亡人とひどい傷を負ったスコットランド高地人が隣りあった部屋で夜を過ごしていることへの懸念をすぐに忘れ、自分たちの問題で頭がいっぱいになっていた。

マクニールが想像したように、ワッターズは民兵を送りこんでいた。マクフェイル中尉率いる民兵の部隊は、小作農の小屋にいたカラム・ラモントの一味を捕らえ、さらにクライスの宿屋を一斉に捜索した。そして馬小屋に積まれた干し草の下からは、難破船の略奪品でいっぱいの木箱がいくつも見つかった。これはマクフェイル中尉の大きな功績となった。

民兵の隊長だったグリーン大尉が待ち伏せにあって殺されたという事実はいずれ人の知るところとなるだろう。犯人はカラム・ラモントの謎の仲間で、ワッターズ大尉という架空の人物の名前を名乗る男だ。ほんの短いあいだではあったが、民兵組織の指揮官として行動していた。その「ワッターズ大尉」なる人物の行方はわからない。彼は姿を消した。妻のメリーとともに。

一族の名誉は汚され、醜聞がささやかれはじめた。しかしマードック家の人間はけっきょく、実利を重んじる人々だった。メリーは侯爵が後見人となって面倒をみていた娘だが、侯爵との血のつながりはないのだと彼らは主張した。メリーが「同じ家系の者」とみなされて悪口を言われても仕方がない中、なんとか乗りきろうと侯爵たちは奮闘した。あらゆる手は尽くしたのだから、うまくいかなかったとしてもそれは彼らのせいではない。

「あなたのお気に入りの裁縫師ときたらどうしようもない!」マクニールは断言した。「この縫い目、とんでもなく痛むじゃないですか」

いらだたしそうに寝巻き用シャツの首の部分を引っぱるマクニールの体から、ケイトは目をそらそうとしていた。手ざわりのよい麻のシーツの下に日に焼けた厚い胸が見える。彼は、ペギーが大きく開いていた傷口を糸で縫合したあとを掻いていた。

「大きな傷あとが残ってもかまわないっていうのね?」ケイトは訊いた。午後になっていた。マクニールは目覚めたばかりだ。ベッドのかたわらにケイトが刺繍枠を手にして座っている。グレースのトランクが開けられたままベッドの足もとの床に置いてあった。

マクニールが回復していくあいだ、ケイトは刺繍の楽しみをふたたび見いだしていた。貴族階級の女性が身につける特技はいろいろあるが、刺繍というのは、貧しい暮らしの中でもあきらめずにすむ数少ない楽しみのひとつなのだとケイトは説明した。実のところ、執筆中の本の一章を割いて刺繍について語ろうかと考えていた。だがケイトは今、ひと針ひと針に集中して手を動かしている。筋骨たくましいマクニールの胸を見ないようにするためだ。

「あなたって、傷あとを集めるのが情けないほど好きなのね」

マクニールは首をかしげ、ケイトを見おろした。「俺の傷あとに興味があるみたいだね」

マクニールの目にこめられた期待にケイトは顔を赤らめ、彼をあまり興奮させてはよくないと——彼女自身も同じだが——安全な話題に戻すことにした。

「今回起きたことで、私が一番気の毒に思っているのはメリー・ベニーのことなの」銀のはさみを探してグレースのトランクの中をかきまわしながらケイトは言った。

「なぜ？」マクニールは強い口調で言った。「メリーがもう、自分が望むような贅沢な暮らしができなくなったからですか？　あの娘は人殺しですよ。奪った財宝で一生遊んで暮らそうと恋人と一緒に逃げたんだ」

「かわいそうな人だと思うの」はさみで絹糸を切りながらケイトは穏やかに言った。「グレースを殺させたのはメリーだけど、彼女はグレースを心から愛していたわ。あら、そんな目で見ないでくださいな。本当に愛していたんだから。グレースがいなくなってメリーがどれほど嘆き悲しんだか、あなたはそのようすを見てないからわからないのだろうけど。愛といっても、美しく寛大な愛ばかりとは限らないわ。気高く尊い愛もあれば、人を苦しめ、地獄に落とす愛もあるのよ」

「本当にそうだな」マクニールは眉をしかめた。きっと仲間を思い、裏切りのことを考えているのだろう。

いよいよだ。言うべきことは言わねばならない。いつまでも避けてはいられない。ケイトは刺繍枠をおいた。「体調がもとに戻りしだい、出発するんでしょう？」

マクニールはますます眉根を寄せた。「まあ、ずっとここにいるわけにもいかないですしね」

「そういう意味で言ったんじゃないの、わかっているくせに」

「じゃあ、どういう意味だったんです？」

「どこへ行くつもりなの？」

「軍隊に戻るつもりですよ。自分は軍の一員としての責任をなおざりにしていたなあと、最近思っていたところなんです。俺は兵士としてはすぐれていると思う。それにすぐれた指揮官でもある。俺は……俺がいれば、いい結果を出せます」マクニールの肌が浅黒くなったように見える。驚いたことに顔を赤くしていた。だが彼は、仲間を裏切った男を捜しだすことについてはまだ何も言っていない。ケイトは鋭い視線を向けた。

「それに」マクニールはぶっきらぼうに言った。「運さえよければ、かなりのところまで昇進できると思うので」

「そうなの」

「ケイト――」マクニールは大きく息を吸いこんだ。

「何？」

「何でもありません」彼は一瞬、歯をくいしばった。「ところであなたは？」吐き出すように言う。「あなたはどうするんですか？」

「わからない」ケイトは無頓着に聞こえるように努めたが、うまく言えたかどうかは自信がなかった。「ヨークに戻るのかしらね。でなければロンドンか」

「何だって？　なぜです？」マクニールは不意をつかれたようだった。

「そうね、私にはあまりお金がないからよ――ただし、落ちぶれても見苦しくない暮らしを送るための指南書が出版できればいいなあと、かなり期待を抱いてはいるのよ。きっと、喜んで読んでくれる読者がいると思うし――」

「ええ、それはそうでしょう」マクニールが口をはさんだ。「でも、ヨークに戻るというのはどういうことなんですか？」

「今言ったように――」ケイトはこれ以上話の腰を折られないように彼をにらんだ。「私、あまりお金もないし、侯爵にお願いすれば何とかしてくださるとは思うのだけれど、そういうお願いはできればしたくなくて。というのは」ケイトはためらった。なんとか上品に言う方法をさぐりながら。「侯爵が二人の関係について、何というか、望みを抱いていらっしゃるようだから。私としてはお気持ちにそえないので、そう申しあげたの」

「侯爵の求婚を断ったんですか⁉」マクニールは大声で言いながら枕から頭を上げ、痛みに顔をしかめた。ケイトは腰を浮かしかけた。痛がっている彼を見るのがしのびなかった。しかし彼は怒ったように手を振ってケイトを座らせた。

「なんてばかなことを」彼は言った。「あなたは自分の思いえがく理想的な将来のために必要な条件について、何日もかけて私に語ってくれましたよね。私の見るところ、侯爵はそのすべてを与えることができる人です。安心感。安全。邸（やしき）。穏やかな心。あなた、気でも狂ったんですか？」

「どうしようもなかったんですもの」ケイトは言い訳がましく反論した。「私にはそんな結婚はできないわ。これから一生、夫がそばに寄ってくるたびに目を閉じて、ふりをするなんて。まるで彼が――」だめよ。そんな大胆なことを言ってはいけないわ。たとえどんなに許される事情があったとしても。

「ふりをするって、どんな？」マクニールは意地が悪かった。そんなことを訊くなんて紳士らしくない。

「何でもないわ」

「いや、ちゃんと言ってください。聞きたい」マクニールはケイトを見つめた。黄褐色の大きなライオンのように。

ケイトは眉をつり上げた。「どんなふりですか？」

「どんなふりですか？」まさか、最後まで言わせるつもりなの。「まるで私が……本当の自分は別の場所に存在しているようなふりをして自分をだますなんてできない、ってことよ。ほかにどんなふりがあるっていうの？」

マクニールはためらわずに言った。「侯爵が俺であるようなふりをするってことでしょう」

ケイトはぽかんと開けた口をすぐさま閉じた。「あなたったら、大したうぬぼれね」

マクニールは姿勢を正した。「うぬぼれなくてはいられないから。そう思わないことには気がおさまらないから。俺は復讐のためにすべてを喜んで捨てる男のはずだった。でもそれとは違う俺の姿を、あなたは見てくれているんじゃありませんか？　三年のあいだ、俺は思ってきました。俺たちの名前をフランス側に売りわたした奴が誰かをつきとめること以外に、俺には欲しいものはないんだと。俺の求めるものはそれだけだと――でも、あなたが教えてくれたんです、ほかのものを求めることを」

ケイトは息をのんだ。期待がふくらんでいた。胸の鼓動が、捕らわれた鳥の翼がはためくように鳴っている。「それは何？」

「未来です」彼はケイトの目をじっと見ながら言った。「俺は自分を責めつづけてきました。自分の中の何かが根本的に間違っていたんだと。だからこそ俺たちの仲間を裏切った奴の本質を見ぬけなかったのではないかと。その裏切り者の正体を見きわめようとしなかったから、俺たち仲間が捕らえられ、投獄された。責任の一端は俺にあると思ってきたんです。

でも俺は悟りました。過去にどんな裏切りの種が蒔かれようと、蒔いたのは俺ではない。俺が失敗したわけではなかった。俺は人を愛しました。その相手が現実の人であろうとなかろうと、立派な人であろうとなかろうとそんなことはどうでもいい。人が人を愛するとき、その心のおもむくところは誰にも変えられない。愛は自由です」マクニールはケイトをじっと眺めた。彼女の息が止まってしまうかと思えるようなまなざしだ。

「裏切った人をつきとめるのはやめるの？」

マクニールは冷たく無慈悲な表情に変わった。「やめると保証はできないですね。あいつはあなたを脅した。いつかその報いを受けるときがやってくるでしょう、今すぐではなく。戦争が続いていますし、私は軍で求められている。復讐しているひまはありません。復讐よりも大事なものが今はある。俺はそのために戦えます」マクニールはケイトをじっと見つめた。その心がまなざしに表れていた。「わかりますか？　そのとおりだと思ってくれますか？」

「わかるわ」うまく息ができない。「ええ、わかります」

「本当にわかる?」マクニールはその日に焼けた大柄な体を麻のシーツに横たえて、いかにも不満げだった。多くの傷あとと、まだ生々しい傷を負って。

「あなたがカラムと戦う前に」ケイトは言った。「あの部屋に入ってきたとき、私が侯爵と結婚すべきでない理由を思いついたと言っていたわね。あれはどういう意味だったのかしら」

マクニールは恥ずかしそうな顔をした。「何でもありません。くだらない、無意味なことです。英雄になったつもりだったんだ」

「気がついてたわ」

マクニールはじっと動かない。唇には自嘲的な笑いを浮かべている。たまらなく魅力的なほほえみだった。

「どうして訊いたかというと」ケイトは立ちあがり、ゆっくりとベッドのそばへ近づいて話を続ける。「あなたが扉からすごい勢いで入ってきたとき、私、あなたのことを考えていたからなのよ。あなたの顔を思って、最後に言ってくれた言葉を思い出そうとしていたの」

それを聞いたマクニールはさっと目を上げて彼女を見た。「俺のことを思いうかべていたなんて。どうしてあんなときに?」

「あなたを愛してるから」

マクニールはそれに応えて手を伸ばし、ケイトの手を握った。引きよせて、包帯だらけの胸にきつく抱きしめる。「俺と結婚してくれ」彼はしゃがれ声で強く求めた。ケイトのまぶたに、そして口の端にキスの雨を降らせながら。

「ケイト、俺はいつか、身を立ててそれなりの地位を得るつもりだ。あなたがそばにいてくれさえしたら、俺には、いや俺たちにできないことは何もない気がする。俺と一緒になるのは、あなたにとって楽な人生ではないかもしれない。でも、俺と結婚したことを絶対に後悔させないつもりだ。そのためにはあらゆる努力を惜しまない」

マクニールはケイトの顔にかかった髪を後ろになでつけた。きまじめな表情、情熱のこもった声。「それに、もしいやだと言われたら、あなたをかっさらって逃げなくちゃならない。ケイト、俺を愛しているんだろう。そう言ったのはあなただよ」

かっさらって逃げるなんて、彼は本気なんだわ。ケイトはぞくぞくした。でも……かっさらってもらう必要はないのよ。「ええ、結婚するわ」彼女は言った。「あなたと結婚します」

「いつ？」

「今日でも。明日でも。でもどこで？　まさか侯爵に頼むなんて――」

「いや、そんなことはしなくていい。ここはセントブライドから二日の距離だ。あそこには、あなたが俺をまっとうな人間に改造中だと知って大いに心が慰められる修道士たちがごまんといるから」

ケイトは声をあげて笑い、マクニールはほほえんだ。その腕が彼女をしっかりと抱きしめている。そのときケイトは、彼の包帯にまたぽつりと血がにじんでいるのに気づいた。あまりにたくましく屈強な男だから、彼が人の子であることを忘れてしまいそうになる。ケイトはあわてて体を離し、うろたえて彼を見た。「ごめんなさい、痛かったでしょう」

マクニールは小さな血のしみのついたシーツを見おろして笑った。「これかい？　いいんだよ、こんなの。ほら、おいで」彼は手を広げて差しのべた。

「だめ。まだ三日しか経ってないのに。傷をひどくさせちゃうからだめよ」

「愛してる」マクニールは不意にささやいた。何とも言えず当惑しているような声に、ケイトはほほえんだが、大あわてで手を振った。

「だめよ」厳しい表情で言う。「だめだったら。ちゃんと横になって、お休みなさい。早くよくなって」ケイトはトランクに戻しておいた刺繍枠を取りあげようとした。そのときトランクのふたの裏張りの縫い目に片手がひっかかり、角の布を引きだしてしまった。裏張りに切りさかれていたのを宿屋のメグが間に合わせに縫いとじたものだった。体をかがめてもとどおりに直そうとしたが、急に気づいた。金糸で刺繍してある星はどれも違う大きさだ。微妙な違いだったが見間違えようがない。裏張りの布地が折りたたまれているために、その上の星の並び方はまるで……。

ケイトの背筋がぴんと伸びた。グレースがこの裏張りに刺繍をしたんだわ。昔グレースはケイトと一緒に、ケイトの父の望遠鏡をのぞきながら星の話を聞いて長い夏の夜を過ごし、天文学への興味を抱くようになったのだった。その興味は大人になっても続いた。グレースの持ち物には望遠鏡がひとつ入っていた。彼女はメリーに、財宝の隠し場所を記した地図をトランクに入れて送ったと言っていた。確かに送ったのだ。星の地図だったんだわ。ケイトはそろそろと体を起こした。顔にほほえみがしだいに広がっていく。これでマクニールは将校の地位を買うことができる。彼が欲しいというなら、一〇でも買うことができる。シャーロットはロンドンでの社交生活に入れるし、ヘレナもあの意地悪ばあさんにこき使われずにすむ。

戦争はまだ終わっていない。戦場では、夫となるマクニールの指導力を必要とする男たちが待っている。国王が行けと命じるところならどこへでも赴き、戦を告げる太鼓の音にしたがって進んでいく男たちが。なぜならキット・マクニールは軍人だからだ。軍人の娘であるケイト、もう一人の軍人の未亡人となったケイト。自分がマクニールのような男に心も魂も何もかも捧げて愛を誓うことができるなどとは、一年前なら想像もできなかっただろう。だが彼女はすでに心を決めていた。この男でなければならなかった。

「ケイト、どうしたんだ？」マクニールが訊いた。「なんか、ご満悦だな。こっちにおいで、今すぐ」

洞窟であれ岩屋であれ、金銀財宝が山と積まれている光景も、キット・マクニールというこの宝物の前では色あせて見える。

ケイトは行った。彼のもとへ。

28　最高の幸せをもたらす結婚

一八〇四年一月、セントブライド大修道院

花嫁は美しく、花婿は険しい表情で油断なくまわりに目を光らせていた。闘いに明け暮れた男としての雰囲気がやわらぐのは、妻となった女性を見つめて無防備になるときだけだ。セントブライド大修道院の小さな礼拝堂を出た二人は、薔薇の花びらを乾燥させたものを敷きつめた柔らかいじゅうたんを踏みしめていた。そばには喜びを顔いっぱいに表してほほえむフィデリス修道士がひかえている。親愛の情にあふれたこの祝福に感激したケイトは夫のそばを離れて太った修道士のところへ行き、つま先立って、そのまん丸ですべすべした頬にキスをした。

「なんて美しい薔薇なんでしょう!」ケイトは言った。

「ラベンダーとハッカも入っていますからな」参列者に祝福の言葉を述べる修道士たちをひじで押しわけて進みでてきたマーティン修道士が言った。

「やはりそうでしたの！　薔薇のほかにも何かすてきな香りが混じっているんじゃないかと思っていましたわ」

「わしにもキスしなければ満足できない、というわけですな！」憮然とした表情の修道士はつっけんどんに言った。

「そうですわ」ケイトの目が輝いた。「キスなしじゃ話になりませんもの」

修道士は抵抗したが、まんざらでもなさそうだった。「愚かで取るに足らない、愛情過多な存在よ。近ごろの若い娘ときたら、まったく」空いばりしながら急ぎ足で前に進みでる。

「ほら」ケイトは言い、しっかりと大きな音を立てて修道士の頬にキスした。

「あっ」マーティン修道士は真っ赤になり、すごい勢いで後ずさりした。驚きと不賛成と喜びが複雑に入りまじった表情をしている。彼は仲間の修道士に向かって言った。「さて、諸君。このお嬢さんの世俗的な気まぐれなのですから、甘やかす必要はありませんぞ。では修道院長の支度室でのお着替えがすみしだい――」

「わしの支度なら整っておる」背筋をぴんと伸ばしたセントブライド大修道院の修道院長が短い階段を下りてきた。薔薇の花びらを敷きつめたじゅうたんを見て眉をつり上げる。「む、なんと……祝いごとにふさわしい。これはフィデリス修道士のしわざじゃろ」

「はい、そうでございます、院長さま」

「私も一緒に用意しましてございます」マーティン修道士が言った。

「ちょっとした華やかさを加えたらどうかと思ったのです。若き狼が美しい未亡人に飼いならされるわけですし」フィデリス修道士が説明した。まわりにいるほかの修道士が力強くうなずいている。

「若き狼？」マクニールのかたわらでケイトがささやく。

「飼いならされる？」マクニールがささやき返し、二人はほほえんだ。

「マーティン修道士、君から何か言っておきたいことはあるかね？」修道院長は穏やかに言った。

「私どもとしては、花婿に石袋を背負わせる必要はないということぐらいですな」マーティン修道士はもっともらしく述べた。スコットランドの伝統的な風習で、花婿に石の入った袋を背負わせて村中を回らせるならわしのことを言っているのだ。花嫁が石袋の重荷から花婿を解放してくれるまで、友人たちがつぎつぎと袋に石を足していくことになっている。また花嫁の床入りの手伝いという昔ながらのしきたりでは、女たちが新床の支度をして花嫁が床につくのを見とどけるのだが、この儀式もなしでよいということになった。

それでケイトが失望するはずもなかった。「この者たちを結婚させるべきでない理由を知る者は申し出よ」という呼びかけが日曜のミサごとに読みあげられ、その三回の結婚予告が無事終わったため、ついに結婚できたのだ。それだけで幸せだった——二人の結婚に異議を唱える人がここにいるでしょうかと、ケイトは憤然として修道院長の意見を尋ねたものだが、老人はいかめしく容赦のない沈黙で通した。本当に長く感じられたこの三週間だったが、マクニールとケイトは明日、夫婦としてセントブライド大修道院を出発することになる。そして今夜はいよいよ……ケイトはおずおずとマクニールを見あげた。悪党はまるでケイトの心を読んだかのようにほほえんだ——確かに狼を思わせる笑みで、少しも飼いならされた感じがしない。そのほほえみの意味を理解したケイトの体中に熱いものがあふれた。

「ケイト！　ケイト！」ふりむくと、二頭立ての四人乗り馬車が修道院の敷地に入ってきたところだった。赤毛の娘が窓から体を乗りだし、レースのネッカチーフを大きく振っている。

「シャーロット！」ケイトは叫び、夫のそばを離れて馬車に向かって走っていった。

「お行儀が悪いわよ、中に戻ってなさい！」ヘレナらしい声が聞こえ、馬車の扉が開いて出てきたのはヘレナその人だった。落ちつきはらって優雅な物腰で、美しい顔を暖かいほほえみで輝かせている。その後ろから、元気いっぱいの小柄な娘が転がりでてきた。ミンクの毛皮でふちどりをした灰色のベルベットのドレスを着て、ケイトを抱きしめるために両手をいっぱいに広げて。

シャーロットはケイトの首のまわりに腕を巻きつけて金切り声をあげた。いつもどおり慎重なヘレナは手前で立ちどまって自分の番を待った。茶色の修道士服を着た大勢の男たちに対する好奇心を隠そうとしながら。

「私たち、たった今着いたばかりなの！」シャーロットが言った。「ロンドンからはるばるやってきたのよ！　侯爵が四輪馬車をヘレナお姉さまのところに寄こしてくださって、それからわくわくするようなお話をつづったお手紙もいただいたの。すぐにパーネル城へおいでくださいって。

それでヘレナお姉さまが、ウェルトン男爵家のお邸に滞在していた私のところに寄ってくれて、ご一緒したの――私たち、ちょうどブライトンとロンドンとの半ばあたりにいたものだから、お姉さまはおかわいそうだったわ、寄り道でご不便をおかけして――ようやくパーネル城にたどり着いたとたん、ケイトお姉さまたちがこの大修道院にいらしてるって伺って。しかも結婚するですって！」シャーロットは子どものように目をみはりながらぺちゃくちゃとしゃべり続ける。「あのスコットランド人と！　顔立ちが美しいほうの方じゃなくて、あの恐ろしげな雰囲気の――」

「えへん」

シャーロットがくるりと向きを変えると、そこには例の「恐ろしげな雰囲気の」本人が見おろしていた。片方の眉だけをけげんそうにしかめている。驚きで彼女の息が止まった。マクニールがほほえんでいる――なんて魅力的なの、とケイトは思った。

「私の新しい妹よ」マクニールは満足げに言った。「またふたたびお会いできて嬉しく思います」彼は軽くお辞儀をした。目をみはったシャーロットの向こうにいるヘレナに視線を移す。おかしなことだらけに感じるだろうに、ヘレナは平静を保っている。

「ミス・ヘレナ、お目にかかれて光栄です」

「こちらこそ」

「ご覧になっておわかりのように、侯爵がどんな『お話』をなさったか知りませんが、妹さんはもうすっかり元気になられましたから。そして、彼女がこれからも健やかでいられるよう、私がお守りいたします」マクニールは気づかわしげなヘレナの目をじっと見つめた。「かならずお守りするつもりです。この命を賭けてでも」

「まあ、なんて熱いお言葉！」シャーロットは、赤らんでほてった頬の近くで手をぱたぱたと振って息をついた。「ケイトお姉さまがどうしてこの方と結婚されたのかわかってきたわ」

「シャーロット！」ヘレナがたしなめた。「少しはお行儀よく！」

「あら、なぜ？」シャーロットは修道士たちを見まわしてから、つぶやいた。「この方たちは礼儀正しいふるまいのことなど、おわかりなのかしら？」

「まあ多少は、というところですかな」なめらかな声が答えた。

一同がふりむくと、修道院長のターキン神父が近づいてきていた。「なるほど！　ご家族が到着されたのですね」

どうして私の家族のことをご存知なのかしら？　ケイトは不思議に思ったが、押しよせる幸福感に、その好奇心もすぐにうすれる。

「新婚の二人のために、私どもでささやかな祝宴を用意させていただいております。皆さまもそろそろ、大食堂のほうにいらっしゃいませんか？」

「ご親切なおもてなし、嬉しいですわ！」ケイトが叫んだ。

「ええ、行きましょう！」シャーロットが熱っぽく言った。「私、飢え死にしそうなんですもの」彼女は片方の腕をケイトの腕にからめ、もう片方の腕はヘレナと組んで歩調を合わせ、フィデリス修道士についていて歩きだした。修道士は顔いっぱいに笑みをたたえ、楽しそうにおしゃべりをしながら、大食堂へと皆を案内した。

「またご婦人かね。ここを女子修道院に変えたほうがいいかもしれんな」マーティン修道士が一同の後ろでつぶやいた。

ケイトはあたりを見まわしてマクニールを探した。彼は修道院長の隣に立ち、頭を傾けて熱心な表情で話を聞いている。だがケイトがふりかえったのに気づき、大声で言った。「お姉さんと妹さんをもてなしてあげてくれ。俺もすぐに行くから」

マクニールは修道院長に向きなおった。ケイトに向けていたなごやかな表情が消えている。

「彼はどこにいるんです?」

「礼拝堂だ」修道院長は静かに言った。「結婚式も陰で見ていたよ」

「本当ですか。どうやって知ったんでしょう?」

「わしが知らせた。薔薇を一本送ってな。やってきたのは彼だけだった、もっとも、わしの知るかぎりだが」

「でも、なぜ薔薇を送られたのです?」マクニールは礼拝堂への入口の暗がりにちらちらと視線を走らせながら訊いた。

「お前は言っただろう、誰が裏切り者なのか知りたいと。昔の仲間を呼べば、もしかしたら答が見つかるかもしれないと思ってね」

「はい。確かに言いました。でも今は、過去の罪はもう重要ではなくなっています。私自身が犯した罪ではないのですから、なおさら」

「だとしたらわしの判断が誤っていたかもしれんな。まあ、とにかく会っておきなさい。お前が指摘していたように、かりにあの城跡にいた男が彼で、狙った者を殺すつもりだったら、今ごろお前の命はなかっただろう。でも殺す気はなかった。もし彼がお前たちを裏切った男だとしても」

「確かめる方法はたったひとつです」

「キット」

「ご心配なく、修道院長。よりによって今日この日に他人の血を流したりなどして、花嫁の怒りをかいたくないですからね」マクニールは歯を見せてにっこり笑うと、礼拝堂へ向かった。

中はひんやりとして薄暗かった。空気にはまだ、先ほどまでたいていた香(こう)の煙の名残がかすかに残っていた。暗がりに目が慣れるのにかかったわずかなあいだに――。

――細身の剣(エペ)の切っ先がマクニールの喉の横の部分に軽く押しつけられていた。

「ここの人たちから聞いたんだが、お前は軍人になったんだってな」かつて聞きなれていた声が母音をゆっくり伸ばすようにしながら話しはじめた。「神よ、我が国を助けたまえ。もしこの男が最高の――」

マクニールは一歩横に寄り、ひょいと頭をかがめるのと同時にひじを上げ、剣を払いのけた。すると瞬時に剣先が戻り、喉にまた突きつけられた。ただ今度は敵の腹にもマクニールが握った短剣の先が強く押しつけられている。

「まいった」ラムゼー・マンローが穏やかに言った。明るい青の瞳が輝いている。

「ひどい顔だな、ラムゼー」マクニールはうちとけた口調で言った。「疲れきってるぞ」

ラムゼーは弁解がましく肩をすくめた。「残念ながら確かにお前の言うとおりかもな、キット。だけどお前、顔色もよくて元気そうじゃないか。花嫁のおかげなんだろうな、美しい人だ。結婚おめでとう」

「じゃあ俺を殺すつもりはないってことか？」

ラムゼーは翼の形をした眉を片方だけつり上げた。「そうだな、お前が俺を殺そうとしてるかどうかによるかな。はっきり言って俺の人生、みじめなものだよ。だけど俺自身の人生だからね」彼は少年のころから変わらない、洗練されて物柔らかいほほえみを浮かべた。

マクニールはラムゼーの腹にあてていた短剣の先をゆっくりはずした。同じようにゆっくりした動きで、ラムゼーも細身（エペ）の剣の先を離した。

「教えてくれ、ラムゼー。正直なところを言ってくれれば、殺したりはしない。少年のころからのお前に対する俺の友情に免じて。お前が俺に対して抱いていた友情に免じて。とにかく知りたいんだ。お前、俺たちを裏切ってフランスに寝返ったのか？」

ラムゼーは頭をかしげた。礼拝堂の薄暗がりの中で見る彼の顔はこの世のものとも思われないほど美しい。聖人としてあがめられる、戦い疲れた戦士の彫像のようだ。「いや」

「よし」マクニールは短剣をしまった。

「そうすると、お前も罪は犯してないということなんだろうな」

マクニールは鼻先でせせら笑った。「ほかの罪ならともかく、裏切りの罪に関していえば潔白だ」

「ということは——」

「アンドルーか」

「でなければトゥーサン修道士かだ」

ラムゼーは考えこんだようすでうなずいた。

「ケイトと俺は来週、ポーツマス港から定期船に乗る。俺の新しい配下の者たちと、月末には大陸に上陸するんだ。裏切り者は誰かをつきとめている時間がない」

「俺なら時間はある」ラムゼーはほほえんだ。長いあいだ、二人はお互いの目を見つめあい、その中に宿るものを、ともに満足するまで確かめた。

「俺の助けが必要になったら……」マクニールはぶっきらぼうに言った。「連絡方法は知ってるな？」

「ああ」ラムゼーは急にほほえんで、表情をやわらげた。少年時代の「兄弟」の面影が戻ってくる。「お前がいなくて寂しかったよ、キット」

「俺もお前のことを考えてた」

「さて、感傷的な話はもう終わりにして、きれいな花嫁のところに戻ったほうがいいぞ、キット・マクニール」ラムゼーは言った。「彼女がお前よりいい男を見つける前に」

マクニールはにやにや笑った。「幸いなことに、セントブライドの男は全員、一生独身を通すと誓ってるからな」

「全員ってわけじゃないだろう」ラムゼーが言った。「しかしお前も運がいいよ、俺は初婚の娘が好みだから」

「お前こそ運がよかったよ。花嫁に目をつけたらどんなことになったか」マクニールがすかさず正した。

笑い声とともに、ラムゼー・マンローは暗がりの中へと消えた。


修道士たちは、薔薇園の奥の温室の中にある小さな納屋を新婚夫婦用の部屋に変えていた。正面の入口には薄く透きとおった麻のカーテンがかけられ、穏やかな風に揺れている。小屋の中はきれいに片づき、羽根入りのマットレスがタイル敷きの床に置いてある。ふっくらとした枕が積みかさねられ、さらし麻でできた真新しいシーツが敷かれている。そばには一人用のテーブルがあり、その上には水さしと、ゴブレット二脚、大皿が一枚置かれ、皿には地下貯蔵室から持ってきたらしい干した梨が山盛りに盛られている。

午後遅くなって日が傾きはじめていた。日ざしは温室の上を覆うガラスの屋根を通る際に、色とりどりの光線に分かれてまわりの緑を輝かせた。生きている植物の香りは強くすがすがしく、土壌の匂いも含まれている。それにまじって漂う芳香は丁子（クローブ）や桂皮（シナモン）などの香料で、これらは銀の水さしに入った温かいワインに加えられて異国風の香りを放っていた。

「こんなにすてきなお祝いをしてもらえる花嫁はどこにもいないわ」ケイトは幸せそうにつ

ぶやいた。姉と妹はすでに敷地内の反対側にある客用の施設に落ちついており、ケイトは愛する夫と二人だけの時間を過ごしていた。ようやく二人きりになれた。そういう機会を一カ月近くも持てなかったのだ。ケイトはなんとなく不安を覚えていた――だがそれは不愉快な感覚ではない。

「もっと贅沢な場所でお祝いしようと思えばできるんだが」マクニールは言った。「城だって買える。あなたが欲しいというのならね」

星の刺繍の地図はけっきょく本物だった。マクニールが馬に乗れる程度まで回復すると、二人は地図を頼りに海岸沿いを北上し、岸から少し離れたところに巨大な一枚岩が波立つ海水の中で歩哨のごとく立っている入り江を探した。そして水に洗われる小さな洞窟の中で、フランス船に積まれていた財宝を見つけた。地域の行政官も務める侯爵にこのことを届けでたが、発見者に対する報酬として受けとった額は莫大なものだった。二人は豊かな生活を送れるだけの財産を手に入れた。

でも考えてみれば財宝を発見する前から、私は十分豊かだったわ。そう思ってケイトは幸せをかみしめた。後ろからマクニールが近づいてくる。彼は腕をケイトの腰に回し、そのたくましい胸に引きよせた。そう、心の幸せによって豊かさが計れるものなら、ケイトは世界に君臨する女王と言っていい。

「先週は死にそうだったよ、一緒にいられないのがつらくて」耳にささやくマクニールの息は暖かく、声は蜜のように甘かった。「あなたが欲しくてたまらなかった」

耳たぶを優しく嚙まれ、ケイトの胸の鼓動が早くなった。「私を愛したくてたまらなかったんじゃなくて?」ケイトは訊いた。答はわかっていたが、言葉で聞きたかった。

マクニールはその幅広い大きな手で、ケイトの首をそっと繊細に包んだ。親指でケイトのあごを上げ、その頭を自分の肩にもたれかからせる。そして彼女の目の奥をさぐるようにじっと見つめた。その銀色がかった緑の瞳は息をのむほど美しい。ケイトはもうまともに考えられなかった。マクニールの燃えるまなざしに、ケイトに対する思いの深さが、高まりが、あふれんばかりに表れていた。

「言葉が欲しいのか?　それとも行動で示して見せようか?」マクニールは熱くささやいた。

ゆっくりとケイトを自分のほうに引きよせ、唇を求める。

「両方、欲しいの」ケイトは答えた。息もつけないほど幸せだった。

「おおせのとおりに、マダム」マクニールは答えた。

そしてケイトの望みどおり、言葉と体のすべてを尽して愛を語ったのだった。

訳者あとがき

ケイトは彼が怖かった。大柄で粗削りな印象のスコットランド高地人で、その緑の瞳には氷の冷たさと炎の熱さが同時に宿っている。ならず者たちとの乱闘で示した敏捷さと残酷さを見れば、自分が慣れ親しんだ上流社会の人々とは明らかに違うたぐいの人間だとわかる。それでいてケイトには礼儀正しい態度と教養ある言葉遣いで接したりもする。

彼はいったい何者なのか？

本書『薔薇色の恋が私を』(原題 My Seduction) は、情緒あふれるヒストリカル・ロマンスでファンを魅了するコニー・ブロックウェイの作品の初邦訳になる。「薔薇の狩人」をテーマとする三部作(ローズ・ハンター・トリロジー)の第一作で、全米図書館協会発行の雑誌『ブックリスト』の「二〇〇四年度ロマンス小説トップ10」に選ばれている。

一九世紀初頭の英国を舞台にくりひろげられるこの物語の主人公は、ヨークの地方貴族ナッシュ家の三人姉妹の次女で、未亡人のケイト・ブラックバーン。そしてスコットランド高地人の兵士、キット・マクニールである。

ケイトの父ナッシュ卿がフランスで客死して以来、母と三人姉妹の一家は困窮し、家財道具を売りはらって食いつないでいた。ある日、スコットランド高地人の三人の青年が訪れて、ナッシュ卿に命を救われた恩を返すために一家の力になりたいと申し出る。ケイトが断ると、せめて持参した薔薇の苗木を受けとってほしいという。それは世にもまれな黄色い薔薇だった。助けが必要なときにはその木に咲いた薔薇の花をセントブライド大修道院あてに届けてくれれば駆けつけると約束して、三人は去っていった。

三年後。母も亡くなり、ますます貧窮する一家の大黒柱となっていたケイトは姉妹の生活を支えるため、遠縁の侯爵の情けにすがって金銭的援助を願いでようと決心し、スコットランド北部へ向かう。そして無法者や追いはぎのたまり場のような宿屋で、三年前に家を訪れた青年の一人、キット・マクニールと再会する。

ナッシュ家への恩返しのためにケイトを侯爵の城まで送りとどけると言い張るマクニール。得体の知れない彼に恐れを抱きつつも、何としても侯爵に直接会って援助を求めたいケイトは、その申し出を受け入れた。茫漠たる荒野が続く晩秋のスコットランドを、寒さに凍えて旅するうちにケイトは……

マクニールが怖くなくなった。身分も価値観もまるで違うのに、彼の悲惨な過去に自分との共通点を見つけた。その男っぽさに圧倒され、頑固さに反発を感じながらも、彼に惹かれてゆく。

一方、マクニールは、初めて会ったときからケイトにあこがれを抱いていたが、しょせんかなわぬ思いとあきらめていた。母親に捨てられて修道院に保護され、密偵として働いたあと陸軍に入隊したマクニールは、誰にも頼らず、何にも縛られずに一人で生きていく道を選んでいた。フランスで仲間に裏切られて投獄された恨みが忘れられず、敵に寝返った裏切り者をつきとめて復讐するつもりだったが……

城への道中、身を挺してケイトを危険から守るマクニールは、勇猛果敢で誇り高く、忠実で無骨なスコットランド高地人そのものとして描かれている。ケイトに対するあこがれの気持ちはまるで少年のように一途だ。ところが、ときどきまったく違う面ものぞかせる。ケイトの貴婦人らしい虚栄心をからかって、皮肉なせりふで彼女をやりこめたり、大胆なふるまいにおよんで戸惑わせたりする。教養の高さをうかがわせる話しぶりは洗練されている。その対照が何ともいえず魅力的だ。

マクニールもケイトもそれぞれ心の葛藤に悩まされるが、特にケイトの揺れる心は、二人の恋を左右する重要な鍵となる。もとの豊かな暮らしに戻りたい、自分らしさを取りもどしたいという強い思いにかられて旅に出たケイトだが、いざ侯爵の城に着いてみると、「自分らしさ」とはいったい何なのかという疑問にぶつかる。自分が本当に求めているものは何か、誰とともに生きるのが一番幸せなのか?

厳しくも美しいスコットランドの自然のなかで、二人がいろいろな違いを乗りこえていく過程を見守るうちに、読者はきっと、せつなさに胸がしめつけられる思いを何度もさせられるだろう。二人の恋のゆくえとともに、黄色い薔薇をめぐるミステリーからも目が離せない。

著者のコニー・ブロックウェイはロマンス小説界の最高峰であるＲＩＴＡ賞（全米ロマン

ス作家協会賞）を二度受賞しており、一九九九年度に“My Dearest Enemy”、二〇〇二年度には“The Bridal Season”で、それぞれヒストリカル長編部門賞の栄誉に輝いている。過去に縛られないヒロイン、運命に翻弄されそうになりながらもそれに立ち向かっていく勇気あるヒロインを描いて定評がある。

さて、本書のヒロイン、ケイトはどんな勇気を示してくれるのか。二人の行く手に未来はあるのだろうか。

二〇〇六年四月

ライムブックス

薔薇色の恋が私を

著　者　コニー・ブロックウェイ

訳　者　数佐尚美（かずさなおみ）

2006年5月20日　初版第一刷発行

発行人　成瀬雅人

発行所　株式会社原書房

〒160-0022東京都新宿区新宿1-25-13

電話・代表03-3354-0685　http://www.harashobo.co.jp

振替・00150-6-151594

ブックデザイン　川島進（スタジオ・ギブ）

印刷所　中央精版印刷株式会社

落丁・乱丁本はお取り替えいたします。

定価は、カバーに表示してあります。

 ISBN4-562-04308-3　Printed in Japan